生命与人是最具神秘性的，

是真正的人的宗教，

是悲伤与荣耀。

——V.S. 奈保尔《抵达之谜》

锦官月明海上花
——成都上海双城记

刘晓村／著

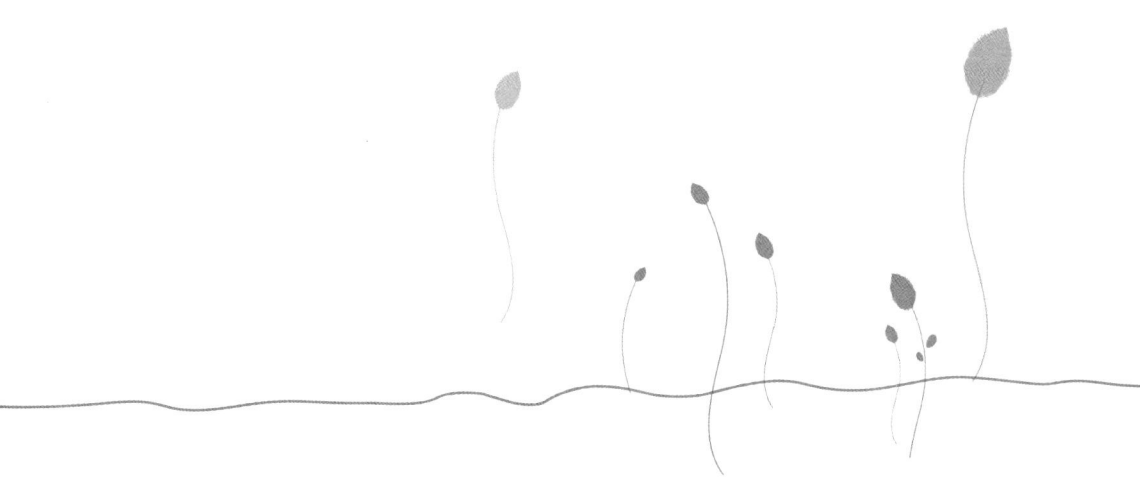

成都时代出版社
CHENGDU TIMES PRESS

图书在版编目（CIP）数据

锦官月明海上花：成都上海双城记/刘晓村著. —成都：成都时代出版社，2022.9
ISBN 978-7-5464-3083-6

Ⅰ. ①锦… Ⅱ. ①刘… Ⅲ. ①散文集—中国—当代 Ⅳ. ①I267

中国版本图书馆CIP数据核字（2022）第081316号

锦观月明海上花——成都上海双城记
JINGGUAN YUEMING HAISHANGHUA CHENGDU SHANGHAI SHUANGCHENGJI

刘晓村 / 著

出 品 人	达　海
责任编辑	敬小丽
责任校对	胡小丽
责任印制	车　夫
封面设计	王枭语
装帧设计	成都九天众和

出版发行	成都时代出版社
电　　话	（028）86742352（编辑部）
	（028）86763285（市场营销部）
印　　刷	成都博瑞印务有限公司
规　　格	165mm×230mm
印　　张	22.75
字　　数	370千
版　　次	2022年9月第1版
印　　次	2022年9月第1次印刷
书　　号	ISBN 978-7-5464-3083-6
定　　价	68.00元

著作权所有·违者必究
本书若出现印装质量问题，请与工厂联系。电话：（028）85919288

目录 Contents

序……………………001

第一辑 重筑旧题名

近乡情怯……………003
成都男人……………014
成都女人……………022
四季的雨（上）………030
四季的雨（下）………037

第二辑 依稀来时路

四　邻………………045
大　院………………052
小　街………………077
回到成都……………086

第三辑 预悬离别心	扶贫锻炼…………089
	下　乡…………092
	冯国祥…………095
	张荷花…………106
	林　林…………127
	泡桐树…………130
	扶贫工作结束…………132

第四辑 梦已在高斋	皮叔叔…………135
	诗　人…………143
	姚　桦…………149
	张　彤…………160
	小　黎…………173

城上芙蓉锦绣殊——我与成都

第五辑 犹自炫微光

- 重返旧时光：甘庭俭……… 179
- 画布前的独行者：荷译…… 186
- 在时间的激流外：冯大庆… 192
- 戏剧人生：罗大军………… 199
- 德艺双馨艺术家：周轶芳… 205

第六辑 风诗教泽长

- 我在春天回到成都………… 213
- 华西医科大学……………… 226
- 忧 伤………………………… 233

水月相去八万里
——我与上海

第一辑 依依向物华

上海！上海 … 241
灰褐色的上海 … 246
华山路 … 250
紫　衣 … 257
剧场的孩子 … 260

第二辑 疑误有新知

交谊舞 … 267
片　段 … 271
夜会陌生人 … 277
他 … 281

第三辑 欲去惜芳菲

郭阿姨一家人 … 285
几个上海女人 … 291
姐　姐 … 300

第四辑 今朝此为别	经过上海	305
	评论家	306
	记　者	310
	几个画家	313
	工　人	318
	插　曲	323
	家在武康路	328

成为一个作家（跋）……… 339

序

冯大庆

1

很多年前,爸爸的同事、画家皮可叔叔(晓村的文中多有叙述)让我给他朋友的孩子刘晓村指点指点,说小姑娘很有文学天赋,即将高中毕业,想报考戏剧学院的戏剧文学系。我欣然应允。毕竟,刚刚走出戏剧学院大门,点拨个考生,简直就是轻车熟路。

当时的资讯不像现在这么发达,招生简章也极其简单,基本上就只有考试的专业、条件、时间、地点、科目,倒是清楚,可谓言简意赅。但考生复习准备往往不知从何下手,不免内心惶然,生怕痛失机会,认真的家长都会辗转托人帮忙找个"懂行"的人咨询、辅导。戏剧学院毕竟不同于普通大学,很神秘,很有诱惑力,是许多考生可望不可即的殿堂,考试的内容和方式都有其特殊性。所以,考生除了必须具备必要的条件外,还需要熟悉考试的路数。那时的戏剧学院4年才招生一次,还不一定每个专业都招,毕业一班,招收一班。如戏文系,一个班顶多20个人,舞美系有的班仅9人或11人。竞争十分激烈,考试难度可想而知。

记得我给晓村和另外几个考生出的第一篇散文题目是"骆驼的世界"。另外几个考生都是重点中学的学生,个个文字功夫都很不错,但最后真正打动我的却是晓村那篇。内容已经记不全了,但读那篇散文时的震撼和瞬间的泪目至今难忘。我当时就想,晓村肯定能考上。这不是简单的美好愿望,也绝非有关系可走。散文是最能体现写作者水平的文体,历来是戏剧学院艺考的重要内容,能把散文写好的人并不多见。晓村笔下骆驼的世界广袤、浩渺、柔美,却又暗藏杀机、步步惊心……她对细节和心理的把握,她营造的氛围,自然充分地显露出她与众不同的想象力和创造力。

是的,晓村真的考上了。那枚助她完胜的棋子正是散文。

她后来讲,她本来更想上的是中央戏剧学院。首都,对年轻人来讲有更多的可能性。没想到一头撞进了上海美丽园,成了上海戏剧学院的学生。尽管有些错愕,但在父母和亲朋好友们充满惊喜、激动的认可和赞叹中,她内心的遗憾烟消云散。带着几分好奇和忐忑,她东去上海。从此,成都,上海,还有后来的北京,成了她人生中绕不开的话题,成了承载她生命和情感重量的城市。

后来我才知道,晓村的阅读从她很小的时候就开始了,即使是囫囵吞枣,她也从不厌倦。她什么类型的书都读:儿童文学、科普、行业文字、经典名著……在书籍里,她越来越多地发现了比现实更具吸引力的生活和认知,发现了最适合自己做的事。很难想象,一个 10 岁左右的女童,字还认不全,就已经兴致盎然、乐此不疲地读书。13 岁,她就懵里懵懂地开始写中篇小说;16 岁时,散文在《中国青年报》发表;17 岁,同学们在校园里演出了她写的独幕话剧……

随着年龄的增长,她的阅读渐入佳境,阅读成了她生活的必需,就像阳光、空气和水对于人的意义。书籍、文学给了她快乐,给了她了解大千世界的眼睛和翅膀,她的心智明显比同龄人要成熟,也更知晓什么是自由的飞翔。不知不觉中,她的心愿日臻完善,她有了自己的终极理想,那就是成为一个作家。她说:"成为一个作家,是一种看待人生和世界的眼光,是一种生活方式……也许它对我来说并不具体,它什么都可以不是,但必须就是写作本身。"

2

这本 30 多万字的《锦官月明海上花——成都上海双城记》(以下简称《双城记》),集结了晓村与成都、上海有关的 40 多篇散文。有些我是第一次读,也有一些过去读过。我常常充当晓村文章的第一读者，这让我感到荣幸。我喜欢读她的散文。当然，还有小说和剧本。她的文字温润中藏着机理，安静里含着力量，各色人等在她的笔下过筋过脉，灵动有趣。读她的散文是一种享受，一旦翻开，就不想放下。读者读着读着就笑了，笑着笑着眼圈就湿了……真正意义上的作家多追求完美，晓村亦然。因为热爱，因为敬畏，她对自己的作品十分严苛，如果够不到心中"文学"的高度，在机会到来时，她宁愿却步。

她从小学到顺利读完大学，应该说没有经历过什么太大的风浪，内心最大的风暴莫过于遭遇不公的愤懑和爱与不爱的纠结。她的爸爸妈妈都是高级知识分子，良好的家庭环境滋养了她。她善于倾听，善于理解和包容，与人为善。无论是工作还是生活，她都是一个安静的存在，这种安静往往让喧嚣的环境对她产生误读，误认为发现了她的软肋，更有甚者一再挑战她的底线，何曾想她的安静是有力量的，是那种拥有智慧的力量。忘了是谁说过，学会徐步而行，有软肋，也有盔甲，才是应有的样子。是的，这也是晓村的样子。

她在《近乡情怯》中写道："一直以来，必然有个成都只属于我。"晓村的成都，不同于李劼人先生的成都，晓村的上海也区别于张爱玲的上海。我不是有意要将他们做类比，我是从《双城记》里看到了别样的意韵，看到了只属于晓村的活色生香的成都、诗画的成都、世俗的成都。

上海求学的4年，晓村的内心渐渐"复杂化"。一心想北上的她，猝不及防地调头向东，她似乎还没有准备好，不知该如何带着一颗成都加北京的心与上海对接。也许，正是这"莫名的彷徨"，反倒成就了她对上海的各种"敏感"、各种"转变"和各种"接受"，甚至各种"喜欢"。这在《双城记》的上海部分不难读出。

有时候，生活中的天意与巧合不知哪个更准确。晓村的《双城记》与她的长篇小说《蚀城》《幸福还未到来》的背景都是成都与上海。曾经向往到北京上学的她，以后在北京生活的时间远远超过了上海。生活的阅历、工作的经验与上海时的她也早已不可同日而语。她为什么没有选择成都、北京来写"双城记"呢？她在长篇小说《幸福还未到来》中写道：

对于我们那个年代的青年人来说，生活永远在别处。我们既没有老三届青年的丰富经历，也没有后代人务实精明。我们的精神信念是虚无的，童年时它指向对亚、非、拉国家和台、港、澳地区人民生活的同情、援助解放他们的热情。少年时既没掌握中国传统文化，对大量涌入的西方哲学、文学、音乐、美术也是囫囵吞枣，半懂不懂。去远方、在路上成为半瓶子醋的我们的最高理想。在我们的版图上，北京，是精神生活永远的向往。而对充满世俗意味的上海，则带着专横无知的轻蔑。

我想，那4年的时光，上海给了她超越想象的影响，上海用他的丰富、务实、美好回馈了"专横无知的轻蔑"。晓村则用最温婉的情感和形式，完成了一次对上海的回望。

3

晓村的才情，不恣意，不张扬，不矫揉造作，更无"为赋新词强说愁"的忸怩，都是自然流露，清丽、随性、入微。一如其故乡成都影影绰绰的太阳，润润的，绵绵的，不温不燥，恰到好处。微风细雨的一方水土，青山绿水万物生。这些年，她在写作上更加成熟，作品涉及小说、散文、剧本（话剧、影视）、书评、剧评，并屡屡获奖。她的长篇小说《蚀城》《幸福还未到来》，一经作家出版社推出，便受到中青年读者的真诚好评。而她的电影《情遇成都》，反响也超出大家的预料。她还和我合作，一起写过不少电视剧剧本。她改编的话剧《断桥》《莫扎特》，就剧本创作而言，也是可圈可点。

与文学，与写作有关的事，她都喜欢做。

那年夏天，京城一家很有影响力的读书会邀请她做"当代世界著名女作家经典小说述评"的主讲人。讲某一位作家及其作品容易，很多研究者一辈子就研究、吃透一位，最多几位作家。读书会希望她讲解世界范围内有影响的女作家以及她们的代表作，这可不是件容易的事，很有难度。因为是自由报名，搞不好，讲到后面就没听众了。在大学里，评述作家作品是一门吃力不讨好的课，很考老师的水平和教学方法，效果也很难预料。想到她一贯低调、不善自我表现，我以为她会推辞，谁知她应允了下来。我着实替她捏了把汗，甚至劝她以天太热为理由推辞算了。她说读这些女作家的书，她都做了笔记，稍加梳理，讲下来应该没问题，自己正好可以系统地重温经典。她显得从容不迫，眉宇间甚至透着几分期待，笑容里是大将出征前的自信。

我恍然醒悟，讲作家作品，那就是她与文学的无障碍神交，是她最愿意做、最喜欢做、最得心应手的事。这个机会，她已经等了很久了。张爱玲、江国香织、申京淑、阿兰达蒂·洛伊、多丽丝·莱辛、弗朗索瓦丝·萨冈、阿梅丽·诺冬、埃尔夫丽德·耶利内克、赫塔·米勒、玛丽娜·马约拉尔、艾丽丝·门罗、米歇尔·克拉桑迪、安·兰德、伊莎贝尔·阿连德……一个个熟悉又陌生、如雷贯耳的名字，一部部充满深邃人性的文学作品，她讲得千回百转，如数家珍，仿佛那些不朽的作品就出自她的手笔。

我去听了两讲，选的是作家艾丽丝·门罗的《拨弄》和妙莉叶·芭贝里的《刺猬的优雅》。晓村不急不缓地领读、讲述和交流，营造出读书会"很文学"的氛围。她对作家作品的独特解读和完美把握，不仅抓住了听者，她自己也沉醉其中，享受至极。听众不仅没有减少，反而变得更多，其中一些日后成了她的朋友。我感叹，晓村如果在大学里教授文学，绝对是被学生"抢课"最多的老师。除了书读得多，她的时尚气质，她的幽默，她的审美情趣常常得到年轻人的赞赏。这样的老师，是他们喜欢的模样。

4

田纳西·威廉斯说，"幸福的秘诀是什么——无动于衷"。除了亲情、爱情、友情，除了写作，对功名利禄完全无动于衷，晓村是幸福的。

有些人的淡然是寡淡，相处起来无趣无味。有些人的与世无争是心有余而力不足，实力不够，假装淡泊名利，内心却深藏不甘。更有些人内心充斥着丑陋，也用丑陋去度量他人。在面对和被迫面对这样的人时，晓村选择沉浸在书香的世界。无欲则刚，她不想破坏了自己的心性。她有底气也有能力让周边所有的沉湎在文学不朽的光辉里都化为乌有。她真的做到了。一个人保持本真是有难度的，即使到了今天知天命的年纪，她依然故我。她的性情与生俱来，不用刻意保持，不用伪装，所以她不累，依旧慵懒、坦然，脑子里装着她构建的文学艺术的世界。

英国作家王尔德早就在《社会主义下人的灵魂》里谈道：世上罕有人真正活着，多数人只是存在，如此而已。而作家刘晓村活得很清醒，很精彩，很自然。她愿意相信梅耶·马斯克所言：无论你身处黑暗还是即将老去，人生永远充满无限的可能。

这是一本很有水平、有生命力的散文集，我们从中读出有质感的城市，读出有意思的人，读出无常与失去，读出爱与希望……我很喜欢。

晓村约我写序，我很感动。这就是她，真诚，纯粹，不功利。我们的友情从她的散文开始，经过《双城记》，我们更加相知。

2021 年 11 月 26 日　北京

城上芙蓉锦绣舒

——我与成都

第一辑　重著旧题名

近乡情怯

1

春分前后,在北京,我和几个老朋友相约聚会,其中有位朋友是成就斐然的编剧。这位编剧朋友去聚会的地方,路上正好途经我家,他负责开车接送我。和他有日子不见了,我们随意聊起刚过去的春节,问对方都在哪儿过的年。编剧朋友是东北人,新近在安徽徽州屯溪区买了房子,全家人自然就在风光宜人的新家守岁。我依旧老样子,每年寒假总是要回成都的,3月份学校开学前再赶回北京。我告诉他,待我离开时,成都已是春暖花开,机场附近的田园,油菜花恣肆盛放,黄灿灿一片,真是美不胜收。即便已经在成都停留了将近两个月,我还是对它依依不舍。

听罢我的话,朋友笑了,他说:"我觉得你特别适合成都。你应该是成都那种气场中的人。"我略有些惊讶,还是头一次听人这么说,这与我的自我认识并不相同。于是,我提及另一位也是在北京工作的成都籍好朋友,我说她也是成都人,她比我在成都待的时间更长。朋友说:"她没有你适合成都,她身上并没有多少成都的气息,你就有。"我自然对外地人眼中成都的形象相当好奇,便追问他"成都的气息"到底意味着什么,他讲气息并非确定的介质,只可意会不可言传。我告诉他,到年底,我可是在北京生活了20年(至今已有26年),已经超过我在成都生活的年头。他摇摇头,说所谓一方水土养一方人,更多还是指童年少年时期的浸润和影响;成年之后,一个人固有的本性难以被改变……

我的朋友走南闯北，阅历丰富，看人看事老辣犀利。他随性的看法却勾起了我对"我与成都"关系的浮想联翩。苏东坡有首写成都蚕市的词，最后两句云："诗来使我感旧事，不悲去国悲流年。"对作家来说，"流年之悲"恰如"白驹过隙"，几乎与生俱来。正因为离开了成都，一别两宽，我并不单纯是由于怀旧，却也早早就开始书写成都。30多岁时，我写的关于成都女人的随笔，发表在《成都日报》上，被不少当地朋友看到。有赞同的声音，也有不赞同的意见。听到家乡人的反馈，无论褒贬，我都觉得很享受。那时，我把自己放到成都之外来谈论它，以为这样就能更客观。我毕竟没有定居在成都，30多岁也还年轻。成都—北京，几千千米的距离，隔着日常生活丰富多彩的枝节，我打量成都的眼光或许就变得相当挑剔，只是当时并不为我自知。

2

我适合成都吗？我是成都那个氛围和气场中的人吗？从读大学起，在火车上、校园里，出差的时候，或和新朋友聚会等的时候，凡是碰到陌生人互相猜测籍贯，几乎从来没有人会猜到我是四川人。听说我是正宗成都人，人家也都不大相信，说是不像。不过，我明白，之所以说不像，多半是因为我个头高，一张长脸，并非典型的四川人模样。普通话讲得不标准，四川口音却不重。

人，总是想要认清他自己，认清自己又如此之难……

成都有两千多万人，他们性情迥异，气质不同。"一娘生九子，九子大不同"，妈妈在表扬哥哥批评我，或者表扬我批评哥哥的时候，最爱这么感慨。话说回来，"一方水土养一方人"的老话也是没错，潜藏在每个人骨子里的地域基因，总是会在思想意识、行为方式、生活习惯等方面显露痕迹。我们身边确有不少这样的例证：随着年龄增长，某些人身上的"家乡性"反倒更为明显了。人是环境的产物，所谓"土特产"，也是适用于人的吧。

中国自古就是家国情怀浓重的国家。于是乎，真君子或是大丈夫须得以四海为家，小人才怀土。我不是大丈夫，放之四海就比较想家，虽然从未达到"乡魂入梦"的程度，到底还是更接近于怀土的小人，真是拿自己也无可奈何。

3

20世纪50年代末60年代初，我的父母亲均在他们18岁那年，从各自家乡的中学毕业，来到成都读大学。大学毕业之后，留在成都工作。爸爸是四川峨眉人，妈妈是四川自贡人。爸爸热爱他的家乡峨眉，有亲戚来就会刻意讲上几句峨眉话，过一下瘾。妈妈则不喜欢自贡，她很少主动回家乡。妈妈对家乡的疏离曾引来外婆对她的埋怨，小姨也不太理解妈妈为何对家乡的感情如此淡薄。一个人越是敏感，对他出生和成长之地的认识就越复杂，其情感指向就绝不可能只是单向度的。

爸爸妈妈在成都生活的时间超过了一个甲子年。他们在此学习、工作、成家立业、生儿育女，也将在这里终老。从年轻时候起，他们就没有想过要去别的城市生活。爸爸的工作让他时不时到全国各地去出差。那个年代，中国人往往定居一隅，较少流动。爸爸能够到东南西北的北京、上海、广州、厦门、杭州、南京这些洋气的城市去公干，去开眼见世面，院子里的大人小孩都好生羡慕。可是，爸爸出差回来，每次都会对我们感叹："还是成都好啊！你不晓得，还是我们成都巴适（四川方言，意思是舒服、漂亮）……"我却偏不以为然，认为爸爸不过是对成都更习惯罢了。

当然，爸爸妈妈并非一味地维护成都，他们对成都也有很多不满意之处。但我听起来，他们对成都的批评更多只是自家人的抱怨，有一点恨铁不成钢的味道。在这个偏居中国西南部的城市生活，他们特别踏实心安。每次到北京我这里来住，他们都待不长，总是要找各种借口回成都去。他们不像许多知识分子那样，鼓励自己的孩子到发达国家抑或去北上广等城市定居，他们觉得孩子在成都待着就挺好。当初，我嫁到北京时，爸爸妈妈大概也属于"忍痛割爱"。他们虽然信任女婿，但女儿婚后必须调到北京去工作，却不甚"安逸"。

也许是顺其自然，也许是目光短浅，总之，"出夔门而家天下"，从来不是我家的议题。

4

成都，它经常脱逸出四川西部那个四周是山的盆地，浮动在我的眼前。它始终是我最为熟悉和牵挂的城市。

一直以来，必然有个成都只属于我，正如千千万万个成都人在某个特定时刻也会感觉到成都只属于他们一样。这个成都不是公元前310年冬天建立的那个成都，不是"一年成聚，二年成邑，三年成都"的那个成都，而是每个人各居其位、在此吃喝拉撒睡的成都。土耳其作家奥尔罕·帕慕克说过，不管我们提起有关城市本质的什么，都更多反映我们本身的生活与心境。除了我们本身以外，城市没有其他的中心。

第一次对"成都"这个词有某种概念，是在童年时，我在自贡被外婆抚养的那三年。成都作为一个不同于人的"人"，时常出现在深夜，我躺在床上感觉孤单时，她就会与我对爸爸妈妈的想念一同显灵。成都，就是爸爸妈妈，爸爸妈妈就是成都。因而，与其说我天天在心里给"成都"写信，不如说在给爸爸妈妈写信。

我仍然清楚地记得那些写给"成都"的"信件"，它们基本都是在夜里，想家想得就快要哭的瞬间"写"成的。有时候，"信"还没"写"完，我已经迷迷糊糊睡着了。

少女时代，这个"成都"也曾陪伴我去过四川的好多地方。只要离开她，我就迫不及待地在心里给她写信，我相信她能理解我的感受。最主要的是，我习惯于把去到的地方与她放在一起比较。当我回到成都时，我以为她对我的回归非常欣慰，她明白我已经更加了解她，更加熟悉她，也更加理解她。

我带着这个"成都"去了更多的地方。后来，我就开始有点厌烦她。我和大多数人一样，在一个地方待得太久的话，那种熟稔中的无聊、厌倦、疲惫感就会阵阵袭来。为了抵御这种本能而又强大的倦怠感，我们会强制自己以一种或许有点做作、或许有点新鲜的角度，去重新认识和挖掘老地方，从多个方面赋予她新意。我们也可能尽量说服自己，不过是"心远地自偏""生活在别处"作祟，哪个地方都不完美，都有一个适应和习惯的过程，直到它最终沉潜入你的精神深处……

当然，年轻的时候，我们最大的愿望是离开家乡，去追求有更多可能性的生活，去体味别的城市的快乐和痛苦。

5

1987年，我高中毕业之后，考到上海去读大学。那是我首次出川，去到的又是中国最发达的城市。上海和成都岂止是地理概念上的相距遥遥，两者在城市规模、经济文化水准等方面，更是不可同日而语。那些年，学子们的心理轨迹大致都是如此：离家的头一年对家乡朝思暮想，再过两年就慢慢适应了新地方。待到大学毕业之时，已不愿意回到相对闭塞的家乡。

我没能如愿分配到北京工作。当时，除了北京，别的地方我也不想去，迫不得已回到了成都。20世纪90年代初，回到成都工作，意味着观看中国一流甚至世界前沿剧场艺术的机会被基本切断，意味着文化视野的萎缩，意味着信息来源渠道变窄、获取速度缓慢，意味着文化观念的滞后……

回到成都，给我带来的失落感何其巨大！这种感觉无法与成都人言说，包括我父母和其他亲朋好友，他们大都认为我不过是在为自己的消极、夸张、矫情、骄傲等情绪找个托词。他们安慰我说："事在人为嘛，哪个地方不出人才！鸡窝窝还飞出金凤凰呢，何况四川自古人杰地灵……"

别说是金凤凰，我从来都不认为自己是个人才。相反，即使在上海读大学时被老师同学夸赞"艺术感觉好"，也无法消弭我隐蔽的强烈的自卑心。那种自卑与我羸弱的体质脱不了关系，也是成长环境的分泌物。妈妈年轻时漂亮而生气勃勃，她总是为我身体差、生活技能低、学习偏科等问题苦恼。我羡慕她的资质，也厌烦她带给我的无形压力。哥哥聪明过人，他身体特别好，长得好看，远近闻名。从小到大，哥哥习惯对我的身体、智力和容貌冷嘲热讽，他以各种方式提醒我：我方方面面都还顺利，不过是源于爸妈偏心眼的呵护，个人运气不算差罢了。爸爸倒从来都是鼓励我的，可是，与爸爸常来常往的朋友中，懂四门外语的工程师，留过学的研究员，名作家、名编辑、名编剧、名演员、名画家多的是，我又算得了什么?

即便如此,即便没有雄才大略,没有雄心壮志,回到成都的低落和失望照样如影随形。只有几个同时从北京、上海分回成都的同学可以聊天,可是我该怎么向人家述说心情?加之同时而来的失恋,我陷入了抑郁状态。连续半年多时间,几乎夜夜失眠。每天夜晚,我在床上辗转反侧,默默流泪,焦虑地盯着窗帘,观察和"触摸"它在黑暗中深浅不一的光斑,直到它无比缓慢地变了颜色,一点一点明亮起来……

6

1991年年底,作为新毕业的大学生,我被单位派到四川东部的D县开展扶贫工作,为期一年。

1993年春天,成都的白玉兰、海棠、桃花、梨花次第开放的时节,我重新回到四川省作家协会编辑部上班。经过上海、省城、县城的三级跳,体会到其中巨大的落差,感悟大相径庭的状态,我的心理空间或许有所扩展。这年夏天,家里从城东搬到了城西,我也有了几个较为固定的诗人作者,莫名的疼痛有所减轻,我的视线缓慢地开始在这座城市聚焦。

生活的触须伸展得特别长——成都就是这样,它不喜欢含蓄平淡,要的就是闹热火辣。"眼前兴废事,烟水又黄昏",龙门阵摆起来,"三花"谈("三花"是成都出产的茉莉花茶的最低品级,"谈三花"意为聊天)不完。何况,其时我不过23岁,青春期强韧的生命,最容易被健忘、好奇、轻信、热情、冲动、创造等内容填满。借助有意无意的深入认知,借助各种各样活色生香的诱惑,我羞羞答答、欲拒还迎、跃跃欲试、边干边怨、边怨边干地逐渐贴近、走近成都……

或许自由正是源自某种程度上的"一无所有",我上没老(爸妈还算中年),下没小(单身),没有职称,没有资历,没有钱,没有社会关系……我们编辑部每天只上半天班,下午和晚上,为了填满空落落的心,我和同学发小混在一起,骑着自行车,东晃西荡,游走在城市的各个角落。

我们吃遍了成都那些味道巴适的苍蝇馆子和路边摊。火锅粉配八宝粥的吃法刚流行，我们已经吃腻了；贺水饺、蒋排骨、雨田小馆、华兴煎蛋面、滇味米线、王梅麻辣烫、白家肥肠粉……这些美食轮换着吃。我们不会去一些外地人常去的名店，那些店基本上都是麻（四川方言，意思是蒙蔽、欺骗）外地人的，贵，味道也一般。我很少在家吃饭，工资不免入不敷出。月底发薪之前，常常要找妈妈借钱救济。

我从来没有涉足过这么多地方：昔日的公馆，规整的、单位接收的大四合院，市民居住的大杂院、小杂院，大机关的家属院，小单位的家属院，高干居住区，危房，钉子院，刚刚兴起的别墅区，高档公寓区，涉外公寓……在成都工作的这五年间，我与各阶层的人都有或深或浅的接触。我并没有深入生活、观察人间的观念，按照妈妈的话说，我只是太贪玩了，每天一睁眼，想的就是今天该怎么玩！张爱玲剖析她自己性格特点的话同样适合形容我的状态："缺乏生活的人，她对生活是贪心的。"

7

写作并没有中断，虽然速度非常缓慢，却步入了连续不断的轨道。

那几年，诗歌、散文和艺术评论在各地陆续发表。散文被几部文集收录，戏剧小品和随笔分别在上海和成都获奖，长篇小说也已经完稿。我逐渐发现，写作过程要比作品发表更令我兴奋。我曾担心回到成都会丧失对艺术的兴趣和热情，看来它并没有发生。事实上，我和大学同窗好友芳芳（她未能如愿分到广东，被迫来到成都）一起，我们不断相互提醒，一定要保持对艺术的激情，保持敏锐的感受力。她在电视台做导演，精力过人，干劲十足。她常常拉上我，我们一起替电视台策划节目，写剧本；我们还与广播电台合作，做诗歌朗诵会；替杂志写剧评……成都各种有意思的艺术活动，我们都会去参加。

那些迷惘的日子，我反倒是无意间前所未有地接了地气。日复一日，自然就被地底的根须所紧紧缠绕。

1994年，四川美术学院1978级的12位画家，让我担任他们新成立的"78艺术工作室"的艺术总监。这真让我受宠若惊且异常感动。这些画家当时都是四川美术界本体意义上的创作中坚，个性独立又孤傲。我是看着他们的素描、写生、油画、连环画等作品长大的，其中许多人的名字早就如雷贯耳了。

中学时期，我特别熟悉并喜欢"伤痕文学""伤痕美术""伤痕电影"等文学艺术作品。从年龄上看，我比这批创作"伤痕艺术"的艺术家基本小一轮。我没有当过知青，也缺乏对农村生活的了解，在"为赋新词强说愁"的年代，我最仰慕那些"吃过苦"的作家、艺术家。

我只有24岁，按说这批画家认识不少很有资历的美术评论家，他们并非必须选我来做他们的艺术总监。大概是他们喜欢年轻人的单纯、真诚，又与我艺术观念合拍，性情相投。总之，我们的合作特别默契。我为他们的画展写前言，为他们的作品写评论，完全处于创作的亢奋状态。

他们大多不到40岁，个别年长的也才45岁左右，正值艺术创造的高峰期。他们个个开朗热情，洒脱坦直，幽默得不得了，特别会讲摆话（成都方言，意为无关紧要的话，讽刺、挖苦的话，开玩笑的话）。大家凑在一起工作或玩耍的时候，我总能从头笑到尾，特别开心。1994年和1996年，我们连续在四川美术馆举办了两届"78艺术工作室油画展"。前来参观的观众很多，反响也特别好。

成都平原自古就有优越的气候资源和发达的农业灌溉。它本身的富庶，它付出较少收获较多的农业生产方式，让成都人普遍心态轻松，乐于慷慨赠予和分享，吃喝玩乐和交友游戏的风气甚浓。其人际关系的基调是紧密、亲热的，有着乡下人憨厚温煦的传统。

过去，成都通往外省的交通不是十分便利，更别说通往国外了。物资的累积和自给自足，使分享成为一种生活方式。分享让个体心灵得到了扩展，人们更有劲头来对抗没有外在呼应的单调的日子。因而，我一直认为，成都人普遍有着豁达开朗的心胸，想得开的人特别多。成都，它在最恰当的时辰，接纳了我的摇摆，开解了我的彷徨。

8

1995年初，我认识了丈夫。他是北京人，又是单亲独子，让他离开北京到成都工作生活，几乎是不可能的事。我去北京似乎更为天经地义，被大多数人看作是"积极向上"的幸事。偶尔，我会感到命运冥冥之中的安排和捉弄：在我特别想去北京工作时，万门紧闭；待我在成都有了越来越多的朋友，工作也更加顺手，甚至都分了住房，真正不想再离开成都之时，我还只能服从情感的选择去北京定居。

然而，心理意义上的移居却一直未能彻底完成。调到北京工作之后，长达数年，我的大脑经常是一片空白，任何东西都写不出来，如何焦虑也没用。如果我调入的不是北京的高校，而是某个没有寒暑假的单位，以我年轻软弱、依赖性强的个性，也许我会屈从于与北京的朝夕相处。假以时日，我会从依赖北京，变为依恋上北京。只能说是命中注定，我和成都的缘分，倒是因为我在大学工作的性质，依然紧密相连。

每年寒暑假，我都会在放假的第二天迫不及待地回到成都。二十多年来，只有2008年没有回成都。那年夏天，我带着女儿去了美国；冬天，爸爸妈妈来北京过年了。某天，有个成都朋友在电话中给我描述成都因为修地铁而极其混乱的路况，我的反应却引来朋友的讪笑。她说："你咋像很久没有回过成都一样，就是一年而已嘛。"

9

旅游手册上这样描述成都：位于四川省中部，四川盆地西部，总面积14000平方千米，其中城区面积900多平方千米。全市两千多万人。成都是国务院首批公布的24个历史文化名城之一，是四川省经济文化中心……

历史上，后蜀主孟昶命人在成都城上遍植木芙蓉，每到秋季，五色芙蓉竞相开放，成都因有"芙蓉城"之名，简称"蓉城"。

当然，我们不会这样特别诗意地来感知我们身居其中的城市。我们只知道城市在不断变大，一环、二环、二点五环、三环……朋友们的家相距越来越远，大家来往起来也没有从前方便。我们会觉察到城市密度越来越大，即使是已过午夜时分，大街小巷依然到处都是行人。我们感叹人口流动迁徙变得频繁，大街上甚至已经难得听到本土口音……

成都自建城那天始，两千多年来，从没改换过名字。虽然建城历史悠久，成都以前却是个很小的城市，相当长一段时间，不到1个小时的自行车车程就可以横穿全城。

10

二十多年来，我缺乏四季完整的成都生活，无法像老成都人那样时时凝视它，天天感受它，无法随时抓取它最动人的细节和最细腻的变化；我也不像那些旅游者，踏上成都的地界，带着听来的一点传说、个人的一点偏见、获得的一点印象，做出一番结论。这结论即便是以偏概全，也非常的理直气壮。

当我提笔写成都的时候，一时竟有些无从说起。毕竟，太多诗人、作家、艺术家和普通人写过成都，其中不乏精彩之作。我很喜欢看这类文章，从初期狼吞虎咽地看，到现在有所选择地看，看了一本又一本，一篇又一篇。成都，单就其在笔墨下的形象，似乎已被穷尽。

我推翻了之前写的好几稿，总是感到不满意。成都从各个方面、以各种角度似乎都被人写过，大家都比我写得更全面、深邃、透彻。美国女作家、诺贝尔文学奖获得者托尼·莫里森在谈到读者和作者如何切换身份时，有这么一句话（大意）：要写的一切都已经被写过，我只好做个读者。

直到某一天，"成都"找到了我，让我说说对它的个人印象。毕竟，我也算是它土生土长的老熟人了。于是，我提起了笔……好吧，我还是老老实实回到起点，从在成都的经历写起，梳理一下成都与我、我与成都之间千丝万缕的关系。其实，由多重时空的经纬交织而成的人与事，其纷繁复杂的构成，让轮廓不够清晰、下意识总要掩饰起来的"自身"，逐渐变得丰满立体。嗯，检视自己，也需要勇气。

德国评论家本雅明认为，外人看一座城市的时候，感兴趣的是异国情调或美景。而对当地人来说，其联系始终掺杂着回忆。

虽说是回忆，我并不认为它完全属实。尽管我有记日记的习惯，但落在纸上的文字，只要不是录音记录整理，难免含有想象的成分。在企图还原历史遗迹的同时，我们的记忆、认知、情感、写作风格、写作技巧等因素，都会使文章内容部分"变形"。

帕慕克在其非虚构作品《伊斯坦布尔》里说："对回忆录作者来说，重要的不是事实叙述的准确与否，而是前后是否呼应。"好在，再现并非我的目的，表现才是终极使命。我想让读者看到的内容，更是我想说给自己听的絮语。

成都男人

1

如果我依然生活在成都,大概不会有如此强烈的兴趣去来书写这个城市的男人和女人。其实,五代以上定居在成都的所谓地道的成都人,微乎其微。明末清初张献忠屠城之后,成都人所剩无几。湖广填四川移民来的也好,客家人迁居在此的也罢,我笔下的成都人,指的是当代那些出生成长并一直定居在成都的人。他们在这个城市浸淫已久,与这个城市同呼吸共命运,是它真正的主人翁。他们身上体现出的特质,才是这个城市的本体。

将成都男人的形象以虚构的面目呈现,尽情去想象他们的言行举止,倒是颇能勾起我的写作冲动。纪实性质的表达貌似客观,实则拘囿,属于一己之见的东西较难避免落入偏窄的巢穴中。来自身边的人与事,间隔距离太近,焦距不大好调整,定位的高矮肥瘦无法得到保证,偏离事实的可能性很大。"管家眼里无伟人"的轻视或不屑心理,"爸妈眼里娃最美"的溺爱或护短习惯,这些本来属于人之常情的因素,却是书写这类文章的忌讳。

如今,我离开成都移居北京已经二十多年,平日里来往的朋友、身边的同事、家里的丈夫,他们来自五湖四海,携带着各个地域的基因。对比之下,反衬之中,或许我多少能相对客观地去辨识成都的男人与女人。

2

毕竟是南方人，地域又偏于西部，成都男人因而大多身材不高，体格不壮。他们的面目和三星堆出土文物中那些高鼻深目的祖先不同，甚至与他们的形象正相反：他们面部平展，额头宽大，眼睛不大不小，眼裂细长，鼻子细窄平直，鼻头小巧，嘴唇较薄。他们面部的整体形象是匀称的，与中国其他南方城市的男人似乎并没有根本性差异。

农业文明带来的闲适涣散之气，温润灵秀的乡土年深月久的滋养，让成都男人普遍性情柔和，行动不疾不徐，有时还给人以较为文弱的第一印象。我甚至听到过诸如"成都男人，酒都不敢喝，只喝豆奶""成都男的吵架吵半天都不敢动手"这样嘲讽成都男人的话。

成都男人并非缺乏男子气，他们的性情普遍含蓄内敛，不那么外露。一般来讲，性情粗犷豪放、大大咧咧之人容易被视为更具男子气概。成都大多数男人不是这样，他们要细腻斯文得多。苏轼"忠厚传家久，诗书继世长"的家训，深植在成都市民心底，无形中成为塑造他们品行的传统范式。

其实，成都男人只是不愿意轻易招惹人，真正惹急了，交锋起来，却颇敢玩命。我不知道形容四川男人的那个词"川耗子"，是否适用于成都男人。同为四川人，川东、川西、川南和川北各地人的性情明显不一样。"川耗子"这个词，或许不好听，形容四川男人却非常形象。四川男人从来不依仗身强力壮的外观行事，自古以来，他们更多展示出的是灵活机敏、坚韧耐受的生存智慧。

近代以来，从保路运动、辛亥革命、抗日战争、抗美援朝到对越自卫反击战，成都乃至四川男人，他们表现出来的勇敢无畏、机智灵活，敢为天下先的男儿气派，都是铁板钉钉的事实。

3

成都男人喜欢摆龙门阵，很会说笑话，也很会绕着圈儿地转（挤对）人。唇舌之乐是茶馆文化发达之地的必然配置。成都方言幽默生动，用词丰富，活灵活现，略有点痞，倒也不过分。成都方言在不同的说话者口中，常会呈现大不相同的质地，或许文雅机巧，或许平俗滑稽。稠密的词来句往中，成都男人的言谈，常常会让外来人感叹：这里的人真是敢于且长于表达。

你不能阻止成都男人尽逞言谈之欢，否则，就没有四川评弹、川剧、评书、谐剧等艺术的绵长和曾经的兴盛，茶馆文化更不可能火爆至今。小说《金瓶梅》里那句名言"风流茶说合，酒是色媒人"，精辟地总结出茶和酒在社交场合中的重要作用。喝茶的乐趣之一，正在于与各类人物的各种"说"。

传统的礼仪文化似乎对男人的讷言慎行评价颇高，可是成都人就会觉得这样的人有点木（呆），或者显得有点瓜（傻）。成都人比较看重一个人是否生动有趣，而在生动有趣中，龙门阵摆得是不是开阔、是不是别出心裁是重要的。哪怕这个男人有点饶舌，只要他的龙门阵听起来巴适，人们就会认为他非常聪明，也很可爱。

4

据我观察，成都男人擅于用市井的眼光打量和权衡人事。无论是精英还是草根，成都男人都惯常以滑稽的外号来戏谑地称呼他们。或许可以推断，成都男人心态松弛，天生便具有平等意识。然而，万事都有两面性。在竞争意识相对较弱的地方，大家对阶层的划分没有那么敏感，城市的整体氛围较为悠缓，人与人的关系较为和谐。同时，以全然解构的心理来对待端肃的事物，缺乏对更高精神层面的追求，也容易让人丧失部分学习和提升自我的觉悟。

在我成长的那个年代，好多成都男人都有点害羞。这种天然的羞涩感既是南方男人单纯内秀的附带物，也是因为从前的成都偏居一隅，人口流动稀少，见识不够，人多少有点诧生（四川方言，意思是在陌生的环境、陌生人面前感到不自在）所致。吊诡的是，当"诧生"和"野性"并行不悖地凸显在一个男人身上时，他恰又是非常迷人的。

无论如何，那些温暖贴心、有礼有节的温馨瞬间，闪现出的还是人性中淳良可爱的那一面。如今，它难以常见，但并非踪迹全无。有时候，我在成都的服务机构办完事，对提供服务的某个男人说着感谢的话，他会微笑着羞涩地表示不用谢。他们在不经意中流露出来的腼腆神情，我自小已是非常熟悉，依旧会深受感染。这些男人中，各种职业的都有，出租车司机、售货员、银行工作人员、编辑记者、送货员、发廊小弟……他们传递给陌生人的友善的信号，会让人感慨：这里毕竟是沃野千里、文化积淀深厚的天府之国。

5

长期以来，因为正事的缺乏，或者说是真正值得严肃认真对待的事并不算多，成都男人在或者诗情画意，或者活色生香，或者"旁门左道"的事情上下足了功夫。成都搞艺术的男人特别多，诗人尤其多。艺术家们大多自由自在，多数人其实过得比较潦倒，也未见有多少佳作问世。不过，他们倒也优哉游哉五味杂陈地挺过来了。"人生难得是富贵，更难是清闲"，大富大贵者如贾宝玉，也早就悟到了生之真谛。

在成都，生存压力相对没有那么大，人与人的交集一向比较紧密，这些都是兴趣爱好和另类生活方式遍地生花的酵母。

成都男人的爱好多了去了，多到有了玩物丧志的危险：烹饪、读书、品茶、下围棋、打麻将、摄影、养宠物、集邮、淘碟、健身等，这些活动的爱好者，似乎都有他们自己的小圈子。城市缤纷多元的细节也正蕴含在这些生活的门道中。只不过，此类生活方式不足以为外人道，长期沉溺于此，或许就更难以融入所谓"人间正道"了吧。

我有位北京的朋友是典型的商界精英，两年前他被派到公司在成都的分部做经理。他最头大的事就是成都籍的员工不愿意加班。工作日不愿意加班，周末就更不愿意来公司。哪怕给他再多的加班费，他也不想上班。他说这些小孩儿告诉他，他们要去耍！每到周末，朋友们就要相约一起，到处耍。他们有很多耍的方式，乐此不疲，工作仿佛只是玩耍的间隙。我这个朋友对此完全无可奈何。

我是不是该用成都铁像寺水街陈锦茶铺高悬的那副对联来安慰这位北京的朋友——余生很长，何事慌张。

6

民以食为天，尤其在成都，饮食兹事比天大。成都男人少有不会做饭的。我从前在成都的男同事，不仅会做饭，好几个人的手艺还达到了厨师级别。虽然他们比女人的厨艺高，日常生活中还是女人做得多。家中来了客人则不一样，男人往往会亲自下厨露一手。这种情况下的做饭便有点像表演，特别能获得关注和赞誉。如果再辅之以席上夹杂着吹嘘的一番自谦，喝酒时的兴致也就更高了。

家人的生日或纪念日，是更寻常更放松的日子，成都男人反而缺乏亲自做一桌饭菜的热情，多是到各种特色餐厅吃饭。大概亲人日日在一起周旋，熟悉中早生倦怠，必要借故出去体验一番不同的生活方式，方能有些过日子的新鲜动力。

做饭和吃喝在成都男人看来，都是很享受的事情。就像他们对待女人一样，疼爱女人并非想要炫耀男子汉气概，或者是自家虚弱而依赖女人。爱女人，既发乎自然，也是一种精神享受。普通人的那点人伦乐趣，不正在其中吗？在北方，某些男人表现得特别疼爱自家女人的话，就要被朋友甚至家人藐视，会被认为缺乏男子气。这在成都男人看来，"也太封建了嘛"。向女人"示弱"，除了体现出男女平等，有时不也是变相的调情吗？

7

我在成都工作的那几年，逢着出差，男同事们总是事无巨细地关照我，简直让我受宠若惊。到北京后就没有这样的待遇了，大家平起平坐，互不"亏欠"。成都男人这样关爱女孩子，你却完全不会觉得他们好色或"女气"，反倒觉得此举与男子气概更贴近。

几个年轻的成都女子对我说过，成都男人居家气息浓厚，很难让女人激起爱意。也许，这样的男人更适合细水长流的婚姻。我曾看到过相关的统计，成都已婚女性对自己丈夫的满意度是比较高的。如果女人对异性在精神气质上的要求高，或者抱有的浪漫幻想多一些，就不太容易爱上这类型男人。女人们会认为他们的气质不够超拔，过于平凡，甚至平庸。

我有个北京朋友曾深情地给我讲述她的成都情人，我很受感染，强烈地希望能见到他。某天，朋友的情人从成都到北京来出差，她把他介绍给我，我真是特别失望。我知道我的朋友对她丈夫有太多的不满和怨怒，可是她的情人，气质平凡，交谈下来，格局狭小。她丈夫曾说："你再也找不到比我更好的男人了。"结果被他不幸言中，她很绝望，但她依然肯定她的情人特别有生活热情，且用情坚深。

8

我有好几个成都的女朋友，她们个个才貌双全，见多识广，很有生活情趣，却难以寻觅到合适的恋爱或结婚对象。她们认为成都男人市井气重了点，个人修养、眼光视界和学习能力都不及自己，缺乏做人的气魄。她们过得多姿多彩，大大强过随便与人凑合成婚。

仔细想来，无论古今，也许优秀男人的形成，除去基因和家教，也有很大成分是成长中的淬炼。遇事多了，只要不是笨人，自会总结得失，心胸格局大一点、眼光长远一点的人，慢慢就能积淀出沉着宽豁的气韵。

"入乡就得随俗"，我认识的一些成都男性知识分子很怕被孤立，不愿执着于自己的精神追求，超越本土意识，他们就跟心虚或赌气一样，偏要与俗世"接轨"，以免被划成另类。有时候，他们违背自己的审美意愿，硬要接地气的行为方式，甚至显得有点做作。其实，他们的内心又何尝不寂寞？对地域文化中的某些部分，又何尝不抵触？异端总是要付出代价的吧，无论身处哪种环境，谁不担心自己成为"人民公敌"呢？

今天的成都，已经成为中国西部最重要的城市。我到高新区走走看，简直像是身处不认识的一座新城。无数的成都男人身着正装，脚步匆匆，在这里或主动或被动地经受历练。他们和从前"偏安一隅"的男人不可同日而语，你甚至觉得他们身上的老成都味儿并不重，不少人操着普通话、甚至英语与人交流……他们或许就是新成都男人的缩影。

激变已经到来，这次是从城市的外围向老城区渗透。

9

男人女人总是互为镜子,彼此借对方看清自己。我有个成都的男性朋友告诉我,他走在成都街头,放眼望去,还是觉得成都的女人比男人要好看,气质好的女性比男性多得多。尽管他是个男人。

在中国,男性形象承载和隐喻了更多的社会性内容。男人,在大众心目中的内涵更偏厚重,因而也就更为沉重。"少不入川"背后所担忧的那种安逸中被荒废的人生,同时暗含着男人对获取功名的诉求。何止是女人才对男人有那么多的期望呢?

我有位女朋友是山东人,她丈夫是成都人。这姑娘给我提及她的丈夫,总是一脸陶醉。她说他(广告导演)在拍摄现场操着"川普"(四川口音浓重的普通话)指挥一干人干活时,颇有大将风度;他喜欢朋友聚会,做得一手好川菜,还特别幽默……她说她太喜欢成都男人了!

除了做得一手好川菜,这个男人的优点并不具有强烈的地域性。从各地汇集到北京的男人,其中优秀的那部分人,基本都具有这样的特质。在全球化时代,"千人一面"的现象多了,当某位精英隶属于某个阶层,他基本就具有那个阶层标准的生活方式和行为举止,他的地域特性并不明显。僭越和坠落,其代价都让人难以承受。这和千篇一律的古镇、大同小异的高楼大厦、标准配方的食物近似。这既是现代文明带来的进步,也是人类学意义上的悲哀。

生活习惯、饮食结构、语言文化等的不同,带来个人性情的千变万化。或许,只有抱持对地域文化坚守和更新、包容和发展并举的理念,才能培植出人类真正特出的个性。个性是机械复制时代稀缺而最难固守的东西。

李劼人的长篇小说《大波》中,男主人公黄澜生是生长在成都的江苏人,他娶了成都女子为妻,在成都的公事衙门做着不大不小的官,家境富有。黄澜生长于见风使舵,为人精明。尽管他在成都定居的年月颇久了,平素的口头禅还是"你们成都人……",为此,他经常遭到成都籍太太的笑骂。黄澜生在成都的日子滋润安逸,舒泰至极,他从来不留恋他的祖籍江苏。不过,他在潜意识中总是想要与成都和成都人拉开那么点距离,于是便"你们成都人"不离口。

　　我好奇的是,为何黄澜生这个新成都人(出生、生长在成都)不愿意说"我们成都人",而非要强调"你们成都人"?个中原因,怕是不那么简单……

成都女人

1

尽管我自己就是成都女人,但提笔写成都女人,我还是颇有点踌躇。将人按地域进行归类,实在是简单粗暴有失偏颇的做法。人上一百,形形色色。人是复杂的,正因为复杂,文学艺术才有取之不竭用之不尽的素材。当然,从文化人类学角度来看,族群有它的共性,环境也确实能"生成"个人。个别和一般,少数和多数,个性和共性,通常都是相对而言的,人们需要借助这类型的书写,来对陌生的地域做快速而感性的了解。学者杨东平说过,国家、民族和城市社会的文化,最终蕴含和体现于人——人的质量贯穿了城市社会的多维空间,成为城市文化的直接现实。

1987年,我到上海读大学的时候,还没有形成对于"女人"的观念。从未思索过,女人,作为不同于男人的性别,有何种特质。在保守的年代,"女人"这个词本身有它的暧昧色彩,甚至是对某类女性略带贬义、提及她们时语气稍显不屑的称谓。"妇女""女同志"等字眼才是界定女性的主流书面用语。

"女人",似乎指向一种性别类型之身体,暗含着情欲的意味。提起这个词,像是在偷窥裸体;抑或是某类妇女,其女性气息过于强烈,扑面而来,简直让人无法招架,瞬间可能让男人失控。这种类型的女性,她们最常被称作"女人""尤物"。

很长时间以来,我并未特别关注或留意过成都女人。在拥有女性意识的年龄，我所接触和深入认识的女性来自全国各地，并且性格多元，根本无法以某地必出某类人、某人必属于某地的逻辑去划分她们。

话虽如此，伴随我成长的女人，我的发小、同学、邻居、同事，她们都是成都女人。即便在上海或者北京学习、工作、生活，我也认识不少成都女人。一个人生长的地域，犹如他所携带的文化基因，潜藏在他的血脉深处，有意无意地决定着他的行为方式，尤其是那些从未离开过家乡的人。

成都女人是一群性格鲜活、个性色彩浓烈的人。或许感性爽直的女人总是这样，她们外在的诸多表象容易被当作内在的实质。在流行的城市文化概念中，她们被简单地进行了划分和归类。

我是成都女人，"盆地意识"有点严重，我总是期望过着懒散的生活，最好是农业文明时期的生活节奏，每天就是喝茶、读书、看戏、闲逛……当然，我并没有那么好命，年过半百依然在为生存忙碌。可见，成都也是有着各种各样的女人的。

2

成都女人身材苗条娇小。我不止一次听成都男人说喜欢娇小玲珑的女人，"浓缩的都是精华"，他们认为高大的女人往往要粗糙一些，比较缺乏女人味。成都女人的典型模样是额头饱满开阔，略微凸出，圆脸大眼睛，圆鼻头。她们肤质细滑，说话软糯，尾音拖得较长，嗲声嗲气，容易给人以柔顺可爱的印象。成都人夸赞某个女孩子时，最爱说"好乖哦"。一个"乖"字，包含了漂亮、乖巧、懂事、听话等多层意思。

其实，成都女人的外形和声音与她们的内心并非完全吻合。我也并不认为成都美女有外地人认为的那么多。成都女人较少骄、娇二气，温柔和娇媚不是她们的标配，她们更欣赏爽朗幽默、落落大方的女人。毕竟，接触和交往起来，后者要更有趣。一个人是否好耍（有趣）在这个城市是重要的。游戏精神在这个相对富庶的城市自古就比较浓厚。有趣的人不仅个性丰富多彩，还因为内心充实，往往为人不牙尖（四川方言，形容爱说人长短、搬弄是非），好相处。

成都女人热衷交流，说起话来绘声绘色。四川方言里的象声词特别丰富，并且带有很强的戏谑色彩。因此，越是市井气重的成都女人，其表达方式在外人看来就越是活色生香、具有喜感。李劼人小说《死水微澜》中的女主角邓幺姑，说话就水淋淋、脆生生的，很有节奏感，特别喜人。这部小说被成都话剧团改编成话剧之后，轰动一时，各地的观众都被邓幺姑的成都话迷住了。

另一方面，部分成都女人说话语速极快，叽叽喳喳的，交谈的内容大抵是家长里短、人际八卦，有时不免让人感觉有些聒噪。我有个北京朋友认识一位成都女人，朋友说这个女人说普通话时挺文雅。有一次，朋友偶然听到这个女人用成都话接电话，朋友吃惊地说："她完全变了个样儿！特别事儿。"

3

说到成都女人聊天的功夫，不得不提我的一次经历。

2000年春节，大年初一，我们几个成都人在山西旅游。那天，我们包了一辆出租车从平遥回太原。路上，我们用成都话热聊着各种趣事，笑声连连。突然，我们的出租车撞翻了迎面而来的一辆摩托车，摩托车后座上的女人当即被甩了出去。我们大惊，赶紧下车去瞧个究竟。骑摩托车的是个淳朴的山西青年，那被甩出去的，是他的女朋友。幸亏出租车开得不快，那对男女被撞得并不厉害。我们一个劲儿地道歉，并上下查看他们的伤势。那对青年很有点羞涩，连讲"莫事，莫事"，弄得我们很不好意思。

我们问司机，他到底是咋回事，明明宽阔的马路上几乎没有什么车，他怎么还会撞到那辆摩托车？那个山西司机是个老实的小伙子，他说他听我们聊天听得太入迷，开车时走神了，没有注意到对面驶来的摩托车。我们有些诧异，便问他是否听得懂成都话。他说完全听得懂，我们讲的话太好听了……

我们既得意又相当内疚，便多给了司机一点钱，让他马上带那姑娘去医院检查一下，车祸之后最怕有内伤。那司机依依不舍地和我们道别，似乎还没听够我们的聊天。我们则忐忑不安地拦了辆过路车走了。

4

生活态度高调是我对成都女人的一大印象。她们不愿安于现状，有股想要改变什么的劲头。她们有北方人的豁朗劲儿，也具备南方人的圆融性。她们精力充沛，好管闲事，外表也许文静，内心其实泼辣。有些人把这种天性用在工作中，四处闯荡，勤奋能干，大气且能团结、包容他人，加上运气不错，最后出人头地，获得较高的成就。不过，这部分精英总是少数，多数女人把注意力都倾注在家庭或社交上面，过得也算舒适。

只是，和老一辈勤劳能干、擅长持家的女性相比，对家务事感兴趣的年轻女人大为减少。她们宁可把时间留给打麻将、健身、进修学习、吃喝玩乐……

喜欢和人比较是我对成都女人的又一印象。这点倒真不是成都女人独有，各地都差不多，只是成都女人敢于把它表露在外。亲戚、同学、朋友有啥，不管是吃的穿的还是用的，自己也必须要有。高雅的俗气的，只要是市面上流行的，她们都喜欢跟风。人家有而自己没有，她们就觉得被潮流给甩开去了，肯定会气得鬼火（四川方言，意思是怨火）冲。只有啥都和别人一样，才能身心平衡，周身通泰（四川方言，此处意为舒畅）。她们不像北京上海的女人特立独行，最不喜欢从众，这里小家碧玉型女人更多，形式也就更为趋同。

四川人惯常称呼女娃子的一个词——幺妹儿，非常形象地勾勒出了部分成都女人的外在气质。

5

女孩子在成都通常是被呵护的，但她们并不因此骄矜傲慢，反而是性格豪爽泼辣者居多。她们大多不是冷静精明、自保型人格的人，而是母性较强，见不得弱小受苦，看不惯不平之事。她们维护男人的最高境界就是替他们两肋插刀。听到过有丈夫说起自己的妻子，讲她"特别讲义气"，简直像是在夸赞某位男性朋友。

我上高中时，有天路过市劳动人民文化宫，见门口里三圈外三圈围满了人，女人的哭声和男人的吼声也是声声入耳。我停下自行车，打算挤进去看看到底发生了何事。只听身边有个女的说："你快点去帮那个女的打！老子最看不惯男的打女的了。自行车我帮你盯到。"我扭头一看，说话的是个20多岁打扮俗气的女子，站在她身边的男人大概是她丈夫或是男朋友，他听罢她的鼓动，将自行车龙头往她手上一塞，迅速挤进人丛……

我所理解的成都女人的泼辣与重庆或北方女人的泼辣，风格不大一样，她们属于绵里藏针型，表面风轻云淡，实则有心计。《大波》里的黄澜生太太，就是那类很有个性的成都女人：长得乖巧，聪明伶俐；叛逆野性，天不怕地不怕，拿得起放得下；善良讲理，喜欢吃穿打扮，喜欢男人；并不具备女权意识，但本能地认为女人就该和男人平起平坐；婚后在家里要拿事。她是孝顺却也任性的女儿、温情而有主意的母亲、风情万千却有脾气的妻子……

社会动荡，大难临头之时，黄澜生太太比黄澜生要镇定得多。在她的主持下，家中的日常生活照旧，一切井然有序。和平时期不显山露水的黄澜生太太，在乱世中反倒生成一腔豪侠气。

6

成都的美女隐藏在民间，商场、快餐店、医院、机场、地铁……常常迎头撞上一个美女。可是，出现在各类自媒体上的成都美女图片，不知为何，好多人看上去打扮姿态都过于刻意，反倒有点土。我心中的成都，自然质朴就很美，"清水出芙蓉，天然去雕饰"是最适合肤质细腻、身材苗条的成都妹子的风格。

打扮对成都女人来说，从来不是小事。女人的审美爱好、经济文化水平、个性脾气，都能从装扮上看出几分。"人是桩桩，全靠衣裳"，这是成都人的老话。女人不仅自己爱打扮，还爱欣赏旁人甚至路人的打扮。北京人喜好自然大方的穿衣风格；上海人历来讲究低调、含蓄。成都虽然也有"好吃莫过茶泡饭，好看莫过素打扮"的说法，不过说归说，大多数成都女人还是更偏好用力"打扮"。如果赶不上时髦，就会着急。于是，一阵子全民皆着"健美裤"，一阵子满街都是"松高鞋"，个子矮小的成都女人还给松高鞋取了一个诙谐的名字——"恨天高"。

7

　　成都的美食不仅闻名全国，说是已经走向了世界也不为过。会吃和会做在成都女人那儿形成了天然的统一，她们在烹饪方面可说是无师自通，天赋过人。我的大多数同学、朋友、晚辈，从小到大都是饭来张口衣来伸手的，一旦独立开火，却能迅速上手做出一桌色香味俱佳的饭菜来。四川人的皮囊里，或许都藏着厨房里的火星油烟。

　　在我看来，成都女人的魅力远非善于庖厨一项。由于历史文化悠久深厚，自然环境优美，维持基本生存的成本较低，许多老辈成都人颇有点超然物外的感时伤怀之心。我们毕竟是诞生过"东望少城花满烟，百花高楼更可怜"等无数浪漫诗歌的城市，很多成都女人，再是大大咧咧，内里都有烂漫感伤的那一面。

　　听到普普通通的女人说出非常抒情的话，这在成都也属平常。我同学在外地念书，她母亲，一个工厂保管员，写信让她别谈恋爱。她母亲写道："你正是花样年纪，娇艳如春，可是最新鲜的水果，也最易引人垂涎。身体发肤，受之父母。待你在夏日归来，是当完璧归赵。"虽然是母亲的笔迹，我同学却很怀疑这封信是由别人代笔的。她说她妈妈平时就关注柴米油盐和电视剧，写不出这么文白夹杂的酸文。

　　严肃的艺术在成都落地之后，往往会招揽众多好奇的目光。它很容易就地发酵，女性参与者的数量明显多过男性。在崇尚文化的氛围中，成都的女性作家、诗人、画家等数量不少，水准也不低。我有个北京朋友从小生长在西部的另外一个省份，她多次羡慕地对我说，成都的文化氛围真的让她喜欢。她偶尔回到家乡时，那种缺乏文化氛围的环境，总是让她感觉很寂寞，想要尽快离开。而我清楚，这其中的功劳，这种对于高雅艺术和精神生活的向往和追求，多半要归功于成都的女性。

　　成都女人的好奇心和热情是相当有名的，这恰恰说明她们胸襟开阔，极能接纳新事物。当然，荒腔走板、变样串味的例子也不少。在诗歌、绘画、音乐、电影等艺术的展示现场，情形无不如此。

成都女人时常成群结队地出现在某个大型画展、某出交响音乐会、某类诗歌朗读会、某家时尚新潮的书店……她们或者表情高傲矜持，自觉与这种场地的档次很般配；或者东瞅西瞄，打量别的女人，暗中进行比较；或者叽叽喳喳地聊天，高声呼唤乱跑乱动的孩子……她们认为功夫在诗外，艺术活动重在参与。我在某个画展上亲见几个打扮时髦的女人，边啃麻辣兔丁边参观画展。

我倒觉得，这种行为状态下的成都女人，是有几分乡土气的，她们天真憨朴，不擅藏掖。这或许是在北京、上海、深圳这类城市少见的。在那些地方，艺术就是艺术，居于庙堂之上，身处其间的人，大多会自然地规束自己。而艺术在成都或许有它饱满的"人间性"，能让各种人去亲近。

8

成都女人喜欢亲热的人际关系，人情往来和日常社交在生活中占据了相当重要的位置。维系关系的方式有很多，走亲戚、打麻将、跳广场舞、婚丧嫁娶、吃饭喝茶、介绍对象、参加同学会和同事聚会……在这些人与人的交际中，总有一类活动会把你包裹进去。并且，各个活动举办的频率都相当高，它们往往还彼此交叉，少有女人能成为漏网之鱼。

我曾听不少外地朋友和我形容过他们到成都或长或短游历之后的感受。他们认为成都女人热情、勤劳和干练，钟爱自己的城市。他们很难不被她们的热情感染，甚至感动。从商场到饭店，从会场到公园，从大街到小巷，成都女人的热情和周到，常常能化解或消弭掉他们对成都的一点微词。

我发现，有些内向或不喜欢社交活动的人，容易在成都陷入某种孤独境地。热闹固然是繁荣的映射，静谧独处却能给人身心以滋养。思考和积淀都需要平心静气的处境，它远非热闹甚至喧闹所能达致。

我认识几个成都女人，从年轻到年老的都有，虽然并不从事艺术工作，却喜欢独自沉浸在文学艺术的氛围里：弹钢琴、听交响乐、研习绘画、深度阅读和写作……她们从不招惹人，不愿随波逐流，却是别人口里眼中的"怪人"，受到非议和冷落。

不止在成都，任何人想要寻求心智的超越，都是不容易的。对于城市来说，"吃货"和"怪人"都得兼备，各自为政，各得其乐，才会免于其内在的空洞，方能蕴藉和迸发蓬勃的创造力。

9

寒假或是暑假在成都，每日黄昏，我都要在大街小巷长时间漫步。我常常为这座城市的女性庆幸，这是座对女性友好、适合女性生活的城市。我也为自己是个生长于此的女人而深感慰藉！

四季的雨（上）

1

1996年，我移居到一座少雨的城市。一场小雨就能使全城交通瘫痪，连续几天的暴雨甚至能夺走人的性命。我成长于雨水丰沛的地方，四季不同的雨景是对故乡的回忆中永恒的画面。"花重锦官谁得见？杜鹃啼处雨斑斑。"缺雨少水的地方，大自然和人工环境都会显得单调。南方籍文人艺术家在总量上多于北方，雨，大概也有它的贡献，"沉思默想是和水永远密不可分的"。在干燥的北方想念南方的雨，也是我时常出现的境况。

无疑，雨天在一些人眼中显得诗意，也加重了另外一些人的失意。它带来出行的麻烦，却让干涸的皮肤和心灵双双得到滋养……有几个南方人不熟悉雨水，没有过与它的爱恨痴缠呢？

小时候家里经济不宽裕，全家四口人的各种雨具却是最齐全的。爸爸妈妈有军用厚雨衣、长筒雨靴和专门骑自行车用的雨披。哥哥和我也有雨伞和雨鞋。雨具在如今可以是时尚的单品，是时髦人展示雨中风采的元素。在我们家，雨具却是必不可少的实用家伙。那些雨具普遍都长得很丑，孩子们是能不用就尽量不用。小雨就淋、大雨就躲才是我们的常态。我经常因淋雨感冒，咳嗽到整夜睡觉不踏实。咳嗽厉害了，就检讨自己太懒，不该不带雨具去学校。不过下一场雨来时，还是会发现忘了带雨伞。

爸爸妈妈习惯以农村的景象来为各个时节的雨做上注脚——"春雨贵如油，

这雨下得太及时了""这个时间下雨,烂白露,之后天天都要下雨""红五月下雨,麦田遭殃了""这暴雨下了两天了,田头(四川方言,相当于'里')的菜都冲走了,好可惜嘛,菜要涨价了""一场秋雨一场寒。秋分都过了,雨还这么多,农民还要踩在水里头犁地,造孽(四川方言,意思是可怜)哦""雨雪天,那么冷,地头怕是东西不多,吃啥过冬呢"……每每听到这些,我就在心里说,爸妈真是可笑到替古人担忧的地步。

长到我现在的年纪,逢着落雨天,我也爱念叨这些仿佛离我很远的农民的生计。果然是年龄不同,景象迥异。

2

成都春天的雨通常下在夜间,"晓看红湿处,花重锦官城"。三月的屋檐下,嘀嗒、嘀嗒的雨声轻叩窗棂。我喜欢听雨水滴落的声音,伴随着轻柔好听又单纯的声调,仿佛天与地都昏然入睡了。万物被衬托得格外静谧,一根针落在地上,也要惊人一跳。

万籁俱寂的雨夜,我从侧面打量雨中的世界。窗帘上有树的剪影,忽而东面浓黑一点,忽而西面枝丫分离。雨水在屋顶跳跃,顺着瓦楞滑溜,悄然合拢成一幅抖动的幕帘。帘外是湿润的水的统辖地,帘内也渐渐泛起了缕缕湿气。春雨的柔和宛如耳语,仿佛要找人倾吐一点私事。我们都认为这样的时刻适合分享那些埋藏很深的情感。我必得配合雨夜的诗意,思念起远方的亲人:外婆、姑婆、姨、表叔、表哥、表妹……

随即,苦恼不可抑制地冒出了头,它有雨声伴奏,不仅无法忽略,还被格外放大:这个冬春,我的个头蹿得太快,我喜欢的那个男生,前两天调到我前面两排去坐了。我能不再长个头了吗?如果能把长身高的那股劲儿分配给大脑多好,学习数学的费劲让妈妈和数学老师都认为我智力很差……好在,在被烦恼压垮之前,我在节奏越来越缓慢的雨声中及时地睡着了。

近代文人易君左在歌咏成都的词里写道:"细雨成都路,微尘护落花。据门撑古木,绕屋噪栖鸦……"这是春天的成都路。夜雨结束在晨曦微露之时,地还湿着,太阳已经升起,空气中弥漫着泥巴的清香。窗前静默无声的夹竹桃和枇杷,大概急于和路过的人打声招呼,释放出香甜混杂微腥的浓烈气味。看看挂着水珠的花朵,便会明白它们在夜里洗过澡后,是如何周身通泰,显得分外清纯。

3

上学路上,阳光在雨后的大街小巷制造出浓淡不一的影子。街巷在此刻跃跃欲试,拿出了它不为人知的另一面,果然是光影缭乱,熟悉中更有陌生。饱吸雨水的行道树枝叶抖擞,颤抖的露珠晶莹剔透,滚动在叶面边缘,每一颗都是生命的精华。

南方的万物有了春雨的滋养,生长萌动得飞快。桃花梨花吐蕊,柳树冒芽,玉兰开花,芙蓉绽放……"春雨滋润着迟钝的根芽",焕然一新的世景仿佛感染了春雨,它便来得更多更勤。春雨洗涤了冬日的尘霾,景、物、人都变得轻松昂扬,鸡鸣狗叫,孩子欢闹,大人吆喝,声音分明而清爽。

小学时,最盼望的事就是春游。临到春游的头天晚上,妈妈在给我准备夹春饼用的凉拌菜时,依稀听到门前枇杷树间有细碎的水声。我跑到屋外,紫黑色的夜空中,灰黑的乌云在快速腾挪。远处的天幕微微闪亮,月亮放出它灰白色的光,却迟迟不肯露脸。"有雨天边亮",雨伴随着风,忸怩着犹豫着,还是来了。我着急起来,生怕第二天的春游泡汤。老师交代过:下雨就取消春游,照常上课。妈妈安慰我说,成都都是下夜雨,明天一定是个晴天……我整夜睡不踏实,半夜醒来好几次,侧耳倾听雨是否已经离开。

早晨睁开眼,蓝色的窗帘像是被雨水浸泡了一夜,色泽变得浅淡,似有几点光斑在布上游移。果然有阳光!我从床上一跃而起……

4

"好雨知时节,当春乃发生。随风潜入夜,润物细无声。"杜甫这首描写成都春雨的诗,爸爸特别喜欢。尽管哥哥出生在初冬季节,爸爸还是摘取出这首诗中的两个字为哥哥取名。

童年的晚上，早早被父母"威逼"上床后，我和哥哥往往都还不愿意睡觉。他睡在一张祖传的四根木架子围成床框的雕花木床上，偷偷地在被窝里打着手电筒看书。我的小木床则是父亲或母亲单位配发的，比较简陋。哥哥只不过比我大19个月，却比我高出两头。我从来不叫他哥哥，他也没叫过我一声妹妹，我们从小就直呼其名，或是以自己给对方起的绰号相称。

逢着雨天，哥哥就在另一张床上编出各种凶险的故事来吓唬我。如果雨不大，我会壮起胆子反驳他，挑出他讲述中的漏洞，讽刺、嘲笑他。大雨倾盆的话，家外各种声响就会放大，各种景物也会变形：大树摇来摆去，啪啪地撕打木窗；野猫长声哀叫，既像寻求庇护又似宣扬独立；窗台上站着一个蒙面人，倏忽间又消失了……

忍了又忍，哥哥还在继续添油加醋地编排，我只好大喊爸爸救命。向妈妈喊"救命"没有用，妈妈只会恼怒地呵斥哥哥两句了事，爸爸则会起身，来到我们的小屋，陪我睡觉。爸爸睡眠特别好，几秒钟后，他就在我身边打起鼾来。我有了安全感，就希望雨能下得更大一些，更响亮一些，最好是盖过爸爸如雷的鼾声。

青春时期，我有一张青白中带黄的脸。那种脸相有着老成的滞重感，仿佛经受着某种生活的重压。下雨天气，身体的某些部分就被解放出来。雨水能使我变得轻盈。

家里搬到楼房去住时，我已经14岁了，拥有了一个单独的房间。下雨的夜晚，我在台灯下看书，书中的世界不禁也濡湿一片，灵动地闪耀起来。我热爱契诃夫和勃朗特三姐妹，热爱普希金和惠特曼……有时听着雨声，眼前会浮现出那些行走的路人或旅人，我会幻想他们的落寞悲苦。小说和诗歌告诉我，雨夜的道路上承载的更多是忧伤的灵魂……

5

有雾的冬天，才是成都的常态。雾和雨在体感上似乎只有湿度的不同，视觉感受就完全不一样了。雾天也是湿冷的，也会带来各种行动的不便。不过，雾的朦胧暗含着神秘，即便杀手隐匿其间，即便有个宝贝突然自云端滚落，你也可以先愣一愣，再做出反应。雾是间离，是迷蒙和想象……

冬天只要下雨，地上就泥泞不堪。雨水并不脏，但把城市的灰尘沾湿和成了泥。很多时候，雨后的成都反而最脏。

暮冬的雨时常裹挟着雪，有时分不清是雨还是雪。雨特别小，淋在身上若有若无；雪也特别细，飘在地上瞬间就化掉了。有了雨雪，冬天的寒冷就仿佛有了某种形状，虽说是更冷更湿，却更像冬天。天黑得早，湿润的地上早早就有灯火的倒影，路边店铺都关上了门，窗户蒙上一层雾气，只见里面人头攒动，可是看不真切。朦胧中透出的温暖，让路人渴慕。

雨雪天，雨具倒是可有可无，只需脚步匆匆地赶到一个温暖的地方，安心住下。如果能再来上一杯酒，泡上一杯热茶，也就可以告慰一切的奔波。

从前的冬至日，如果下雨或下雪，妈妈就会感叹说："真是吃羊肉汤的好天气。"爸爸妈妈总是提前几天就要思量去哪儿买最好的羊肉，是头一天炖好羊肉还是当天再炖。我的"避难日"就要到了，我得外出独自觅食。我闻不了羊肉强烈的膻腥味。偶尔听着哥哥故意给我炫耀羊肉的美味，我胃里会一阵干呕……我已经习惯了在冬至日独自外出，随便吃点简单的小吃就能打发一顿。

我撑伞走着，满怀委屈，埋怨爸爸妈妈竟然会喜欢吃羊肉，痛恨哥哥浅薄的洋洋得意。走着走着，我会忘记了家人，街边的店铺和人家强烈地吸引了我的注意。开敞的门板户，开杂货铺的人家，冬至日，大多也是要围坐在一起吃点牛羊肉的，清炖、红烧居多，也有热气腾腾的羊肉汤锅。对他们来说，羊肉既御寒又鲜嫩可口，是冬季的上品。他们的脸在热气中舒展开来，惬意安闲。小店主们甚至都有些懒得搭理生意。雨下得越大，越是心安理得地享受着无人来打扰的团聚。

有时候，闻着沿街一片羊肉的膻腥味，我觉得自己被这个城市抛弃了……

6

我喜欢在夜间的小雨雪中散步。头发和大衣上的雨雪若有似无，即便淋上一点也不会浸透衣服。长柄伞就权作拐杖吧。帕慕克在他的小说《雪》中写道：每一片雪花，都是迎向空中的一道光……这道光稀释了城市的噪声，让它静谧得甚至都有些神秘了。这道光还把老房子的瓦屋洗涤干净，使其看起来晶莹透亮。雨雪飘飞，飘起了好多的幻想，我热衷于在此时对城市做一番探视。

离家不远，小南街到东城根街的路上有家炖鸡馆，特别小的门面。雨雪天，屋檐下的吊兰依旧葱茏，小小的店堂里坐满了人。有个女孩搓着手，头冲着窗外微笑着，是在看雪吧，她对面的小伙子低头看着菜单。她的眼睛亮闪闪的，也是迎向空中的一道光呢。她的快乐像是对我哈出的一口气，让我的脚步更加轻快。

城市的灯火点燃了沉寂。湿漉漉的地上，倒映出东一块西一块怪异的图案和颜色。雨雪将各种层次的建筑都凸显出来，仿佛它们素日都低调地隐匿在空气之中。原来有这么多难看的房子，多过想象。街上行人稀少，就连实业街街口惯常坐着的那个乞丐，也在雨雪天提前收摊了。

实业街上从前有家"卡夫卡"书店，经常有本地的作家和诗人专程来此买书。这家书店就像卡夫卡本人一样高冷、疏离而深刻，与城市的气质格格不入。它的存在犹如雪在成都冬天的处境，高调降落，或许瞬间就融化了，其生命之短暂，让人怀疑它是否真正来过。

这城市身处内陆，没有大江大海相依傍，也很少有灾害降临。万事万物过于平缓就缺乏节奏，显得平庸。它急需打破沉闷，哪怕在冬季被大雪短暂唤醒。

7

途经后子门到人民南路，现在，自行车上的人穿上了雨披。公交车的车厢里显得很空，灯光笼罩在车厢内，隔着雨丝，车厢内偶尔晃动的人影，近似灯箱里的木偶，只有机械的动作，看不到任何表情。

大学时代，我和朋友们都喜欢在后子门一带流连，我们觉得它是成都最漂亮时尚的小街。马路两侧的梧桐树年深月久，挺拔粗犷地围拢在街心，很有异国情调。人行道两侧店铺不多，比较精致。围墙圈起来多个大院子。外墙栽种着茂密修长的竹子。竹林几乎高过围墙里面低矮的楼房。这些院落不仅静谧,甚至略有点神秘。这条街上的商店卖的大都是外贸货,店主们普遍年轻时髦。似乎只有这些小店才配得上我们傲娇的性情和干瘪的荷包。

雨雪天的后子门,梧桐掉光了树叶,竹林被冻得瑟瑟发抖,街道已是颓败的景象。它正在大规模被重建,清幽的小街将被拓宽,现代化粗俗划一的蓝图逐步登场,喟叹的怀旧终将被遗忘。冬季毕竟不利于施工,待到春天,欲望将要全面登场……

雨,天空的分泌物,它试图一点一点铺陈在大地之上,从而释放云层的压力。于是,浓黑的天色被渐渐稀释成了蓝黑色。开敞的空间使得寒气加重,它游弋在裸露的每一个角落。我裹上风衣,竖起衣领,行走在钢蓝色的寒冻中,宛若某类趋光植物,向着霓虹闪烁的大街疾步而去。

四季的雨（下）

1

人民南路天府广场可不理会它背后街巷的荣华抑或黯淡，它始终象征着这个城市最大的气场。它在近两年已被重塑，据说设计方是一家国际著名建筑师事务所，我却觉得它看上去像是一个被过度修饰依然格局促狭的邮电局。

我怀念天府广场在 20 世纪八九十年代朴素平易的样子。它的两侧分别是成都电信电报大楼和市政府。不大的街心花园，四季鲜花缤纷，快车道两侧种植着葳蕤的梧桐树。17 岁那年夏天，我曾在梧桐树下躲过大雨。大雨过后，我几乎"毫发未伤"。那会儿，它并不贪图地界的大小，也还不代表这个城市的面子，却是普通市民意识中真正的城市中心广场。

有雨的夜晚，寒冻让终日的喧嚣却步，雨雪使光影愈加混乱。天府广场人迹寥寥，它仿佛陷入沉沉心事中，为曾经目睹过太多信件和电报中的秘密而心惊胆战。

2

红照壁就在人民南路二段，这条街上还有一家老牌的剧院。剧院曾经被直冲云天的大树掩映。如今，拓宽的大街让它寡淡地裸露在雨雪中。它积淀的戏剧基因本来不够强大，也就更加敌不过光阴流转中观众们认知和休闲方式的变迁。

我驻足看一看橱窗里新近上演的戏剧的剧照，它也是日益单调陈腐。雨水浇开了玻璃橱窗四周累积的灰尘,剧照中的人们,活在恍若隔世的情境里,表情各异的脸,像是流下了深浅不一的眼泪。人生如戏抑或戏如人生,看来谁都理不清。

  那条名叫锦江的绕城河从来不上冻,雨雪一头栽进它并不宽阔的河道,波澜不惊,瞬间就被它无声地吞噬,犹如箭矢穿越稀疏的松林,不着痕迹地与松林融为一体,彼此找不着来路,看不清自我,互为表里。它滞缓流动的五彩斑斓的碎影,来自身边林立的豪华宾馆的霓虹灯的映射。那些被灯红酒绿点缀的灵魂,或许蕴藏着比平常人更多的风雨。日日上演的富贵荣华的秀场,偶尔也会露出寂寥,让人联想起"白茫茫大地一片真干净"的景象。

3

  沿着陕西街往石室中学的方向漫步,如果不是周末,会碰上刚下晚自习的中学生。他们跨出古朴宽敞的校门,惊喜地笑喊着:"下雪了!"青春的嗓音把一只在屋檐下躲雨的猫吓了一大跳,它可搞不明白头顶那个有两千多年历史的校名"文翁石室"到底是啥意思。它跑到两盆被细雪装饰一新的硕大的冬青树后面,警惕地扫视着轻松兴奋的学生。

  即便处于四季的尾声,凋零的自然愁容满面地沉睡在漫漫长夜中,街灯下依然有辛勤的人在摆摊卖吃食。袅袅上升的热气弥散在硕大的雨棚和食客的头顶。裸露在寒冬中的缕缕温热,也是贫穷人家艰辛的安慰。什么也阻挡不了仅有的那点暖意。雨和雪,当然也不能。

  雨到底无法代表冬天的深度,它让位给了雪。初雪,唰唰地下起来,昏暗的路灯下,雪花像是舞台聚光灯下的布景,独自旋转至黑暗的纵深处。寂寥的情绪终是被雪播撒得纷纷扬扬,我大概该要回家了。

4

  推开家门,炉火旁收拾完碗筷的脸色微红的妈妈看见我,略为吃惊地说:"下雪了吗?你的大衣上落满了雪。你不冷吗?"

家中的暖意快速融化了雪花，我把半湿的大衣挂到阳台上去。朦胧的街灯下，密密匝匝的雪花，像是大地急迫地要掩盖什么，又似现实景象注定的升华。它到底要给这清寒的冬日涂抹上童话般的想象。

雨，打湿了脚步，凉意从脚心直抵后脑。雪，勾连出最多的惆怅。在冬天，没有比家更安全温馨的地方。雪下得更大、再大一些吧。我将在雪中做梦。

5

捷克作家赫拉巴尔说，谁都无能为力，当天空专注于下雨。

夏天的雨通常来得轰轰烈烈，伴随着雷电和其他季节少见的狂风。猛然间，刚才烈焰腾空的天空收起了它在夏日的任性，抖出坏脾气爆发前的序幕。灰黑的云急速聚集，雷电撕开天幕急于亮相，狂风从四野穿梭进城，土腥味骤然泛起……

不时听到门窗啪啪关闭的惊叫和玻璃破碎的脆响。雨点紧跟而来，几秒钟后，透明的水像块帘子，从天到地，顿时被它统治得服服帖帖。朦胧的变得清晰，污浊的被清洗干净，歪斜的就此垮塌，疏漏的爆裂开来……它必让你感受一次威胁，至少也得是惊恐。

每过几年，成都就会有一次小型的水灾；每过十几年，成都就会有一次大型水灾。直到府南河工程竣工，成都夏季的水情才有了极大的改善。

成都到底是幸运的城市。有时连续一周日夜瀑布般的大雨，夏天的各种备用物资被消耗一空。就在几乎弹尽粮绝之际，大雨赫然而停。众多蔬菜、水果、副食品摊子像雨后的彩虹，琳琅满目，点缀着湿漉漉的大街小巷。生活的热情被雨水浸泡一场，更加蓬勃高涨。人们抱着稀饭碗，热议着水灾可能产生的严重后果、各种狼狈甚至悲惨的雨中经历，语气轻松戏谑，像是完全置身事外。

6

夏天更多的时候是短时阵雨。气温高过35摄氏度，空气凝滞不动，成都人就会感觉受不住，到处都在叫嚷"热得要死"。老天爷终究是偏爱这个地方的，很快就会来场大雨给城市降温。雨后，甚至会凉快到须得穿上长袖衬衣来"御寒"。两天后，不绝于耳的蝉鸣声再度打扰午眠，闷热重新登场。

大雨过后的黄昏，我通常要出门去做长时间的散步。来到空旷处，猛地抬头，天边豁然横亘出远山的轮廓。弄不清那是什么山，一厢情愿地把它假想成西岭雪山。"窗含西岭千秋雪，门泊东吴万里船。"这句杜甫咏颂成都的诗句，实在深入人心。西岭雪山是成都人心中诗意的象征。在当下，它的出现并非意味着诗意，更多的是空气特别好的征兆。

夏日的清凉让混沌多日的眼眸清新明亮，城市在豪雨的"教训"下，却灰头土脸得多。灰紫色的天空，倾吐了太多的水，仿佛元气大伤，正忙着喘气。青黄色的城市，像老照片被勉强着了色，特别粗糙破败。遮挡楼房的广告牌色彩黯淡，丑陋的楼群当然也就更加丑陋。立交桥边缘的水印黑迹斑驳，一场大雨让它折旧了10年。一洼洼的水坑，里面漂浮着石块和废纸。部分行道树枝叶残破，树下是烧烤摊遗留下来的大片黑油。哪儿来这么多的野狗？它们和穿着大花睡袍厚底拖鞋的女人一样，大摇大摆地穿街过巷。

7

大雨过后，城市排水系统明显不畅，冒出来许多水坑水洼和涓涓细流。小时候，雨后的一大乐趣就是蹚水沟。我们纷纷用脚挑起雨水往同伴身上洒，乐此不疲。即便脚趾缝间塞满了泥沙碎石，或是不小心踩在淤泥青苔上滑倒，还是丝毫不减兴致。乐极生悲的后果是脚趾经常被莫名其妙地剐破划伤，妈妈吓唬我说如果感染严重，就要去截肢。

青春时期，自然鄙夷年少时的幼稚，增添了渴慕成熟的自恋。情不自禁地一瞥或是仔细打量雨水坑中的身影，都是经常会有的举动。雨水中的人通常很奇怪，胳膊特别短，腿细长得胜过匹诺曹，头发乱蓬蓬地飞扬着……即便如此，还是会认真地吃惊，仿佛从前没有看见过自己。

雨后的万年青丛里，蜗牛爬得到处都是。雨后的大榆树下，蘑菇争着冒头。雨后的荒草地里，蝴蝶展翅低飞。雨后的蚊子，正在疯狂地寻觅孩子的肌肤……

8

芳租住在红星路一家大杂院的老楼上,其时我们大学刚毕业。摇摇晃晃的两层木质危楼,芳的那间小屋低矮得我们都下意识地低头而过。小屋曾是我们聚会的天堂。

每逢下雨,她的小屋就会漏雨。小雨会洇湿屋顶,大雨则必须用脸盆或是水桶接水。我们在摇摇欲坠的木质回廊上用手接雨玩。我们推三推四,猜拳定输赢,输家去回廊上往楼下倒接满的雨水。大家不免要诅咒夏天该死的暴雨和刻薄吝啬不肯整修房顶的房东。我们一边担心暴雨会冲塌房顶,一边打麻将,玩扑克,抽烟喝酒热聊,话题主要是心仪的对象,顺便也谈谈书籍、电影、戏剧……

多数时候,面盆里嘀嗒嘀嗒的声响渐小渐弱,雨到底在午夜前休止。我们拉灭电灯,轻手轻脚地下楼,尽量不去惊动一楼的黄狗。那只大狗在雨夜特别警醒,狂吠声让人心惊肉跳。

月亮不知何时已挂到了天井的上空,香槟色的月光泼洒在水淋淋的核桃树上,像是一种水银的反光。

忧伤无端泛起。我们得赶紧去街上找家麻辣烫,坐下来,借着滚烫的辣汤,驱走雨水的湿气。

9

秋天是成都最阴郁的季节。据说"5·12"汶川特大地震过后,天气有了很大变化,现在的秋季经常是蓝天白云,艳阳高照,仿佛身处高原。我在成都生活的那23年间,一年到头,阴天和雨天能占据大半年时间。四川精神病患者不少,也许与沉郁的天气有点关系。

"秋风秋雨愁煞人"。秋雨开场时,骤然而至的凉意让人恍惚,怀疑夏天是否真的已经离开。可成都的秋老虎也是凌厉的,总要逼近10月,秋天才姗姗来迟。它以雨水拉开序幕,猝不及防地袭击你。人们并未做好迎接阴晦天气的心理准备,觉得凉意来得过于突然,全然忘记了立秋已经是好久以前的事情。

秋天的味道在南方和北方自然是大不同的。南方的秋天或许是被夏天和冬天各裁掉了一截日子，越发短暂而弥足珍贵。似乎只有在绵绵秋雨的提醒下，人们才能感受"却道天凉好个秋"的深意。随着雨水的陆续减停，寒冷已成惯常症候，冬天划过皮肤，浸润进心坎，惊觉秋天不知在何时悄然却步，一年也很快要走到尽头。这和人生的疾速短暂何其相似。

连绵的秋雨中，树叶渐渐变了颜色，灰绿、黄绿、棕红、棕黄、土黄、灰黄……色彩斑斓绚丽，美得让人眼花缭乱。不够强韧的树叶，应季而变，随了秋风急速飘落，一夜间便从丰盈到枯索，让人目瞪口呆。感物伤怀在阴郁的成都会被泡发得特别充分，我不免有些萎靡，瑟缩着裹上很多件衣服。

秋雨让四川盆地的形状和概念不断地浮现，清楚地被强调，难以自欺欺人，被围困的感觉如此强烈，压抑的情绪长时间得不到舒展。年轻的时候，我会憎恶这没完没了的雨，总是思虑着，是不是应该离开成都？

站在高楼往下看，街道凋败寂寥，树叶纷纷在雨中坠落，枯枝败叶横飞。裸露的城市像刚刚掉光牙齿的老太婆，丑得让人心惊。唯一的装饰是街上飘然而过的雨伞，它们像装饰在马路上的花朵，五颜六色，开放在行人的头顶和脚底，让那撑伞的人变成花开两头的根茎。

10

竟然也是40年前的事情了，秋天下雨的日子，爸爸就会说："完全就是吃豆花的天气嘛！"妈妈可是不大愿意，做豆花很麻烦，泡黄豆、洗磨盘、准备过滤豆浆的布口袋、生柴火、调制蘸水，这些琐事都得靠妈妈来操持。妈妈就说："算了，以后再说。"争论中，爸爸越发坚定了想法，我自然很是雀跃，缠着妈妈说就想吃豆花。我只要肯多吃"正经饭菜"而非只惦记零食，妈妈就很高兴，她也就答应做豆花了。

整个青春期，都像是在雨中蹒跚。那无边无际的忧郁，以及关于雨的抒情……秋日的雨天，我会拒绝外出，特别热衷于在桌前的书写，文思如泉涌，灵感滚滚而来。我在此时逃避自我，也在此刻找到自我。我写了一本又一本随笔，它们比我写日记的数量都要大。我的日记和方鸿渐他爸的日记很相似，都是一些生活流水账，随时预备着给想要偷窥的外人去看（其实根本没人有兴趣看孩子的呓语）。而在随笔中，我反倒是自由自在地胡言乱语，大胆流露各种真正的思想。

从天气开始，自怨自艾和对周围一切的大胆抨击是我随笔的主调。末了，为了不至于绝望得活不下去，也以"绝不妥协""永远不会一样"等豪言壮语来鼓励自己。现在看来，稀稀拉拉的秋雨多半也是要把我逼疯了。

11

第一次读到博尔赫斯的诗《雨》，心头一惊。你之所想被别人一语道出，就会产生那种夹杂着狂喜的紧张感。另一个人，在另一个时空中，他，突然变成了另一个你——你本以为那种感受为你所独有。你想起那些属于雨天的幻想和奇迹，想起那些人，他们在雨天重又走向你……

> 突然间黄昏变得明亮
> 因为此刻正有细雨在落下
> 或曾经落下。下雨
> 无疑是在过去发生的一件事
> 谁听见雨落下　谁就回想起
> 那个时候　幸福的命运向他呈现了
> 一朵叫玫瑰的花
> 和它奇妙的鲜红的色彩
> 这蒙住了窗玻璃的细雨
> 必将在被遗弃的郊外
> 在某个不复存在的庭院里洗亮
> 架上的黑葡萄。潮湿的暮色
> 带给我一个声音　我渴望的声音
> 我的父亲回来了　他没有死去。
>
> ——引自《博尔赫斯诗选》，陈东飚译，河北教育出版社，2003年

第二辑 依稀来时路

四 邻

1

成年之后,随着生理和心理视角的扩大,我们重返幼时某处栖身之地,不免会感慨万千:曾经以为"是个天"的地方,竟然会如此狭小逼仄,远不是记忆中的那个模样。所谓身世之感,常常就是在此情此境中产生的吧。

天眼开启、天性完好的童年,最接近于天地人的本性。孩子能抵达想象力的极端,魔幻现实主义的图像或多或少地存在于每一个孩子的大脑。对天地万物好奇专注而又毫无功利之心,让孩童的初始记忆具有奇异的定格效果,它似乎独立于阅历不断增加,记忆反倒越发淡薄的生理心理规律。童年记忆蛰伏在稚子的大脑深处,需要回溯过往时,它会猛然间如喷涌的泉水一般汩汩流淌。并且,随着年龄增长,你会发现,它所能保持的清晰度,令你自己也大吃一惊。

从我出生到14岁,也就是1969—1983年,我家一直住在成都西城区一条名叫童子街的小街上。这条街名不见经传,它身后的会府(忠烈祠西街)却相当有名。会府是明清时期被称为"都会府"的宫府建筑,府内正殿供奉的是九龙万岁牌。当时,成都省府文武百官,每逢初一、十五或有庆典时,都要在此举行向皇帝朝拜的大礼,故称都会府,简称"会府"。进入民国后,九龙万岁牌早已灰飞烟灭,这里被开辟成为纪念辛亥革命和四川保路运动牺牲烈士的专祠,岁时举行祭祀活动。会府遂改名为忠烈祠,它周围的几条街,也以忠烈祠东、西、南、北街命名。军阀混战阶段,祭奠活动名存实亡。

民国后期，会府便成了成都著名的旧货一条街。每天天不亮，会府的货物典当和旧物交换，甚至文物买卖活动就开始了。会府这种以旧易旧的功能一直延续到了20世纪末期。一度，明里不说，老成都人大都心知肚明，会府也是小偷销赃的地方之一。那些发现被偷了自行车等稀罕物的人，会迅速赶到会府来寻找遗物，并暗暗期待能抓小偷一个现行。

童子街的东头连接太升南路。20世纪90年代后期，太升南路自发形成大名鼎鼎的手机一条街，满街都是电讯商店，热闹非凡。人行道上的人摩肩接踵，尽是各种倒卖物品的小贩在卖手机。据说成都人先后使用的各代手机中，至少有一个是在这儿购买的。

童子街的西头则与红庙子街相接。1993年春天，红庙子曾在全国火爆一时。当时，这条300米长、30米宽的小街，曾因为全民炒股，两个月中出入人口逾百万。当然，这些都是后话，20世纪70年代末80年代初，会府摆摊设铺，人流穿梭，相当闹热活泛；太升路还是一条梧桐树夹道的优美的大街，成都儿童医院算是这条街上最大的亮点。红庙子，则和成都大多数小街一样，默默无闻，清风雅静。

2

童子街上，除了我们大院，街道两侧基本都是一些门板户。在我的记忆中，门板户大概分为两种类型：一种人家的家门是宽窄不一的木质门，它是过去年代成都大街小巷最常见的两层木质吊脚楼或瓦房的门面；另一种人家的家门则是活动的门板，开关时需要分别取下装上。同为门板户，作为家庭脸面的临街木板的好坏也是大有区别的。大多数家庭使用的是松朽的板材，厚实的花梨木或是别的上好材质的木门，偶尔也能得见。

我喜欢站在门板户或门板铺的门口，看着使用者灵活地装卸门板。取下的门板堆在屋子角落，晚上再拿出来装上。对于成都人来说，即便天已经黑透了，也少有人家会立即关门闭户，基本都是要等到晚间睡觉前才彻底关上家门。别小看这个普通又固定的程式，它是新的一天迎来送往的日常仪式。开合家门，甚至开合城门,这稀松平常的动作中,蕴含着过日子安定恒稳的踏实感。

外婆在自贡的家,也是位于背街缓坡之上的门板户。自贡是个丘陵城市,不少房子依山而建。童年时被外婆抚养的那几年,我进出左邻右舍的邻居家,门槛高得来我几乎要连翻带爬才能进得去。每天清晨,即便躺在床上,我也能听到相邻人家取下门板开门敞户的声音。木板的接榫处老化了,嘎吱嘎吱地苟延残喘。每天都要重复这个动作,似乎就连那门板,也都显得疲惫不堪。早起的人们,咳嗽、吐痰的声音清晰可闻,讲话声则夹带着宿夜的气息,瀚瀚翳翳一般悬置在半空,听不真切。

更夫休息了,倒马桶的粪车就快到了,挑担子沿街叫卖小菜的农民也出来了,接下来还有补锅、补碗、弹棉花、爆爆米花的大爷叔叔陆续登场。挑着木桶卖豆腐脑、豆花、凉粉、凉面的叔叔大爷基本都有着粗壮的身形,低沉的声音。外婆说:"挎着篮子卖凉拌大头菜和麻糖(麦芽糖)的孃孃嘴巴硬是狡(四川方言,意为特别会掰扯)得很,还是夏天卖黄桷兰的妹儿乖些……"门板户能晓得这么多人和事,也太巴适了嘛。

3

门板户面向大街小巷的那间屋,完全顾不上隐私,多少都有些被迫"展示"的性质。然而,他们的家中并没有多少内容可供"展示",一家家一户户看过去看过来,也只有可怜的几件不值钱的家什。

有些门板户喜欢把花草养护在门外,把它们或吊或放在平房的屋檐边角。成都人喜欢养花种草,大概也和川西平原土质肥沃,花草容易生长有关。在低矮的瓦屋房檐上放两盆吊兰、四季海棠或是常春藤,是门板户们常见的习惯。如果你在路过时夸赞他们两句——"花长得好哦,之好看",他们就会很高兴。

有些人家在清早开门后,会把自行车等"大件"摆放到门外。他们始终觉得门口街沿上的地盘是属于自家的。他们将马架子、藤椅、竹椅子搬到家门口,再放个小板凳当茶几,然后慢悠悠地喝花茶、看报纸,眼观八路、耳听八方。街坊四邻也常凑在一起打长牌、下象棋、谈天说地……当街打麻将,那是后来兴起的事了。在家门口活动，又明亮，又能打望（成都方言，意为瞭望），还节约屋里的地盘，一举几得。如果你瞅几眼他的家，他们一般不大理会，更少有人呵斥你。成都人还是脾气温和者居多。

住在院里头的成都人，好多都有点看不上住在街边的门板户，称呼他们"街（发"该"音）娃儿"，街娃儿则有力地还击他们："你娃好凶嗦（四川方言，意思同"吗"相近）？穿的是华达呢，戴的是金手表？"街娃儿相当于胡同串子，不过细微处还有差别，不好形容。

4

我有位小学同学住在菜市场那条街上。我去买菜，总要经过他家。每次快要走到他家时，我就会放慢脚步，瞥上几眼他和家人都在干吗。奇怪的是，我看到的情形，基本都是一家人围坐在一起吃饭。堂屋里没几件家具，却有大的木饭桌放在门边光线充足的地方。我惊叹他家吃得好，通常是四五个人围坐一圈，桌上满满当当摆满了盘子。有一回，我看到有只盘中盛着他家斜对面烧腊店挂起来招揽生意的金黄近赤褐色、泛着油光的卤鸭子。我还看到过回锅肉、蒜泥白肉、海椒肉丝、炖排骨、炖猪蹄等菜肴"神采飞扬"地出现在桌子上……全是让人垂涎的菜肴。

在我们油水不够，总感觉瘘肠刮肚（成都方言，指未沾油荤或缺少脂肪胃里的难受感觉）的童年，这些肉菜的诱惑简直要人命。不过，同学家吃得好在我们看来是自然而然的，同学的爸爸就在这条街上的肉店卖肉。他爸爸总是提着割肉刀，脖子上挂着皮围裙，脚下居然踩的是木屐。他在肉店大声地讲话，形象相当神武。时常见到顾客站在肉架子前，赔着笑脸，恳求他爸爸下刀多割点肥膘。他妈妈则在街口的酱园店卖盐、打酱油、打醋、称白糖。他们夫妇从事的都是当时最有油水的职业。

我同学的名字随意到了让人困惑的地步，像是人的小名，也像是叫猫唤狗的名字。不知道他姓什么，就连老师都只叫他这个名字。他的长相也很随意，五官特别小，毫无存在感。但是，他小巧的五官凑在一起，显露出来的，却是一股子机灵劲儿。他吃得这么好，个头在全班却最矮小。到了小学5年级，他看上去还像是幼儿园的孩子，永远坐在第一排。大概他的营养和能量都留给了运动，他像是患有多动症，一大半时间都在逃课。经常是刚上完上午的两节课，他就径自走了，书包留在座位上，反正第二天还要来的。老师严厉地责问他昨天去哪儿了，他就特别无辜地望着老师说："我出去耍了，上课好恼火哦，不好耍……"全班同学哄堂大笑，老师则哭笑不得。

我比他高得不是一星半点，看上去像是比他大上10岁。我坐在全班最后一排，从来没有和他说过话。

5

有年夏天，我们刚刚小学毕业。某天快要吃饭了，妈妈才发现菜有点少，她就派我去菜市场买点冬瓜回来煮汤。我自然又要路过那位同学家。大概是天太热，他家把饭桌摆到了门口的街沿上。一大桌人吃饭，像是在请客的样子。自然，菜又是丰盛得很，盘子在桌上堆得满满当当。几个男的打着赤膊，一人面前放一大盅啤酒。啤酒估计是在他家隔壁打的，成都本地出产的散装绿叶牌啤酒。他们边吃边划拳，好不热闹。

我同学抱着猫站在一边，并没有吃饭，或许是已经吃毕。他看到了我，特别热情地招呼我。我从来没有和他说过话，略有点局促。他爸爸在饭桌上问他："是同学吗？"他告诉他爸爸："我们是同班同学。"他爸爸特别亲切地招呼我："过来一起吃点儿嘛。"

我窘迫得不得了，手脚都不晓得往哪儿放。他家的人对我而言都是老熟人了，他们却从未看见过我。我同学把猫夹在腋下，过来抓住我的袖子，硬要拉我入席。我尴尬得不得了，忙说还要买菜。我同学可不管这茬，还在拉我。我架势（四川方言，意为使劲地）把他的手往外推。

他妈妈也就看见了我。她用筷子指着我，对着桌上的人大笑起来："一个班的同学，哈哈，一个天上，一个地下。这个女娃子，咋个（四川方言，意思是怎么、怎么样）这么高哦，冲天炮儿一样。我们家那个，简直就是地转转儿（成都方言，戏谑语，意为特别矮小）。莫得法，随便咋个都不长。哈哈……"大人们都笑开了，我同学跟着放声大笑，把猫一上一下颠着玩。我那阵子正为自己长得太快太高郁闷，恨不得有个地缝钻进去。在笑声中我嘟囔了一句啥话，然后脸红心跳地赶紧逃走了。

回到家，妈妈问冬瓜呢，我都快要哭出来了。终于为喜好探视人家屋里付出了代价。

多年后，菜市场所在的那条街拓宽了，街边各种副食小店、粮店、菜店和少数住家房子早已被拆除。成都的门板铺大多变成了金属卷帘门的铺子，门板户也所剩无几。我同学不见了踪影，听人说他勉强读到初中毕业就去跑了运输，早就发家致富了。跑运输简直就是他命中注定的职业，运输和跑，都符合他的性格。至于他发了家，也绝非意外，他生就一副超级机灵的相貌。

6

1983年，我上初中时，班里有个女同学家也是门板户。这个女同学眉眼平常，却妖艳早熟，我们都认为她长得俏丽。有一回，她邀约我的好友去她家玩。好友就拉上我和另外一个女生，大家一起去她家。我们在女同学家临街的堂屋坐着，吃着打平伙（成都方言，意为AA制）买来的瓜子和她家的泡菜，冲着街上过路的人东看西看，兴奋得不得了。我们大声喧哗，议论着老师和班上的男同学。

女同学对我们的行为表现出警觉的样子。她扶着门框往左右两家快速扫视了几眼，让大家小声点，都到里屋去摆龙门阵，免得被过路的人和左邻右舍注意到，回头告给她姐姐听。她家里屋很狭窄，一张老式大床和一个大衣柜就几乎占满了空间。房间黑乎乎的，没有窗，亮瓦（成都过去的老平房为了透亮，屋顶都要装几片玻璃瓦）年深月久蒙上了太多尘土，也不亮了。她说她妈为了节约，白天从来不准他们开灯。

这个女生特别羡慕我们这些住在院子里的人，她说她才不想当啥街娃儿，被人看不起。她暗恋的男生是原成都军区战旗文工团的子弟，他是绝对不会和一个街娃儿好的。为此,她很苦恼。她的哥哥姐姐比她大很多,他们插队回城,都工作了。哥哥在街道工厂上班,姐姐是公共汽车售票员,他们都还住在家里。三个娃儿大了,不能再像小时候一样,大人娃儿挤一张床睡觉。家里两间屋,根本住不下这么多人,她爸妈就基本待在老家的乡坝(四川方言,意思是乡村)头,偶尔有事才回趟成都。她姐姐找的对象也是街娃儿,她觉得姐姐这辈子算是完了。

同行的好友豪爽单纯,她家住在银行宿舍。她非常真诚地安慰这个女同学:"我们院坝头(住)的(人)其实也不咋样,厕所还不是公用的,早晚都要排队。我觉得住(在)街边多好耍的呢,地盘大,可以边做作业边看别人。想要的时候,跨出家门就耍。管他是不是街娃儿哦!"我和另外一个家住新华书店宿舍的同学忙附和:"就是,还是住街边巴适些。"

女同学听了这番话,发出了与年龄不符的叹息,我至今还能清楚地回忆起她忧愁的表情。"你们晓得啥子哦,屋头一天都黑黢黢的,写作业把眼睛都要写瞎了;冬天要是不关门,冷风架势往里头灌,冷得恼火;夏天热得像蒸笼不说,外头下大雨的话,屋头就下小雨;上个厕所,倒个痰盂,要跑半条街。住到这种地方,简直倒了八辈子的霉!还莫得我外婆他们乡坝头安逸……"

原来,门板户毫无我想象的巴适或者好耍的成分,我好像比女同学还要失望。回家告诉妈妈这件事,本来是想引起妈妈的共鸣,妈妈却批评我:"你们是不是在人家面前显洋,你们是住在大院坝里头的。这不好,家住哪儿有啥重要呢,学生嘛,关键是要看学习努不努力。"我辩解说没有显洋,是她自己说当门板户特别不安逸的。妈妈似乎对我的反应很不解,她说:"门板户当然不安逸嘛,街边边上,那么大的灰,脏兮兮的,还用问嗦。"

我沮丧得不得了,妈妈把我被事实打脸的坏心情弄得更坏了。

锦官月明海上花
——成都上海双城记

大　院

1

我家住的这条名叫童子街的小街，曾经是古代成都童生应试的地方，权且把它当作小升初的考试场所。我们知道，童子又叫童生，是古代读书人身份的一种。童子往上一级是秀才，再上一级是举人，更上一级是进士。1949年，国家对全国的文盲率进行过摸底盘查，结果，全国文盲率在80%，这还不包括认识几百个字能读点报的人。可以想见，古代文盲更多。童生，相当于现代的小学生，在那个时代，也就算是文化人了。

我们的大院，童子街29号，它是民国时期为纪念辛亥革命和四川保路运动烈士而建的忠烈祠的一部分。在军阀混战时期，忠烈祠名存实亡。民国后期，这里改为四川省交通学校。我们那栋5户人家居住的平房，就是忠烈祠祠堂改造而成的住宅。不过，在此之前，我完全不知道这码事。爸爸从前给我讲大院的典故，我都毫不过心。年轻人的目光往往瞻前而不顾后，缺乏对过往历史的兴趣。有点阅历后才明白，历史的面目何尝不是惊人的相似。前阵子，我在读著名小说家李劼人先生以保路运动为背景创作的长篇小说《大波》，里面也提到了童子街。在我这个年纪，就不免感叹这冥冥中说不清道不明的缘分！

童子街29号曾经是爸爸的工作单位，后来改为机关家属宿舍。这个大院套有多个小院，小院的建筑风格各式各样，土洋结合，基本上成都最有代表性的建筑风格，在我们大院都能看到。

2

在中华人民共和国成立初期直到"文革"之前，童子街29号是中共西南局（已撤销）局级及以上干部居住的院子。后来，院子里房子越盖越多，各级干部和工人们也陆续搬了进来。

院子里多是苏式风格的四层红砖楼，普通干部住在筒子间，厨房和厕所公用，几栋单元楼分给高干居住。他们的房子是三室一厅或四室一厅的板楼，前后带有阳台。大院里散布的小院，好赖都有，建筑风格相当多元。有的是藕荷色和青灰色纯西式小洋楼，楼面常年覆盖着常春藤，优雅复古。也有将西式公寓元素运用到川西吊脚楼风格中的两层木质楼房，它别有韵味，我最喜欢。还有几栋独立的别墅，建筑风格中西合璧。它们的走廊有宽有窄，铺着红木地板；屋檐有高有低，顶角飞翘而起。宽走廊上，常有老干部坐在藤椅上惬意地看着报纸；窄的走廊，经过的人就像半边身体探出在廊外。这些楼都有宽大雅致的木窗，窗台上随意摆放着花草，阳光灿烂或阴雨绵绵的日子，看上去特别浪漫。

院子里还有宽敞的四合院，住着三四户人家；一些小巧的独院，仅住两户人家。大杂院有扇月亮门，里面以"回"字形分布着几间平房。那些平房，简陋得像是临时住所。

大院里形形色色的房子混搭着，错落有致，也不失和谐。同样和谐的还有大院中人与人的关系，上至省委书记，下到普通工人，虽然待遇差别很大，但人际关系的底色还算健康平和。大院的长辈们来自全国各地，操各种方言，四川人只是其中的少部分，正宗的成都人更是少之又少。

我上小学、中学时的好朋友们都特别喜欢到我们大院来玩。大院曾是成都最为幽静雅致的院子之一。院子里古树参天，随随便便一棵银杏树就有五百年历史；一条小沟渠，流水潺潺；一年四季，野花家花交替盛开。尤其是夏天，孩子们能在近一人高的野草中采野花、网蝴蝶、捕蜻蜓、逮猫儿（四川方言，意为捉迷藏）……

3

妈妈说，还没生我的时候，他们住在大院里被称为"教学楼"的那栋楼房。按爸爸的级别，他们只能住在底层的筒子间，厨房和卫生间也都是公用的。她生完哥哥后坐月子，也是到公共卫生间去洗澡。

我出生后，家里搬进忠烈祠堂改建的平房。平房前后一共五户人家，我家这面是两户人家，背面则有三家。这房子也曾用作办公室，房间面积较大，高敞明亮。卫生间配有抽水马桶和大浴缸，厨房则是补盖的小偏房。我家还砌了个硕大的烧柴火的土灶。我们这个土洋结合的厨房曾引起我许多同学的好奇。在20世纪70年代末80年代初，抽水马桶、浴缸和天然气这些居家设施在成都普通人家中较为少见，烧柴草的土灶，在蜂窝煤炉子已经普及的情形下，也同样少见。

住在我们大院，容易滋生优越感吧，但我毕竟还小，基本懵然无知。大院里面有礼堂、收发室、食堂、澡堂、木工房、医务室……春节前，成都的几个大副食品商店会一连几天专程到院子里来摆摊卖年货。20世纪70年代中后期，抗大小学的教室，也曾设置在我们大院的收发室。大街上难得一见的各种型号的小轿车，常常可以在我们院子里看到。

虽说是小孩子，我们也晓得谁的爷爷是老红军，谁的爸爸调到了北京，哪个楼里住着副省长，谁的爸爸是局长，谁的爸爸是处长……知道归知道，孩子们却少有攀比心理，更少势利之人。我们天天从东家窜到西家，疯玩在一起。即便是局长家的孩子，该挨打的时候还是没有人会对他手软。

我们小孩子对大院的结构最为熟悉，我们晓得到哪栋楼后面可以捡到高级糖纸，把它洗干净后，夹在书中作为交换品和收藏品。有片草丛可以找到玻璃弹珠，弹射玻璃珠进洞是风靡一时的玩法。有个小院子外面有条很长的巷道，巷道的角落处适合玩过家家。"教学楼"的楼道宽敞，光线略有点暗。每家每户都在门口摆满了杂物，它们是天然的掩体，我们经常在楼道里逮猫儿。木工房是男孩子的天堂，不仅可以偷用各种工具，离家出走的人晚上还可以在锯末堆里过夜。几乎每栋楼的过道中都放有或大或小的泡菜坛子，随便捞点人家的泡菜吃更是日常功课。

大院里各个年龄段的孩子都很多。不过，最贪玩的还是我们这些当时比较小的孩子。男孩子们淘气到令大人头痛的地步，女孩子就斯文得多。隔天就耳闻各家各户爸爸们打骂娃娃的声音，谁也不会见怪。娃娃们在一起，也会交流父母打人的各种手法：哪种属于特别"歹毒"的，痛得人失控地惊呼呐喊；哪种打法其实不痛，吓人的成分多些；被毛线签签打的话，家长下手重的，红痕很久不散，下手轻的，就像被蚊子叮了一下，莫事；扇耳光带来的羞辱感最强烈……最可恶的是有些娃娃的哥哥姐姐比他们大很多，他们就不仅要挨父母打，还要被哥哥（经常）姐姐（偶尔）打。

4

别看人小，我们对院子里的人际关系可说是相当敏感。我们晓得哪个人的妈妈特别爱打扮、不大安分，哪个人的爸爸生活作风有问题……

有个小孩她爸是山东老红军，据说是粮食局局长。我们不大听得懂他说话，他为人和气，总是笑眯眯的，爱发糖果给我们吃。有个女孩她外婆是宁波人，长发在脑后精心盘成螺髻，很洋盘（四川方言，意思是洋气）。她特别护短，爱骂欺负她外孙女的别家小孩。她的宁波方言，我们也听不懂。高干楼那边有个阿姨是河北人，她家吃得特别好，她经常把自制的肉包子送几个到前院她妹妹家。她妹妹的女儿是我的好朋友，于是，我们就撺掇这个女孩把她姨的包子偷两个出来跟我们分享。我有个漂亮的发小住在院子里某栋两层木楼的顶层，她妈是儿科医生。她妈似乎讨厌儿童，对我们很冷淡。我们去她家玩，她妈从来不理睬我们。她那来自江西的奶奶却特别和蔼，对我们嘘寒问暖。后来，我的发小病死于盛年，她妈痛苦到几乎精神失常。

1980年，两位来自云南大理的白族兄妹住到我们院子里来了。女孩比我大两岁，憨厚单纯得不得了。她哥哥比她年长五六岁，已经读高中了。她哥哥身形颀长，黧黑英俊，是我哥哥的好朋友和女孩们的暗恋对象。他们的妈妈去世了，爸爸要出一段时间长差，就把兄妹俩暂时托管在成都的叔叔家，并在成都借读一阵子。院子里妈妈们的理念是"宁要讨饭的妈，不要做官的爸"，她们因而特别同情和偏爱这两个朴素、功课很好的兄妹。妈妈们总以"看看别个,妈都莫得,还那么乖"来教育自家叛逆的孩子。

  云南的发小和我同是小学的宣传队成员,上学放学形影不离。有阵子,我们白天出去搞宣传,晚上,不是睡在她叔叔家就是睡在我家。她经常给我讲她妈妈的往事,引得我眼泪汪汪地替她伤心。她还担心她爸爸找个后妈。不过,她爷爷表示,如果后妈对她不好,她就跟她爷爷过。每每她都睡着了,我还伤心得睡不着,自行脑补中外后妈的各种惊悚面目,暗暗为自己不必被后妈虐待而庆幸。

  这姑娘没有妈妈,个人卫生就很粗糙,脖子上的灰垢多到一眼可见。她叔叔婶婶孩子小,无法细心地照料她。偶尔地,还是妈妈提醒她该换衣服了,或者趁她在我家过夜,妈妈就把她的外衣洗了。不知在啥时候,她还是把头上的虱子传染给了我。

  我一直有点贫血,头上长了虱子后,更是成天叫嚷头晕。妈妈终于发现我满头的虱子,恶心得差点吐了出来。她给我剪了短发,用煤油给我洗头,烧开水烫煮我的床上用品和衣物,每天都要花好长时间检查清理我的头发。然而,虱卵的繁殖力实在惊人,并不容易斩草除根。过了好长一段日子,我头发上的虱子才彻底灭绝。这期间,我受够了哥哥的冷嘲热讽和要在全院传播此事的威胁。我埋怨早已回到云南的发小让我蒙羞,但更多的是对她将来的忧心。妈妈也说,发小是没有妈妈才这么惨,家里都是些男的,爷爷、爸爸和哥哥,她的虱子都不晓得长了多长时间了,他们居然都没发现!这个女娃儿简直太造孽了……

  发小的叔叔婶婶家,有台当时少见的黑白电视机。大人们议论说,那是因为发小的爷爷是老红军,是云南大理的领导,可以优先买到电视机。星期六晚上,我们各自带着小板凳,去她家排队看电视。她叔叔婶婶的大孩子是脑瘫,一直瘫痪在床。孩子的不幸没有让她叔叔婶婶失去可爱的性情:她叔叔平和斯文,特别幽默;她婶婶白白胖胖,热情又开朗。

  星期六的"看片会"上孩子不少,发小的婶婶负责维持秩序。她会根据个头高矮,分配哪个小孩坐在哪个位置,我基本都坐在最后一排。记得有次电视里演的是香港电影《画皮》,夏梦饰演的女主角是个鬼,变成人时漂亮又娇媚,现鬼样却没有脸，格外恐怖。我每扫视几眼9寸的黑白屏幕，就得回头看一下身后的屋门，生怕有鬼溜进来。

5

有位上海口音浓重的阿姨爱来找妈妈看中医。上海阿姨皮肤白皙，语速特别慢。她家只有一个女儿，独生子女在那个年代较为少见，她家姐姐就备受父母宠爱，娇滴滴的。她家姐姐皮肤也是特别白，瘦高羸弱，眉眼平顺，气质雅秀。上海姐姐都上高中了，不大和我们一起玩。偶尔，我看见她趴在窗台上，盯着院坝空地上跳房子跳绳的女娃子或玩斗鸡打弹珠的男娃子们，神情落寞。

母女俩长期吃中药调养身体，上海阿姨常到我家找妈妈咨询医学方面的事情。

母女俩只要在一起就说上海话，全不管边上人是否听得懂。敏感小气的人就不大高兴，觉得她们看不起成都人。院子里很有几户上海人家，他们基本都是从上海分来支援三线建设的大学生。除了他们的形象气质有别于当地人外，他们还显得尤为精明。成都人对他们的非议中暗含着极为复杂的心理，这其中当然也有羡慕嫉妒恨的成分。

妈妈和院子里几户上海人家关系都不错，更和我中学男同学他家保持着非常亲密的往来。后来我到上海读大学，受到同学外婆一家人的照顾。妈妈从来不把人的好坏按地域户籍来划分，这也许和她是个医生，接触人多，始终比较理性有关。

即便和大家一样，屋里大半的家具都由公家暂借使用，上海阿姨显然也还是更会布置一些：橱柜放在桌子对面较为平淡，挪到房间的角上别致得多；橱柜上放只祖传的座钟，房间的分量顷刻间就提升不少；木头书架并没有多少书可以填充，正可以当作花架子，吊兰和文竹放在上面显得清雅；又像办公桌又像饭桌的简陋的方形木桌子，铺上米色棉线钩织的桌布，再压块玻璃板，玻璃板下放几张人工着色的照片，照片底角上印有"上海"二字；桌上放只插着粉紫色塑料玫瑰花的白色大花瓶。这样一来，房间就接近于电影里某上海资本家客厅的一角了。

总之，上海阿姨洋气的家是院子里女人们的时尚谈资。床罩（居然有床罩）、收音机套、窗帘、桌布、沙发套之类的针织物都由她自己剪裁缝制，颜色淡雅，样式新潮，非常"上海"。不断有女人向她请教编织技术，她虽尽心赐教，但少有得其真传者。每逢有人向她表示赞叹，上海阿姨就微笑着谦逊地说："布料蛮便宜，这里拼拼，那里接接……"

6

我有个发小，也是我的初中同班同学。她家房子在我家背面。她家几乎从来不关门，屋里凌乱的景象供所有人浏览。4个孩子回到家，各人（四川方言，意思是自己）做各人的饭，轮番吃饭。他们家像个血缘共同体，共处一室，但独自行动。时间长了，倒也生出了一份默契。她妈养的鸡最自由幸福，时常奔放地在饭桌上跑跳，根本没人去管它。

发小的妈妈戴高度近视眼镜，你永远不知道她有没有在看你。她生起气来，二话不说，抓起剪刀就给他们兄妹几个甩过去。发小的外公是正宗成都人，曾是国民党军医。1948年，她外公去了台湾，没带上她妈。发小的爸爸是从北方南下四川的高干，但在家里没有地位，谁都可以"欺负"他。几个孩子都喜欢爸爸，较为疏远妈妈。

同学家人的性情和典型成都人的脾性差别挺大，估计她父亲的北方基因起了作用。就是在她家出现的小偷，也比在别处表现得更自由奔放。有次他爸爸午睡，小偷拿走了盖在他爸爸被子上的颇值钱的雪花呢大衣。他爸爸睡得直打鼾，醒来找不着大衣，还以为是被她哥哥穿走了。

在这样的家庭里长大，我同学和她的两个哥哥、一个姐姐全都特别爱自由，特别有主意。他们不屑于和院子里的人玩，眼界高远，内心狂野。他大哥长得像外国人，满头卷发，皮肤迅白（成都方言，意为特别白），年纪轻轻就结了几次婚，有几个孩子。二哥虽有轻度残疾，照样傲视群雄。多年以后，他在电脑游戏开发上显示出卓越的才华。她姐姐胖嘟嘟的，身体力行地过着与她形象气质并不相符的波希米亚生活，酷爱西方哲学。

她姐姐总能搞到内部白皮书或黄皮书,还酷爱看"内部"电影,听"内部"音乐。她姐姐对我们这些小娃儿基本不屑一顾,嘴角总是挂着淡淡的嘲讽。她姐姐说院子里的男娃子平庸,女娃子牙尖,都没啥意思。20世纪90年代初,她姐姐辞掉了在成都的工作,成为较早的一批"北漂"。

2000年9月的某一天,我偶然在中国电影资料馆门口看到发小的姐姐。她挽着一个长得很哲学的男人,正准备进场看某位电影大师的修复版电影。她姐姐比过去瘦多了,一点儿也不见老,表情愉快平和,显然是日子过得不错。

7

我的发小最受父亲宠爱,她妈妈则偏爱她大哥。她一头淡黄偏金色的头发,皮肤非常白,模样偏洋气,只是五官没那么精致。中学时期,我们都喜欢文学,经常凑在一起谈论小说中的爱情,经常是观点相左,谁也不服谁。她还顺带给我讲解了爱情和性的一些区别。

她把我们初中班里的男女同学都配了对。其实,之前我们班有个男生已经给我们全班同学配过对。她对那套方案很不屑,认为那个男生完全不懂弗洛伊德的恋爱心理学。她给我分配的那个男生我根本不喜欢,但她认为我们比较合适。我们班的男生都显得比我小很多,我一个都不喜欢,也就欣然接受了她的安排。她喜欢我们班一位上海籍、模样清秀高挑的男生,但也知道那男生心理年龄太小,恐怕是不敢早恋的。她说她也就懒得向他表达,免得吓着他。

我刚工作时,有天突然在院子里看到她,我惊异于她变得如此漂亮炫目,两眼水汪汪的,从前干白的皮肤发出亮光来。她简直就像是画片中俄罗斯的喀秋莎。我们站在门口匆匆聊了几句,她直率地告诉我,她现在是一个痛苦的第三者,正在焦灼地等待情人离婚。这之后的次年,我家搬走了,我们最终失去了联系,只隐隐听说她嫁到了美国,丈夫并不是从前那个有妇之夫。

8

我家门前有一大块空地,空地后面是大院的小礼堂。爸爸把水泥地挖开,铺上泥巴，再用竹篱笆将这块地围拢，一块长方形的田地就整理成型了。不久之后，篱笆上就爬满了金银花，香味扑鼻。镶嵌在竹篱笆边缘的是鸡冠花、月季花、胭脂花、喇叭花、夜来香、茉莉花、栀子花等常见的花卉。田地中心则种着各种蔬菜。我家的这块地吸引了不少院子里的人来围观。

花园里的蔬菜年年丰收，我们吃不过来，就送一些给左邻右舍，让大家一起分享爸爸的劳动成果。谁家临时需要点葱、藿香、辣椒啥的，就到我家地里去揪点。特别是夏天，我要帮着妈妈到处去送菜，扁豆、蛇豆、辣椒……我喜欢去给邻居送菜，可以借机去邻居家坐坐，看看别人家房间的摆设，了解日常生活的情状。我从小就是隔锅香（成都方言，戏称到别人家吃饭的小孩子，吃别人家的饭总比自家的香）的家伙，总以为人家家里最安逸。直到现在，我也热衷去别人家串门。我的这个癖好，没少挨家人批评。

邻居们看到一个小女孩抱着筲箕来送菜，都会笑脸相迎。他们会连连向我感谢爸爸妈妈的好心，有时还硬要回赠我点糖果或别的食物。大家对爸爸这个看起来文质彬彬、瘦弱不堪的文人有如此精湛的园艺既吃惊又赞叹。他们越是觉着意外，我就越是感到满足。我并非为爸爸的园艺骄傲，只不过在心里得意地想："哼，你们根本就不了解我爸，你们绝对想不到，我爸才不只是文质彬彬呢，他骨子里就是个农民。他最愿意干的活就是农活……"小孩子心里存有的秘密，都有点夸张而幼稚。

哥哥倒是特别不愿意被派去送菜。"送啥子菜嘛，又不是买不到。上门去送，就像估倒（成都方言，意为强迫）别个要一样。"他愤愤地说。妈妈则会批评他不懂事，妈妈老说，好好的东西，放到等它烂掉，好可惜嘛。

9

爸爸种菜的技能远超养花。现在，他和妈妈住在狭小的楼房里，他也在院子里的小花台和家里的凉台上种着折耳根、冬寒菜、藿香、山药、韭菜、红薯藤、胡豆等蔬菜。他的菜长势始终不错，他的栀子花、剑兰、君子兰、三角梅、昙花、文竹、绿萝等花草就长得很一般。他种菜养花全凭兴趣，从来没见他看过任何园艺方面的指导文章。爸爸高兴起来会带着保姆大老远去工地挖土回来填盆，忙碌起来又会完全忘记了花草已经干枯，需要浇水。爸爸是个极度感性的人，从他对待花草的态度上也能看出来。

爸爸把他的爱好遗传给了我，我从小就对种花养草特别有兴趣。爸爸劳动的时候，我就跑去帮他。爸爸也会顺带给我讲一些农村生活的常识。那个时期，我正迷恋作家浩然写的农村题材小说，我觉得农村生活太浪漫了，远比在城市里做家务的琐碎日子有滋味。爸爸虽生长在县城，却从小亲近乡村。如今，我对农村生活基本失去了兴趣，但84岁的爸爸还是对农村以及田园生活有着诸多不切实际的幻想。

爸爸有个朋友是双流的农民，叫老宋。爸爸经常坐近两个小时的公交车去老宋家耍，顺便买各种乡村的东西。几年前的夏天，某天下大雨，爸爸让我去公交车站接他一下，他又到老宋家去了。我到了爸爸下车的地方，倾盆大雨正好停了。爸爸从公交车上下来，双手提满了土货，吓了我一大跳。半塑料桶的皮蛋和鸭蛋，好几斤芋头，一只土鸡，一只土鸭，还有南瓜和冬瓜。爸爸居然又背又提了这么多东西上公交车，他已经81岁了。妈妈对我说："我不想跟你爸爸去农村，厕所脏得很。你爸爸只要到了农村，就把我搞忘了，耍得之高兴哦。最近，居然在人家老宋屋头睡起午觉来了……"

今年夏天，老宋家的房子和田地都没了，修成了大片的商品房。爸爸说表面上条件好了，住进了楼房，其实莫得农村安逸。老宋也不习惯，但没办法，这片农村按照规划，要变成城镇了。

10

大院时期的哥哥淘气得惊人，经常有这家那家的婆婆奶奶孃孃（成都方言，意为阿姨，姨妈，妈妈的妹妹）们提醒妈妈，她们看见哥哥爬高烟囱、跳石灰池、吊大卡车尾巴、翻院墙……小娃儿这种调皮法，实在太吓人了！

哥哥是院子里一帮男孩子的头头。1975年，他才8岁，就带着院子里包括我在内的五六个比他更小的孩子走失过两次。

我们兴奋地跟着他跑出院子,踏上梦想之旅。我们渴望离家出走,渴望在路上邂逅被哥哥描述过的各种稀奇,渴望让父母着急上火……获得自由的那瞬间,我们立刻长大了很多。要出大事的紧绷感和远足郊游的兴奋感混杂在一起,它足以激荡起孩子的内心,暂时压制住莫名的恐惧和担忧。我们大手牵小手,几近狂热地望着哥哥,意气风发地跟着他走。

走啊走,道路没有尽头,无法得知时间,但天色渐晚。嬉笑打闹够了,哥哥讲故事也都讲得口干舌燥,不想动口了。更有才5岁大的小娃儿渐渐走不动路,开始不争气地啼哭,说是想回家。大点的娃儿兴许比小娃儿更焦虑,为了维持得来不易的大人形象,还得强打着精神。哥哥大概有点心虚,他开始找台阶下。他叹着气,批评我们"实在太孬(发音pie,四声,成都方言,意为差)了",看样子将来谁都当不上解放军。他可以带我们回家去,但他再也不想和我们这么孬的人耍了!可是,他却记不清回家的路该怎么走了。

在没有拐骗小孩事件发生的年代,我们的结局可想而知。孩子虽然找到了,那些小娃儿的爸妈却被吓得不轻。我的爸爸妈妈更是气愤不已,外加羞愧难当!

11

哥哥不是好学生,他不爱听讲,很少做作业。每个学期,他的作业本都只用三四页就全都剩下。即便如此,他的学习成绩总是能轻松地维持在全班中上水准。他似乎看不上学习好的孩子,他说他们"不好耍"。从小到大,他都喜欢和班里最调皮捣蛋的孩子玩。他在物理实验室放鞭炮;从学校操场上堆得足有3层楼高的建筑材料上往下跳;他随意上讲台给老师扇扇子;上课大声讲笑话逗得全班同学大笑;他给每位老师同学起绰号,好几个人的绰号一直沿用至今;我最怕看见他出现在学校门口打群架的那帮人队伍里。

他让爸妈头大,特别是妈妈,她本来就把老师的话当作圣旨。她老是提心吊胆,总感觉又要被哥哥的老师找去谈话了。话说回来,哥哥模样帅气,异常聪明,学习不差,一直被各个时期的老师们又爱又恨,老师们对他的关注度比对我高得多。

12

每天放学后,哥哥就坐在我家边上一栋小洋楼外墙的自来水管道上,给大家讲故事,一堆男孩会围坐在他周围听讲。他像评书艺人一般连说带比画,讲得口沫飞溅。那些男孩听得入迷,十分崇拜他。他勒令我不准靠近他们的"队伍",但我知道他讲的都是他喜欢的那些书里的内容:《三国演义》《水浒传》《说岳全传》《七侠五义》《说唐演义全传》《前后汉故事新编》……

哥哥和住在大院周围的同学来往密切。有一次,妈妈叫我去喊哥哥回家吃饭。在与大院一墙之隔的会府,哥哥的某位同学住在一家街道蜂窝煤厂里。我走进黑乎乎脏兮兮的煤厂,在厂子后面逼仄的平房里找到哥哥。他同学全家五口人住在一间房子里,家里的赤贫景象让我吃惊,我原以为只有在农村才有可能穷到那份上。那孩子特别喜欢让哥哥带他到我们大院来玩。看来,放学后晚饭前的大把时间里,他基本无处可去。

奇怪的是,看到这样的人家,我并没有产生什么优越感,反倒是有点羞愧,好像我对此也负有一定的责任。

13

院子里不少邻居都是爸爸的上级,爸爸算是单位的年轻人。爸爸的同事中,有各个时期的老党员、老红军、地下党员等等,其中大多数人还都是知识分子。那些我称呼为伯伯的人,好多都可以当我的爷爷。他们的儿女按辈分称呼爸爸为叔叔。其实,好几个哥哥姐姐和妈妈的年龄相差无几。

我喜欢那些哥哥姐姐们。他们都那么年轻,纯真活泼,好学多思。他们中有的人在读大学,有的在当兵,有的还在插队,个别人则在待业。他们常到我们家来借书,或是找妈妈看病聊天讲心事。大概是年纪接近,他们和爸爸妈妈很谈得来。他们形容爸爸长得像匈牙利人,妈妈则漂亮和气。他们有时会和爸爸开玩笑,说爸爸显老相,妈妈年轻得像是他的侄女。哥哥小时候长得好看,每天都有大哥哥大姐姐把哥哥抱出去玩儿。晚上哥哥被送回来时,衣服口袋里总是塞满了糖果。模样有点丑又特别认生的我，大多数时候都被他们给遗忘了。

大概是在10年前，我送我新出的小说给院子里的一个姐姐。这个姐姐也是爸爸同事的女儿，她家住在大院的高干楼。她比我大16岁，是一位勤奋的日语翻译，出版过多部日本文学和哲学书籍。她对我说："你小时候，我们都看你哥哥去了，简直搞忘了你们家还有个你！"我们俩都哈哈大笑起来。我告诉她，她虽然不晓得我，我倒特别晓得她和她妹妹。她听罢，简直是大吃一惊。

20世纪70年代末，在我们院子里，有两位就读于四川大学1977级外语系的姐妹格外引人注目。她们俩一个在日语系，一个在英语系。两人都很漂亮、时髦、高傲，不屑于搭理其他人，一副天之骄子的模样。她俩吸引了不少人艳羡的目光，也招来一些白眼，不时听到大人们对她俩的各种议论。

爸爸是这两个姐姐父亲的下属，我们两家熟络得很，我常跟着爸妈上他们家去玩。他们家有5个孩子，两个姐姐上面还有大哥、大姐，她们居中，下面还有个弟弟。我们叫哥哥的他家最大的男孩，只比爸爸小一岁。他们的父母亲都是山西南下四川的干部，为人善良豁达，关心年轻同事。爸爸现在回忆起逝世的伯伯和阿姨，还会泪流不止。

两个姐姐年龄接近，永远在一起共同行动。看着她俩前卫时髦，有说有笑地骑着自行车在大院进进出出，我会忘记我们明显的年龄差（我才读小学4年级），总是羡慕地想：瞧瞧人家，生活丰富多彩，面容神采飞扬！为什么我的生活这么没意思？

大院的孩子兴许是自傲、优越感强烈的，他们享受过父母的地位带来的荫庇，年轻时过得轻松顺利。他们中不少人因而清高，城府不深，不屑于、不善于屈尊违心为稻粱谋；也有好些人懒散成性，好走捷径，大事干不了小事不愿干。时过境迁，新的时代，他们中过得不如意，甚至命运较为惨淡的人，不在少数。

14

1976年，我已经是小学一年级的学生。大院"学生楼"3楼的某户人家中，有个比我小1岁的男娃子突然夭折。他妈妈在屋里跺着脚号哭，地板被跺得啪啪响。我们一大群站在楼下看热闹的小娃儿听到动静,感觉真是惊心动魄!那个娃儿是得脑膜炎死的,大院里的娃娃实在太多,我并不认识他。我和小伙伴们被吓得不轻,立刻觉得各自的脑袋有了不同程度的疼痛。

殡仪馆的车子来了,尸体从楼里被人抬了下来。尽管蒙着白布,我们还是赶紧四散跑开去。我和发小躲在远处的白果树后面,偷偷观察着动静。我的发小说:"快点看,你哥,你哥,就在死人旁边。"我往死者家单元楼门口望去,只见哥哥蹭到抬尸体的工人身边,紧贴着人家,假装也在抬尸体。哥哥边走边对我们做怪相,一副洋洋自得的样子。有个工人嫌他碍手碍脚,一把推开他。他趔趄两步,差点摔一大跟头。我们全都大笑起来。

殡仪馆的车开走了,我的心还在怦怦乱跳。回到家,我缠着妈妈问我会不会得脑膜炎,把妈妈烦得要死。

那天晚上,我和哥哥躺在各自的床上谈论死亡。哥哥说,死神一旦选中某个小娃儿,他就只能去死,而且这种选择有一定的比例,在无数的娃娃中,必定有人会中招。我小时候身体特别差,自然是恐惧之极。我问哥哥死神会不会选中我。他讲很难说。之前,凡是儿童类型的传染病降临大院,我都很少能躲得过去。他说:"我们这些人,虽然讨人嫌,但是活一万年。凡是逗人爱的,都死得快!"

我并非逗人爱的类型,只是身体弱,生活上被爸妈娇惯,哥哥为此经常和我"明争暗斗"。我被哥哥的话吓得直到半夜也睡不着。死亡是种无限,岂止是再也看不到爸妈了,它是百年千年万年的不存在,是被打入洪荒。死亡具有某种没有尽头的绝对性质,它无法被任何人理解和掌握,非常可怕。我思考着死亡的终极问题,却苦恼于似乎找不到任何一种介质来确切地限定它。

我完全想不明白关于死亡的命题。随着眼皮下沉,我宽慰自己说:算了,管他的呢,明天还要和发小交换新找到的糖纸,还要跳绳耍,反正暂时还不会死……

15

1976年夏天，河北省唐山市发生大地震，远在西南的成都震感也比较强烈。为了防患于未然，成都到处都在搭建地震棚。我们院子里也是如此，各处的空坝子都挤塞着各种材质的地震棚。形似工棚的地震棚中，各家仅以布帘子相间隔。

妈妈的学生中，有一队人是驻防在机场的军医，他们给我家送来了整卷崭新的塑料布。我家有个亲戚是工厂的七级工人。这位能工巧匠不仅提供了一些钢材，还和妈妈的学生一起，亲自为我家搭建了地震棚。我家的地震棚堪称"豪宅"，院子里热衷修缮的大人们频频来瞅几眼。

小娃儿们可不管美观不美观，只要能日夜凑在一起耍，再简陋的地方也是天堂。虽然吃饭还是回老家，我们却宁愿抱着饭碗到地震棚的"新家"去排排坐一起吃。我们今天睡在我家，明天睡在你家。晚上到了睡觉时间，家长们在地震棚的过道里大声喊自家娃儿回各自的棚。他们抓娃儿睡觉才恼火，扯得到处鸡叫鹅叫（四川方言，形容发牢骚，闹意见）。

本来是提心吊胆极不方便的生活，却被娃娃们当成了难得的嘉年华。水灾降临后的暑假，也是如此快乐。

16

1981年7月，成都爆发了几十年不遇的水灾。连续几天日夜不停的暴雨过后，全市变为一片汪洋，城市的低洼处水深更达两三米。著名的老桥安顺桥都被暴雨给冲垮了，据说还死了十几个人。街道上时不常漂浮着从国营菜店冲出来的茄子、丝瓜等蔬菜，让人哭笑不得。

我们大院自然也成了一片泽国。大水淹没了爸爸的菜园，冲上阶沿，好在没有漫过家门。后院却不同了，那儿的地势稍微矮了一星半点，就有很多人家进了水。哥哥和我成天不着家，我们简直兴奋得不得了，忙着帮进水的人家往外舀水，干得热火朝天。我们用脸盆、水桶把屋里的水盛起来，再往外倒。滑稽的是，我们小女孩们根本提不动水桶，我们用杯子和碗来舀水，那情形简直就像是在过家家。

正值暑假期间，娃娃们兴高采烈，完全无视大人们对泡水后变了形的家什的痛惜。我们蹚过齐膝深的脏水，挨家"视察"水情，传递自家支援给邻居家的各种物资，打水仗。有时"救援"活动持续到父母喊我们回家吃饭，还不愿意结束。

17

每一年，随着季节不同，全院总有几项带有集体性质的活动。这其中最多的是应时而来的各种家务劳动，免不了也有大人们对娃娃们升学或参加工作情况的强烈关注。

还未到腊月，四川人就得灌香肠熏腊肉，以保证春节时能吃上这两道四川人最重视的过年肉菜。不同于北方人正月十五隆重登场的元宵，成都人大年初一早上就要吃汤圆。汤圆的炮制过程也有好几道工序：磨酒米（糯米），晾晒酒米粉；准备核桃、芝麻、花生、猪油等食材以制作汤圆馅。从立春到夏至，各种腌咸菜的原材料就会挂在各家门前的绳子上，大头菜、莲花白、红萝卜、白萝卜、青菜等等，都可以拿来做咸菜。这些咸菜既是绝佳的下饭菜，还可以在发工资前，捉襟见肘之时填充饭碗。

端午节前，家家户户的门口会吊挂艾草、菖蒲等用来避邪的草木。木盆里泡着酒米，大碗或者各种钵钵里泡上红枣、红豆、绿豆，个别讲究的人家也会炒好猪肉待用。妈妈们会在公共洗衣台或家里的厨房里清洗粽叶，把包扎粽子的棉线提前整理出来。待酒米泡得差不多了，各种配料也都备齐了，妈妈们就动手包粽子。各种味道的粽子我都喜欢吃，不过，肉粽子原本就很少出现，也就没有什么奢望之心。

哥哥曾抗议说红豆粽绿豆粽这些粽子太难吃了，红枣粽就更是，还是肉粽子比较巴适。妈妈听到就会说："哪个说只有肉粽子才好吃，就是白粽子（酒米粽子）蘸白糖，也很好吃！"哥哥就会对我说，妈妈太假了，她也觉得肉粽子最好吃，为了推销难吃的粽子，她就不承认事实。我从小喜糖不喜肉，就站在妈妈一边。其实，妈妈确实更喜欢吃肉。可是，肉票不好找，钱也没富余，每家的妈妈都是巧妇难为无米之炊。男孩子们可管不了那么多，他们纷纷抱怨自家粽子难吃，那边小胖爷爷家的肉粽子才叫粽子。小娃娃们都晓得，小胖的爷爷是老红军。小胖自己的家在北京，他经常来成都探视爷爷。他是个憨厚的娃娃，经常带着几个男娃子上他家去吃红烧肉。

待到盛夏，青色和红色海椒大面积上市，家家户户又得忙两天。清洗、晾晒海椒，切海椒，剁海椒，腌海椒，趁此做各种风味的海椒泡菜、海椒酱、豆瓣酱。

院子里的空地处、窗台上、粗壮结实的树杈之间……到处摆放着陶罐、竹篓、竹篾子、盘子等盛着海椒的器物。那些或深或浅或完整或被绞碎的海椒，红艳艳一片，散发出清香呛辣的味道。大人们挽着衣袖辛勤劳作，娃娃们负责跑腿协助做些小事：收取石磨、竹篾子，交换搅拌机、漏斗，请哪家支援点生姜、花椒、盐巴、白糖……本土四川人家事情显然要更多些，移民家庭则是跟着入乡随俗操作起来。

18

进入8月，全院老少就要议论起大学招生的情况。我们大院娃儿成群，中学里的高才生偶有出现，大多数娃娃也不过平平常常。考取名校的高才生自然会得到大家绝对的赞叹、艳羡、嫉妒，他们的父母在那些天挣足了面子，被要求传授教子有方的经验和秘籍。不过，面对大学升学率只有百分之三的现状，只要能考上大学，不管是重点大学还是普通大学，都能得到大家相当程度的肯定和羡慕。

暑假的高潮就是议论大学的录取，特别是那些知识分子家庭，把高考和家庭的荣誉捆绑在一起，特别喜欢和别人家比较，让自家娃娃压力重重。院子里也有几个抑郁不合群的哥哥姐姐，他们大都受过高考带来的不同程度的精神伤害。

与现在的情形大不同的是，那些没有考上大学的"沉默的大多数"，基本上很快就有了还不错的工作。在相当长一段日子里，反倒是他们过得比较开心。时事造人，任何时代都是如此。

19

童年和少年时期，我三天两头生病。每过一段时间，妈妈就要带我去各个医院看病。我对成都很多医院都比较熟悉。川医（原四川医学院附属医院的简称，现为四川大学华西医院）、陆军总院、一医院、二医院、三医院、儿童医院、省医院、省直门诊部……我在这些医院都看过病，或是去找过在此带学生实习的妈妈。我的病涵盖了医院的很多科室，急诊、内科、外科、儿科、口腔科、皮肤科、耳鼻喉科、眼科……我是资深的小病孩儿。

吃饭（尤其吃面）和打针，是我小时候感觉最暗无天日的事情。9岁那年，我患上了猩红热，连续打了一个月的青霉素，无法上学。打到后来，我已经没有力气走路，得靠爸爸用自行车推着我去打针。每次听到医生说我两只屁股已经打硬，不好找扎针处，我就哀伤地想，虽然上体育课很可怕，虽然做数学作业是全世界最头痛的事情，我也宁愿天天上体育课做数学作业，而不要天天打针。

大院里除了妈妈，还有几个叔叔阿姨也是医生。妈妈经常带我去找他们咨询我的病情。结果，在满院娃儿中，那几个叔叔阿姨和我最熟悉。他们有事没事就找我打听他家娃儿在学校里的表现，弄得我很是尴尬，不胜其烦。

1981年，我12岁，上小学5年级。有天上午，在上最后一节数学课时，我的肚子突然痛起来，痛到我坐立不安，每种姿势都持续不了几秒。我趴在课桌上直呻吟，把身边的男同学吓坏了。他报告了老师，老师走过来问我怎么了，我指着肚子直流眼泪，说不出话来。老师让同学们自习一下，然后背起我就往外走。我们的教室在3楼，我当时已经有157厘米高了，老师背我肯定相当吃力。他硬是一步一挪，艰难地下了楼，很快地把我背回了家。好在我家距离学校只有几分钟路程。妈妈看到老师背着我回家，又感动又惊讶。我已经被疼痛折磨得晕晕沉沉，下地就开始呕吐……老师一个劲让妈妈重视我的病，他说我平时脸色总是特别差，经常闹肚子痛，体育课常要请假……妈妈不免又把我体质弱的老话重复了一遍。

待我病好后，再看到老师，羞怯得头都抬不起来。这位数学老师接近40岁，高瘦佝偻，皮肤黑，眼窝深，略微留了点小胡子。他穿着比较时髦，紧身衬衫的头三颗扣子总是不会系上的。他懂得特别多，老师们都很喜欢他，尤其是女老师。他对学生非常严厉，尤其是对男生。关于他，有很多传言。谁都不了解他成家没有，甚至有传他和学生家长耍朋友（四川方言，意思是谈恋爱）的。我被他背回家，一时成为班里的话题。哥哥也污蔑我就是在装病，想要偷懒，就被老师背回家。我简直气坏了。我的数学成绩一直不算差，但就是对它没有丝毫兴趣，心理上畏难得很。我平时很怕这个老师，我觉得他看透了我，明白我就是不愿意好好学习数学。

现在，老师仿佛对我有了恩情，我不能再逃避困难了，拼了老命学习数学。1981年，在小学升初中的全市统考中，我的语文和数学都考得非常好，让爸妈大感意外。这位数学老师高兴坏了，他对我开玩笑说真是没有白背我一场。我则因为那些流言，很惧怕和他关系太亲近。毕竟，好多女生都羡慕我被他背过。

20

小学3年级，1979年，我对文学产生了强烈的兴趣，孩子间的寻常游戏不再能吸引我。我总是坐在家门前的枇杷树下看书，天黑了也舍不得从书上挪开视线。我的眼睛越来越近视，那也无法阻止我狂热的看书热情。我把小说藏在课本下面，上课也看，回家也看。

妈妈在屋里喊我吃饭，喊了又喊，我就尽量拖延时间。妈妈经常生气地出来拖我的竹椅，强令我进屋吃饭。然后，妈妈坐在饭桌前教育我，强调身体的重要性：谁谁身体不好，年纪轻轻就是药罐罐；谁谁之造孽，本来多有才华的，但有严重的先天性心脏病，一辈子都完了；谁谁年轻时不重视身体，结果老了床前无孝子，活得之痛苦；谁谁不见得有好聪明，但身体之好，关键时刻就多可以的……

每每这时，我就抹着眼泪，艰难地吞咽着饭菜，内心一片绝望。

21

  我和哥哥像在竞赛一般看书。我们都在枕头边放一摞书，看谁早看完。哥哥的视力和记忆力都比我好，他常常通宵缩在被窝里打着手电筒看书。每年体检，视力也总是全年级最好的。我很小就近视，且近视度数飞速增长，几乎把自己都给吓着了，再也不敢打着手电筒看书。

  哥哥总是大段地给爸爸妈妈和我背诵《三国演义》《水浒传》《古文观止》等书里的句子，我也看过这些书，却几乎一句原文都背诵不出来。

  在我们每晚例行的吵架中，哥哥大肆讥讽我的蠢笨呆傻。他说他经常在街上和学校偷偷观察我，我常常一动不动地盯着街边的住户或商铺的人发呆，或是呆滞地看着同学们运动或玩耍，根本参与不进去。我戴着眼镜，个子比绝大多数男生都高。隔着老远，哥哥就能看到我。哥哥说他觉得我实在太傻了，太给他丢脸了……我虽然嘴硬，把他驳斥得体无完肤，内心里却很认同他对我的评价，并为此异常苦恼！

  直到今天，我的阅读量已经大大超越了哥哥，却依然不求甚解，说不出个子丑寅卯来。哥哥要是读过一本书，他还是能原话复述书里的句子。

  我偶然听到过妈妈和她的朋友通电话。大概别人问起我，妈妈说："我女儿（从北京）回来了，她在看书——对，她就喜欢看书，她倒确实是手不释卷……"真是羞愧，我喜欢读书，可是先天笨拙、记忆力差，好些书算是白读了。我最羡慕那些博闻强记、记忆力过人的聪明人，我身边好几个学者朋友就是如此。

22

  大院时期的爸爸清瘦斯文，热爱生活、喜欢热闹和愤世嫉俗、暴烈寡欢并行不悖地存在于他身上。爸爸随和起来，与童叟无异；乖僻之时，又特别令人生畏。院子里很多小娃儿都很怕他。

  爸爸一辈子就是喜欢看书、编书、买书、读报，我们家的书籍、杂志、报纸之多，在院子里很有名。爸爸古文功底不错，他动辄背诵骈文或者古诗来教育我们，我是半懂不懂，满心不服。爸爸也写得一手好字。就在几年前，爸爸与人通信，还会用毛笔小楷在竖形毛边纸上书写。

爸爸喜欢读书写字，却从不要求哥哥和我非得读书或练字。哥哥和我都写一手烂字，为此妈妈最爱数落爸爸失职。多年之后，我有了女儿，爸爸也从不要求她看书写字。爸爸叫我女儿别搭理父母老师的要求，就是要过得随心所欲，想干啥就干啥。

最为可笑的是，我都上大学了，爸爸还多次对我说，你不要看叫花子可怜，其实他们巴适得很，最自由自在了！俗话说"讨得三年口，神仙都不做"……爸爸说这话时，妈妈就在一边严肃地对我说："不要听他的，乱说些啥，当然要读书嘛。读没读过书，很不一样。"

23

已经是接近 20 世纪 80 年代的光景了，物资还是显得匮乏。爸爸妈妈特别重视营养，想尽各种办法来改善伙食。爸爸在厨房外面搭建了鸡圈。鸡圈不仅用来养鸡，也养过鸭子、鹅、兔子。我嫌鸡鸭鹅太爱拉屎，脏兮兮的，我只喜欢兔子。我去大院拔草，或是积极到菜市场去拣别人扔的菜叶来喂兔子。成都的蔬菜历来是丰富得不得了，也很便宜，大家嘴巴都养刁了，菜市场里头被人嫌不够鲜嫩而扒拉下来的菜叶多的是。那些捡菜叶的婆婆大娘看到一个小女娃子在那儿捡菜叶，穿得又不像叫花子，都觉得好生奇怪。

我想起曾经看到过的掌故，说的是成都籍著名文学家李劼人先生的往事。李劼人是在世时被严重低估的文学大家。我个人认为，若论以成都为背景的长篇小说的艺术水准，李劼人的《死水微澜》《暴风雨前》《大波》至今也没人超越。李劼人先生曾在五四时期留学法国，他丰富的人生阅历和宽广的创作视野并没有让他变得高高在上，脱离成都的实际生活。他的小说思想深邃，人物个性鲜明，字里行间弥漫着浓重的烟火气。成都文化人都知道，李劼人不仅妙手著文章，还是著名的美食家，做得一手好菜。他在成都开设的饭馆"小雅"，一直生意红火。李劼人在美食方面的天赋，似乎颇像另一位四川籍大文豪苏东坡。

1961年前后，李劼人住在成都近郊沙河堡附近，他给自己的家取了一个古雅的名字，叫菱窠。他家不仅饲养了鸡鸭鹅等那个年代家家户户都会有的家禽，居然还养了一头猪。这是我第一次了解到城里人还会在家中喂猪。三年困难时期，老百姓全都饿得心慌，就连李劼人家也是频频被盗。在被盗的各种物资中，他家的母鸡（有次被偷了四只下蛋鸡）似乎特别受欢迎。即便他是副市长，被盗后除了报案（基本都破不了），也是无计可施。

近代以来，无论在哪个时期，成都人对开门七件事——柴米油盐酱醋茶的热爱和经营，都是持续不断、生生不息的。

24

四川并不是中国黄豆的主要产区，但四川人非常擅长制作种类繁多的豆制品。豆花是四川各地最价廉物美的大众菜肴之一，深受各个阶层尤其是穷人的喜欢。爸爸年轻时不爱吃肉，估计他的蛋白质保障主要靠的是豆制品。爸爸本人就是炮制四川豆花的好手。

每逢过年过节，爸爸都要做一大锅豆花供三桌亲朋好友吃。我和哥哥都被要求帮着大人淘洗黄豆、推磨，磨出豆浆。爸爸再用卤水点豆浆，熬煮豆花。老嫩适中的豆花摆上桌，配之以爸爸精心调制的蘸水，豆花点得再多，也是很快就被吃光了。爸爸为此得意得不得了，自诩为"刘豆花"，动辄就想挽起袖子点一锅豆花来显摆一下。

爸爸腌制的黄豆豉、榨菜、豆瓣酱和腊肉香肠都很好吃。他的几个大泡菜坛子保留至今，应季佐餐的泡菜、做烹饪调料的泡菜分门别类，管理得清清楚楚。爸爸会自制醪糟、馒头、花卷和发糕等食物。亲戚们送来或妈妈下乡巡回医疗时买回来的鳝鱼和泥鳅，被养在浴缸里，慢慢吃。爸爸和哥哥都擅长刨刮和烹饪鳝鱼、泥鳅……

爸爸做厨房里的活时，特别的兴致勃勃，乐此不疲。轮到妈妈让他去干与吃喝无关的家务事，他就能躲就躲，能拖则拖，不大来劲。

25

我家客人之多,左邻右舍为此常对妈妈发出感慨。我家的部分常客,就连邻居们对他们也很熟悉。我的几个发小到现在还会问起我家某些亲戚朋友的近况。那些工农兵、艺术家、作家、编辑、社会闲杂人员、工程师、医生、护士、教师、厨师、司机等等客人,有的是爸妈的亲戚,有的是爸爸的老乡、作者、朋友,有的是妈妈的同学、学生、病人和朋友。

每隔几天,我们家绝对就有远远近近的客人上门来。只要家里来客人,我就欢喜,天天盼着有客人来;哥哥则感觉特别不爽。我知道,有客人来,我就可以不做作业,只需要陪着父母与客人聊天,还可以趁机和爸妈睡几天,把床让给亲戚朋友睡。哥哥就不一样了,他要被妈妈派出去买菜,要帮忙做饭,甚至带着客人去找妈妈在医院的熟人帮忙看病。1984年暑假,家里来了好多亲戚。哥哥把自己的房间让出来给亲戚住,他在门厅打地铺。门厅很小,放着雪花牌冰箱,他只能睡在冰箱边上。一周之后,亲戚走了,哥哥生气地对妈妈抱怨,冰箱噪声特别大,他根本睡不好觉,耳朵都给吵聋了。

有一天,我刚放学,在小院门那儿,有个小娃儿对我惊呼:"哎呀,你们家来了个和尚……"我跑回家,窗台上已经趴着好几个看稀奇的娃儿。有个穿着袈裟的光头老和尚坐在屋里。爸爸让我叫和尚叔公。叔公是爸爸的远房表叔,他是峨眉山某个寺庙的住持,同时也是峨眉山佛学院的副院长。老和尚慈眉善目,特别喜欢哥哥和我。他住在我们家的那一夜,我始终有点提心吊胆,生怕他半夜三更把我给掳走了。因为哥哥告诉我,叔公武艺高强、来去无踪影。那阵子,电影《神秘的大佛》正风靡全国,电影里的和尚就是这样的。

还有一次,院子里的娃娃们又比较沸腾,这回我家的客人穿的是草鞋。他们是爸爸的表哥和侄儿们。父子三个人挑着扁担,背着背篓,从峨眉山的农村,坐了好长时间火车到成都。到了成都又坐公共汽车,到处打听才找到我家。

他们给我们送来乡下的苞谷粉、实木菜板、竹笋、红糖啥的,爸爸高兴得不得了。他们背来的背篓里放着竹席和竹篾条。他们在我家一住就是好几天,"侄儿"白天上街卖凉席,"表哥"则由妈妈带着去医院瞧病。晚上,爸爸用老家话陪着他的表哥侄儿摆龙门阵,我则在一边,惊讶又佩服地看着他们忙活。他们能边说话边飞快地编着凉席。

26

妈妈有个病人非常聪明。他的妻子得了癌症,住在省医院妈妈主管的病房。他很想和妈妈套近乎,妈妈则公事公办,他很是无可奈何。有一次,妈妈下班骑自行车回家,他悄悄尾随其后,知道了我家的住处。他在几天后进门,硬要送妈妈一只菜板。妈妈知道他是想让自己更关注他的妻子,就收下了菜板。

从此以后,这个广汉的农民成了我家的常客。我和哥哥都叫他丁伯伯。丁伯伯的妻子很快就去世了,但他和他的家人、邻里源源不断地到成都找妈妈看病。后来,即便不看病,隔上两三个月,他也会来我家坐坐,吃顿便饭。丁伯伯非常健谈,他的话生动形象,常引得我们一家人哈哈大笑。他每次来我家,都会送我们鸡蛋、时令蔬菜、竹簸箕等农村的东西。过年过节之前,妈妈就会请丁伯伯帮我们买鸡、鸭之类的东西。

丁伯伯带来看病的村里人曾告诉我们,丁伯伯是村里有名的懒汉,家里穷得叮当响。我还记得他总是穿一身旧军装,光脚蹬一双破旧的军胶鞋。胶鞋没有鞋带子。他抽烟很厉害,牙齿焦黄。每次他离开我家前,爸爸妈妈就会给他一点钱,给他几件旧衣服,给他一些常规的便宜的药品。妈妈一边为他准备东西,一边告诫他要注意个人卫生,少抽烟,干农活勤快点儿……丁伯伯无比崇拜地望着妈妈,架势点头。

这样过去了好几年。后来,丁伯伯身体明显就不好了,哮喘得厉害。我印象里最后一次见他,是他儿子用破旧的自行车载着他,骑了四五个小时的车来我家,让妈妈为他看病。他患的是严重的肺心病,呼吸困难,脸色蜡黄,无精打采,再没了昔日健谈甚至爱吹牛的样子,看着真是可怜。他儿子对他也不好,据说他把丁伯伯放在土地庙里,也不咋管他。

丁伯伯自然是从我们的生活中消失了。我还记得有天放学回家,丁伯伯又来了，他坐在客厅里抽叶子烟。我招呼他，他微笑着用很重的乡音对妈妈说："晓村二天（四川方言，意为今后）是个高长子（四川方言，意为高个子），有点费布票哦……"

27

爸爸的常客中有几位叔叔阿姨是川剧演员。他们在20世纪80年代的四川乃至全国都很有名。他们常来找爸爸谈事或聊天，也请妈妈帮忙看病。院子里时不常有大人略为吃惊而羡慕地对我说："我看到某某（川剧名角）来你们家了……"

我应该是很得意的吧，但我故意表现得云淡风轻，好像这根本没什么，更大牌的演员我也见过；另一方面，我也的确是非常惆怅，心想，为什么这些名角不是潘虹、龚雪、许亚军他们呢，我最喜欢的演员是电影演员，并不是演川剧的啊！

1981年，我读小学5年级，个头也快到1米6了。春天的有个下午，我从骡马市新华书店出来，在十字大街等红绿灯。我发现马路对面也在等灯的一个女人长得特别像潘虹。她个子很高，穿着砖红色真丝夹克衫和蓝色牛仔裤。绿灯亮了，我们同时向街心走去。我完全没有想到，她确实是潘虹。潘虹皮肤雪白，不施粉黛，清丽夺目。我不敢招呼她，只羞涩地对她笑了笑。她也微笑着看了看我。我们擦肩而过。

回到家，我激动地告诉妈妈，我看到潘虹了，她高挑秀雅，洋气漂亮。妈妈说她同学告诉她，潘虹是来川医眼科体验生活的。很快，潘虹出演了她最为人称道的电影《人到中年》。哥哥也在川医门口看到过潘虹。哥哥说潘虹气质实在太好，太漂亮了，在人群中特别醒目！

推算起来，潘虹那时还不到30岁，正处于人生的盛年。

中小学时期的我是个电影狂热分子，自然对喜欢的明星如数家珍。后来我读了上戏，近距离接触过不少明星，也就渐渐熄灭了对明星的热情。在我见过的中国女明星中，1988年6月在上戏校园里邂逅的肖雄、1999年在北京参加《花样年华》首映仪式时见到的张曼玉，如同当初的潘虹一样，至今回想起来，依然美好难忘。

小　街

1

1983年，我们被告知，我家这一片平房很快要改建成楼房。我们需搬出大院，搬到同一条街上的另一处小院去住。所谓小院，其实里面只有一栋临街的楼房。大院管理处的人说如果我们在街边的临时的房子住上一年，就有可能重新搬回在平房原址上修建的楼房中。

那时我快14岁了，哥哥已经过了15岁，爸爸觉得街边临时搭建的棚户太潮湿，对快速发育中的我和哥哥的身体不好，毅然决定还是去住楼房。妈妈、哥哥和我却都想搬回大院。那是我首次感觉到自己强烈的虚荣心，除了留恋大院花木葱茏的环境，搬到临街的房子，不就成街娃儿了吗？原来，从前我之所以觉得自己没有优越感，不过是身在其中而"当局者迷"，真要离开大院，还是感觉到巨大的失落。

2000年，我约上两个初中同学，回到即将全部拆除以重建高层电梯公寓的昔日的大院。这些年来已经断断续续拆除了不少老楼，但大院的总体格局还在，弥散着岁月浸润出的清幽之气。能生长在这样错落有致的院落，真是我的幸运。童年时树木葱茏的居住环境、邻里间质朴温暖的情谊和也许不得不为之但普遍存在的"安贫乐道"的生活态度，让我逐渐懂得了诗意的栖居的内核。

2

1983年春天，我家搬到临街的新楼的6楼居住。虽说总面积与原来的平房差不多，新家却有四室一厅，格局也更为合理，我也有了完全属于自己的房间。妈妈听从我的建议，买了好看的蓝底白色花朵的窗帘。楼房隔壁的西城区文化馆日日传来歌声。逢着晴朗的日子，楼房开阔的视野让人心胸舒展；阴天落雨之时，从6楼往下看，雨丝密密匝匝或若有若无地飘洒在楼下的四合院中，也都是那么美。

夜晚，我常常站到阳台上，眺望几条街外成都旅馆顶楼上闪烁的霓虹灯。成都旅馆是20世纪50年代的建筑，造型简洁疏阔，它曾被评为成都十大建筑之一。成都旅馆的霓虹灯映衬在紫黑色的天空中，尽管知道它门前车水马龙，熙攘喧闹，我还是有某种寥落的感觉。

深夜时分，楼下的杂院经常会为某件事炸开了锅，连夜开会讨论或是吵起架来……当然，夜行的酒鬼的胡言乱语也不时会听到。这些都是从前在平房居住时看不到的景象，它们给我异样的新奇和刺激，我慢慢适应并喜欢上了这个新家。

3

小街闹中取静，绿树成荫。来来回回地，我看熟了众多的商铺和那些临街而居的人家。成都著名的餐馆荣乐园，曾把它的分店开在这条街上。1981年，有位比我大13岁的姐姐正在四川大学中文系就读，她是学校出名的才女。她喜欢我，对爸妈评价我"很会说话，很会用词"。她皮肤白皙，大眼大嘴，眼睛闪亮，超级时髦。我们家人甚至邻居都说她"长得好像栗原小卷哦，好洋气哦"！她属于我最崇拜的那类文武双全的女性。文能写一手好文章，从当知青时就开始发表小说；数理化成绩也很好，获得过大连市中学生数学竞赛第三名；她还能杀鸡剖鳝鱼、烧一手好菜……

这个姐姐大概很有魅力，频频更换恋爱对象。她每谈一个男朋友，都会在我面前详细地吹捧或挤对他们，全然忘了我才是个小娃儿。而12岁的我一心想要和她平等对话，便架势说："真的啊，是不是哦，太可以了（不喜欢就是'太那个了嘛'）！"我永远只有这几句话。奇怪的是，她听来倒像很受用，更喜欢对我讲她的恋爱轶事了。几十年后，我都工作了，才听闻这个姐姐特别心高气傲，看不起人，她在学校没啥真心朋友，心事甚至都只有来和我这个小孩分享。

有一次，她的某位男朋友请她在我家对面的荣乐园吃饭，她非要带上我。她的男朋友从头至尾没看我一眼，全程凝视着穿戴时髦的姐姐。30多年过去了，那天的情形我也基本都忘记了，我只记得姐姐那身耀眼的白色马海毛长外套和好吃极了的京酱肉丝。

我家隔壁的文化馆在相当长时间内也是活跃得很。文化馆是家川西风格的四合院，里面有音乐小组、美术小组、书法小组、图书馆，还有个小型剧场。文化馆是我的乐园，我隔三岔五和同学去图书阅览室看书做作业。我们年纪不大，傲气不小，最爱嘲笑从音乐室传出来的干燥高亢的歌声。

在文化馆里，能看到不少留长发的男青年和打扮怪异的女青年。他们身材一水儿瘦削修长，几乎没有胖子。他们通常是从美术室、音乐室或剧场出来，男的高视阔步，女的爱撩头发，他们都很有艺术气质。我和同学艳羡地看着他们来来去去，明明觉得他们特别潇洒和文艺，却嫉妒地议论他们长得其实不咋样，主要是穿得很操（成都方言，意思是很时髦），并猜测着他们互相之间是不是在耍朋友。不过，进出文化馆的人还是以老年男人最多（其实大多是中年，小孩子看大人总觉得他们很老）。他们穿戴随意，手提黑色人造革包或尼龙袋子，里面装着毛笔、废报纸，推辆破旧的自行车，一副心事重重的样子。

4

小街上有一家校风很差的中学，我妈妈把这类中学叫"戴帽中学"，意思是没有办学条件的中学，学生太多，中学不够，就把原来的一些小学改为中学。我的某位邻居阿姨是这里的副校长，我的一个发小也在此读书。

这家中学的男娃子最热衷的事就是打群架。我的发小，他短促的一生中最铁的朋友都是在此交上的。他是个长得好看洋气的男孩。小时候，他父母的工作都很忙，就把他交给保姆照看。某次感冒之后，没有及时医治，他患上了慢性支气管炎。随着年龄增长，支气管炎越来越严重，最终发展成为哮喘、肺心病。发病严重时，他只能整夜坐靠在床上，根本无法平躺。我们院的小娃儿都晓得他是齁包儿（四川方言，意思是哮喘病人）。

他家条件不错，爸爸妈妈都是高级知识分子。他哥哥比他大很多，还有个妹妹。他妈妈对他怀有歉疚，不免格外关爱他。搁在当下，他很容易变成自恋自怜的"妈宝"。可是，我的发小，他高大英武，纯善质朴，仗义耿直。也许，正是他就读的戴帽中学的放任自流，才让他原本旷达的性情保持得非常完整。

前年年底，他突发脑出血走了，走时47岁。我路过那家已消失的中学时，总是刻骨地想念他。哥哥带着几个男娃子偷我们家的冰糖，他把属于他的那份给了眼巴巴站在一边的我。那时他8岁，我7岁。他从墙上跳下来，吓唬我们院子里喜欢向老师打小报告的女娃子；他到家里来给哥哥一把火药枪，预备着第二天一起去打群架；我读大学时，他和哥哥在寒暑假到火车站接送我，他眼神羞涩；爸爸妈妈有啥事，他总是第一个赶到；他痛不欲生地离婚，迎来新爱人时欣喜无限；他游走在阿坝的寺院，执着地寻觅精神归宿；不管何时致电他，总能传来不同于常人的粗重的呼吸声，最温暖的声音；寒冷的夜里，他旧疾突然发作，哥哥背着1米8高、190斤重的他去医院抢救，他似乎就要休克过去，哥哥焦急得发狂，急症缓解过来后，他脸上露出孩子般的笑容……

每个人的生命都由无数的瞬间拼接镌刻而成，那些在你生命中留下过深刻痕迹的人一旦消失，你也就失去了部分的生命……

5

我们的小街上有街道工厂、理发店、缝纫铺、兔毛店、蜂窝煤厂……小杂院和门板户也不少。

街道工厂只是碾压白铁皮，没有多大技术含量。我们有时从工厂外经过，探头往里望，总会被那些站在门边树下抽烟的工人呵斥。我和同学很不服，街道工厂的工人连工作服都没有，神气什么！

爸爸妈妈说街道工厂的工人很多都是下乡回城的知青。他们有些初中毕业，有些高中毕业，都才十几岁就被送到农村去插队。回城之后，家里没有门路的、考不上大学的人就只能在这些地方工作。街道小厂报酬极少，大多数人不过是混时间。这么多知青无所事事，又正值精力最旺盛的年龄，很容易引起社会动荡。爸妈这么一说，我又同情起他们来了，觉得他们是社会的弃儿。我看过不少伤痕文学作品，就把他们往小说中那些悲情的男男女女身上硬扯，觉得他们都很了不起。三十年河东三十年河西，后来成都第一批个体户中，他们占的比重最大。他们中不少人也是成都最早发家致富的。当然，境遇大变之后，吸毒、赌博、铤而走险家破人亡者，也不少。

兔毛店的职工几乎全是中年妇女，她们边聊天边熟练地将收来的完整的一张兔皮紧紧绷在木头绷子上，晾晒或进行一些特殊处理。白色、黑色、灰色的毛茸茸的兔毛，打理成型之后，就被女工们加工做成衣服、帽子之类的东西。我喜欢兔子，看到她们把兔皮绷上绷子，觉得很残忍，也很害怕。心怦怦跳着，却还忍不住好奇，看了又看。我想起兔子被整块剥皮，浑身会起鸡皮疙瘩。我问妈妈为啥那些孃孃们不怕兔子皮，妈妈大惑不解地反问我："有啥怕头呢？"

6

哥哥的小学同学马治国的妈妈在小街的理发店工作。理发店算上马治国他妈，统共就两位理发员。半条街的人都在那儿理发，马治国妈妈就很骄傲。理发店与我们小学一墙之隔。有时中午老师延时，临近12点还没下课，马治国妈妈就在隔壁开骂："马治国，你还不滚回来！等会儿回来吃啥，吃粥，吃白麻糖……"叫骂声声声入耳，小娃儿们哈哈大笑，老师气愤不已。马治国则抓耳挠腮，无地自容。

马治国妈妈随时都在听学校的动静，她最爱在我妈妈面前发泄对老师的不满："布置了些啥子作业哦，晚上8点过了，马治国还在抠脑壳，做不出来！""他们老师哈（四川方言，表祈使、请求、肯定、强调），球经不懂（四川方言，骂人的语，意思是什么都不懂），又还不负责任。""他老师来，老子没给他好脸色的……"妈妈听马治国妈妈的抱怨，非得强忍笑意，才能听完。

马治国像他的名字一样有理想有抱负，对他妈的言行非常恼火。他妈穿着白大褂，在小街上转，满世界喊马治国回家。她神情高傲，像是才下手术台，对自己医术相当自信的医生。马治国被找到后，一溜烟就跑回家，不愿意和他妈同行。

马治国妈妈曾对我妈妈说，"你们院坝头那些高干，住得也不咋样嘛"，或是"马治国说你是大学老师，一会儿又说你是医生。瓜娃子（四川方言，意为傻瓜，一种对亲近之人的戏称，或为一种轻微的蔑视），说都说不清楚……"后来，马治国妈妈和妈妈熟悉了，晓得妈妈是个在医学院工作的老师。有一次，我也在边上，马治国妈妈找妈妈咨询病情。她上上下下地打量妈妈一番，然后说："汪医生，你那么漂亮的，穿得也太孬了嘛！"

大院管理处号称食堂，绝不对外营业，马治国妈妈照样能弄来饭票。她穿着白大褂进院子，排在打饭的队伍中，到处与人聊天。

有一年，建设银行看中了我们学校隔壁那块地，拆掉了一片临街的平房，马治国家的理发店消失了，我再没见过马治国母子。

7

1984年，我已经读初三了，L搬到我们家来暂时居住。L的父亲是爸爸的发小，爸爸待他亲如兄弟。其时，L的父母正从重庆调往成都工作，她父亲的新单位还未给他们分房子。L和弟弟在重庆就读的是省级重点中学——重庆一中，他们因此顺利地转学到了成都最好的中学之一——成都四中读书。

L比我大两岁，高我两个年级。她个子高挑，丰腴漂亮，笑起来脸颊就漾起两个大酒窝。她明白自己很漂亮，会随时调整表情和姿态，显得更加妩媚。L遗传了她父亲过人的聪慧，学习出众，在重庆一中成绩总是全年级第一。L那手潇洒的钢笔字，更是看得我傻眼。

我崇拜那些理工科成绩优异的孩子。我和众人一样，把理工科作为一个人是否聪明智慧的度量衡。中学时期，由于我严重偏科，就连妈妈都觉得我的智商可能有点问题。

我仰望着L，对能与她朝夕相处激动得不得了。我们把对方视为知己，迅速打得火热，同进同出，同睡同起，日日彻夜长谈（话题还不重复）。我们一起办报纸，写散文，剪贴山口百惠的图片，一起谈论男明星。L经常帮我做数学作业，耐心地给我讲解数学中的偏题、怪题、难题。

有一天，L正写着日记，突然起身去了卫生间。她走后，我偷看了她摊在桌上的日记。刚看了几行，就吓得我赶紧把眼睛挪开。L在日记中说，她是如此漂亮，但漂亮对她而言是一种负担和折磨，因为她每天走在街上，总有一路的男人窥视她甚至跟踪她。而她喜欢的男人，却并不拿她当回事。她喜欢的男人，竟然就是哥哥！

我受到了致命的刺激！"女人""男人""发育""窥视"这些词汇让我脸红心跳，暗涌起极度的愤怒和痛苦。夹带着偷看她日记的如影随形的罪恶感，这份愤怒和痛苦，反弹得尤其强烈。

L反复追问我为何对她突然冷淡下来，同在一个屋檐下，我们却互相写信指责对方。她说她猜到我偷看了她的日记，我是如此卑鄙，她要不是寄人篱下，早就与我这种人绝交了。我还击她没有良心，爸爸妈妈待她比待我还要精心，她居然说自己寄人篱下……我们从来不写任何与哥哥有关的字眼，却都心知肚明！

我们的自尊都受到了伤害。我窥探了她的隐私，也许我在嫉妒她对异性强烈的吸引力，我不愿意承认这是嫉妒，反倒认为是她自作多情、搔首弄姿。而且，我不能接受她拥有内心秘密的事实。我觉得自己已经向她敞开了一切，她却对我有所保留……

大约5个月过后，她搬离了我家。我们居然还在通信，措辞已不再激烈。龃龉改变了形式，信中最常出现的是暗含着讥讽的"良好祝愿"。我祝她考上清华大学，她祝我早日发表散文或是小说。我们的口气不像只有15岁和17岁，而是仿佛过来人一般看透人性、饱经沧桑……

30多年过去了，L虽是成就卓著，却也说得上饱经沧桑；我平淡无奇混日子，过得倒也相对平顺。每隔一段时间见到她，她总是会给我讲述别后的人生故事。她的经历每每让我唏嘘感叹或是大吃一惊，如同最初看到她的日记时一样，带给我一些心理冲击。L的存在始终在不经意间提醒我，我对人和人生的了解何其疏浅。

8

1993年二三月间，成都市民受上证指数的影响，开始了狂热的股票买卖。以我家东头红庙子街为首的几条街，是当时最为集中的股票交易地点。每天十几万人流，股民们简直啥都炒，股票、准股票、股权证、发票、交款凭证等等。不仅个人炒，各个单位、公司、机构纷纷派出代表前往，集资炒股。人们的存款、退休金、集资款、私房钱、买房钱、旅行费……统统拿出来炒股。早春时节的寒流，掀起的却是如火的热浪。

每天早晨，我去上班时，股票交易还没开始，院里的守门人已经抬出不少凳子准备出租，附近卖茶水香烟的人也都蓄势待发。我中午下班回家，要将自行车推回院子简直得拉开大架势，时间也要比平时多花几倍。我奋力掀开如海的人潮，劈波斩浪般踉跄而行。

就在我停放自行车的当儿，看门人常常兴奋地告诉我各种匪夷所思的事：谁在街道这头买一只股票到街道那头卖掉，立刻就挣200块钱（妈妈一个月工资）；某某人才来几天，就挣了多少大钱；就是他自己，闲坐也是闲坐，随手倒卖点股票，也都挣了不少钱……

这条街上突然多了很多家茶馆、苍蝇馆子、理发店、自行车摊……整条街一片混乱，住户们叫苦不迭。

亲戚朋友们得知我们家居然对楼下的狂热视而不见，没一人去买卖股票，纷纷表示大惑不解，这基本上就是看着钱从眼前漂走啊。当时，几乎全城所有人的话题都是炒股。

红庙子的混乱局面惊动了地方当局，股票交易场所被指定挪到城北体育公园，俗称"白庙子"。白庙子时期天时地利大变，不复有红庙子的火爆场面。"红庙子股市"存在的那40多天，出入于我家附近的炒股总人数几乎超过百万。一些人一夜暴富，一些人倾家荡产，一些人钱被套牢……"红庙子现象"震惊全国，几乎可以永载成都股票活动史册。此后，成都人表现出来的集体狂热，似乎只有1995年的足球甲A联赛。

　　成都真不枉是中国最早的货币——交子的出现之地，这儿的人对投资爆发和做生意的参与热情，千百年来从未衰退。

　　至于我们家几个人为何对此事无动于衷，只能说是都不喜欢打麻将的缘故。

回到成都

1991年，我从上海戏剧学院戏剧文学系毕业，分到四川省作家协会《星星》诗刊当了一名编辑。主编是位著名诗人，他写作勤奋，思维活跃，作品繁多。他对编辑们很宽容，希望大家都能在工作之余坚持创作。编辑部的同人们年龄都比我大得多，有的当过工人，有的曾是军人，也有人做过乡村教师。他们阅历丰富，命运多舛，坚持写诗多年，几乎都是四川乃至全国有名的诗人。我能在这样的环境中工作，算是初入社会的一大幸运。

我喜欢诗人们处处流露的真性情，尤为欣赏他们玄妙落拓、不拘一格的想象力。做一个诗歌编辑，竟然能接触到如此深广的社会层面，我完全没有想到。那个年代，不愿苟且于世俗生活的人都喜欢诗歌，诗人多如过江之鲫。我的作者数量极其庞大，几乎涵盖一切职业：工人、农民、解放军、商人、公务员、医生、警察、售货员、工程师、教师、记者、运动员……每一天，我们编辑部的来稿都有几大麻袋之多。

早晨走出电梯，瞧见一个挑着扁担的农民坐在我办公室门口，亲自把他写作很久的诗稿交到我手上，聊上几句，随后再去市场卖菜；或是一位军人，相距老远就给我敬了个军礼，留下一摞诗稿，转身就走；某位房管局的干部，在投稿的诗歌中附上几句给编辑的话，讲述他每天下班之后，留在办公室写诗的情状……这些时刻，这些诗人，他们或许都是在帮助迷茫的我，让我重新给自己寻找定位。

每天上下班，我都要骑自行车经过人民南路的天府广场。广场中心四川省展览馆的位置，从前是成都的老皇城。它和北京的天安门城楼很像，只是规模要小得多。老皇城在 20 世纪 60 年代初被拆除，修建了一座苏式风格的万岁展览馆。这个地方一直以来都是成都的心脏地段。彼时，广场中心的领袖塑像下，挂着巨幅的标语——建设国际大都市。时间的轮盘已经转到了 20 世纪 90 年代，所谓时代的新人们，成都的和全国的都一样，他们纷纷奔涌去了广东、深圳和海南等地方。而我，到底是主动选择留在成都，还是别无选择呢？

就在我摇摆不定，从方方面面感到失落，并被迫适应某种变化之时，单位派我到四川东部一个贫困县去锻炼一年。我将暂别成都，去领受新一轮的地域落差。

第三辑 预悬离别心

扶贫锻炼

1991年11月底,四川省文联和作协选派的5名扶贫工作组人员,由两个单位的数位领导带队,浩浩荡荡,分乘4辆小轿车,直赴扶贫县。18小时的车程,路越走越艰险,车窗外面当地人的装束越来越明显,大家的谈笑风生也渐趋干枯,贫困县到了。

D县果然急需扶贫,破旧,晦暗。全县只有两条主街,每条大概两三百米长。

我被分配在县广播电视局工作,宿舍在一条背街上,是广电局的一栋老宿舍楼,我们单位前几届扶贫下派的同事也是住这里。我的宿舍在5楼,一室一厅的套房,有单独的厨房,厕所则是旱厕。来D县的路上,我已经自觉把对各种物资的要求降低了好几档,因而对这套住宅相当满意。单位领导和当地领导逐一视察了我们的新单位和住所,对我们嘘寒问暖,非常关心。

单位领导在此待了两天。两天中,领导和我们接受了不少宴请,当地人特别热情,我们还游览了附近的大好河山。当然,那些风景点也显露出一派贫困之相。两天后,在领导和单位小车司机怜惜的目光中,我们从宴会厅移师县政府食堂,扶贫工作就算正式开始了。政府食堂做饭是天然气和柴火灶并用,地面也还是泥土地面,饭菜免不了有点食堂普遍存在的品种单调问题,但柴火炒出来的菜,味道却相当巴适。

广电局只有十几个人，中青年各占一半，大家集中在两间大办公室工作。局长告诉我，我没啥具体事务，主要任务是多给他们的工作提出意见，做些指导。办公室的同事们对我很尊敬，一个劲儿地说让我受苦了受苦了，仿佛他们正在迫害我，弄得我很是尴尬。

工作的第一天，中午吃饭时，另外4个伙伴来了。他们不像我是刚工作的大学生，他们都已经工作多年，其中的领队已经40多岁了，他在扶贫县挂职副县长。伙伴们被分在文化局下属的各个单位，头一天的工作局面与我的大致相同。

下午，有个好学的记者让我给他修改一篇通讯稿。可是，他的农业通讯通篇都是县长的讲话。我不是县长，无法高屋建瓴地把握农业问题，只好作罢。下午的另一项工作是纠正某位播音员几个字的发音。

晚饭过后，我和伙伴们逛遍了该县的大小店铺，看了场两年前看过的"独家首映新电影"，回到宿舍，才9点钟。正坐在写字台前发呆，隔壁同事张荷花来敲门，要借我的煤气灶使使。我在此地的水、电、气都是免费使用的。我灵机一动，嘱咐张荷花去配一把我房门的钥匙，水和天然气随时供她使用。这也算是一种扶贫吧，张荷花的家人都在农村，很不富裕。

第一天的扶贫工作就是这样。它很有代表性，以后的日子也是大同小异。

县城所在的山区特别冷，我成天穿件军大衣在街上晃来晃去。军大衣是我同学拍完军事题材的电视剧之后，顺便送我的。这个年代居然还有年轻姑娘穿军大衣御寒，而且是从大城市来的，广电局的同事们都在笑话我，走在路上，回头率也颇高。终于，我成了县城出名的"那个穿军大衣的成都人"。

有天，广电局开大会，局长让我对广播工作提点建议。我颇有气魄地提出："目前广播节目中，各个栏目还都缺乏艺术性，以及开办直播节目的迫切性与可取性……"局长当即白了我一眼，我自是不解。晚上，我的重点扶贫对象张荷花来我宿舍烧开水时劝慰我说："咋个（四川方言，意思是怎么、怎么样）艺术，咋个直播嘛，记者都是些农民，播音员讲的都是当地普通话。小刘，你也太不现实了。"

从此，局长不再叫我参加业务会，我的处境尴尬。多亏县长亲自点名，让我给县剧团写一出反映改革新面貌的川戏。于是，我不用在办公室看报纸，不用坐班，可以经常跟着张荷花下乡去体验生活。除了上厕所得智勇双全、披荆斩棘外，乡村简直太好玩了，我常常忘了是来扶贫的。

半年之后，剧本完成了。县长看完剧本，夸我写得不错，对农民有感情，对改革有体会，说等到剧团有了经费的那一天（大家都知道永远不可能），立刻投排。

下　乡

我爱看农村电影，各个时期的都喜欢看：《咱们村里的年轻人》《李双双》《苦菜花》《喜盈门》《被爱情遗忘的角落》《许茂和他的女儿们》……知青小说也很喜欢，看过的知情小说和寻根文学作品就更多了，它们几乎伴随着我整个的成长过程，是我单调贫乏的学生时期重要的精神补给。农村题材的文学艺术作品，生活气息浓厚，与我在各方面都距离遥远，我像是在看某类传奇。我从小体力差，特别不能吃苦。不能吃苦，哪里经受得住大风大浪考验？于是，我把吃苦神圣化了，最佩服那些能吃苦的人。

六月的一天，县卫生防疫站要下乡（县里各部门人员本来三天两头下乡），去宣传国家关于婴幼儿服食预防小儿麻痹症糖丸的有关规定。防疫站要求广播电视局支援一名播音员，沿途播讲国家下发的相关文件。广电局的三个播音员都有工作走不开，局长便说服我跟着防疫站下乡。我不是专业播音员，但我毕业于戏剧学院，局长便认为我比局里业余的播音员更有水平，平时轻易都不请我出山。

我爽快地答应了。之前，我和千里迢迢从成都来探望我的好友芳芳联手做过一期有线广播的直播节目。面对直播机器，我很放松，表现出少见的机灵。我和芳芳赞美山区风光秀美、人民善良、出产丰富。我俩配合默契，连稿子都不用，各种见解倾泻而出，顺溜得都有点油嘴滑舌了。我俩的声音响彻在熙熙攘攘的县城大街上，无数熟人和同事都有听到。那天正是一个星期天，正和妻子去买菜的县长也听到了我们的直播。第二天，县长特意到广电局来表扬了我一番，我自然很有成就感。

卫生防疫站破旧的小型面包车在各个乡镇穿行，巡回做着宣传。面包车的车头上捆绑着一只大喇叭，一种老式的扩音器，声音倒是能传出去很远。防疫站交给我的任务让我很有点发怵。尽管读大学时，我也被迫在舞台上演出过自己写的戏剧小品，但防疫站宣传稿的戏剧化程度，让我这个学戏剧的人都犯难。首句即是"乡亲们哪……"，我没见过这架势的宣传方式。面包车行驶在绿色的田野和穷困的集镇间，时间过去了不少，我就是张不开口。

防疫站的老王坐在我身边，心情沉重地告诉我，县里各村镇正流行一种说法，说是婴幼儿吃了政府免费发放的预防小儿麻痹症的糖丸非死即残，这糖丸不能吃，只能给婴幼儿吃南瓜和腊肉，搁得越久的老南瓜和老腊肉越好。事实上，霉变的南瓜和腊肉不仅容易引起食物中毒，还都含有致癌物质。此地非常偏僻，农民们普遍读不起书，谣言极易发散和传播。老乡们一传十，十传百，那段时间，好多人竟然都不敢让婴幼儿吃糖丸了。防疫站的同志们十分焦急，孩子们如果都得了小儿麻痹症，国家和农民家庭的损失该有多大。

老王的话激起了我的义愤，我决定豁出去了。硬着头皮，扯开嗓子，一句"乡亲们哪，科学育儿是关键"脱口而出。第一句出去了，后面的宣读就滚滚而来，高音喇叭里，我的声音在各村镇回响。宣传车周围总是站满老乡，他们拥挤推搡，有些人恨不得趴到车窗上面往里瞧。当明星的滋味原来这么不好受，大家跟看猴似的。防疫站的几个医生趁着人多，赶紧给老乡们讲解医学知识，展示图谱，发放国家的通知。医生们的亲自讲解还真管用，老乡们从狐疑、猜测到慢慢相信了他们的劝告。

"县里的干部，真格的。"

"给我几颗吧……"

"我也要几颗。"

…………

群众的醒悟激励了我,我马上把宣传册子大声朗读起来,好些群众激动地要扒开车门寻找声源。我正读得情绪高昂,简直停不下来。老王制止了我,他说不用再读下去,现在需要帮他们从车后扛药箱发放糖丸了。

我跳下车,呵,无边无际的人群。背包撑伞的,抱儿携女的……个个盯着我看。原来这天是赶场天,乡亲们全当来看场活报剧了。我哪里见过这阵势,简直无处可逃,只能硬着头皮掀开挤撞的群众,凑到老王身边帮忙。

"她就是那个说话的。"

"声音就是她的嗦?年轻女娃子,穿得操哦。"

"她的话信得不哦?"

"啥子她的话哦,国家的话。"

…………

终于圆满地结束了一天的宣传工作,回到了单位。防疫站带队的同志对我们局长不停地表扬我,局长很高兴。我累瘫了,晚上早早地上了床。躺在床上各自总结,今天美中不足的是中午在老乡家吃饭时,桌下来回穿梭的老黄狗吓得我连饭都没吃饱,提前跑到面包车上躲起来。还有就是,37摄氏度高温之下,面包车里发出异味,口干舌燥之际,带队的同志犹豫再三,到底也没舍得用公款给大家买冰糕吃(都自带水壶),我也不好意思自个儿买来吃……不过,瑕不掩瑜,我对今天的下乡活动评价很高。

冯国祥

1

冯国祥总是西装革履,偏分头锃亮。他一张国字脸,浓眉大眼,美中不足的是个子不高,大概和我差不多。他21岁,从事着县城最时髦的职业——播音员。

广播局局长把我介绍给宣传股的同事们,我和冯国祥也就成了同事。说是同事,起初,我们有近一个月没说过话。

张荷花说冯国祥是街上的混混,我看他那样子,也不知道他怎么混。每天上班,他都心不在焉,趴着睡觉或是蹿到各个办公室去聊天。同是播音员的郑明康和桑洁却认真得多,拿着通讯稿认真地朗读,为录音做着准备。然而,老天捉弄人,冯国祥的音色、音质和表达能力都比郑明康和桑洁要强很多。

有回局里开会,局长让我给播音员们纠正一下普通话的读音。我说自己的普通话比他们几个播音员糟糕得多,虽然他们才工作不到一年,但天天在进步,如果他们要学习,多听中央人民广播电台的新闻就是。局长听罢,很高兴,当即表扬了冯国祥、郑明康和桑洁。

会后,郑明康和桑洁很高兴,冯国祥倒是一副无所谓的样子。他们趴在我写字台上争相和我聊天。我比他们大两岁,他们都叫我刘姐。

快下班时,冯国祥来了劲,约郑明康、桑洁和我去吃饭。他说:"都是年轻人嘛。"郑明康很有礼貌地推辞了,桑洁对本县的饭馆很不屑,只有我欣然赴约。

那是冬天特别冷的黄昏,冯国祥选中的饭馆在后街,我们俩得穿过县城最长的那条主街。冯国祥笑说:"刘姐,你穿军大衣特别帅!把我们街上的人都看瓜了,这年月他们从来没有看过女子穿军大衣。"我回道:"还是你的西装帅!你冷不冷啊,只穿西装。"冯国祥老练地一笑,拍拍胸脯说:"毛衣穿在里头的。"

沿途不断有人招呼冯国祥,冯国祥亲切地拍拍这个,和那个点点头。突然,他撇下我,跑到街边一家杂货铺,和坐在里面的一个男人聊了片刻。随后,他拿着一包烟回来,对我说:"侯哥特别仗义,我在他那儿拿烟,从来不要钱。"

饭馆很简陋,但坐满了人。又是很多人争着与冯国祥招呼,冯国祥颇受用地点头,向那些人介绍了我。冯国祥点了很多菜,我吃惊地说:"点这么多做啥子,吃不完!"他不以为然地说:"没事儿,吃不完我喊他们端到我家去,我奶奶他们吃。"我问他家里几口人,他说奶奶和二弟在家,大弟弟在北京读大学。说罢,他起身去厨房,说是要亲手给我炒两个菜。

他做的回锅肉和泡菜鱼很好吃。我问他如何练得一手好厨艺,他笑道:"我8岁就炒菜做饭了,你算算,做了好多(四川方言,意思是多少)年!"他显然也很讲究吃,米饭稍凉了些,他一定要再去蒸热,他说:"吃回锅肉这些菜,饭要热,吃起来才香。"

吃着饭,他会抱着碗到别桌熟人那里去聊天,聊得高兴,完全把我给忘了,老半天,又才兴高采烈地回来。

我执意不要冯国祥送我回家,他笑道:"我正要到你住的那边去打麻将,顺路。"路上,冯国祥说:"我女朋友她妈病了,她出不来。要不然,我让她来见见你,你看她算不算漂亮。她比我还高,有你这么高。"

我问冯国祥是不是因为他是播音员,所以县城里人尽皆知。他冷笑道:"播音员算啥子?我奶奶哭着求我,我才去考播音员的。"我问:"那你喜欢做什么?"他说:"当然是做生意嘛。"我说:"你奶奶为啥非要你考播音员呢?"他无奈地说:"我奶奶怕我在街上学坏了。她晓得我就怕她哭,她就哭着来逼我!"我继续问为何那么多人都认识他,他笑道:"我喜欢交朋友,这里又小,一来二去就都认识了。刘姐你待久了就知道,D县人很耿直。"这算是我头一次听到D县人夸赞自己。

我站在单元门口和他分手,他叮嘱我小心点,然后跑进我住处边上的一栋楼里去了。

2

有天上午,办公室只有我一人,冯国祥从外面进来,笑道:"那些老年人呢?都不在,咳!"他特别高兴的样子,对着那面钉在墙上的长镜跳滑步舞。我问他高兴什么,他说:"我最烦这些老年人,特别啰唆,像我奶奶一样。"

他邀请我到他家去玩。他说:"我回去取点东西,你陪我去,免得我奶奶拉着我不让走。"我好奇地问:"你不住家里?"他点头说:"这么大年纪了还住家头啊?"我问他每天住哪里,好像局里并没有给他分房子。他笑道:"这还不好解决?兄弟伙(四川方言,泛指小集团中的同伴)那么多的。"

那天他穿了件灰色大领的西装,大概毛衣藏在了白色的高领棉毛衫里面,大冬天的,倒是很精神,但也显得很单薄。怪不得他奶奶见了他,狐疑地上下检视,围着他打转,就像他暗藏着什么危险。

他奶奶大概60岁出头,精瘦、矮小、目光锋利。她开了木板门,看见我站在冯国祥身边,立刻严肃地盯着我,片刻之内,没有让我们进屋的意思。"奶奶,刘姐是成都下派来的干部,你在街上没见过吗?"他奶奶听了介绍,并没反应,也没让开身。"你不让我们进嗦?三娃儿呢?"他奶奶骂道:"你还晓得回家,挨刀的!"冯国祥轻轻推开他奶奶,笑道:"工作忙嘛,哪个喊你要逼我工作呢。"

他家里黑洞洞的,仿佛跨进门天就黑了。狭长的三间屋子,从旧社会到20世纪80年代的廉价东西都有点,挤得满满当当。冯国祥边走边开灯,他奶奶跟在他身后,边走边关灯。我走在他奶奶身后,眼前亮了又黑,黑了又亮,像是照相机频频在闪光。

走着走着,面前一下子敞亮起来,三间屋后面,居然有一个小天井。天井地面布满青苔,沿墙种着好多花草,绿油油的,生机勃勃,冲淡了屋里的腐旧、压抑。最让我惊奇的是天井中央居然有一口水井,用木板盖着。我脱口而出:"天井好舒服哦。"冯国祥笑了,揭开井盖,说:"刘姐,过来看。"

幽深的井,黑绿色水面,有依稀的人影,看不清楚水质。

冯国祥泡了两杯花茶,放在水井盖上,我们俩围着水井坐着喝茶。他奶奶警觉地靠门站着。冯国祥走过去,搂着他奶奶说:"好嘛,这个星期,我回家来住。"语气像是在嘉奖他奶奶。他奶奶狠狠地说:"莫回来,莫回来!出去野!"神情却舒缓多了。冯国祥说:"好嘛,你说的哈,不回来就不回来。"他奶奶扬手给他一巴掌,他握住奶奶的手,将奶奶往屋里推,说:"好了嘛,给我和刘姐下点面,我饿得很。"他奶奶满足地进屋去了。

冯国祥呷了口茶,悠闲地说:"这儿巴不巴适?"我点点头,他神秘地笑着说:"一会儿还有更巴适的给你看,吃完饭再说。"他此刻的神态很迷人。冯国祥和这个县的人真是不一样,他身上有种东西,我不清楚那是什么。

他奶奶端来两大碗面条,上面又是鸡蛋又是青菜,堆得高高的。我直叫太多了太多了,可是面条味道很好,我全吃光了。冯国祥很高兴,他奶奶也很高兴,她说:"没啥好吃的招待你,老大也不懂事,咋不带人家去吃点好吃的嘛,屋头啥子都没得,只能吃点素面。"冯国祥将那竹椅晃来晃去的,笑道:"奶奶,不是我夸,刘姐都说你的面好吃……你该退场了嘛。"他奶奶骂道:"我退场,你是盼我死哦。"冯国祥笑道:"死嘛也要抱了重孙才死嘛。"他奶奶收拾碗筷,我要帮忙,他奶奶说:"莫动手,哪有稀客动手的——你默倒(四川方言,意思是以为,一般用在主观设想与客观实际不符合的情况)我还活得到多久嗦?早晚被你气死。"冯国祥笑道:"我不相信你舍得甩下我们。"他奶奶突然气冲冲地说:"咋舍不得,自己的亲娘都舍得,我还舍不得!"他奶奶出去了。

冯国祥对我笑笑,有些勉强,他说:"我快一个月没回家了,她生气了。"我知道其中有隐情,也不便问。冯国祥却说:"喊她奶奶,其实她是我婆婆。"原来老人是他外婆,为什么喊她奶奶呢?我还是忍不住问了。"我爸妈离婚,我爸跟川剧团一个女的跑了。我妈又结了婚。我们三娃才两岁,二娃五岁,我八岁。那个男的在达县开长途车,家里有两个娃儿。我奶奶不准我们跟我妈走,怕我们过去受气。我妈和那个男的又生了个女子。我奶奶很好强,我妈走之后,她就让我们喊她奶奶,不许喊婆婆。我也不晓得为啥子。"我问他母亲是否常回来看他们,他摇摇头说:"我奶奶绝得很,她让我妈选,要那个男人还是要我们,我妈……可能……她生了女子过后,很少来了。我们都是我奶奶带大的。"我问他二弟在北京哪里读书,他淡漠地说:"钢铁学院。"

天井里的花茶渐渐淡了。冯国祥起身,伸了个懒腰,说:"走,我们到后面去看一下。奶奶——"他奶奶走出来,双手在围裙上搓、擦。"我要上班去了。"他对他奶奶说。

"莫忘了,星期五下午给三娃儿开家长会。"他奶奶说。

他点了点头。

冯国祥抽掉天井后面小木门的长锁,推开门,广阔的田野像一幅图画被打开了画轴,出现在我眼前。他家突然变成了聊斋故事中的家,一会儿一变,一会儿一变,我在惊诧中只觉得新鲜、奇异。

我的兴奋让冯国祥很得意。我们徜徉在田埂上,空气新鲜得让我面颊凉飕飕的,直打喷嚏。他说:"春天油菜花开的时候巴适得很,到时我们来放风筝哈。"

太阳越来越稀薄,最终散开去,葱绿的田野瞬间变得碧绿。人很容易就忘了一切,只被眼前这片景色笼罩着。

3

扶贫工作组的伙伴们晚上无事可干,便结伴去看电影。久而久之,这几乎成了小县城一景。大概当地人感觉我们太单调可笑,有天文化局的某人邀请我们去跳舞。他说:"你们也不要天天去看过时好久的电影了,换换娱乐方式嘛,今天晚上去跳舞。最好的舞厅哦,黑天鹅。"

晚上八点半,我们被带到县城边上的黑天鹅舞厅。舞厅门口黑压压站满了年轻男女,他们在一起嬉笑打闹,一会儿有人骑自行车加入,一会儿又跑来一个人。从举止打扮看,都是本县年轻人中的时髦人物。文化局那人说:"这些人根本就是混混,没钱进舞厅的,等在这儿,碰见有钱的熟人,叫人家给他们买票。脸皮厚得很。"

锦官月明海上花
——成都上海双城记

舞厅装修得花花绿绿，堆砌着各种稀奇古怪的时髦玩意。灯光幽暗，倒是很大，几乎还没有顾客。"还早得很呢，越晚越热闹。"文化局的人说。

还真是，九点半以后，人越来越多。十点半过，突然涌进来一大群人，为首的是个三十多岁的瘦高的男人，怀里搂着个浓妆而土气的小女孩。那男人叼着烟，位置正巧在一束粉红色的荧光灯下，眼睛漫不经心地打量着全场。我一眼看到这个男人身边的冯国祥，冯国祥也看到了我。他面无表情地站在那儿。

十分钟后，又进来一小群人，挑衅地坐到冯国祥那干人的正对面。

文化局的那人说："今天咋尽是些混混呢？好像是来谈判的。这些人三天两头打架斗殴。"我们正呆坐得不耐烦，便说已玩得很好，可以告辞了。我望了望冯国祥，他掉开了头。

黑天鹅外，好些手持棍棒的年轻人焦灼地望着从舞厅里出来的人。他们磨刀霍霍的样子，让人提心吊胆。

第二天，冯国祥没有来上班。同事们议论纷纷，说是昨晚出了大事，两派混混火拼，大打出手，刀、木棒、火药枪轮番上阵，还有一个人被打死了。这是Ｄ县近年最严重的一起流氓斗殴事件。冯国祥也参与了，被抓了。他肯定完了。

下午，派出所来调查，先将老陈叫到局长办公室，接着是郑明康和桑洁。他们回到办公室后，并无二话，异常沉重的样子。那几天，办公室的空气很是压抑。

几天后，局长去派出所领回了冯国祥。冯国祥左脸下颌到嘴角那片乌紫肿胀，右手食指上捆着夹板。局长警告说："下次再打架，就开除。这次先写检查，停止播音一个月，扣发半年工资……"

办公室只剩下我们几个年轻人时，郑明康说："国祥，你何必呢，为了老马他们这些无业游民，把工作丢了，你两个弟弟咋办？"冯国祥不说话。桑洁问："我爸问你手指好点没？"冯国祥看了看桑洁，点点头，说："这次全靠伯父了，你先帮我谢他，等我好点，我到你家去谢谢他。"我猜测桑洁的父亲是医生。桑洁说："冯国祥，你和那种素质的人都耍得起来嗦？"冯国祥眉毛挑起来，颇不高兴地说："哪种素质？！你晓得啥子，少管闲事！"桑洁瞪了瞪他，欲言又止的样子，气愤地冲出了办公室。我说："国祥，桑洁是好意嘛，你咋这样。"他烦躁地挥挥手，点上一支烟。

4

立春过后，天气反倒更冷了。这天晚上，我披着厚厚的军大衣在看书，有人敲门。我起身开了门，冯国祥和一个个子比他略高的女孩子站在门口，我忙将他们请进来。

冯国祥说："刘姐，她就是盛唯。"我点头说："早听说过你，国祥特别爱吹你！"盛唯外形瘦高，容貌清秀，神情大方，我在D县还从来没有看见过这么洋气的姑娘。她笑着看了看冯国祥，将手里提的网兜打开，拿出一只竹手炉，又从另一只网兜里取出一包钢炭，放到桌上，说："刘姐，D县特别冷，国祥说你老是手抄在大衣里头，不舒服嘛，给你买的烘篮儿。这个炭用完了到处都有卖的。"那手炉小巧精致，我简直爱不释手。我给冯国祥道谢，冯国祥说："这个有啥子嘛，刘姐你还当多大回事嗦？走，出去吃麻辣烫！"盛唯说："哎呀，有啥子可吃的嘛，我想和刘姐摆摆龙门阵。"冯国祥笑道："边吃边摆嘛，更有味道。"盛唯微蹙着眉头说："那些地方闹哄哄的，话都听不清楚。"冯国祥说："好嘛，你在刘姐这儿耍，我到黄幺儿那儿打麻将，一会儿你走叫我一声。"盛唯点点头，一副巴不得的样子。

花茶上手，盛唯低头看了看漂浮的茉莉花，说："刘姐，你帮我劝劝国祥，不要和街上那些人耍了。"我说我不是很明白她的意思。盛唯解释说冯国祥从上中学起就开始做生意，他太讲义气，赚的那点钱除了供两个弟弟读书，就是和街上的兄弟伙一起乱花，钱是一点也没留下。在盛唯眼里，那些人品质不好，打群架，吃喝嫖赌。盛唯说："我一直不敢把他喊到我们家去耍，他当上了播音员，我爸妈才晓得我们在耍朋友。他再和那些人耍，播音员早晚也做不了。"我问道："我不晓得咋个劝他。"盛唯说："他特别爱给我讲你，说你如何如何好，我晓得你的话他听得进。你就喊他要重视现在的工作，不要和街上的人混就行了。"我点点头说:"好嘛,我试一下。"

盛唯高兴起来,她起身转了转,打量一下我的住处,笑道:"刘姐,D县好孬哦,你咋个过哦。"我笑道:"你们还不是过了。"她摇摇头说:"我一直很讨厌这儿。我爸已经调到重庆去了,要不是因为我妈的病,我早就不在D县了。"我笑道:"除了你妈的原因,还因为国祥吧。"盛唯爽快地说:"他好办,跟我走就行了。"我问她多大,她说19岁,高中毕业,在家待业一年了。

盛唯漂亮却不做作,给我留下了很好的印象。

我给冯国祥转达了盛唯的意思。冯国祥冷笑一声,说:"她晓得啥子社会,娇生惯养长大。我就喜欢和那些人耍,那些人比我们局头的人耿直多了嘛。我凭啥子做生意?还不是靠这些关系。播音员那点工资,还不够我弟娃儿在北京一个月的花费。"原来他还在做生意。我说盛唯也是因为爱他才担心。他说:"唉,咋个说呢,女人嘛,头发长见识短,连我妈都是。"他突然说到自己母亲,我大吃一惊。冯国祥显然不愿意谈这类话题,他话锋一转,笑道:"刘姐,盛唯长得还可以嘛!"我点头说:"又漂亮又大方!"他得意地说:"我追了一年才到手哦,全县的人都晓得她特别傲!"

5

大街上夹道的梧桐树抽芽、发绿,长出了新枝,春天到了。局里组织去春游,这回连清高的桑洁都附和着要去。大家凑钱时,冯国祥表示他不去。黄红兰开玩笑说:"好不容易和小刘出去玩玩,照点相做个纪念。你舍不得钱吗?我帮你出嘛。"冯国祥冷冷地不说话。他的脸色很难看,趴在桌上,就像有病的样子。

这样的情形持续了一个礼拜。有时郑明康拍拍他的肩说:"国祥,咋的呢?"他也不说话。除了播音念稿,他始终不说话。

他终于叫我出去吃饭,我也就弄懂了他低沉的原因:盛唯搬到重庆去了。盛唯让他跟着去,盛唯的父母如今也很喜欢他,他们也希望他去。重庆是个大城市,对他的发展也好。

他说:"我才不去!重庆又咋个嘛!"

他喝了很多酒,却一点儿也没醉。看得出,他很舍不得盛唯。

我说:"重庆离D县才六个小时车程,不远嘛。"

他沉吟片刻,说:"我奶奶咋个办?大弟娃儿已经说了的,毕业最不行也要分到成都,小弟娃儿又是个读书考大学的料,尽考全班第一。大家都走了,哪个管我奶奶?"

他又要了几瓶啤酒。他说:"没啥子说的,命是哪样就哪样。"

他红了脸,眼睛浑浊,像饱经沧桑的老人,实在和他年龄不符,我看了难受。

我说:"在重庆有了房子,也可以把你奶奶接去。"

他说:"老年人,有几个愿意离开家哦……我奶奶……我妈走的时候,她才40多不到50岁……拖着我们几个……你看她好显老嘛……"他声音哽咽,说不下去了。

他终于还是喝醉了,站在路边豪吐,似乎五脏六腑都吐了出来。稍微喘口气后,他跟跟跄跄地到附近的朋友家去了。临进门,他还不忘回头对我挥挥手。

冯国祥还是和盛唯分手了,我一直不明白具体是什么时候。整个春天,他借酒浇愁,人瘦得脱了形。

夏天,桑洁告诉我,冯国祥的大弟弟留在了北京,他已经彻底厌倦了家乡,毕业分配后连家也不想回了,只是叮嘱冯国祥不用再给他寄钱。

我不知道桑洁为何了解得如此详细,因为冯国祥更沉默了,还蓄起了胡子。

6

七月,D县热得像蒸笼,令人坐卧不宁。经过局长特批,我准备回成都去为川剧团写个剧本。

长途汽车站,干燥的阳光下,几十个人以及行李、动物在一辆破烂的汽车上拥挤。站在我前面的农民技艺惊人,一手提行李,另一手抱只土狗,嘴里叼根叶子烟。车厢里一股巨大的恶臭,加上烟味,我几乎被熏晕。我一边捂着胸口控制呕吐感，一边挤到窗边去开窗。然而，快中暑的人根本没有力气，我站在通道上任人挤撞，只能紧紧捂着嘴。

我没看见冯国祥是怎么从窗口翻进车里的。他突然出现在我面前，倒把我吓了一大跳。我也讲不出话来，大概脸色很难看。冯国祥接过我的背包，抓紧我胳膊，我们俩排山倒海般往前挤，终于找到我的座位，他不由分说地把我往座位上一推，塞给我一瓶水，说："刘姐，快喝水。"我赶紧喝水，他又往我额头上抹万金油。末了，他撕开一袋话梅，倒出两颗，让我赶紧含着。

车在发动，轰隆隆地响。我着急起来，示意他快下车。他说："没得事。昨晚睡觉前还想起要送你的，我奶奶把东西都准备好了。起来晚了，我奶奶买菜回来看我还在睡，喊我起来，狂骂我。"我好受多了，催促他快下车，他笑道："还是我奶奶厉害，看得准，她说这么热的天，刘姐不要中暑了哈，把万金油带着。"

汽车颠簸着启动，开出了长途站。通道里堵着没有座位的人，箩筐、背篓四处横摆。我焦急地说："国祥你咋走呢？"冯国祥根本不着急，他对我身边的乘客说："师兄，麻烦让一下。"那个矮小的男人欠了欠身，冯国祥站到小个子背后的椅子上，两腿伸出窗外，回头对我说："慢走哈，刘姐，各人小心点。"

他跳下了车。他动作老练，顺着车前行的方向打了几个趔趄，完全没有跌倒。他对我挥挥手，人影在窗外一晃而过。

我低头看了看冯国祥放在我脚下的网兜，发糕、橘子罐头、麻糖、罐头瓶子装的醪糟、汽水……是他奶奶准备的。他奶奶曾经说过："到成都要坐18个小时的汽车啊，我才不去耍，随便咋个都不去。"

川东真热，白花花的太阳，反射得山边的岩石火红透亮，眼睛花得简直看不清东西。车厢里人声鼎沸，久久不能平静。

第二天凌晨，我顺利到达成都。

7

几年后，冯国祥到成都给他在电子科技大学读书的二弟送东西，顺带来看看我。他依旧是西装革履，偏分头锃亮。即便在成都的人群中，他看上去也很英俊。然而，他的眼神，却大大地变了。

他告诉我，桑洁结婚了，丈夫是转业军人，家里在县上很有背景。郑明康被调到地区电视台去了。局里又招了几个播音员，都是"小孩"。他对工作越来越没兴趣，也不想天天面对桑洁。既然两个弟弟都已经长大成人（大弟弟都结婚了），他打算辞职。说到这里，他的眼神变得有点空洞。那样的空，真可怕，他好像在一瞬间成了老人。

"你奶奶呢，她同意你辞职吗？"我问。

"她死了，去年年底，还在做豆瓣酱，板凳一歪，人倒在地上，一下子就死了。"

我明白了。

从那以后，我再也没有见过冯国祥，也没有听到过他的消息。倒是很偶然地听下派的伙伴说，桑洁有了孩子，丈夫很能干。我的伙伴也是从文化局某人的熟人那里听来的，桑洁的丈夫和那人是亲戚。

我已经完全忘记了桑洁的模样，但我记得她刚和冯国祥相恋时，她仿佛完全变了一个人，那么甜蜜和温柔，眼眸发亮。我承认，桑洁的神情曾给刚失恋不久的我以很大的刺激。我暗自感慨：深爱着一个人，真好啊！

张荷花

1

刚到 D 县的那天晚上,有人敲门。我站在门口,谨慎地问:"谁呀?"门外传来浓郁的当地口音。"是我,隔壁的,张荷花。"

我忙拉开门,四十多岁的张荷花笑吟吟地站在门口,提着一只水壶。"你是刚从成都来的吧!你贵姓?吃过饭没?喝水吗?"

我点点头:"吃过了。张孃,进来坐嘛。"

张荷花点点头,进门,将水壶放到煤气灶上,上上下下打量着我,说:"我烧点水!你放心,你们的水、电、气都是不要钱的——哎,你这么年轻,就跑到这里来吃苦,你多大?"

"快 23 了。"

"年轻,年轻,22 岁,大学毕业,多好!今天局长到办公室宣布了,说是今年新下派的大学生到了,我就知道我又要来新邻居了。"张荷花低头看着水壶底,壶底噼里啪啦地响,沾满了油渍,像是要燃烧起来了。

"我还没去报到啊。"

"贵客要到嘛,当然要先给我们打招呼啰。"张荷花笑着,抓起我刚买的水果刀,使劲刮水壶的边缘,"你妈舍不得你来我们这里吧?"

我靠着门框,问道:"还可以。张孃,局里有多少人?"

水开了,顶得壶盖啪啪响,张荷花提起水壶往外走。

"没几个人,其实就是一个科,非要叫局,都想当大官,你来了就知道了,复杂得很,你要小心。"

张荷花神秘地说:"不是我,你千万不要开门。我们这儿,乱得很。前几天,背街这儿,还打死过人。"她替我关上门。

我吓得一哆嗦。

张荷花在隔壁敲门,骂了两声"谁",哐当,门撞上了。

我想起临行前,有个同事叮嘱我,提防点当地人,他们都很诡秘。我的同事只比我大两岁,先我一年到D县。兴许是吃够了亏,她对D县的印象坏得很。

我在昏暗的灯光下看书,外面风声鹤唳,我心跳加速。

那是20世纪90年代初,D县只有两条正街。

2

局长把我介绍给了广电局的同志们:"她是新来的大学生,去年从上海的演戏学校毕业。书记和县长把她安排到我们局,是我们请都请不来的贵客,她的到来,必将提高我们局的各项工作效率。现在,我们表示热烈欢迎。"

稀稀拉拉的掌声。我窘迫地站在六七个人的办公室中央,张荷花缩在正对着我的那张藤椅里,低垂着头。

局长让宣传股股长老陈对我多加关照,然后他便离开了。老陈让我坐在他的对面。我的办公桌很破旧,椅子的坐凳有点裂口,坐上去,有点夹屁股。

"条件简陋!"老陈歉疚地说。

"没事,没事!"我左挪右挪屁股,更加歉疚地说。

办公室鸦雀无声,人人都在"认真"地看报纸,我也只好抓起一张报纸"认真"地看。

"张荷花,给小刘倒杯水。"老陈似乎忍受不了持续的"认真"氛围。

张荷花站起来,不满地看了看老陈,她欲言又止,还是倒了杯开水,放到我的桌上。

"谢谢啊,不用客气,我自己来就行。"我忙说。

张荷花瞧也不瞧我,转身就走。

办公室重又陷入凝滞的读报状态。我瞄了一眼同事们,三个年轻人,还有三个中年人,外加老陈和我。

终于有人离开了,是个西装革履的年轻人。老陈喝道:"干什么?"年轻的"西装"说:"上茅房。"

接着,一个跟一个,大家陆续上茅房。最后,老陈告诉我,他要出去跑通讯。我特别内疚,因为老陈把我当成了他的领导,完全是汇报的口吻。我只好点点头,仿佛我真的是个领导。这下子,办公室只剩下一个中年人了,我倒也长吁了一口气。

中年人健壮厚实,端起茶缸走到我面前,诚恳地说:"小刘,我姓高,叫高光明,你要多多指教哦。我文化不高,起步低,在地区和重庆的报纸上发表过通讯,是特约通讯员。比不过你哟,上海的演戏学校毕业。到我们这里来,艰苦吧?这里有篇稿子,你能不能帮我改一下,我准备参加地区的特约通讯员比赛。"

高光明不由分说地要将稿纸塞给我。张荷花进屋了,高光明忙收回稿纸,随意地走到自己的座位前。

张荷花警觉地扫视高光明的背影,将一叠报纸扔到我桌上:"今天刚到的。"

高光明出去了。张荷花问我:"他给你说啥子?"

"没得啥子,介绍介绍自己。"

"你要小心,他特别虚荣,一心想要往上爬。瓜兮兮的,成天想参加比赛。"张荷花趴在我办公桌上,她鼻梁右侧有颗褐色的痣,太大了,破坏了她开朗明丽的眉眼。

我点点头,尽管我不明白要小心什么。

张荷花不屑地说:"看到了吧,就是这些人,特别那个,我都不想搭理他们。我们局长、股长,风度,一点儿没有。说的什么话?你明明是来扶贫的,说得你好像是来享福的了。享福还不在成都,还要跑到这儿来?"

说话间,一个少妇进了屋。张荷花若无其事地对我说:"报纸看完,夹好哈。"说罢，她走出去了。

少妇提起自己的书包，嗓音清脆利落，像撒落玉盘的一串珍珠。"小刘，我叫黄红兰，认识你很高兴。改天到我屋头去耍哈。D县比成都冷，你穿得单薄，请注意保暖。"

我感激地点点头，黄红兰笑容可掬地离开了。

张荷花重又出现了，她指着门口，仿佛那里站着人。"她特别得意，她男人在区上工作，婆婆原来是我们这里的一个局长。她自己家穷得很，攀了高枝，跟变了一个人（似的）。他们家的人见人都这样的，"张荷花模仿着黄红兰家人的傲慢，"这是她婆婆——这是她男人——这是她——"

张荷花的表演惟妙惟肖，我笑弯了腰。

"现在你来了，她看你风度好，想巴结你。"

"没有，没有，她就给我打了个招呼。"我忙解释。

张荷花以权威的架势评价道："招呼？她平时给谁招呼？！我还不了解她！"

我看了看表，离下班还早，办公室的人早消失了。

张荷花指着桌上有一只玻璃花瓶的那个座位，讪笑说："这个女子，你看清楚没得？大脸盘，才19（岁），觉得自己是个天仙，高考落榜，恨天恨地，恨一切人。平时在办公室，半天不放一个屁。家里是中医院的，她爸是个医生，她非要吹她爸是名医。我就说，D县都有名医嗦？笑死人！"

"叫什么？"我问。

"桑洁。"

"这个小伙子叫冯国祥，街上的混混，招来播音的，才21（岁），起码谈过5个女朋友了。他爸跟剧团的操妹儿跑了，妈又改嫁，他跟着奶奶过，哪有不学坏的！"张荷花手一抬，指的是靠门边的一个位置。那儿的写字台上空无一物，像长期没有人使用过。

张荷花敲敲她身边的一张写字台，突然严肃起来，思考片刻，她说："他叫郑明康，也是21（岁），和冯国祥一起招进来的播音员。他自吹声音像赵忠祥，他赶得上人家一丁点不？年纪轻轻，城府很深。他姐姐是县花，达县地区（现为达州市达川区）那些领导的儿子追她，都追到 D 县来了，她哪里看得上，早晚要嫁到成都去。"

　　窗外有人在叫："张荷花，接电话。"她飞快地跑出去了。

　　我温习了一遍各个座位上都是哪些同事，张荷花又回来了。

　　"是我男人，他晚上不回家，他嫌家头冷。唉，我说'我和二娃子能忍，你就不能忍？'"张荷花气恼地搓搓手，叹道："D 县这个鬼天气！小刘，有你受的哦。"

　　工作组的两个同伴来找我，张荷花慌忙回到自己的座位上，低垂着头，认真地看起报纸来。

　　我们出门后，同伴对我笑道："刚才那个女的很老实，看见我，就像吓破了胆子一样。"

　　我笑道："她是我的邻居，正在给我介绍办公室的情况。"

　　另一个同伴说："我那个局里的人邀请我晚上去局长家打麻将。"

　　我羡慕地说："他们怎么和你打成一片的？我们这儿没人搭理我。"

　　同伴玩笑着说："谁让你长那么高的！"

　　我说："唉，局长介绍我是上海的演戏学校毕业的哦。"

　　两个同伴哈哈大笑，在图书馆工作的那个说："没叫你当场唱一段就是好的！"

3

　　从此，张荷花每天上我屋里烧开水。我完全不介意，她倒不好意思了，常常给我带点小玩意来：玉米面馍、高粱秆、醪糟汤、毛豆……我喜欢她送的东西，她很诧异，感叹道："没有吃过苦哈！小刘，你居然喜欢这些东西！前年住你屋的那个来扶贫的，看都不看这些东西一眼。她是受过苦的人。"

　　我忙辩解说那个女孩比我更没吃过苦，她家庭条件很优裕。她摇摇头说："我有社会经验。我 16 岁就参加工作了，比你会看人。"

大概张荷花喜欢看我听她讲故事后的反应,隔两天她就会给我讲一个故事。

"去年冬天,有天晚上,我男人让我留门,他打牌回来晚。十一点钟在我们这里就是深更半夜了,没有人家还亮灯的。我下楼去单元门口等我男人,好给他开单元门。见老远有个人影子过来,我骂他:'你还晓得回来嗦,死鬼!'他走近了,不是我男人。那个人满脸是血,说:'给点钱嘛,大姐!'我吓死了,赶紧摸了两角钱给他,他拿了钱就走了。我也不等我男人了,赶忙跑到屋头躲起……"

我求她不要讲了,她不耐烦地说:"莫打岔嘛!"她调了调煤气开关。

"第二天,电视里演街上杀人,杀人的那个跑了,被杀死的那个,电视里有大镜头,你知道是哪个不?就是找我要钱的那个。明明当时就死了,咋会找我要钱呢!"

我吓得说不出话,她很满足地点点头,提起水壶,叮嘱我:"除了我,谁敲门你都不要开哈。"

片刻之后,我听见她在屋里骂他儿子:"带了吃的,还要交两角钱?!你嫌你妈钱多得用不完嗦?你们老师才怪呢,春游就春游,拿钱做啥子?咳,汤(四川方言,意思是遭遇,多指不好的人或不幸的事)着你这种老师了得,我给你说,我就是拿钱去给鬼,也不得给你老师!"

她还真给了"鬼"两毛钱。昏暗的灯光下,我仔细检查了房间的每一个角落,尤其是外屋,堆满了张荷花的扁担、背篓等什物,在张荷花的故事里,这些东西背后往往藏着人。

4

春天,办公室窗外有人喊:"张荷花,你妹子来了,进不了屋。"

张荷花应道:"晓得了。"她蹙了蹙眉,收拾起布袋子,慌慌张张地走了。

办公室只剩黄红兰和我,其余的人都去"采访"和"录音"了。

黄红兰说:"她妹子在乡下,穷得很的。张荷花听她妹子来就怕,又是要钱嘛。"

锦官月明海上花
——成都上海双城记

黄红兰穿着那一年达县地区最时髦的健美裤，衬得腿细而短。

"小刘，张荷花肯定又到你屋头烧开水了！"

我没有出声。

"头年住你屋的小姜给我们领导反映过很多次，张荷花老想到她屋头占便宜。我们领导狠狠批评了她，简直是给我们 D 县人丢脸，她还骂人家小姜耍脾气！人家咋个和她这种素质的人相处嘛？小刘，你就多包涵。张荷花爱贪小便宜是出了名的，多住些日子你就晓得了。"

我笑了笑。

下班回家，张荷花家房门大开。张荷花儿子借着门口的亮光，趴在凳子上写作业。她儿子模样清秀，聪灵腼腆，说话就脸红。

他点点头，红了脸，头埋得很低。

张荷花闻声冲出来，拉起我的手，笑道："快进屋，有好吃的，保证你喜欢吃。"

案板上，淡青黄色的春笋已被切成菱形，鲜嫩欲滴。

"你买笋子了？刚上市，很贵哟！"我惊呼。

张荷花白我一眼，叹气说："我哪里舍得？我妹子，挑了一担子来卖，剩下的就拿给我嘛。"

我这才看到坐在角落里的一个女人。她体态娇小，加之光线黯淡，不容易看到她。我有些好奇地打量她妹子，看她和张荷花像不像，张荷花长得很不错，就是太粗糙。可惜，她妹子低着头，完全看不见她的脸。

"大姐，你好！"我招呼她。

没有反应。张荷花嚷嚷道："荷叶，小刘喊你得嘛。"

她妹子脸涨得通红，站起身，说："姐，我走了。"

我担心自己打搅了人家团聚，忙说："你坐你的，我回屋去了。"

张荷花爽朗地说："她是该回去了。家里还有两个娃儿，还有猪要喂。唉，她今天来就是给我报信的，她又怀上了。"

我愣了愣，明白了。再看张荷叶，她又低下头。

"她屋头男人非要要,说都三四个月了才发现怀上了。哄老母猪哟!我妹子耳根软,光听他男人的。又生,又生,咋个养得活?"

她妹子始终沉默着,像是张荷花在说别人。

张荷花的儿子颇感兴趣地回头听,张荷花骂道:"做作业你就打瞌睡,听这些你就长精神!二天考不起学校,只有到乡坝头去喂猪!"

少年慌忙转过身去。

张荷叶经过我身边,低声说:"你耍哈。"不容我看清她模样,她已经出了门。

张荷花追上去,叫道:"等一下,这包糖是小刘送的,带给你娃儿。背篼(四川方言,指用来背东西的一种大而长的筐子,用竹子编成)呢?"

张荷叶回道:"楼底下。"

"背时(四川方言,意思是倒霉)的,放在那儿,被人偷了咋个办?"

张荷叶走了。

晚上,张荷花在我的厨房炒了春笋肉片,放了比平时多的油。炒好,分给我大部分,只留小半碗给自家。我过意不去,她说:"这个有啥子,我们要吃,喊我妹子送过来就是。你难得吃到这么新鲜的(菜)。"

春笋肉片无比鲜美,我多吃了两碗米饭。

5

有天高光明和张荷花争执起来了。

"明明是我跑的乡,你才怪呢,你写通讯。"张荷花气愤地说。

高光明显然也气坏了,手有些哆嗦:"上次你写的就要不得,人家乡长不满意,才找我去的。"

"你乱说!我晓得,你就是想拿他们抓计划生育的事情评奖。第一个报道他们计划生育的,还不是我!"张荷花敲桌子。

高光明冷笑道:"我靠你这个,我告诉你,我的通讯早就被(四)川(日)报登过!不是那个乡长求我,我才不干呢!还要帮你糊脸。"

一屋子的人鸦雀无声。老陈不在，他老婆病了。

"啥子呢，帮我糊脸，你搞错了，我写通讯的时候，你娃还不晓得在哪儿玩泥巴！"

"你资格老，资格老有屁用，水平摆在那儿嘛，大家又不是不晓得！"高光明环视了大家一圈。

冯国祥冷冷地说："哎呀，莫吵了，去找领导嘛，股长不在局长在嘛。"

这个局除了局长，最大的官就是各股股长。

张荷花一扭身出了办公室，高光明紧追不舍。

冯国祥高兴了，边哼流行歌边跳快三步。"刘姐，我请你吃晚饭。去不去？后街那边。"

桑洁轻蔑地看了看冯国祥，收拾好包，走了。

冯国祥继续跳舞，笑道："明康，一起去！"

郑明康用略带赵忠祥口音的普通话说："算了，我就不去了。我妈让我早点回去。"

冯国祥笑道："不去看看我的女朋友？漂亮得很。"

黄红兰玉珠般的声音："哎呀，冯国祥，这都是第几个女朋友了，还好意思带给小刘看？"

冯国祥仍旧笑着："人家刘姐是大城市来的人，不会像你这么大惊小怪！"

冯国祥的舞步差点撞到张荷花身上，张荷花一脸气急败坏，后面紧跟着神色怡然的高光明。

张荷花抓起布袋子就走，把门撞得山响，冯国祥忙捂住耳朵。

高光明冲着黄红兰说："业务不行，还不服气！"

黄红兰问："局长说啥子？"

高光明说："啥子？批评她事事都要占先！人家乡上主动请我们写通讯是好事，请了我，她就不高兴，太狭隘了。"

冯国祥说："老高，你下次写稿子也要注意点，我念都念不出来，太那个了！口语点嘛。"

高光明被人打断兴头，不大高兴："我还不是考虑到你们播音员读普通话？我用D县话写，你们咋个读？"

二十一岁的冯国祥像长辈似的说："咋个那么不虚心接受批评和建议呢？你和张荷花一样——狭隘。"

高光明恼怒地注视着冯国祥，似乎在斟酌着还击的字句。

冯国祥旋转到我面前，笑道："刘姐，走，吃饭去！"

高光明倒还愣住了。

6

下班回家，直到晚上九点也不见张荷花过来烧开水。九点半钟，有人敲门，我猜想是张荷花。

张荷花的男人站在门口，他很高大，长相甚至可以说是英俊，和那英俊不协调的是穿着寒酸土气，模样看上去也特别憔悴。他和他儿子一般腼腆。他局促不安地搓着手："小刘，今天局里出了啥子事？"

我简单给他转述了事件经过。张荷花男人叹息着说："唉，他要浮上水嘛，随便他嘛，这个事情都要气。晚饭都没有吃，还在床上躺起。我的话也不听。"

"我去看看。"我说。

张荷花躺在床上，听见脚步声，猛地将被子盖住头。我坐在床边，看了看她男人。她男人走出去了。

"张孃，不要生气了！你不是说过你不图啥子吗？"

张荷花轰地坐起来，气愤难平的样子："大家都不讲理，局长也不公平！我跑乡里多年了，一笔就给我抹杀完了！"

我也搞不明白事情的原委，只得说些话来宽慰她。说着说着，她的眼泪掉下来了。她抽泣着追忆了她苦难的童年、艰辛的少年、坎坷的青年和现在——小人围绕的中年。她越说越激越，脸上的愁容越来越少。

她男人端着面进来，惴惴不安地站在远处。张荷花胡乱抹掉眼泪，招呼她男人说:"拿过来嘛,你站那儿,面未必(四川方言,意思是难道)送得到我嘴巴里头嗦?咋没给小刘下一碗?——你莫推辞,他啥子都不会做,就是面的味道安逸。"

悲伤绝望的人只要开口说话和吃饭,病就好了一大半。我明明不饿,强撑着陪张荷花吃完一大碗美味的面条。随后,她麻利地下床送我出门。

"你回吧,睡一觉,啥子都忘了。你看你,儿大女成人,李叔叔工作也不错。哎,你们家李叔叔,长得很帅哦。"

张荷花红了脸,扭捏起来:"帅啥子哦,眼睛那么凹,怪不得命苦;鼻子又高,财都倒出去了。"

"哪个说的哦,他就是帅。你当初肯定是因为他帅才和他好的。"

"莫乱说,他非要和我好的。"

"那你呢,你咋个就答应了呢?"

"我们那个时候,想不到那么多。他人还可以嘛,就答应了。"

"我才不信,肯定是看他长得好看。好看有啥子不好嗦?"我故意说。

张荷花笑起来,她有点羞涩地说:"你这个小刘,戏文看多了。我给你说哈,我们的结婚照,非要让放在照相馆橱窗里头,好讨厌嘛,那个拍照的,我们不干,他才不管你干不干,就想显摆他拍得好!"

"不是拍得好,是你们漂亮!"

"漂亮有啥子用嘛,又没免我们的照相费。"张荷花嘟囔着。

她回去的时候,满脸愉快,看来是被勾起了美丽的回忆。

7

下派扶贫工作组时常聚会,吃完晚饭,互相交流各单位的情况,夜深人静,男同志们才送我回家。

有天,我在厨房胡乱洗漱完,昏昏乎乎上了床。睡到半夜,梦里听到有敲门的声音,隐隐还有人叫"小刘,小刘……",声音很远,我怎么也睁不开眼睛。

"小刘,小刘……",还在叫,意识慢慢清醒了,是张荷花在叫我。

我赶紧坐起身,隔着门问有什么事,张荷花让我快开门出去看看。这大半夜的,看什么呀?听声音倒不像有人病了什么的,是不是她最宝贝的女儿从重庆的护校回来了?那也可以等到明天再看啊。

我开了门,眯缝着眼,蓬头垢面。张荷花倒是穿戴整齐,满面笑容,手里拿了只手电筒。

"嘿,你睡着了吧,我怕不喊你,明天你要怪我了。"

"啥子事?"

"我在孵小鸡,已经出来两个了,还有,看不看?"

"真的?!"我高兴地抓住她的手。

"我就晓得你喜欢。"张荷花挥了挥手里的手电筒。

我们奔到她家,一只大纸箱放在房间中央,上面挂着两只大灯泡。我扒开纸箱边,低头看,正有一只小鸡费劲地要挤出蛋壳。纸箱里塞着的报纸,将那小鸡团团围在中央。小鸡终于破壳而出,它虚弱地站着,抬头看了看灯泡,奶黄色的绒毛还湿漉漉的。可是,它很快对包围它的报纸不满意,想要突围。

我完全没了睡意,直盯着一只一只小鸡破壳而出。刚出生的生命彷徨无依的样子惹人心疼。张荷花给我煮了醪糟鸡蛋助我"观战",她自己没舍得吃,说是没啥好吃的。到天亮的时候,她总共孵化了7只小鸡。

从那天起,我有了同居的朋友——小鸡们。张荷花将那些天孵出来的鸡统统放在我的外屋,用竹篱围着它们。每天上班和下班,我就给它们喂点小米,也切细细的青菜喂它们。有时,我也撒点碎蛋黄给它们。张荷花总嗔怪我太娇惯它们。我虽说爱它们,却又不肯替它们打扫卫生,都是张荷花扫鸡屎,我只负责喂食和观赏。就是这样,张荷花似乎很满意。

小鸡长得很快,圈它们的竹篱越拉越高,鸡屎越来越多,屋子里有了些许臭味。张荷花边打扫边骂那些鸡。我实在当不下大小姐,只得帮她打扫。我也学会了边打扫边骂鸡。"黑的那只最爱拉。"我告诉张荷花。"主要是你喂太多了!"张荷花告诫我一定要少喂。我很不服气!

夜里,我会醒几次,听那群鸡唧唧唧唧的声音。有时它们为争夺地盘打架,黑暗中跳出了圈子，频频来"敲"我的门。我才不理它们呢，心想，有事明天早上自有张荷花给你们解决。

这样的小事，同事们居然也知道了。

黄红兰像报幕一样义正词严地说："小刘，你居然能忍受！她也太会占便宜了，养鸡场办到你屋头了。"

"不是不是，她暂时放那儿的，马上要给她妹妹送去。"

黄红兰笑着，嘴里滚出一串串"弹子球"，啪啪响。"你还没搞懂，她是借你屋子搞副业！她找点蛋，孵了鸡就能卖！"

高光明冷笑了两三声："她就是那种人！狗改不了吃屎。怪不得人家几届省上下来的人都讨厌她！"

"高光明，是我让张孃放我屋头的，我很喜欢鸡，是我养的。"

高光明轻轻一笑："小刘，你还有这爱好啊，很天真嘛！"

我低头看报，不想说话。

冯国祥手插在西装口袋里，旋转到我面前，笑道："刘姐，管他的，一晚上吃一只，仔鸡大补。"

桑洁鄙夷地看了看冯国祥。

就连局长也知道了这件事，他把张荷花叫去，狠狠地批评了一顿。张荷花辩解说我并没有异议，局长连我一起批评，说是根本不像大城市来的人，没见过世面，充满了低级趣味。

张荷花犹豫再三，终于选择好措辞给我转述了局长的讲话。她并不恨局长，她恨的是办公室那些"小人"。"这回你看到了，就连你，他们也要陷害！"她说。我讲这并不叫陷害，小鸡大了，鸡屎多得我不能忍受，同事们可能也闻到了臭味，也不能忍受，该是送鸡走的时候了。

8

提起竹背篓，戴上草帽，挽起裤脚，再穿一双黑色胶筒靴，张荷花瞬间就成了农民。最神奇的是，她居然披上了一件蓑衣。我连连惊叹："你从哪里搞来的这个啊，打鱼的人才穿。"张荷花清点着给她外甥的糖果，说："这个你都稀奇，下雨天下地干活，穿这个方便，咋个拿伞？"我摸了摸粗糙的蓑衣，说："穿雨衣嘛。"张荷花抬头看了看我，笑了："硬是城头人说话咧，我小时候，姐弟好几个，我们家哪买得起雨衣？"我也想穿蓑衣，可惜只有一件。"蓑衣梆（四川方言，表示程度深，有'很'的意思）重的，有啥子好穿的嘛。"张荷花笑道。

她从农村来，回归她的身份很自如。但是，这也让她很烦。"这种小雨天，乡坝头脏兮兮的，你还要跑去耍。"张荷花没好气地说。

我背上背篓，她死活拽下来。"被别人看见像啥子话哦！"她掰开我的手，说："你不会背，搞不好鸡崽跑出来了。"

清明前，雨纷纷，如粉丝，细而密。张荷花给她男人交代完家务事，又威胁儿子几句关于看电视的话，我们俩就上路了。张荷花走路风快（四川方言，形容迅速），不过，我也是个走路快的人。我们俩很快就走到县城外，站在公路边拦过路车。我提议坐长途汽车，她不答应，说是白花钱，又不能直达她妹妹家。40分钟的车程，她不是走路就是拦过路车。

她果然很有经验，等了不过十几分钟，就拦上一辆拉化肥的拖斗车。我们一上车，她就塞给司机一包"重庆"牌香烟。农民模样的司机挺高兴，开足马力，噔噔噔噔，拖斗车跑得很快，我们剧烈地左摇右晃。

张荷花和司机拉着家常，共同诅咒这鬼天气。我扭转头，看着外面。起伏的群山、碧绿的田野和树木映入眼帘，雨雾中，一些人影子在穿梭。驾驶室浓重的机油味也阻隔不了青山绿水带来的清新空气。

很快颠簸到了目的地，张荷花担忧地看着我。我轻快地跳下车，撑开伞，她欣慰地笑了。

走啊走，穿过大片水稻田、花生地、洋芋地、蔬菜地，拐上槐树夹道的土路，我把裤腿越挽越高，开始跟不上张荷花的步子。雨小了，几乎停了。又是一片水稻田，一片矮小的桃树开着粉白的花，又是蔬菜地，边上有好几片泥巴房子，张荷叶的家到了。

围合成三面墙的房子有一个小坝子，这也是农村的小型晒场了。地上坑洼不平，积着污水。几只鸡鸭顶着风雨嬉戏。

张荷花高声喊道："老二！屋头有人不？"

张荷叶跑出来，手在围裙上擦了擦，看见有我同行，顿时有些慌张。"下雨天，你咋个跑来了？"她问她姐姐，"快进屋说。"

屋里黑乎乎的，简陋至极：泥巴地，一张黑色的木头四方桌，围着四条长凳子，四周散乱地放着几把低矮的竹椅。还有就是屋角的灶台。我事先想象过这里的贫寒，可是现实比我想的更甚。

张荷花拉我在竹椅上坐下。她将脚拔出雨靴，往外倒水。"你男人呢？"

"赶场去了。"

"娃儿呢？"

"割猪草。"

张荷叶的腰身明显比上次看到时要粗。她接过姐姐带来的东西，一一往桌上放。"鸡崽我先给你养着，现在卖不出价。"

张荷花说："晓得。你看你屋头，脏得落脚的地方都没有。"

张荷叶窘迫地坐在灶旁，添火，烧水，煮鸡蛋。灶火映得她的脸通红。

张荷叶盛好两大碗醪糟鸡蛋，先端给我，笑着说："没啥好吃的。"

我刚接过碗，门口有叫声，像是突然要喝止张荷叶的行为。"妈妈……"

两个孩子怯生生站在门口，眼睛紧盯着盛鸡蛋的碗。大女孩不过五六岁，小的女孩只有三岁左右。女孩子们大大的眼睛，清澈见底，头发凌乱，衣服裤子都不合身。不知哪儿来的雨靴，硕大无比，直齐到孩子的膝盖之上，她们像两个装在雨靴里的人。大女孩抱着两顶草帽，水顺着帽檐往门槛上淌。待她们走进屋，我才发现大女孩背着一只竹背篓。

张荷叶将她们拉到另一间屋子去。我怎么也咽不下鸡蛋。张荷花捅捅我胳膊，示意我快点吃。

大女孩出来，嘴里含着块糖，坐到灶火前，麻利地往灶膛里塞干树枝。小女孩被妈妈牵着也出来了，一只老母鸡跟在她屁股后面。"去，去！"张荷花去赶那鸡，那鸡扑腾两圈，一怒之下，飞上了饭桌。两个女孩子咯咯地笑起来。

雨完全停了，几个衣衫褴褛的孩子围在门口看稀客。我被那些好奇的目光钉住，几乎不能动弹。

这里风光如画，推开门便是碧绿的田野，青葱的水田。厕所在后房，堆着劳动工具，是茅草屋顶，到处漏风，却不漏雨。厕所一侧直接就在养猪。我在那里方便，猪在那里叫唤。虽说心惊肉跳，又不敢往下看，又要往下看，因为怕踩到大小便或者脚底打滑。可是在农村，你越是不愿意上厕所，越是尿频。

午饭很好吃，扁豆腊肉烱（读 kǒng，四川方言，一种烹饪法）饭，泡菜，米汤。大女孩坐我边上，毫不侧目，默默地吃饭。焦黄的头发被扎成散乱的辫子，和她妈妈一样的发型。她似乎有很重的心事，未老先衰。小女孩一直"监视"我，看见张荷花给我添饭，她认真地说："你还要吃啊，你都吃过蛋了。"张荷花恼怒地说："二妹，你乱说啥子呢！"张荷叶尴尬地横过筷子去敲小女孩的头，小女孩哇地哭出声来，大女孩牵着妹妹到隔壁屋去了。

9

我终于派上了用场，背上的竹篓里全是桑叶，手里还提着一袋桑叶。张荷花在养蚕，等蚕结了蛹，卖给收购站，能挣些小钱。张荷叶负责提供桑叶。

我们走上了回家的路。在路边站了20多分钟也拦不到车，我们决定走回去。

春天，阴湿的黄昏，蓝色、黄色的野花散乱、寂寞地点缀在无边的野草地。空气清冽、透明，清爽得诱人跳跃。苍翠的山脉阻挡了视野。山的外面还是山，张荷花走出了农村的老家，到了山另一边的县城。她被乡亲们羡慕。

走啊走，我脱了外套，口干舌燥，到处找水喝，竹篓也沉重起来。张荷花走在我身边，若无其事地笑道："晓得我那个背时的会不会煮饭哦，我现回去煮，二娃子要喊饿了。一会儿回去在我家吃饭，莫讲礼（四川方言，意为客气）了。"

月亮出来了，远远地飘在天上，金钩形状，米白色，澄澈透亮，群山成了剪影。

走了两个半小时，我们终于进了县城。

10

　　天气渐渐热了，火热干辣的太阳当头暴晒，劣质的沥青路被晒得软塌塌的。街上没有几棵树，被烤焦的土狗到处寻觅纳凉的地方。

　　县城的大街上拉起了横幅，百货公司搬来好多东西，大到电视机，小到搪瓷茶杯，堆放成几座小山。"抽奖！抽奖！人人有份！"录音机里放着流行音乐，热闹得很。中午吃完饭，我们工作组的几个人都去看热闹。围成大圈子的人流，实际上没几人掏钱抽奖。我的一个同伴忍不住，摸出一块钱，抽了小件商品奖，没有中奖。他并不妥协，又掏出五块钱，这次，他居然中奖了，奖品是一只吊扇。人群欢呼起来。大家纷纷掏钱，场面甚是火爆。另外两个伙伴也开始参与，买十元的奖票，想要得到电视机之类的大件，花掉百十元，却是无功而返。我有些心动，但想想那些奖品我完全不需要，要带回成都也麻烦，就算了。我只是拨开人群，挤到里头，看众人眉飞色舞的兴奋劲儿。

　　身边有人狠狠地扯住我的衣袖，我侧目一看，是张荷花。我笑道："做啥子？"她点头说："出去，我找你有事。"

　　她找我借十块钱，她说她刚下乡回来，没带钱。工作时间，我很少看到张荷花，她三天两头下乡。她说她喜欢下乡，免得和同事纠缠。我边掏钱边问她："你要抽啊？"她点点头，说："我就抽一块的，抽十次，我就不相信中不了，上回高光明还抽中电吹风的。"

　　张荷花挤进人群，专抽一块钱的奖。赌瘾被调动上来的人多起来，没人把一块钱的奖看在眼里，工作人员爱理不理地将奖票扔给张荷花。这时，有人花掉两百多，居然抽到了一台彩色电视机。人群简直癫狂了。无数双手争相给工作人员递钱。张荷花加快了动作，抽到第六张，她也赢得了一套两条的提花枕巾。工作人员将枕巾塞给她，人群没有任何反应。大家的眼睛汇聚在抽十元奖券的人身上。张荷花很高兴，她又找我借了一百元钱。我劝她算了，她两眼闪闪发光，说："我有运气，这套枕巾值二十多，我才花了一块钱。"我笑道："不是一块，是六块。"她笑了，说："我们家二娃子天天吵着要看彩电，中个彩电多好！"

她接过钱，开始买 10 元的奖票。人流汹涌，她奋不顾身，一次又一次将钱递出去。从希望到不甘心，再到失望和沮丧，她不相信地将揉成一团的奖票重又仔细看了一遍。10 张 10 元票，确实没有一张中奖。她呆呆地站着，眼神呆滞地看着那些奖品，然后被后面的人推搡出了前排。

那天天气太热，家家都敞着门。我吃过晚饭回去，张荷花家大门紧闭。我寻思今天她心情不好，也就不要等她来再洗澡了。我每天洗澡都必须靠张荷花在外面替我把关，热水器太老旧了，水极不稳定，一会儿凉水，一会儿开水。有次张荷花见我用盆兑水洗澡，便主动替我承担了调度热水器的工作。我刚进浴室，突听隔壁迸发剧烈的争吵声。从前的吵架都是张荷花声音大，今天却是她男人的声音轰鸣。吵了不多会儿，就听见砸东西的声音和打骂的声音混响。我担心张荷花被打，匆匆擦干身子穿上衣服，跑出去。

张荷花家门口已经排了一堆小孩子，大人们都在自家门口观望。我敲敲门，叫道："张孃，是我，小刘！"房门并没有开，里面继续着打骂。那些孩子幸灾乐祸地看着我，叫道："猴子他爸打他妈啰！"孩子们边笑边叫。

门突然开了。张荷花的儿子脸色阴沉，愤怒地站在门口，骂道："哪个龟孙子骂的？"那些孩子吓着了，都不说话。张荷花的儿子又骂道："快点滚！"他的模样凶狠，和平时完全两个样。孩子们真的跑开了。楼下不服气的家长就还骂："老四，杵在那儿做啥子，没看见过男人打婆娘嗦？"张荷花儿子镇静地回屋，关门。屋里的打闹声也渐渐弱了。

小地方的人睡得早，晚上 11 点，已是万籁俱寂。我在灯下写信，听见开门锁的声音，知道张荷花来了。担心她不好意思，我没有起身。

"小刘，"她在背后叫道，"洗澡没得？"

我回头，见她斜靠在门框上，穿得严实，只露着手腕，脸上还是有一小块乌紫。

"洗过了。"我说。

她点点头，犹豫片刻，说："钱……"

我忙说："没关系，没关系，我不等着用。"

她红了眼圈，马上退到厨房去，说道："下个月发了工资还。"

隔着房间，我回答说："可以。"

轻轻的关门声，她走了，没有烧开水，这是唯一的一次。

11

年底，工作组做完工作总结，就要离开 D 县回成都了。

广电局的同事们筹备给我开个欢送会，大家一致的意见是在办公室煮火锅。D 县的火锅非常好吃，临到要走时，我可以一天吃三顿火锅。

大家分别买了各种煮火锅的食材，并从火锅店端来了锅底汤料。黄昏时，太阳落山，寒风习习，可以吃火锅了。

张荷花将她负责购买的午餐肉和黄粑摆放好，对我说："小刘，对不起，我女儿回来了，有点事，我就不陪你了。"

同事们怀疑地看着张荷花。老陈说："啥子事这么忙？吃了去不迟。"

张荷花只管看着我，不说话。

我说："没事儿，你忙你的。"

张荷花匆匆走了。

高光明说："啥子人嘛，不惹点麻烦不行。"

黄红兰穿得特别俏丽，说："这一年真难为你了，小刘，跟她做邻居。"

高光明又补充道："我听说明年再来下派的人，局长不让住她隔壁了。水、电、气的费用都被她弄高了。"

郑明康笑道："人少点还安逸点，筷子那么多，夹都夹不过来。张荷花好像不喜欢吃火锅。"

黄红兰撇撇嘴："恐怕是吃不起哦。"

冯国祥尝了尝火锅汤："不辣，刘姐，再放点海椒，你怕不怕？"

桑洁含笑地望着冯国祥，他俩恋爱了。桑洁说："你默倒都是你嗦？吃海椒吃得……"

老陈憨厚地一笑，说："小刘，坐嘛，咋不坐呢？"

餐桌上大家说了很多临别寄语，很动感情。我很感动，也很羞愧。

办公室的火锅味一连几天散不去。

快过年了,天气很冷,时不时飘着小雨雪。

张荷花的女儿还真是回来了,她是个眉清目秀的姑娘,只有17岁,看上去很有灵气,读书成绩也特别好。她回来,就住在我的外屋。

我们俩将被子盖住脚,坐在床上摆龙门阵。她说她只能待两天,要赶紧返回学校准备期末考试。暑假她回家时,我回成都给县剧团写剧本去了,没有见着。她温柔地说:"妈喊我回来一下,说你要走了。"我很惊异,原来她回来是为了我。我说:"见我做啥子?"她不好意思地笑了,说:"妈喊我和你摆一下,我以后在重庆上班,妈说我也不了解大城市的人。"

姑娘和我摆了一夜龙门阵,她对未来有很多幻想。我比她大6岁,可是特别喜欢听她讲学校的趣事,喜欢听她讲自己的烦恼。她拿出钱包,是用挂历纸做的,我说很好看。她从钱包中抽出一张黑白照片,递给我,我看了看,愣了愣,说:"是你妈抱着你吗?"她仿佛很惊讶,说:"那会儿我才1岁,你咋猜到的?"我说:"她年轻时候和现在的你太像了,肯定不是你嘛,只能是她啰。"她笑了:"是我像她。"女儿1岁的时候,张荷花真是太好看了!

第二天,姑娘匆匆回重庆去了。我在张荷花面前由衷地夸了她女儿几句,张荷花异常欣慰地微笑着。

12

那些天,直到凌晨一点,我们都在出席各式告别活动,疲惫不堪。

临回成都的那天早晨,我还在睡觉,张荷花在我房间门口喊:"小刘,还在睡?几点走啊?"

我晕晕沉沉地说:"下午。"

张荷花说:"我要下乡,送不了你了。"

我撑起身,披上毛衣,靠在床头说:"不用送。"

张荷花笑道:"没得东西送你了,我妹拿了一瓶自家磨的香油,还有黄粑,也是她做的。醪糟就算了,还没做。"

我说:"都不用了,县上给我们准备了黄粑和醪糟。"

张荷花说:"他们是买的,自家做的和买的不一样,你以后走了,怕是不想再到这地方来了。对了,房子钥匙我给你放在桌子上了。"

我点点头说:"会来的。"

张荷花说:"二天你结婚,生了娃娃,怕是没得那么贪耍了,还跑到这儿来耍?!"

我说:"你到成都,尽管来找我,看病也很方便,我妈是医生。"

张荷花说:"晓得,成都太远了,要18个小时,我们都去重庆看病的。"

我笑道:"那你来耍就不找我了?"

张荷花听罢,满意地笑了:"要去打搅你哦,有的是事要打扰你哦,就怕你男人、你婆婆不高兴。"

我笑道:"你乱说啥子,我还没耍朋友,哪来的男人、婆婆?"

张荷花笑开了:"你敢说一辈子不找婆家?"

我说:"我叫你来耍,你给我说找婆家,你咋想得那么远呢?"

张荷花点头说:"你想事情才单纯……好嘛,我走了。"

张荷花走出门,我想了想,高声叫道:"看见你妹妹,谢谢她!"

张荷花在门口说:"谢啥子哦。"

她走了。

我在床上想,怎么会不来D县呢,张荷花的想法真奇怪。我们会很快见面嘛,她答应她女儿,等她护校毕业,刚好儿子上高中,一起到成都去耍,我早给她留了家里地址和电话号码。

大瓶香油,她哪里找来这么大的瓶子!还有黄粑,把她妹妹家的年货都搬完了吧。我真发愁,这么多东西,怎么带回成都。

还是带走了。

真是奇怪,30年过去了,我真的没有再回过D县,张荷花也始终没到成都来找过我。

张荷花是怎么预测到这一切的?

林　林

有天黄昏，我在张荷花家边吃晚饭边看电视——她家有一台12英寸的黑白电视机——看到了下面这个故事。这个故事发生在我和张荷花多次去过的乡村。在那儿，我看到很多林林在田坎上、在场院里玩耍。林林们主要都由爷爷奶奶外公外婆抚养长大，爸妈外出打工去了。在我写林林这个孩子的时候，眼前浮现的是张荷花儿子的模样。

1

林林和爷爷住在大山深处，四川的山区，森林环抱的地方。森林里时常有动物出没。

林林是个快满八岁的小男孩，细长的豆角眼，脸颊两团红晕。山里的孩子，风吹日晒的，都有那样的红脸，总像在害羞似的。林林常年穿着一件砖红色真丝夹克衫，空空荡荡的，太大了。夹克衫里面什么也没穿。夹克衫是一个科学家在此地做完考察，为了感谢给他当向导的林林，留给林林的。林林蹬着一双旧胶鞋，鞋口破开了，脚指头露在外面，一年四季都没袜子穿。

有一天，林林上山砍柴，背回来一只大熊猫幼崽。熊猫受了伤，走不动路，在灌木林边哀伤地望着林林。林林抱起熊猫，他想在自己家里，和爷爷一起，把熊猫的伤养好。

林林和熊猫形影不离，熊猫也渐渐认识了林林，不像刚来的时候，总是害怕地躲着林林。林林每天和熊猫睡在一起，他们无话不说，成了好朋友。夜晚，月光在堂屋里撒下树影，听着远处瀑布流水的声音，林林爱把自己的心事讲给熊猫听。熊猫依偎着林林，它的大眼睛告诉林林，它都听懂了：林林，你不要担心，爷爷的哮喘病会好的；你喜欢的语文老师，只是生气了，吓唬吓唬你们，他不会真的离开；今年夏天，不会再暴发山洪，你和爷爷不会再像去年那样没屋子住……林林点点头，亲亲熊猫，心里轻松多了。不久，两个好朋友都睡着了。

2

　　林林上学的时候，熊猫就由爷爷来照顾。爷爷给熊猫找来新鲜的竹子，给它的伤口换药。熊猫好像很享受，它乖乖地躺着，任由爷爷摆布。

　　下课了，林林熟练地翻山越岭，往家里跑。他心里放不下熊猫。他有好些话要讲给它听，还要看看今天它的伤好些了没。

　　熊猫的伤势一天比一天好。有时候，林林和它正玩得欢实，它突然往外跑，跑到门口，回头看看林林，又停住了，慢慢再走回林林身边。林林抱起它，将头藏在它长长的绒毛里。林林豆角眼上的长睫毛低垂着，多久都抬不起来。林林看得出来，熊猫想家了。眨眼间，它也在林林家里住了两个多月了。

　　山里人都知道，熊猫只有在山林里放养，才能快快乐乐地存活下去。

3

　　爷爷把竹背篓绑得结结实实，水得备足了，还要带些干粮，放归的路途遥远。家里是要出远门的样子。

　　林林坐在教室里，他今天一点也听不进语文老师的课。他耷拉着脑袋，想着熊猫。

　　刚放学，林林就飞跑着回家，树枝划开了小腿，他也不觉得痛。爷爷坐在房檐下抽烟，林林来不及和爷爷打招呼，直往后屋奔。熊猫在它和林林共住的屋里吃竹子，林林进来，熊猫抬眼安静地看着他。林林长呼一口气。

4

清晨，天还没亮，爷爷寻到后屋，看到小孙子还在熟睡，熊猫蹲在他身边。就让两个好朋友多待一会儿吧。爷爷把烟杆儿装满烟丝，头上的包帕裹紧，锁上柴门，下田去了。

林林假装睡着，爷爷走出去之后，他一下子坐起来。林林看看身背后的朋友，它该饿了吧？！林林抚摸着熊猫，熊猫将两只手搭在林林的肩头。明天早上，林林醒来，好朋友就该不在了……林林又摸了摸熊猫的头。

林林到灶间给熊猫煮食。家里的土灶比林林还高，灶头支着一只大锅。林林往火里添柴，火烧得很旺，红光直拍打林林的头。林林站在小竹凳上，往锅里撒下面粉，木瓢里放着两只鸡蛋，那是爷爷专门去给熊猫换来的。林林只在过年和生日那天能吃上一个鸡蛋。林林搅搅面糊，再煮一会儿，就可以放鸡蛋了。

5

爷爷用背篓背着熊猫，林林跟在后面，一家三口上路了。

葱翠的树林间，太阳出来了。林林的砖红色衣服一闪一闪地发亮。爷爷走累了，就换林林背熊猫。熊猫很安静，它在背篓里吃竹子，不捣乱。背上渐渐沉了，林林用点劲也还背得动。熊猫当初也是林林背着回家的。现在大家成了朋友，熊猫就合作多了，背起来也容易些。

熊猫回忆起了它出走受伤的地方，它在背篓里乱动起来。爷爷放下背篓，林林将熊猫抱出来。"走吧，回去吧。"林林说。熊猫屁股一甩一甩地，走出几步，它停下来，回头瞧了瞧爷孙俩。林林眼巴巴地看着它，使劲儿拽住爷爷的围裙，围裙兜里插了根烟杆儿。

绿色的丛林中，熊猫舒坦地浑身一个激灵。它真的走了。

阳光照得林林睁不开眼睛，眼角边的水珠，一颗颗都变成了金色……林林脸颊的两团红晕，红得紧绷。

爷爷用烟杆儿敲敲林林的头，林林就跟在爷爷身后，下山去了。

锦官月明海上花
——成都上海双城记

泡桐树

山区的夜晚，特别漫长，我大都是独自在灯下看书。孤独袭来的时候，我就开始在笔记本上写写画画。写作，令黑暗深处的背景悄然挪移了方位，它是暗夜中开出的花朵，令人看不清形状，缄默无语，只让人嗅到淡淡的馨香。写作，它从一开始便是孤独的伙伴。

从我的窗口向外望，街道两侧是一排排的泡桐树，它们日日立着，枝干算不上强壮，枝条也是老绿的颜色，并不青翠可爱，硕大的叶子是心形的。除春天开出紫色的花外，其余三个季节，它们都平凡地不被注目。

我是那样酷爱泡桐树。阴天的时候轻敲树干，它会发出空洞的回响。那无边无际的寂寞之声，仿佛弥漫了整个城市。我居住的城市一直留给我以此种氛围，无论我走到何方，它总在最快乐的时候响起，搅扰得人黯然神伤。

泡桐树是这个城市最普通的行道数，它没有梧桐名贵，也没有芙蓉多姿多彩，很少有人注意到它的存在。随着春天来临，有那么些天，满街都飘落着淡紫的喇叭型花朵。泡桐花太易坠落，行人踩在上面，它很快就不再完整，碎成了块和泥，裹挟在尘土中。我的城市在盆地的底部，风平浪静，灰尘容易堆积，不易发散。它漂亮吗？每有异地的朋友赞许它，我都不免有些诧异。它的凌乱和喧闹已成为我的既定印象。

我清晰地记得将要离开城市的那个春天，源于他的缘故，我有强烈的预感，还是会走的吧。念头还没按捺住,我发现了比往年都要繁多的泡桐花。紫色的,大朵大朵的,隐隐约约的香味,非常诱人。原来这城市也隐藏着我视而不见的可人之物,我怎么会怪罪它带来的无休无止的忧郁?我在潜意识里也是留恋它的吧,我在这里得到过什么,又失去了什么?令人惆怅的是,我要走了。

我再也没有在春天看到过泡桐花,我已经很久没能待在春天的城市。然而,当我终于厌弃了它,不愿再回首时,我回来了。人家频频讲起这个城市的诸多好处,唯独未曾提及过泡桐树,未曾注意到那一地美而忧伤的紫色花朵。改变我又束缚我,使我牵肠挂肚、梦魂萦绕的泡桐树,它陪伴我长大,时常就会出现在我的梦境深处……

生命的历程断裂开来,往事在一点点浮现又很快飘散得干干净净。我在窗前为远行而恐惧,也在窗前为安逸的依附默默伤心。泡桐有眼,该也知道我无可奈何的心绪,挫伤我、抚慰我的都是这座城市莫名的气质。每一天,它堆积着的无不是离别的气息;每一天,它凝聚着的又是步步回头的力量。点缀在城市街道,为城市做装饰的泡桐花,永远绽放在春天忧郁最深最浓之时……

又见泡桐花,是在我暂居的乡下,公路两边的稻田绿油油的,春天的气息和色彩都涂抹到了庄稼上。公路的行道树,居然就是高大茂盛的泡桐树。那比城里挺拔茁壮得多的泡桐树,枝叶浓密,树影庞大。我坐在拖拉机上,一路颠簸,只见泡桐花蕾紧密地倒挂在树颠,放眼望去,像一串串紫色的眼泪。

锦官月明海上花
——成都上海双城记

扶贫工作结束

  1992年年终，伙伴们都拿到了奖金，只有我没拿到。广电局曾派人到省城买录像带，指望我帮忙买到便宜货，谁料我毫无门路，比他们对这个行业还不熟悉。局长一怒之下，扣发了我的年度奖金。伙伴们纷纷为我鸣不平。我虽然委屈，凑巧那些天我们正忙于赴告别宴，午夜一点还在吃火锅，我忙到根本顾不上奖金的事。

  贫困县的领导和同事们高度赞扬我们的吃苦精神和扶贫成绩。我们和此地多少有了感情，连连表示一定再来！我们上了轿车，挥别了寂静的山区和纯朴热情的人民。

  从贫瘠的山区县城回到成都，与从上海回到成都，心境完全不一样。我仿佛更加沉郁，也更迷茫了。想要离开成都的欲望如此强烈，重复过着日子的惯性也更加强大。很多时候，我也不清楚自己想要什么。每天上班下班骑车经过人民南路天府广场，我的眼泪时常会莫名地涌上眼眶。某天，在办公室呆坐一阵之后，我写了后面这首散文诗——

潮　声

  天低沉着和地拥抱在一起，太阳挣扎的阵痛席卷黄沙，无声无息，什么就坠落了……

一点点，哗哗轻吟，都市人流间，我豁然伫立，有潮声自天边袭来。

我嗅到大海的气息，它撞破层层群山，汹涌的波澜淹没了城市。海水渗透我的眼睛，我的眼睛渐渐变蓝，渐渐透明，呈现婴儿色的清晰。

生命顿时无限开展，湛蓝的赐予将我重新排列组合，我张开两臂，屏住呼吸，巨雷般的潮声哽咽喉咙，我的城市辉煌地上升……

孕育久远的神圣，潮声鼓捣耳膜，静静由它抚摸，缓缓洗涤，这样的时刻，下雨也是好天气。

第四辑 梦已在高斋

皮叔叔

1

皮叔叔是爸爸的老朋友、哥哥的绘画启蒙老师。大约是20世纪80年代初，我还在上小学，有天黄昏，家里来了位中等个子、戴眼镜、斯文秀气的叔叔。他操重庆口音，很谦和地微笑着。他叫皮可，这个名字叫起来略有点奇怪，似乎又与他的气质很对位。爸爸说皮叔叔是1955年西南大区唯一考上中央戏剧学院的高才生。中央戏剧学院，当时整个四川省加起来不出10个考上的吧，怪不得爸爸对他刮目相看。皮叔叔对爸爸的赞誉统统笑纳，还不时对自己的成绩加以补充。他的语气虽然显得骄傲，神情却又透着单纯。

爸爸喜欢热闹，激赏艺术家，我们家里总是坐着各色怪才——演戏的、画画的、写戏的、写小说的、搞出版的、搞评论的才子才女，这下又多了个皮叔叔。

爸爸请皮叔叔为他担任责编的套书《传统川剧折子戏选》设计封面。皮叔叔用水粉勾勒的生旦净末丑的肖像速写，神形毕肖。不过寥寥几笔，就让书籍的封面显得风雅素淡，很有审美意蕴，爸爸和我喜欢得不得了。那一年，爸爸和皮叔叔因为这套书，双双获奖。之后，他们的合作更多了。著名剧作家魏明伦早年的剧本《易胆大》《四姑娘》出版单行本，也是爸爸担任编辑，皮叔叔操刀设计封面，魏明伦看到样书后很是满意。

爸爸把哥哥在少年宫的国画习作《群马图》贴在墙上显摆，皮叔叔看到后，大加赞赏。爸爸便请皮叔叔教哥哥画画，皮叔叔爽快地答应下来。于是，每个星期天,哥哥都到皮叔叔家去学半天画画。我也经常跟着哥哥去玩。皮叔叔住在他的工作单位成都话剧团的大院子里,离我家很远。哥哥经常为了省6分到1毛钱的公交车费,走上1个多小时去学画。

2

两家人来往频繁起来。最初皮叔叔还没离婚,他儿子丹丹也才四五岁。印象中他妻子高大泼辣,很能干。她当着我们的面就能狠狠数落皮叔叔,大概也是不把我们当外人吧。从他妻子话中,我才知道皮叔叔有精神病。我吃惊地向爸爸求证,爸爸轻描淡写地说他早就知道,没什么大不了的。皮叔叔出生于重庆一个大资本家家庭,他是家里唯一的男孩,打小被娇生惯养。他敏感聪慧,绘画天赋过人。中戏毕业后,他被分配至河南一家豫剧团,从事舞美设计工作。三年困难时期,他在河南差点被饿死。后来他又遭受过大惊吓,家族遗传的精神病便发作了。

冬天的时候,皮叔叔穿深色中式丝棉袄,戴黑色贝雷呢帽,他始终是个很有气质的叔叔。他给我们做最正宗的重庆火锅吃。从此,爸爸就认为皮叔叔做的重庆火锅全成都第一好吃。皮叔叔还向我们展示他收藏的许多中外画册以及他画的油画、写的书法。听他评点这些绘画和书法的优劣是最过瘾的事。他喜欢回忆在北京读书时的故事:周恩来总理常到戏剧学院来看戏,金山院长如何懂戏,孙维世导演多漂亮多有才,北京市大学生国庆游行联欢的盛况,他的好友、导演系学生张孚琛如何有个性……这些杂七杂八的事我最爱听。

"我们去故宫参观或写生,只要一亮中戏学生证,根本不要门票。"他骄傲地说。他把这点事来回讲,他妻子皱眉呵斥他住口,其他人也不想再听,爸爸和我却听得兴致勃勃。

吃完火锅,我们就到话剧团隔壁的青羊宫去玩。到了青羊宫,妈妈、哥哥和丹丹他们就都长喘气,不用再听皮叔叔絮叨了。

3

有个阶段，我最盼望星期天去皮叔叔家玩。话剧团院子曾是一家大公馆，里面洋房、竹林、假山、池塘一应俱全，古朴典雅。偶尔赶上排练厅在排练话剧，皮叔叔就带我去瞄上几眼。他给我介绍那些演员都是谁，他们业务如何。他也经常给我们找来话剧团的戏票。那些年，成都话剧团的话剧我几乎都看过。

哥哥跟皮叔叔学画的过程有些别扭。皮叔叔的精神状况不稳定，他并不适合教书。对于还是一张白纸的学生，他缺乏耐性。哥哥才13岁，聪明好动，虽然叛逆，却也不敢违拗皮叔叔，倒是经常在父母面前抱怨，不想再学画。爸爸自然不答应，弄得哥哥很苦恼。

皮叔叔的妻子早就提出离婚，皮叔叔坚决不离，拖了好些年，还是离了。丹丹归皮叔叔抚养。离婚让皮叔叔颇受打击，精神状态一落千丈。很快，他住进了精神病院。

爸爸已无法再与皮叔叔合作，他时常发病，需要住院，他与我们家的来往反而更多了。他特别依赖爸爸妈妈，俨然是我们家的一分子。哥哥工作后，他会从医院偷偷打电话给哥哥，让哥哥带他出去。哥哥好几次从精神病院把皮叔叔接回家，爸爸再设法安排他的生活。我那时很好奇，总缠着哥哥问精神病院是啥样子，哥哥便说："说出来吓死你！"

4

我上初中后，直到大学毕业，每周六晚上，皮叔叔必定来我家吃饭。自然，那晚，我们家会吃得比平时要好些。哥哥曾对我说："我到底是留在家里吃好的，还是躲出去呢？"哥哥说皮叔叔实在太啰唆，他受不了。

我在上海接到爸爸的来信，通常以此句开头："皮叔叔刚走，我就给你写信了。"皮叔叔很健谈，单位的人事变迁、左邻右舍如何、中戏哪个同学来看望过他、他姐姐和侄儿的近况（他们几乎从不管他）、美术和书法的技巧……啥都能说。中戏是他的精神支柱，昔日同学取得一点成绩，他简直当成是自己的成绩一般自豪，虽然人家都不一定还记得他。正是在他口中，我早早就晓得他有个聪明绝顶的戏文系同学叫谭霈生。谭霈生在他们那几届学生中业务最棒。谭霈生所著的《论戏剧性》一书，在20世纪80年代风靡整个戏剧界。我做梦也想不到，正是这个谭霈生，将在几年后、十几年后两次改变我的命运。

有时，皮叔叔完全不顾我们的反应，话特别多，做医生的妈妈就提醒他："老皮，你一句话反复说哈，该加药了！你的药剂量不够。"听到妈妈的话，他从不生气，孩子似的频频点头。下次来我家，一进门，他就向妈妈汇报，他如何加大了药量，如何调整了情绪……妈妈就趁机表扬他，他则高兴得像个孩子。

皮叔叔经常对我说："有了你妈，不仅你爸享福，我们大家都跟着享福。"他看到妈妈下班后，放下包就冲进厨房忙碌，也曾对我说："你爸不及你妈，你妈漂亮、业务好，家里也全靠她。"妈妈喜欢看电视剧，皮叔叔在一边自言自语不停，妈妈会打断他："老皮，别说了，我都听不到电视（声音）了。"皮叔叔乐呵呵地点头，对我说："你妈喜欢看电视。电视最没得看头，无聊！"

5

他从河南调回成都话剧团后，几乎就没搞两出戏的舞美设计。万幸的是，他遇上了一些有人情味的人。

有一次，事业单位提工资，话剧团名额争抢得很厉害。大家都靠工资生活，提一级工资就意味着可以多买十几斤肉。按说皮叔叔没资格调工资，他已基本丧失了工作能力。爸爸到处找人为皮叔叔说情，给人看他设计的书籍、他的绘画作品，强调他的才华、他的疾病和他实际生活的困难。皮叔叔生活最困难的时候，曾和丹丹在院子里捡树叶枯枝当柴火烧饭。妈妈听哥哥说起这个事，当场就哭了。

皮叔叔终于提上了工资。爸爸激动地告诉妈妈，这事全靠成都话剧团团长冯光宇。"冯光宇很欣赏老皮的才华，同情他的病，硬是说服其他领导和评委们，给老皮提了工资。老冯这人很善良。"

皮叔叔得到鼓励，精神大振，他又能给爸爸做些书籍装帧工作了。

我和冯光宇伯伯的女儿大庆成为好朋友后,皮叔叔每次见到我,都要对我重提冯光宇伯伯对他的特别关照。别人对他的点滴之好,他都深藏于心。

6

那年早春,我有个高中同学的父亲建议我报考戏剧学院。我有点心动,皮叔叔却叫我别想了,他说中戏根本不会招收中学生。"我们戏文系的学生都得有社会经历才行。"他倨傲地说。我也就当场打消了这个念头。

后来,爸爸告诉他,我写的小戏在学校引起了"轰动"(爸爸太夸张)。

他有点意外,便说也许可以试试去考戏剧学院。他开始万分热心地帮助我,每隔两天就到我家来听我说说想法。他告诉爸爸:"冯光宇的女儿小乖(大庆小名)好像去年从上戏毕业了,可以让她给晓村说说。"他带着爸爸妈妈去了冯伯伯家。第二天,我便成了大庆的学生。时隔多年,大庆和我更是成了最贴心的挚友。我考上上戏,皮叔叔比谁都骄傲,比谁都高兴!那几天,他的话多得让妈妈又开始提醒他了。他反驳妈妈说:"汪医生,我不是发病哈,我是真的特别为晓村高兴!"

我大学毕业回四川工作后,他的精神病发作频繁,仿佛一下子变成了老人。他每天抽两三包烟,坐在家门口骂骂咧咧,还和邻居打架,似乎再难定神了。

我有个分在成都话剧团当演员的同学小杨,他告诉我,皮叔叔曾在家门口挂满长幅书法,每日坐在书法的丛林下念念有词。小杨说皮叔叔的字写得真好!应他要求,皮叔叔送了他一幅字,并对他说:"小杨,你给我买块蛋糕嘛。"小杨买来蛋糕,他也并不吃。我告诉小杨,可能皮叔叔又发病了。小杨说皮叔叔很有才华,看得出人也善良,摊上这个病,真是可惜了。尽管皮叔叔久已无法工作,那些剧院的年轻学生们还是很尊敬他。其时,我们都从大学毕业不久,涉世未深,纯善真诚是个性的主调。

多年来,大多是哥哥去接送皮叔叔进出精神病院。皮叔叔回家后,没人照管他的饮食起居,他时常一天就吃一顿饭。那几年,丹丹跟着他妈做生意,格外忙碌,经常不见踪影。哥哥劝皮叔叔不要出院,在医院至少生活规律,有人照应可是皮叔叔毕竟是文化人，他清醒之时，就想画画、看书，无法在精神病院安心长住。后来，皮叔叔担心哥哥不愿接他出院，就叫爸爸去接他。

7

后来，话剧团的大院子卖给了商人，所有住户都必须搬走，皮叔叔住进了楼房，他更孤僻了！现在，就连他骂人，也不会有人听到。丹丹有阵子似乎发了财，给皮叔叔装修了房子，弄了一只巨大的台案，供他写字画画。皮叔叔于是疯狂画画，写书法，昼夜在屋里转圈，像只水泥丛林中的困兽。

爸爸帮皮叔叔找了保姆。保姆中有欺他老实的，有嫌他抽烟厉害的，也有害怕他胡言乱语的，总之是换了一个又一个。他精神越来越不济，也不大爱来我们家了。我有孩子后，爸爸妈妈三天两头往北京跑，成都的家里也是经常没人。

皮叔叔还是经常给爸爸打电话，让爸爸去看他，皮叔叔的很多事都是爸爸在帮忙解决。我常抱怨哥哥不去看望皮叔叔，哥哥则说他们师徒俩在一起总起冲突。哥哥和丹丹总是"教育"皮叔叔，试图去改变他，缺少对他的理解和体贴。爸爸却设身处地为皮叔叔着想，尽心地照顾他。虽然爸爸也批评他，却没有埋怨过他。

8

几年前的夏天，爸爸在电话中告诉我，皮叔叔要请我吃火锅。我从北京回成都后，妈妈住院了，我们不敢告诉皮叔叔，怕他担心。爸爸和我去了皮叔叔家。几年不见，皮叔叔的背佝偻得厉害，脸色黑黄，看上去比和他同龄的爸爸老多了。我心里一沉。爸爸新近为他找了保姆，这个保姆老实厚道，他们彼此都很满意。

爸爸先是检查他家卫生。皮叔叔像小学生似的跟在爸爸身后转悠，汇报自己每日作息和在生活习惯上取得的进步。他家里很干净，爸爸大大表扬了他。他得意地对我咧嘴笑，一如20年前他初次在我家做客时的笑容。只是，现时的他，满嘴已经没剩下几颗牙齿。

在火锅店，皮叔叔拿出给我3岁女儿的红包，说是见面礼。我自是不要，爸爸激烈地批评他，说道："你也会这套了，老皮，我看丹丹真的是钱多得用不完了哈！"皮叔叔也就乐呵呵地把钱收回去了。皮叔叔牙不好，几乎没吃什么东西，一直盯着我。他说他就是想看看当了妈妈的我是什么样子。他说我瘦了些，但还是那样。他说："晓村事情肯定是多了，不容易来我这儿了。"爸爸安慰他说还会来的，等孩子大些，带着一起来，他高兴得哈哈大笑。

从火锅店出来，我和爸爸送他回家。他趁爸爸去推自行车，像说悄悄话一般告诉我，爸爸有次来看他，被人抢走了自行车后座上的皮包。"你爸爸老了，70了。老刘老了，叫他不要骑自行车了。"他反复说。爸爸推自行车过来，他又数落爸爸："你还骑啥自行车嘛，70岁了，还骑自行车！"他眼神焦虑，非常心疼爸爸的样子。我们送他到他家院子门口，我们叫他回去了，他就是不动弹，硬要看着我和爸爸先离开。他突然变得那么矮小，连烟都抽不动了，站在房檐下，瘦骨伶仃。

那是我最后一次见到皮叔叔。他又需要经常性地住精神病院。出院过后，他就打电话让爸爸去看他。有时刚讲两句话，他就挂了机，或者在电话里喃喃自语，听不明白在说啥。他说丹丹对他很好，又说丹丹打他……爸爸听罢，气得不得了，大骂丹丹。丹丹去找哥哥诉苦，说皮叔叔越发糊涂了，两礼拜前走掉过一次。

9

丹丹结婚了，新媳妇善良纯朴，对皮叔叔很好。皮叔叔的精神每况愈下。有天爸爸接到丹丹的电话，却是报告皮叔叔的死讯。丹丹说皮叔叔刚从精神病院出院不久，肺部突然感染导致昏迷，住了两天医院就去世了。

我和妈妈都认为离世对皮叔叔是种解脱。72年的人生，他大部分日子是在挣扎，过得太苦了。哥哥参加了皮叔叔的告别仪式。皮叔叔带给哥哥的暗淡记忆太多了，何尝又不是人生的警示？

皮叔叔和我们家的缘分也就到此为止，爸爸还将疼痛很久。仔细想来，皮叔叔对我潜移默化的影响甚至比对哥哥更多，他为我的童年掀开了宽阔而诗意的一角。爸爸说的对，我更应该感激他。1996年，当他得知我调到他最钟爱和自豪的母校工作后，他欣慰的表情，我至今记得。

诗　人

1

1991年，我大学毕业后，曾在《星星》诗刊做编辑。20世纪90年代初，诗歌写作部分延续着80年代的热闹，部分已经显露出日后边缘化的迹象。我当时并非很情愿做编辑，毕竟是学戏剧出身，还是想做戏剧方面的事情。我打算赶紧考研究生，离开这儿。现在想来，真是很庆幸没有刚工作就离开，在这家杂志工作的短短5年间，我有幸认识了几个诗人，见了太多与诗歌有关的事。这些人事发生在身边，我亲眼所见，亲耳所听，其丰富诡谲，堪比舞台上的戏剧。

每天上午，编务会将几大麻袋来稿送到编辑部，然后由主编分派给我们几个编辑审阅。审阅厚厚几沓来稿并不是轻松愉快的事，在大堆稿件中能挑出几篇备用已算不错，大多数来稿作者属于还未入写作之门的级别。我们基本上得依赖约稿来保持本杂志在行业内一贯的高水准。

我的同事们都比我年长不少，他们都是很有影响力的诗人、很有经验的编辑。他们性格迥异，但都有着诗人的真性情。我受到他们的感染，越发地喜爱诗歌。做编辑时期养成的定期阅读诗歌的习惯，也一直保留至今。

2

W老师的办公桌与我的办公桌面对面，他50多岁，看上去比实际年龄还要老一些。W老师瘦高身材，戴一副银色框架的眼镜，文质彬彬。他是川南人，当过工人，做过教师。即便时运不济，W老师也没有放弃过写诗，诗歌的精魂早就浸润进了他的身体。在各个时期，都有很多诗人靠写作应时题材的诗歌走红，W老师的诗却超越一时一地，他从不写那类诉苦或揭露问题的伤痕诗歌，总是贴近文学本质来创作。其诗歌风格独树一帜，质感冷峻，意象丰盈！

W老师为人和善，他教给我很多编辑诗歌的要领。他对作者也非常诚恳。那个时候，全国各地的诗人来到成都，基本上都要到我们编辑部来坐坐，业余诗人们也时常仰慕而来，编辑部每天来往的人络绎不绝。如果有外地的诗人来拜访，中午下班后，编辑部往往要请客人吃火锅。吃完火锅，除了主编回办公室值班，我们基本就都回家了。W老师常常和外地的诗人们回编辑部去下象棋，好几个著名诗人都是他的棋友。W老师有几大爱好，诗歌、象棋、喝茶。当然，和大多数诗人一样，他也特别热爱异性。

W老师常被各个地、市、县请去讲授诗歌艺术，他因此结识了不少基层的女性诗人和诗歌爱好者。她们崇拜他，他也非常热情地给她们修改诗歌。他对人热情亲切却毫不猥琐，不像个别诗人老爱对女性动手动脚吃豆腐或语言骚扰。W老师是谦谦君子，女作者、女读者也就更喜欢他了。八九十年代的女青年，不管从事的是什么职业，不少人都很有精神追求，她们特别仰慕甚至爱慕作家、艺术家们。

我常在办公室看到女作者坐在W老师面前，眼睛直勾勾地凝视着他，向他请教文学问题，野性的、文气的、土气的、洋气的姑娘都有。W老师从不忌讳给我详细讲述那些女作者的个性，以及他和她们交往中的趣事。我经常听得哈哈大笑，能感到W老师从中得到了深层的慰藉和快乐。

3

那时候，每隔几天，中午11点以后，临近下班时间，就有个略微驼背、脸色苍白、身材瘦削的青年靠在办公室门上，满脸不高兴，谁也不睬，紧盯着W老师，不耐烦地说："老把子（四川方言，意思是爸爸，多含谐谑味），给点钱来。"

听到小伙子发号施令，W老师不急不恼，起身走过去，递给小伙子几角钱。小伙子比我大一岁，无业。起初，作协机关也让他干过临时工啥的，他三天打鱼两天晒网，总也干不长，人家也就不再让他干了。他拿到父亲的钱，有时会说："就这点嗦？多给点嘛。"W老师又赶紧从裤兜里掏钱。儿子走后，W老师会情绪低落几分钟。

起初几次，见我诧异，W老师略有些尴尬地对我解释，这孩子小时候受他的牵连，日子过得很苦，现在有条件就尽量满足他。编辑部的同人们都很理解W老师，从来不提他家的私事。

有一次，W老师告诉我，他看中了我哥哥他们单位出的某套书，问我能不能找哥哥帮忙要一套。这还不方便吗？哥哥恰好是那套书的装帧设计者。某天中午，哥哥来编辑部给W老师送书。W老师看到高大帅气的哥哥，很是喜欢，非要我们兄妹俩上他家去吃饭。哥哥一向忌讳在别人家吃饭（他说吃不饱），但他听我说过W老师其人其事，也就答应了。

W老师住在单位隔壁的院子里，他家比单位大多数人的家寒碜多了。W老师买了些熟食，回到家，还是冷锅冷灶的。哥哥迅速上手就现有的材料做了两个菜。W老师倒也不慌不忙，完全没把我们当客人看待。

饭菜上了桌，W老师走到卧室门口，招呼里面的人出来吃饭，然后又走到另一个房间去叫儿子。过了一会儿，卧室里走出来一个50岁左右的妇人。她高大微胖，扎着两条长辫子，辫子已经花白。W老师介绍说这是他爱人。他爱人很是羞涩，自顾低头微笑不语。紧跟着，他儿子也出来了，他儿子横眉横眼，也不招呼人，头发凌乱，衬衣只扣最低两颗纽扣，坐下就大吃起来。

午饭的前奏让我和哥哥略感尴尬，随后就非常开心！W老师拿出珍藏多年的好酒请我们喝。他问他爱人要不要喝点，她一个劲儿地点头。W老师给他爱人倒了一大杯酒，他儿子则夺过酒瓶，自斟自酌。他们一家人都很嗜酒，看见酒，精气神似乎都不同了。我们几个人划拳罚酒猜字谜，气氛越来越热烈。

几杯酒下肚，W老师谈性大发，他对哥哥大讲诗歌艺术，长篇大论地吟诵着自己和他人的诗作。他爱人不住地抿嘴偷笑，神情像个小姑娘。他儿子喝得满脸通红，表情严肃又不屑，不时来句点评："真是疯得很哦，这些诗写得好好嗦？好个锤子（四川方言，骂人语，表示强烈不满和否定）！某某（名诗人）那种诗，老子也写得来！"我们听罢，哈哈大笑，他儿子越发得意了。

大家都有点喝多了，争相说话，话赶话，比谁声音高、语速快，一派混乱。

他爱人停下了筷子，W老师问她是不是吃饱了，她不住地点头。W老师温柔地说："那你就进屋睡午觉去。"他爱人将长辫子缠绕在手指间，耍弄着。W老师掰开她的手，将她从小板凳上拉起来，送她回卧室去了。

W老师脸红筋胀的儿子将筷子一扔，站起来，冲着卧室方向大喊："老把子，拿钱来。"哥哥忙摸出一块钱给他。他接过钱，朗声说："谢了哈。"随后出门去了。

W老师从卧室出来，说是安排爱人睡下了。他对我们兄妹说，他爱人这两天又有点不对劲，但他舍不得送她去精神病院。"造孽得很，那里头的人。"我们说就是，不能轻易送精神病院。W老师说儿子也遗传了妈妈的病。W老师笑道："他妈是在我关监狱的时候发的病，正好怀上他。"哥哥问W老师是不是负担有点重，他笑道："也没得啥，早就习惯了，他们母子两个还不是因为他害的病。他们两个心眼都多好的，妈妈不爱说话，儿子脾气不好！哈哈哈，他们都很有点酒量哦！"上次某某（名诗人）来他家，诗人号称"北方第一酒仙"，结果，他家这三人轮番敬那"酒仙"，喝得"酒仙"满地找眼镜，硬是在他家的地上睡了一夜。

吃完饭，W老师又和哥哥大战象棋。他们各胜两盘，都很开心。

从W老师家出来，哥哥说："没见过这么纯粹的诗人！"

4

我快要调离编辑部的那年春天，W老师的儿子突然结婚了。W老师的儿媳妇娇小玲珑，五官漂亮，打扮妖艳儿（四川方言，形容美丽动人）。这姑娘也是文学尤其是诗歌爱好者，有个高雅的笔名。W老师在函授班认识了她，把她介绍给自己的儿子。她本是农村人，到处漂泊打工，也是有点厌倦了。她答应嫁给W老师的儿子。

从此，W老师就被各种传言包围，符合逻辑的，符合感情的，不合逻辑的，富含魔幻色彩的……很多很多。

有段日子，W老师的儿子没来找他要钱，W老师笑说儿子结婚后很开心，工作去了。接着，他又来要钱了。偶尔地，W老师的儿媳妇也来编辑部找她公公。时不时地，他儿媳妇会目不转睛地盯着我看半天，然后说出"我特别羡慕你"之类让我颇不自在的话。有时，她当着我们的面抱怨她丈夫，W老师就像开导文学青年那样开导她："你要有耐心！他很爱你，就是脾气有点子急。"他儿媳妇听罢他的话，颇为不屑，硬邦邦地甩出话来："哼，他是啥样子，你最清楚。"

有天下午，W老师的儿媳妇又来找他，随即他儿子也跟来了。他儿子叫妻子回家去，妻子沉着脸不理睬他。他儿子举手说："回不回，谨防老子打死你哈！"W老师拉住儿子说："你们有事回去说，咋跑到编辑部来闹了？"他儿媳妇愤恨地看了看W老师，转身跑了，他儿子忙追了出去。

W老师坐在办公桌前，一直发愣。

5

我调到北京工作后，听说W老师的儿媳妇生了一对双胞胎，流言更是满天飞，核心要闻是有人推算了双胞胎的出生日期，也就是W老师的儿媳妇怀孕前后，他儿子当时一直住在精神病院里。

除了W老师，他家其他人都没有工作，没有收入。不久以后，W老师也退休了。大家经常看到他抱着两个女婴散步，满脸笑容。"他不抱到又咋行嘛！没得人管。"从前的老同事们说。孩子刚过百日，他儿媳妇就跑得没了踪影，才从精神病院出院不久的儿子为此又住了进去。W老师一人照顾着两个双胞胎。

有一年，W老师突发心脏病，瞬间便去世了。他爱人和儿子倒还好好的，母子俩断断续续住在精神病院里。两个双胞胎大概也三四岁了，长得和W老师一个样儿。孩子的妈妈，据说再也没有出现过。

同事们担忧地说："那两个娃娃咋个办哦，哪个管呢？"

....
W老师曾经对我说过:"我的脸上就写着'苦难'两个字。苦难从未离开过我。没得苦难,诗歌咋个有分量嘛。"

6

"九天开出一成都,万户千门入画图。草树云山如锦绣,秦川得及此间无。"

这是大诗人李白歌咏成都的诗句。

成都大概是全国诗人数量最多的城市。自古以来,成都就因被诗人们所热爱并深情歌咏而广为人知。诗人们张扬恣肆,自在自为,衬托出成都不同凡俗、深具包容力和精神性的层面。诗人们在此迸发出的每一首诗,都是这个城市闪耀的荣光。

W老师当然也在其中。

姚　桦

1

姚桦是我哥的高中同学。

哥哥就读的是成都第一所美术职业高中，全年级只有两个班。那届学生中绝大多数人都考上了美术学院（系），多年后，还出了几位名画家，因而这所高中在市里有点名气。但是，以妈妈的话说，哥哥那个班全是坏孩子，抽烟、打群架、耍朋友（早恋）、看黄色书籍，啥子要不得干啥子。

妈妈说，哥哥和姚桦，属于狐朋狗友，拆都拆不散，相互教唆、效仿着学坏。姚桦绰号"姚保长"，恨不得老师都这么叫他。绰号是哥哥给他取的，出自四川方言电影《抓壮丁》。《抓壮丁》里面有个著名的反派角色王保长，四川人人皆知。王保长梳着油腻腻的偏分发型，说话结巴，爱眨巴眼睛。王保长一出场，观众就笑……哥哥好给他班上同学起绰号，那些绰号往往叫得很响，跟着它的主人一起成长，那些同学甚至都被别人忘记了本名。

哥哥的班主任老师找到我家，状告哥哥和姚桦。老师说他俩上课老演双簧，一高一矮，不听讲，在后排聊天，说相声一样，全班同学常被他们逗得哄堂大笑，严重影响课堂秩序和老师的情绪，好多老师都很"痛恨"他俩。

班主任老师为鼓励姚桦上进，答应他，只要他放学后负责打扫本班教室，连续做满一星期，就考虑发展他入团。姚桦坚持了三天，最终前功尽弃，没能入上团。哥哥说："咳，这些好事咋就没我的份儿呢？"姚桦说："你以为简单嗦？

天天扫，恼火得很。"

妈妈对他俩的落后行为很是看不上。可是，妈妈喜欢姚桦，每次见到他，总忍不住要笑。妈妈说姚桦的眼角有点下坠，眼距较宽，显得孩子气十足；嘴唇又厚又翘，又憨又喜兴。

2

有天，某位戴眼镜的男生敲开我家的门。他客气地说："请问老刘在不在？"我回答说："不在，还没下班。"那人微笑道："不是找你爸，你弟弟在吗？"原来他要找的人是哥哥。哥哥闻声而出。他俩互相问好，非常客气。他们进屋去谈了一会儿。临出门时，那人严肃地和哥哥握手，说："那就先这个样子嘛，老刘。"

那人走后，17岁的哥哥得意地对我说，眼镜（指那个男生）也是他同班同学，撬了姚桦的女朋友。昨天，哥哥他们痛打了眼镜一顿，今天他特地上门讲和，愿把女朋友完璧归赵。原来，姚桦小小年纪，已中桃花。少年意气，不知这一段恋爱是否就是姚桦的爱情经历。往后的日子，爱情仿佛倒与他无缘了。

姚桦痴迷绘画，哥哥说姚桦在全班最有才气。他爸爸也是画家，他很小就跟着父亲学画，基本功特别扎实，也很有灵性。他有张小幅铅笔画，画的是一辆轿车，细腻、逼真、动感十足。那是他和我们聊天时随手画着玩的，画完就要扔掉。我很喜欢，便要过来，至今收藏着。

从上初中起，姚桦就给他爸爸做助手，父子俩联手绘制商品油画（俗称"行画"）。行画大概卖得还不错，姚桦每月都有二三十块钱的收入，比一名青工的工资还高。那些年的中学生，五毛钱也是一笔费用，姚桦就算是有钱人了。他把钱拿出来，哥几个一块儿用。他们随心所欲买烟，买各类杂书画册，吃上了名牌肉包子，还要给女朋友们买点小礼物……据说每到月底他都身无分文，还得借钱周转。

3

哥哥吹嘘姚桦炮制商品画如何神速，似乎他挣钱很容易。哥哥说什么，姚桦都点头微笑,表示赞同。他给我和哥哥讲解商品画的画法,那种不太过脑、称不上创作的东西,画到后来他都要吐了。他爸爸则"很有事业心,已入行画的境界"。他和哥哥大笑着,对此满是不屑。其时,他们都非常狂傲,除了外国油画大师的画,谁的画都看不上。

姚桦毕业当年没考上美院。他的文化课和绘画专业相比就像瘸子的腿,落差不小,文考成绩没有通过。20世纪80年代初、中期的艺术院校招生考试,高考成绩会将很多专业高手挡在门外,因而部分落考学生很有艺术气质。姚桦"没文化",倒是极喜欢读书,尤其是哲学书。哥哥的桌上,摊着尼采、叔本华、萨特、加缪、弗洛伊德等人的书,都是那几年在艺术青年中颇为流行的书籍,书上满是红笔画出的"重点"。我也偷着把那些书拿来看,懵懵懂懂地,只觉得书里的观念惊世骇俗。这些书有些是姚桦借给哥哥的,有些又是哥哥借给姚桦的。我想,他俩大概都有点苦闷,他们都在高中毕业那年,18岁不到,就开始了工作。

4

哥哥在出版社当美编,姚桦则在美术公司上班。哥哥指着市中心的巨型广告牌告诉我:"那是姚桦画的。"那些广告,多是"计划生育好"或"全市人民团结向前"之类的主题绘画。画中的人物,无论大人孩子,一律高大健壮、满面红光。哥哥说巨幅广告很不好画,画师往往都是在高空上下滑动作业,人物比例要画得很匀称,形象还得比较真实,其实蛮难的。这些宣传画耸立在熙熙攘攘的人流上空,几个月更换一次,成为那些年城市的软性装饰。走过路过的人不免都要看上一眼,对着标语口号笑一笑。也有外地人喜欢站在那广告牌下照相留念。

姚桦再画新广告时,哥哥特意带我到现场去看。市中心新华书店斜对面的大型脚手架,很远就尽入眼帘。它足有三四十米高,看着让人眼晕,走近点能望见有两个人站在上面。哥哥高呼姚桦的名字,姚桦低头看见我们,有点意外。他扔给哥哥一支烟。他们一个天上,一个地下,不嫌费劲,聊了一会儿,都挺高兴。姚桦说,这幅"交通法规是个宝,社会生活少不了"的广告牌快要完工了。

几个星期后，我放学骑车从市中心经过，看到"交通法规是个宝"，总觉得画面上对着全市人民敬礼的交通警察酷似哥哥。

那个时期，姚桦还在一家剧场兼职绘制电影海报，我经常给他画的电影海报提意见。我俩会从他画的那部电影入手，津津有味地探讨电影艺术。到底是画家，他对电影的镜头运用、画面效果和明星的形象最有兴趣。我正在上高中，经常逃课去看电影，那个时期公映的影片我基本都看过。我一心想让姚桦知道我有不俗的艺术鉴赏力，在他面前夸夸其谈。然而，他和哥哥，总是比我看问题更鞭辟入里。

20世纪80年代中期，国外进口的艺术电影很多，尤其是日本电影，正值它的高峰期。姚桦画了很多电影海报，还得过广告大奖。我笑他太懂观众心理学，他制作的电影海报，唯美又切题，充满故事性，扫上几眼，就很想去看电影。他大笑说制作电影海报对画家来说不过是旁门左道、小儿科，国（画）、油（画）、版（画）、雕（塑）才是根本。

5

姚桦三天两头来我家，过年过节也常常在我家凑热闹，家人早已把他当成自家人了，相互之间特别随便。

这天，他穿件黑色中式棉袄来了。衣服相当老气，也不大合身，大概是他爸淘汰下来的旧衣。他腋下夹着一床被子，有时也夹只画板，或是几本书，这都表示他要在我家过夜。他常常自带棉被到处睡，他家很窄，他没有独立的房间。当然了，和狐朋狗友们待在一块儿也更痛快。

第二天早晨，哥哥带姚桦进我的房间来照镜子。我家只有一面落地穿衣镜，镶嵌在我房间的大衣柜上。谁要想臭美，只有上我房间来。姚桦对我点头哈腰，羞涩中又有些滑稽。他照着镜子，仔细梳理中分的头发——他最重视发型。中分头发配上他的黑棉袄，让他简直像个汉奸。梳理完头发，他又对我点头哈腰地道了谢，出去了。我忍不住笑出声来，觉得哥哥给他起的绰号"姚保长"，实在是太形象了。

八月的一天，妈妈在街边买菜，突听得有人叫她伯母。妈妈抬头一看，是姚桦。姚桦笑眯眯地看着妈妈，不说话。妈妈说："好巧，你也从这儿过哈。"姚桦笑着，仍旧不说话。妈妈拿了菜，叫他有空上家来耍，就走了。晚饭时候，妈妈说："下午买菜的时候碰见姚桦了，他神秘兮兮的，光是笑，话都没一句。"哥哥慢吞吞地说："他昨天刚拿到美院的录取通知（书）。"妈妈恍然大悟，笑道："哎呀，太好了，他咋也不给我说一声？我好给他道贺一下嘛。"哥哥仍然慢吞吞地说："他不好意思。他这个人就是，在外面多凶残的，遇到熟人，就瓜了。"

那是 1987 年，姚桦考进了四川美术学院版画系。同年，我也考上了上海戏剧学院戏文系。其实，他也同时考上了上海戏剧学院舞美系，我特别希望他能和我上同一个学校。他权衡再三，还是选择了美院。

6

考上大学，高兴归高兴，他的压力也更大了。他得趁着暑假赶紧打工，挣够第一学年的生活费——他父母早已不再供养他。为了节省路费，他提前很多天就去了重庆。他家有个熟人在成都至重庆的火车上做列车员，他跟着熟人的那趟车走，就不用买票。哥哥将此事讲给我听，我哈哈大笑，觉得姚桦好夸张。同样是读大学，我去上海前，办户口、办各类手续、买火车票……我都不操心，似乎父母为我包办一切是天经地义的。

大学那几年，每到学期末，我最盼望的事就是回家，然后缠着哥哥聊天。哥哥最会讲撺话，没个正经。妈妈总说哥哥的话"经不起推敲"，好在我对考据也无兴趣。那几年，哥哥在重庆大学念书，他和姚桦又混到了一起。哥哥嘴里的姚桦，时而勤奋痴迷，时而狂放不羁，和同学来往不多，终日游荡在学校附近的山野，似乎对哲学比对美术更为入迷。

姚桦来家玩时，哥哥和他依旧延续老习惯，哥哥戏说姚桦在美院的各种狼狈相、各种调皮捣乱，姚桦则在一旁不置可否地微笑。有时姚桦还就哥哥对他的调侃补充几句，听起来也像在挤对别人一样。我们三人经常为此狂笑不止……

我们比赛着看书，《走向未来》《第三次浪潮》《人伦》《第二性女人》《拉丁美洲文学》《朦胧诗集》《当代西方学术文库》《海德格尔哲学概论》《美的历程》《性格组合论》……管他能不能看懂，如能从书中摘取只言片语，也够20岁上下的我们口出狂言的了。

7

我们聊起大学生活，姚桦似乎有些后悔没去上戏舞美系，大概是听我讲起上海不断有高水准的展览和演出，他很是神往吧。四川美院地处重庆郊区，较为闭塞。那几年，姚桦的所见所闻实在不多，但他确实是越来越喜欢版画了。无论木刻、石板、丝网还是铜板，版画的色彩较为单纯，表现力反倒特别丰富，很有张力，画面也颇具意味。姚桦已经在报纸杂志上发表了几幅木刻作品，他希望毕业后能专事版画创作。

姚桦喜欢向我打探戏剧学院那些漂亮女孩子们。哥哥对姚桦说："你给我吹的那些漂亮姑娘，根本就不漂亮。戏剧学院那些，才称得上是漂亮嘛。"姚桦故作谦虚地点头："那肯定嘛。"哥哥又交代我说："你哪天给姚保长介绍一个你们同学哈，要特别漂亮的。"姚桦谦卑地笑了，连连说："算了，还是算了。人家咋看得上我哦。不像你哈，刘胖娃儿（哥哥），至少样子骗得到人。"哥哥玩笑说："你也不孬嘛，青年版画家。"说罢，他们两个放声大笑。我觉得他们简直莫名其妙。

8

1989年春天，哥哥和几个大学同学与重庆街上的小地痞打群架，手掌严重受伤，在重庆和成都的医院分别做了手术。姚桦经常从位于黄桷坪的川美跑到解放碑的医院去看哥哥。两个地方距离很远，姚桦从不嫌累。妈妈后来对我说，哥哥和姚桦在一起，像又回到了高中时代，一高一矮演双簧，惹得其他病友、主管医生和护士们哈哈大笑，那些人喜欢听他们两个讲摆话得很……妈妈形容的姚桦，成天乐呵呵的，斜背着书包，像个小商贩，倏地不见了，倏地又从天而降。妈妈说:"读了大学,还是那么滑稽。"

大学毕业后,姚桦被分配在霓虹灯厂工作。霓虹灯厂原来是家煤炭厂,效益极差,姚桦的工资根本养不活自己。他不得不放下心爱的版画,各处打工。

哥哥在出版社有间单独的办公室,一伙人常在里面聊天,全是高中时那帮"坏孩子"。我去看过两次,办公室烟雾缭绕,几个长发男青年在烟雾中高谈阔论,笑声不断。

在那间办公室,姚桦说起他有位大学同班男生,不幸患上肌无力症。堂堂一个大男人,竟然连几岁小孩的行动力还不如。有一天,这位男生花去整整一个下午,从自家住的四楼爬到六楼的天台,跳楼自杀了。姚桦笑道:"爬了半天,就爬了两层楼,真是生不如死。"哥哥笑着附和:"那肯定嘛。"我想,这样的人与事到底只是例外,我们如此年轻,死亡对于我们,无比遥远。

异常辛勤地打工挣钱,姚桦雄心勃勃,准备尽快安下心来,做自己最喜欢的木刻创作。不料,有年秋天,他被查出患有严重的乙肝。哥哥渲染说,姚桦全身黄绿,像条青蛇。很快,姚桦住进了传染病院,被隔离起来,什么都不能干,他苦恼极了。哥哥去传染病院看过他几次,他们见面,仍是不停取笑对方逗乐。哥哥对妈妈说姚桦瘦得很,眼睛都凹陷了。哥哥问妈妈,姚桦的病有没有特殊治疗方法。妈妈说只要是肝病,营养和休息都是绝对重要的。哥哥有点焦虑地埋怨妈妈,她这番话说了也等于没说,姚桦怎么可能不工作嘛!

9

姚桦很快就出了院。我问哥哥:"姚桦怎么这么快就出院,他痊愈了吗?"哥哥说姚桦没钱再在医院住下去了。我脱口而出说:"他父母可以给他钱啊。""你以为谁都像你,都工作了爸妈还给你钱。"哥哥不屑地说,"他也不好意思嘛,本来就死要面子。"我搞不明白,在这种节点,哪怕是找父母借点钱呢,这也属于面子问题?

姚桦上我家来玩儿,我见他脸色还算健康,问他身体如何,他说很好。妈妈作为医生,就没那么乐观。妈妈反复提醒姚桦要吃药,要多休息,要注意营养,千万不能掉以轻心。哥哥讽刺妈妈说:"你干脆喊他住疗养院嘛。"妈妈说过去得了乙肝的人确实要去疗养院调养。哥哥说:"他都有钱住疗养院(的话),还会得啥子肝炎?"我暗想:难道他父母不知道他的病?

我对姚桦父母是何许人很是好奇,缠着哥哥带我去他家看看。这天终于去了。他家住在离我家不远的一家剧团的宿舍,是一排平房中的两间小房子,说是在别处还有补差房。

姚桦妈妈红光满面,丰腴富态,年轻开朗,是一家剧场的职工。她见了我们兄妹,立刻像评论外人一般嗔怪姚桦,说他患上乙肝,相当于是残疾了。他妈亲热地拉着我,上下打量一番,说:"这么年轻,大学都毕业了。"语气很惊讶。可是,她儿子大学毕业,也不过比我大3岁嘛。姚桦爸爸比较内向,容貌异常年轻,远远地站在一边,像大户人家的公子哥儿,人到中年还没长大的样子。

他妈又夸赞我:"还是上戏毕业的呢。"说罢狠狠盯着姚桦他爸爸。他爸爸"文革"前毕业于上戏舞台美术系。他妈那眼神,此上戏非彼上戏。姚桦还有个小他近10岁的弟弟,他妈溺爱弟弟得不行。他弟弟大概像爸爸,个子比较高,长得秀气斯文。他弟弟见到我们,腼腆羞涩地喊哥哥姐姐。当然,我早就知道,他弟弟是我家这一带有名的街头少年,三天两头就和一帮少年在街头滋事,以能下狠手闻名,派出所经常叫他父母去领人,他妈为他弟弟可没少破费。

姚桦的爸爸妈妈和弟弟,看上去和他如此不搭,就像不是一家人。

10

哥哥那时已经兼职在做装修工程,他请姚桦画点装饰性强的木刻或油画,用在客户的办公室或住宅里。这样,姚桦也能挣点钱。有天哥哥带我去找姚桦取画,我们去了他独居的地方。他的小屋在一家大杂院的二楼,房间破旧不堪,似乎跺跺脚,木楼板就会碎掉。他的房间空空荡荡,油漆斑驳的写字台、单人布艺沙发、简陋的竹书架和一张单人床就是全部陈设,墙上贴着好几大张朱迪·福斯特主演的电影的剧照。他特别喜欢朱迪·福斯特,说她是女演员中少见的、非常有智慧和勇气的女性。我叫他赶紧在生活中对号入座找一个聪明的姑娘,他摇头说，女孩子如果看到他的破家，早就吓跑了……他暧昧地笑了。那样矛盾的笑，为他独有。

他究竟还是恋爱了。那年初秋，他和哥哥去新疆干活儿。哥哥在机场见到他女朋友，她来送姚桦。哥哥从新疆打电话给我描述那姑娘：她死盯着水泥地，不说话，也不看姚桦。姚桦给她介绍初次见面的哥哥，她也不抬头。听得出，哥哥对她印象不佳。她长相一般，是一家乐团的乐手。姚桦非常喜欢她。

那年年底，我的长篇小说即将出版，封面由哥哥设计。哥哥采用了姚桦一张黑白木刻版画作为设计的素材：一个裸体女人侧着身，沐浴在窗外投射进来的阳光中，她费劲地仰望着高处那扇窗……我喜欢那张画，我的责任编辑也很喜欢。我把责编的意见告诉姚桦，他高兴得不行，我们多年来合作的愿望，终于实现了。

11

那两年大家的事情都特别多，我快要结婚了，哥哥推荐我和丈夫去照一套中式和日式的结婚照。哥哥说："效果真的好，姚保长才拿给我看过。我都认不出他来了，潇洒，绝对潇洒。"我忙问姚桦结婚了吗，哥哥笑道："江湖上传说他结了，他自己说没有。"不管结婚与否，终于有个姑娘愿意与他同甘共苦，我们全家人都特别为姚桦高兴。妈妈说："有个人管着他，生活会规律点，对他身体很有好处。"

再见到他，我叫他新郎官，找他讨喜糖吃。他搓着手，微笑着说："刘胖娃儿的话都信嗦？还没到最后时刻哈。"妈妈问他对象是干吗的，他呵呵地说："伯母，你问的是哪个对象嘛。"哥哥挤对他说："装疯迷窍（四川方言，意思是假装糊涂），未必你娃对象还很多嗦？艺术照上那个嘛。姚保长，你简直没品位，居然去照艺术照。"姚桦反驳哥哥说："你嫉妒（的话）就直接说。你照得起不嘛，贵得很！"他又对我说："晓村，你也去整一套相片，多好要的。"看得出，他是真正的欢喜着。

我告诉姚桦，结婚后，我就要到北京去工作了。姚桦略有点伤感地笑道："天下没有不散的筵席。晓村老走。上大学，去上海，才回来几年，又要去北京。结了婚,不可能常回来了。"哥哥一本正经地说:"她现在是党中央身边的人了哈,你不要把肝炎传染给她了。"我们全都大笑起来。

我趁机询问姚桦,他的病情如何,他讲自己身体很好,简直没有任何异常感觉。他叫我出书后,多送几本给他。最关键的是,要有我的亲笔签名。他说:"拿到书,我要到处送人。我就说,我的朋友才二十几岁,都出书了,厉不厉害。我和刘胖娃儿也跟着沾点光嘛。"哥哥哼了一声,看着姚桦,说:"二十几岁出书又有啥子(了不起)嘛,你刚20岁就得了全国(广告)美术大奖哈。"姚桦笑道:"我那个,算啥子哦。"他有点不好意思,忙岔开话题。

12

到北京生活后,我常在电话中问起姚桦,哥哥总说他到温州做事去了。有一年,姚桦家人都说他在温州。哥哥开玩笑说,可能死都死了。我忙叫哥哥别乱说话,太不中听。然而,哥哥的话却不幸言中。

某天妈妈告诉我,姚桦死了!我在电话中惊叫出声,不敢相信。妈妈讲这个消息绝对真实,但他临终前的具体情况大家都不清楚,他关了BB机,他父母也未告知任何人他的病情。哥哥几次向他弟弟追问姚桦的情况,这才有了在温州一说。姚桦有个远房亲戚认识哥哥,他说姚桦死于肝硬化。在他最后的日子里,肝腹水使得他的肚子大得吓人,整个人都变形了。他的未婚妻突然不见了踪影。在弥留之际,姚桦老是眼巴巴地望着房门的方向,频频问家人,他的未婚妻在哪儿,他说他好想再拉拉她的手……

一切都是"据说"。就连哥哥,也只是在姚桦死后一年才听到一些"据说"。哥哥说,除了他父母不愿意消息外传,估计姚桦也不愿意让人看到他弥留阶段可怕的模样。哥哥讲姚桦非常要面子,就连他父母对他和他弟弟天壤之别的态度,他也几乎只对哥哥一人提及过。

哥哥淡淡地说:"他一直是这样子,对别人好,不说;再辛苦,也不说。死要面子活受罪。这次,他是真的撑不下去了,倒在医院那么久,任何人都没有他的消息。"

身边这样亲切的同龄人走了，总觉得不是真的，感觉他并没有真正离开。好长日子以来，姚桦的各种表情，总在我眼前飘过，这之中就是没有他绝望的样子。其实，临终之前，他望向病房门口的眼神，该有多么凄清无助和绝望……他去世时，还不到30岁。

13

写这篇文章时才感到，我对他的了解非常有限。自以为熟悉要好的人，也不过如此，他走时一定刻骨的孤独。如果他的在天之灵，不再孤独，他一定会同情我们，我们活着的人，也还是孤独的。

去年春节，我回成都探亲，初几我不记得了，我和哥哥上街，碰到姚桦的小弟弟。他看见我们，依然叫哥哥姐姐，非常亲热。他已经快30岁了，清俊逼人。我们一路同行，他对哥哥讲起了他的近况。显然，他已今非昔比，完全走上了和少年时期相反的路。

我们谁都没提起姚桦，只当他还在温州……

张　彤

1

　　转眼间，张彤去世已经有 23 年了。这篇文章其实写于 1999 年。同龄人的早逝，总不免物伤其类，让幸存者想一些平时难得面对的问题。不过，当时到底年轻，失去朋友的悲痛多过感悟命运的无常。如今年过半百，生老病死的问题，切实摆在眼前。所谓人各有命的事例，也是看得太多。想到我也曾给予过张彤短暂的生命以暖意，算是一点安慰。

2

　　1998 年春节前回到成都，和每次回来一样，先是打电话通报朋友们，大家在电话里聊够了，便相约见面。只有张彤，永远像是知道我什么时候回来，回家的第二天，准能接到他的电话。

　　张彤又忘记了到我家该怎么走。我费尽口舌给他解释，下一次还是一笔糊涂账。连妈妈都笑说，女孩子才这么不认路，张彤这个大小伙子怎么回事。妈妈喜欢张彤，说他特别单纯，像个孩子，看不出他已经 30 岁了。

　　张彤约我在市中心的毛主席像下面见面。毛主席像四周坐着很多人，在成都生活时，我也是其中的一员。张彤单手推着赛车就过来了，第一句话肯定又是"你没有变"，他也没有变，精神抖擞地看着我，有一点略加控制的局促的喜悦。

张彤用自行车载着我在成都走街串巷。他当过运动员，身体素质特别好，车骑得很快，我还略有些紧张。我问他近来如何，他说他的小生意有了些许起色，老妈没那么劳累，连脾气也变得好些了。等到3月份成都开糖果烟酒交易会，他们还有生意可做。张彤得意地说："我终于可以脱开身做点别的事了。"别的事大概是指上绘画班，最近他迷上了绘画。他和老妈一起打理的小作坊主要制作锦旗、商标等小商品，生意时好时坏。这个行业也是竞争激烈，维持起来很不容易。

　　大概我的分量实在不轻，快到他父亲家时，把他的自行车给坐坏了。他将自行车扔在院子门口让人维修，他自己则带着我进了家门。他父亲家的两室一厅到处蒙尘，像是很久没有住人了。我眼尖，挑了张彤常坐的椅子先行落座。张彤现在有了两个住址，他母亲那边他周末过去，打电话找他的话，打到父亲家就行了。

　　张彤把他父亲的字帖拿给我看，他父亲的字写得遒劲有力。老人一直独居，书法是他最大的精神寄托。在另一个房间，他父亲有个很大的书柜，字帖占去了相当大的空间。张彤说他父亲就死在客厅的地上，三天后才发现，都起尸斑了。那几天，刚好作坊那边有笔大活儿，张彤忙得晕头转向。他打过电话回来，没人接听，他以为父亲出去溜达了，他父亲每天都要出去转转。待他忙完活儿赶回来……估计他父亲死于脑出血。

　　阳台上的花草长得茂盛，蒙着厚厚的灰尘。张彤在我的提醒下赶紧浇水，灰尘化开了，花草顿时清新漂亮了许多。张彤高兴地说："我老爸还很会养花嘛。"

　　离开他父亲家，我们坐三轮车去他母亲家。"老妈"是张彤的口头禅，老妈退休前是中学老师，脾气很大，但是精明能干。老妈长、老妈短……我未见过老妈，但已经很熟悉她了。张彤在院门口见到了刚从都江堰赶来的好朋友李顽。李顽斜倚在一辆太子摩托车上，那摩托通体银白，"膘肥体壮"。张彤连连说："好车，好车，骑这摩托从都江堰跑成都，要不了一小时。"

　　成都冬天的太阳很短，晃一下就没了。进到老妈家，屋里有点黑，我看不清老妈的长相。她话少,我叫了阿姨,她也没啥反应。张彤带我们进到他房间,围坐在榻榻米上喝茶。老妈在客厅看电视。

李顽长发及肩,我以为他是艺术家,他说他在做生意,过去喜欢艺术。艺术不能当饭吃,就改做了生意。生意也不好做,媳妇漂亮难养,他的压力很大。张彤说李顽表面玩世不恭,其实特别善良。

李顽叹了一口气,他说张彤总是太天真,不成熟。张彤笑嘻嘻地未反驳李顽,听到朋友批评自己,他似乎倒很高兴。张彤向李顽介绍我,他说我很豪爽、有男子气。李顽颇为怀疑地看了我一眼。

老妈从门口递进来一盘炒花生,叫我们多吃点。张彤搓揉着双手,乐呵呵地说:"老妈越来越可爱了嘛。"李顽也说老妈比过去火气小了。

张彤谈起了楼下的老杨。老杨是个业余国画家,他对张彤影响很大,他们特别谈得来。老杨婚姻不顺,几乎所有的时间都用在绘画上。李顽问老杨是否有钱,张彤说没有。李顽于是说老杨有病。张彤说:"不不不,老杨真的很有思想。"

我晚上还有事,起身告辞。李顽也要赶回都江堰。老妈热情地留李顽吃饭,附带也对我客气了一番。黄昏的厨房开了电灯,老妈辛劳、木然、倔强的样子,几乎和我想象中一样。

李顽在院子里发动他的摩托车,张彤兴奋地摩拳擦掌,说是过段时间自己也要买辆巴适的摩托车,到时定要和李顽一决高下。李顽晃动着长发,很帅地回击道:"你肯定不是我的对手。"张彤笑道:"哼,到时看。——谢谢你来看我哈。"李顽骑上摩托,回头对我们潇洒地挥了挥手。摩托车轰鸣着,飞快地不见了踪影。

我回家告诉哥哥,我去了张彤家。张彤曾做过哥哥的健身教练,哥哥没毅力坚持练下去,张彤还直替他惋惜。哥哥笑道:"他家乱得连插脚的地方也没有吧?"我说不是,很整洁,很漂亮。我描述一番,哥哥说,那就装修过了。哥哥揶揄张彤:"这小子,发了嘛。"我谈起张彤父亲的情况,哥哥叹气道:"看他家里混乱的样子,也能猜个八九不离十。"

3

我不爱过春节，那份乱，还有无尽的吃，我都不喜欢。初六，张彤约我去郊区看一看，我自然十分乐意。他父亲去世之后，张彤和妈妈、姐姐也就不用回老家过年了。张彤说他预备骑摩托车来，带我出去。我极力推辞，开玩笑说如果他骑摩托来接我，我就不去了。

初六是成都少有的晴天，虽说太阳有点无精打采，但我和张彤的兴致却颇高。即便是冬天，成都平原照样生机勃勃，田野葱绿盎然，小河波光粼粼。我和张彤骑着自行车，走了很远很远的路。我告诉他，也许是因为这田野的味道，这快要泛黄的油菜花，还有像他一样随意、贴心的朋友，我在北京总是想念成都。张彤又拿出对朋友深刻同情的表情，拖着我在村子里转悠。他说："那你就多看看吧，这儿多巴适的，我们川西坝子，简直不摆了！"这一路把我累得要死，心却要飞起来了。

张彤毕竟是运动员出身，我的体力大不如他。他看着我渐渐累得气喘吁吁，开心地大笑起来。

本来该我请客，他一直说我欠他一只卤鸭子，不过他非要请吃饭，饭后我就请他在锦江边的茶馆喝茶。喝茶的间隙，有小贩挑着木桶来卖麻辣豆花。我和张彤先是各买了一碗，吃罢还嫌不够，结果又买了6碗来分吃，直到吃得都想吐了，我们才相视大笑，结束了战斗。

张彤给我讲起了他新近结交的朋友：老包怎么有意思，老张对哲学走火入魔，小唐怎么聪明……他勾勒出来的人我后来都陆续见到过，他们都相当有个性，都很喜欢思考，从不人云亦云，都属于社会边缘群体的人。张彤还没有女朋友，他叫我给他介绍一个。他说，他可以带着她到处玩。我嘲笑他就像已经有了似的。他还说："你丈夫是个什么样的人？叫他到成都来，我肯定把他灌醉。"

我们一起回忆了相识的往事。正好是10年前，19岁的我从上海的大学回成都过暑假。有天，我去大庆家玩儿，张彤恰巧也在。我们一起从大庆家告辞出来，因为顺路，便一起骑车回家。张彤喜欢看书，喜欢写作，大庆也辅导过张彤考戏剧学院戏文系，他没考上。高中毕业之后，他一直在体校的拳击队做运动员兼业余教练。张彤看上去一点也不粗壮，我不敢相信他是运动员，练的还是拳击。他笑说我根本不了解真正的运动员，运动不过是一种生活方式。告别时，他说："我们就算认识了，以后我会经常去找你耍的。"

4

我分到四川作协工作后，张彤经常到我单位来玩。他带来厚厚的诗稿给我。他的诗受旧体诗影响太深，追求押韵，意象单一，用词生涩，编辑部一次也没采用过。不过，诗作发不发表他不太在乎，就算是定期到我这儿来玩一玩。慢慢地，我的同事们都认识了他。他久不来，他们便问："那个打拳的呢，最近咋没出现？"

他曾带着一个农村姑娘来请我帮忙给她找工作。他说女孩的母亲死得早，过得挺不容易。那姑娘一心想当电视节目主持人，于是，我们仨一起去电视台找我的熟人给看看。那姑娘长相端正，但气质很土气。我的熟人气得不行，笑话我把什么人都给带来了，谁都可以当主持人吗？我和熟人对话时，张彤和那女孩站在距离我们很远的地方。他看得到电视台那人的表情，肯定猜出了几分我们谈话的内容，脸上出现了令我陌生的自卑的表情。那样深沉的自卑，尽管不是他来应聘。我看得出，在另一个环境，在看人更世俗、更功利的环境中，他强烈地不自在。

有几次，他来单位玩，等我下班时，便和我一道走。他家和我家并不同向，他说他上他爸爸那儿去，爸爸住我家那头。我说："你爸妈离婚了吗？"他说没有，爸爸喜欢安静，他是个转业军人，长期在西藏部队服役的经历让他很不适应家庭生活。张彤嘻嘻哈哈地说："幸好，我们家还住得宽。"

5

两年前的夏天，照例又是张彤迷路，我指点迷津，他要到我家来，不止一个人。我对妈妈说，张彤要带女朋友来了。妈妈很高兴，准备好了眼睛，只等人进门。

那晚张彤很兴奋，不停地拿我开玩笑。他女朋友看上去35岁左右，朴素，开朗，长相平常，有个8岁的女儿。她在一家研究所工作，单位发不出工资，她就在家待着。她和张彤是在锦江饭店的舞厅认识的，他们都曾在那里打工。

张彤批评她那些朋友俗气，并影响到她，她也是光打麻将，而她原来是喜欢文学的。他女朋友则不停地笑话张彤幼稚。她说起社会上的事来一套一套的，并不像张彤介绍的那样，全然不懂社会，是个弱女子。她并没有通常在研究所工作的人容易流露的知识分子气质。她父母已经退休了，靠微薄的退休金抚养外孙女，她还有一个弟弟也赋闲在家。她每月只有二百多块钱的工资，家里时时笼罩着愁云。也许她很坚强，脸上挺乐和的，话里话外，反倒是可怜着刚开始做小生意的张彤。

他们走后，我问妈妈对张彤女友印象如何。妈妈笑道："没什么特别的印象，仿佛年龄比张彤大。"我说她确实比张彤大七八岁。

他们同居了。张彤每天去学校接送他女友的女儿。他买了许多儿童心理书籍来恶补，费力地纠正着她女儿的乖僻个性。那孩子几乎是好吃懒做，虽然家境不好，全家却都拿她当个宝，娇惯得不行。接完孩子，张彤就给母女俩做饭。张彤的女朋友对一个毛头小伙子的殷勤挺受用，由着他去当业余爸爸，她只管打麻将就是。

大概是在我哥哥家玩那次，我把对他女友的看法如实告诉张彤。我说张彤想象的她和实际的她是两个人，哥哥也说张彤最好还是先将自己和老妈的生活改善改善再谈恋爱，她显然并不爱张彤，至于张彤对她的那份感情，就我们感觉到的，也不是爱。听了我们兄妹的话，张彤很有点尴尬。回家路上，张彤对我说，那女人让他切实地感受到了何为女性，何为男人的责任感。虽然日常生活比较辛苦，但苦和累他从不害怕。张彤的一席话，让我深受感染。

那个时期，张彤很爱跟我分享他的恋爱感受。他是个正当年的细腻的男人，他需要女性的抚慰，他渴望澎湃的激情有所寄寓。

没过多久，张彤的女友不辞而别，外带卷走他几万块血汗钱。据说她跟一个在上海做生意的老男人跑了。听到这个消息，我不算太惊讶，只是格外心疼张彤的老妈。老妈退休后一刻不得闲，里里外外帮张彤做小生意。生意一直亏损，老妈和张彤咬牙硬挺着，好歹赚了点钱，就这么没了。

我不知道张彤为此消沉过没有。我也明白，为爱情受苦，那是年轻人的专利。他也在感情中收获过许多快乐，不管那是怎样的一种快乐。

1998年冬天，在成都的茶馆，我回忆起了那么多张彤的往事。从方方面面来看，他的生活是真的在节节高了。分手的时候，他说："嘿，记着，你还欠我一只卤鸭子哈。"我们高高兴兴地告别了。

回到北京，我有时会接到张彤的电话。他往往在夜晚十一点来电话。他说他刚下班，打个电话来，就问我好不好。我们会聊上几句，开开玩笑，彼此都很开心。他的生意越做越好，厂房面积扩大了，新招了几个员工。老妈不用事事亲力亲为，只需要拿主意，并指导工人干活就行。家里新买了一辆高档的摩托车，又漂亮又好骑，他正教老妈骑摩托车呢。他加入了一个摩托车队，尽是年轻人，新交的几个摩托车队的朋友相当有意思，车队的活动勾起了他对运动生涯的怀念……

爸爸曾找我要过张彤的电话号码，说有事找他帮忙跑跑路。我没给爸爸他的号码，我告诉爸爸别去麻烦张彤，他的生活才刚有些起色，他又是个对别人的事特别认真的人，别耽误他时间，他和老妈不定经过怎样的挣扎，才走到今天这一步。

6

1998年夏天，放暑假，我又回到成都，心想，这次先给张彤打电话吧。回家第二天，还是他先来了电话。他最近老往北京大庆家打电话，大庆告诉他我回成都了，他急着要来看我。大庆讲张彤说和我聊天最痛快，啥都可以讲。

照例是"老三篇"，由我指点他到我家的路怎么走，我气得大声嚷嚷。妈妈和哥哥都笑，哥哥叹气道："张彤完全是个喜剧（演员）。"

张彤神采奕奕地来了，带着他的好朋友史戟——在成都工作的上海人。史戟是一家通信用品专卖店的小老板。张彤身着红色 T 恤衫，蓝得发白的牛仔裤，红白相间的高帮旅游鞋，特别精神。他向史戟介绍我，说我就像个男孩子一样。我刚洗了头，头发乱糟糟的。张彤对我说："你剪短发，就更像男娃子了。"妈妈生怕人家嫌她女儿丑，忙补充说："她的头发老是弄不好。"张彤认真地说："不是，阿姨，我是指她的性格。"我和哥哥在一旁哈哈大笑，史戟的表情则是：这一切他都不明白，完全莫名其妙。

张彤整晚都在聊摩托车。他新近买了一辆性能很好的车，加入了一支半专业的摩托车队，连老妈都在他怂恿下学起了摩托车。他们一帮人训练刻苦认真，他毕竟是运动员出身，进步最大。他们的车队走了不少地方，在某个县城还给希望工程捐了款，受到县长高度表扬；他们还在成都迎接浩浩荡荡而来的云南车队，两组摩托车队威风凛凛，穿城而过，羡煞路人。他们准备搞更多活动，造更大声势，让更多人加入这个行列……

我们都没有被张彤的热血感染。妈妈劝张彤还是放弃摩托车为好，它始终比较危险。哥哥讲述了不久前他的亲历：他坐的出租车和一辆摩托车对撞在一起，摩托车后座的女人当即死去，开摩托车的男人被撞成重伤。张彤说他们没戴头盔吧，哥哥说两个人都带了。张彤说他才不会，他的反应肯定要灵活得多。

史戟不像别的朋友那样喜欢批评张彤不成熟，他们对社会和生活的见解相似，张彤喜欢社会学，史戟喜欢哲学。张彤和史戟都希望将来能选择自己喜爱的专业继续深造，我也赞成他们的想法，有了生活保障之后，读书无疑是最快乐的事情。我们交流了一些读书资讯，史戟挺高兴，张彤更高兴，连妈妈也看出来了。张彤他们走后，妈妈对我说："张彤确实还是个娃娃，生怕新朋友不知道他有你这个他满意的朋友。"

送他们下楼，在院子里看见他的摩托车，是旧的那辆，极普通的那种。他说改天他骑车带我出去逛逛，我笑道："还是算了吧。"他说："嘿，你现在胆小如鼠嘛，还不如我老妈。"

7

　　那天的情形我记得很清楚,我想自己这一生是不会忘的了。

　　早晨,下了点雨。我从朋友那儿回家,发现没带钥匙,便坐在家门口的地上打盹。妈妈买菜回来了,我便进屋睡觉。睡梦中听见妈妈在讲电话,妈妈说:"她在睡觉,张彤你下午再打来吧。"我翻身起床,赶紧跑去接电话。张彤说他要来给我照相,他说人家欠他货款,抵给他一个照相机,他也喜欢拍点照片。我告诉他,明天我就要回北京了,有个多年不见的阿姨下午要来看我,恐怕这次是没时间再见他了,等明年寒假我回来再说。张彤不答应,他笑着说:"不行,要照合影,我们还没有在一块儿的照片呢。万一我们中的谁死了,也是个纪念。"我呵斥他道:"我明天要坐飞机,你不许说这么不吉利的话。"他哈哈直乐,说:"是我死,我死,不是你。"我骂他:"哪个也不许这么说。"他不由分说地挂了电话,说是下午收工就打电话给我。

　　下午,雨停日出,蓝天白云,是成都极为少见的大晴天。3点钟,张彤打电话来了。我又是一番推辞,晚饭我的发小姜林要给我饯行,那个阿姨马上也要来了,实在没时间和他去拍照。张彤说:"做个纪念嘛,万一我们中谁死了呢?"我忙打断他的话:"你再这么说,我不理你了。"他一通大笑:"是我死,是我死。"我拗不过他,只好答应5点去照相。

　　我化了妆,穿上白色连衣裙,盘好发辫。妈妈和阿姨都问我要去干吗,大热天,还化妆打扮。爸爸和哥哥也在,哥哥专门回来陪我吃晚饭,明天一早我就回北京了。他们听说我不在家吃饭,都很失望。妈妈说:"叫姜林和张彤都来家里吃嘛。"我说不行,我们还有话要说呢。

　　张彤来了,打扮得很精神,照相机更是直接挂在脖子上,特别酷的样子。我们一家人见他都笑了。大家闲聊起来,张彤又说起了摩托车。他鼓动爸爸去弄一辆来骑,爸爸反劝张彤放弃这爱好。爸爸说:"听说成都第一批骑摩托车的人都不在了。"张彤不屑又顽皮地笑了。不认识张彤的阿姨也对张彤讲摩托车危险。张彤听说阿姨是医生,便说:"您是医生,在您眼里,啥子事不危险呢?"说罢大笑。他的心情实在是好，他告诉我们，他今年真是转运了，可说是万事顺利。

他给大家在阳台上照了相。随后，我俩要到府南河边去拍些风景照。我戴上头盔，坐在他摩托车的后座上。爸爸在阳台上探出头来，叮嘱我们："要小心，一定要小心！"

他故意在路上颠我，把我吓得乱叫，他便开心了。天气美极了，大朵的白云悬浮在蔚蓝的晴空，已经是下午五点半，太阳还像个壮汉，精力多着呢。坐在摩托车上，看着我成长于斯的城市，恍惚中却有点陌生感。心里终归胆怯，汽车离摩托车近了，我的心就咚咚跳。加之张彤不停地吓唬我，我坐得很不踏实。

张彤给我拍了许多照片。夏天的府南河清秀、安宁，正是说话的好地方。张彤告诉我，大庆给他介绍了一个女朋友，是农村姑娘。他说："农村人又有什么关系？我也是从农村出来的。"他知道我见过那姑娘，而他还未见过。他问我对姑娘印象如何。姑娘当然不错，高高个头，圆脸大眼睛，酷爱看书，很有礼貌。张彤听罢我的介绍，满面笑容。他说："等她来，我用摩托带她到处去耍。"

我的发小姜林给我和张彤拍了两张合影。张彤很快和姜林熟悉了，他又给我和姜林拍合影。忙乎完，姜林请我和他吃饭，张彤也不推辞。

吃饭间，张彤给姜林介绍摩托车队的情形。明天，他们就要去德阳，是玩，也算是训练。姜林听来新奇，详细地询问他摩托车队的情况，张彤便来劲儿了，冲我得意地笑，意思是：你以为人人反对骑摩托车吗？我知道他那点鬼心眼，任他给姜林瞎吹。

晚饭后，他送我回家。路上行人很少，他骑得较慢。摩托车在红灯前停下，我看到了天边的晚霞，成都的黄昏，通常是混沌一片，晚霞真是稀少难得。这天的晚霞火红中混合着灰蓝和玫瑰紫色，像是云彩被画盘点染了一番，绚丽而冷凝，距离我们很近。我有点莫名的伤感，我对张彤说："你看晚霞，这会儿多美！"张彤没头没脑地说："人如果在火星上，是什么感觉？"

回到我家的院子，我叫他上楼坐坐。他说不了，晚上有素描课。他说本来很想给我画张素描，没时间了，下次吧。他近来的绘画作业老是得到老师的表扬，老师夸赞他画画很有感觉。我突然想叫他带着我,环绕府南河转一圈,看看夜色中的成都。他还要上课,我只好作罢。他伸出手,我们握了握,我说很快我又回来了,我们比住在同一个城市的人见面还频繁呢。他笑着点头,说写信吧,写信练习写作。

  楼上还有朋友在等我,我没有送他出院门,只是目送他骑上摩托车离开。

  这是最后一面的情形。大约半个月后,传来了他的死讯。

8

  大庆告诉我张彤的死讯时,我的眼泪不由自主地流下来,人却是木的,内心一片空白。他肯定没有走,他肯定没有。他给大庆寄来照片,想着给相亲的姑娘看。他还没真正恋爱过,还没有自己的孩子,他相依为命的老妈还等着他尽孝……然而,妈妈却在电话那头说:"人已经死了,不能复活,你要节哀……"

  当天晚上,我剪了自己的长发。我一直舍不得剪短自己的长发,可是张彤说过,如果我剪短发,就更像男孩子了。当天晚上,我下楼时扭伤了脚,可是不痛,一点也感觉不到痛。我丈夫出差回来,他说:"很好看嘛,剪短发,我让你剪,你总是不干,今天怎么想通了呢?"

  我大哭起来。

9

  大庆一直和张彤母子保持着联系。张彤对大庆非常依赖。最近一段时间,仿佛有某种冥冥之中的预感,他尤其爱打电话给大庆……大庆为他写了悼词,请朋友在他追悼会上宣读。大庆不断宽慰张彤的家人,他的老妈和姐姐也在大庆面前宣泄情绪,彼此分担悲痛。

  他们摩托车队外出活动,在四川蒲江县附近的大山里穿梭。技术好的一些人骑在前面,新手在后面。后面的人渐渐掉队,迷了路。张彤自是在前面骑,他打算回头去找队友。边上的人都劝他别去了,说是管他们呢。他于心不忍,还是回去了。找到落后的队友后,他在前带路,引领大家跟他走。他们在一座大山的盘山路拐弯，张彤第一个拐过去，结果迎面撞上一辆大卡车……队友们将当场昏迷的他抬到一辆破中巴车上，一路颠簸着运送到蒲江县县医院。医院将他放在过道里等待，足足等了六七个小时都没能力抢救。最终他的老妈也被队友们骗来了，大家合计一阵，才又往成都的医院送……他终因颅内大出血去世。

他安葬在都江堰，青城山脚下。

我和大庆细细聊起张彤的身世，原来他父母是早就不睦的。他父亲有精神病，早年在西藏当兵，不过偶尔回家探亲，还能勉强维持一个家。他父亲转业后，回到成都，就和老妈分了居。老妈含辛茹苦，几乎是独自将张彤姐弟俩拉扯大。姐姐大学毕业，去了广州工作，留下张彤和老妈生活在一起，时常发病的父亲也是张彤在照顾。我从来没听张彤讲过他很不轻松的家史，他却早就告诉了大庆。他肯定有很多扛不住的时刻，他早把大庆当作了亲人。

我很愧怍。一个生活得轻描淡写的人，容易看轻别人的苦痛。我忽略他的，或许正是我想逃避的东西。号称他的好朋友，我真正了解他吗？谈何理解？我在他身上看到自己的瑕疵……

我突然想起一件事，初六那天，我和张彤骑车从郊外回城时，在武侯祠外面，一个衣衫褴褛的老者躺在大街上，头发蓬乱，脸色发红，身上穿着早年间的军服。他一看就不是乞丐，像是喝醉了酒，又像是发了病。在此路过的人都绕得远远的，生怕沾上老者。张彤下了自行车，扶起老者，替他拍拍身上的土。张彤问老人还行吗、能自己回家吗。老人点点头。张彤搀着他在街边坐下，斜倚着一棵大树。张彤掏出钱，塞在老人的衣服口袋里，然后骑上车，和我一起离开了。他说老人不是乞丐，也不是喝多了，他发了某种病，但劲头可能过去了，他暂时还是安全的，他大概是个孤寡老人。我问他如何判断出来这一切的，他说从老人的神情中看得出来。

姜林代表我去看望老妈，她买了白色的菊花。老妈已经不记得我了，张彤姐姐听张彤说起过我。屋里挂着张彤的遗像，老妈有些呆滞。姜林将张彤为我拍的照片寄给我，我和他的合影拍得很不错，他笑着，脸上的阳光无边无际……

锦官月明海上花
——成都上海双城记

10

圣诞节,我和几个朋友在大庆家玩。说到成都,说到张彤。大庆拿出张彤从前送给他的书,在书的扉页,张彤写着悲怆的前言,我依旧很陌生的话。大庆说:"怎么就没想到过送他礼物呢?我是个很喜欢送朋友东西的人……"大庆哽咽着说不下去了,眼泪在烛光下大颗地流下来。

老妈在电话里给大庆讲述她的梦:张彤留了张纸条给老妈,他告诉老妈,别为他难过,他没死,他四海云游去了,他现在在……老妈去看纸条上的地址,突然就醒过来了。

我对一个会释梦的朋友说,我从来没有梦见过张彤。朋友从没听我讲过张彤的性格,她却说:"他肯定是特别了解你的人,知道你胆子小,他怕吓着你。"我的眼泪再也忍不住了……是的,这像张彤所为,怕吓着我的,一定是张彤。

11

他就这么走了。1998年9月,他刚满30岁。没有人能排解我想起他时的孤独,为着生前他的孤独。他让我看到自己身上最冷漠的一面。对我的惩罚莫过于再回成都时,电话里永远没有他的笑声。没有张彤笑声的成都,该是多么寂寥的我的家乡。那种不必刻意想起,却永远在心上,最不怕时间空间阻隔友谊的朋友,他走了。

1998年,岁尾收卡片时,我渴望奇迹。没有。没有来自火星或天边的信,虽然我时时觉得张彤仍然活着。他大概是真的走了,在我的肉眼所及之外,云游四海……

小 黎

1

1993年，清明前后，有一天，下着小雨，我站在窗前看着大街，心想，早晨忘了带雨衣，中午就只有不回家了。雨，似乎越下越大。有人走进了办公室，问我："孙老师在不在？"我侧头一瞧，是个戴眼镜的少年，给雨淋得半湿。

我说不在。孙老师是我的同事，一位很有经验的诗歌编辑。少年点点头，说他有篇稿子，放这儿好久了，来问问下落。原来是作者。我忙走到办公桌前，问他叫啥名字。少年夹紧公文包，托托眼镜，说："小黎。"

我查找即将发排的稿件，这一期刚好是我做校对。果然找到了小黎的名字。我告诉他，他的诗作即将刊发。小黎定睛仔细地查看着发排稿件，待完全核准确切无误之后，他抬起头，直视墙壁，手捂胸口，大笑起来。

小黎的诗写得非常老成，我问他有多大了，他依旧捂着胸，若有所思地说："16。"说罢，他双手往天空一伸，跳跃起来。他环绕我的藤椅，不停地跳，从东头跳到西头，再从西头跳到南面，嘴里念念有词。

我听不懂他在说些什么，略微有点害怕。其时，我刚工作不久，比较少见多怪。我问他在哪儿上学，他并不回答我的话，只是毕恭毕敬地对我鞠了一躬，继而跳着出办公室去了。

临近下班时，孙老师回来了。我提及小黎来过，孙老师很是淡漠。孙老师说小黎14岁时父母离异了，父母都不想抚养他，每个月给他很少一点生活费，让

锦官月明海上花
——成都上海双城记

他独自住在一处。在学校里头,淘气的同学也要欺负他。为了躲避各种白眼和校园霸凌,上学也就成了有一搭无一搭的事。

某天,小黎突然写起诗来了。他写了厚厚几大本诗,到处找人指导。孙老师很同情他,就帮他修改出来两首,这还是他的诗第一次在杂志上获准发表。

我回想起小黎青白的脸、被狂喜摄住的表情,便不足为怪了。

2

仲春时节,小黎又来我们办公室了。他身着白色夹克衫,白色喇叭裤。衣裤的白色都不甚洁净。他面色青灰,倒显得比上次精神了。恰巧孙老师又不在。小黎说不要紧,他就是来随便聊聊的。

他叫我"姐",这回不跳了,笑眯眯的,和我大谈文艺界。他认识很多人,杂志社、出版社、报社的编辑们,他和那些看似倨傲的人都打过交道。

"出版社的老段在给我联系出书的事。"小黎故作不经意地说。老段是我爸爸的同事,一位资深老编辑,我非常熟悉的阿姨。小黎清楚我刚从大学毕业,他自觉资历比我要老。

交谈中,我得知他已经辍学,正四处打工。我觉得这样做毕竟不妥,但念及和他不熟悉,只淡淡地提醒了他几句。他正为踏进社会而兴奋,自然不会听我的劝告。他扔下一大摞诗稿,走了。

他的诗里充斥着大量"青铜器、长矛、石崖""厚重的历史"以及"沉寂的青山"等词句,编辑部再没有采用过。

此后,小黎老来玩儿。他渐渐不找孙老师了,基本是来找我。孙老师有次对我们几个编辑说:"这孩子,挺势利的。"

3

这年夏天,一个阳光明媚的上午,小黎来了,他告诉我,他已在一家报社找到了工作。报社没什么名气,但由市政府主办,待遇还行。

我为他高兴,奉劝他还是自学完成高中课程比较好。这一次,他爽快地答应下来,并坚持要请我吃饭,我执意不肯,小黎立刻黯然神伤起来,我怕伤他自尊,只好答应。

那天吃的是米线,还有几道菜,很丰盛。他不停地说话,谈论文学名著,以谈论街坊邻居的口气议论卡夫卡、海德格尔、马尔克斯、米兰·昆德拉……他尤其酷爱《生命中不能承受之轻》。

我根本入不了谈名著的氛围,只是问他,他爸妈每月给他多少钱,他平时住在哪儿。他显然不愿提及爸妈,悻悻然回答说爸妈每人每月给他40元,他自己也挣一些,大概能有200多块钱。他挺会过日子,有时钱挣得多,他还能买些书;手头紧时,他也可以吃上半个月挂面,菜和佐料都不要。

我告诉他不要买书了,我可以帮他在省图书馆办一张卡。他说他有借书卡,但好书还是应该拥有的。

那顿午餐花去他40元钱。我没抢着付,我知道少年的自尊心。好几天,我心上不安,总觉得他又要吃一阵子白挂面了。

我留下他的电话号码。打过多次,从未有人接听,不知是怎么回事。下次他来,问起找不到他的原因,他就换一个号码给我。当然,找他时再打新号码,还是没人接听。

4

转眼就是秋天,小黎17岁了。他来办公室,央求我为他即将出版的诗集写序。我欣然应诺。小黎换上一副老气的眼镜架,看起来却更像个孩子了。他找我借2000块钱,说是拿来准备出书用。我颇有点为难。我工作不久,月月入不敷出,到月底还得找妈妈借钱。小黎听说我没钱借给他,倒也毫不计较,转而说也可以借50元生活费。我给了他,告诉他不必还。

小黎诗集的序言,我自觉写得还算属实,他的书倒一直没看到。其间,他隐瞒年龄,换了好几个工作单位,薪金嘛,总是少得可怜的。他说他不再写诗了,打算改写报告文学,报告文学更好赚稿费。我老话重提,劝他一定要完成学业。他说他已报名在电大读大专课程。

有次，小黎向我借200元钱。他苦涩地告诉我，最近身体不好，医生建议他做全身检查。他的脸色很难看，我一直怀疑他有啥疾病。我叮嘱他，钱不用还，但检查结果一定要告诉我。他答应了，少有的情绪低沉。我担心他是不是患了白血病。这种不吉利的话，我当然不敢说出口，心却都揪紧了。

小黎至此正式失踪，谁都找不到他。他留的电话全是假号码。我特别担忧他的身体，还有未完成的学业。孙老师说不用担心，这孩子很有办法的。我也曾世故地想：他是担心还没还我钱吗？200块钱虽是我近一个月的工资，但我毕竟不缺这点钱，况且我已叫他不必还钱。

5

转眼冬去春来，我久等他不至，将他厚厚的诗稿压在抽屉底下。偶尔想起他，仍旧是有些隐忧。

1995年春天，正巧也是清明后，好友翎子在杭州的工作结束了，唤我过去玩几天。有个雨夜，我从杭州另一处朋友家回到翎子住所，好友林谷见我就说："刚才小黎来过。"

我愣住了，忙问："哪个小黎？"

林谷说就是成都写诗的那个小孩，他们在摆谈中还说起我来呢。翎子这几天严重的胃病复发了，躺在床上休息。小黎以为床上没人，进屋就在翎子的床沿又蹦又跳，把翎子吓得惊叫起来。林谷笑言："翎子这才是天灾加人祸上身哟。"

我忍不住哈哈大笑起来，小黎怎么会跑到杭州来了？

林谷说，小黎有个朋友在复旦大学读书，小黎在复旦住了一段时间，来杭州找朋友玩。小黎那个杭州的朋友正巧也认识翎子。既然大家都是成都人，就相约一起到翎子家来耍。

原来小黎已冲出四川盆地，跑向了全国，怪不得失踪呢。我问林谷，小黎现在做什么。林谷拿起一本诗集，说不清楚他在做什么，他送给翎子一本他的诗集，说是新近出版的。

我接过那本诗集来看，依然还是"青铜器"风格，每首诗的题目都故作老道。诗集没有序言,非常薄的一本书。书里面的诗作,大多是我们编辑部的退稿。

我问起小黎的情绪如何,林谷说小黎情绪高昂,在这儿做了一桌子的菜,他的菜烧得又快又好,多日来食欲不振的翎子,也都吃了两碗饭。

林谷问我和小黎很熟吗,我反问他小黎说什么了吗。林谷讲没有,小黎只是说认识我。我告诉林谷,就是这个样子。

林谷还说小黎在杭州玩得很高兴,诗兴大发,写了不少诗作。他告诉大家,他即将游历几个邻近省份。我很想借此能见到小黎,奈何他第二天去了上海。

6

时间过得真快,又是一年春节。有天,我突然接到小黎那个杭州朋友的电话。我略有些诧异,我与她并不相熟。她回成都过春节,向我打听小黎的行踪。

我说我已有一年多没见过小黎了,她焦虑地说小黎借了她一大笔钱,她着急用,但哪儿都找不到小黎。她甚至到小黎家去围追堵截,也堵不到他。邻居说小黎好久没回家了,常有人来家找他还钱。这个女孩实在等着钱用,急得很,她问遍了小黎的熟人和朋友,没人知道他的下落。

我不知道怎样安慰她。这个女孩生活得特别艰难,在外地打工,精神常常处于崩溃的边缘。她在电话里就快要哭出声来。她有着一张与小黎同样苍白的面孔。我也不好意思打听小黎究竟借了她多少钱……

细算算,小黎该有18岁了,不再是个少年。听他的朋友说,他还是没读完高中。

7

我们编辑部每天都有作者来来往往,稿子堆积如山。我也该整理书桌,调到北京去工作了。乱七八糟的诗稿中,居然找到一摞小黎诗稿的复印件。我记得已当废稿送资料室了,兴许是记错了吧。反正是复印件,他也有底稿的。我又看了一遍他的诗作,然后扔到废纸篓里。

第五辑　犹自炫微光

重返旧时光：甘庭俭

1

北京的9月，秋高气爽，天蓝日淡，正是思念和怀想的季节。甘庭俭从成都打电话过来，让我为他的画册"随便写些啥子"。我说我不是美术评论家，更不是名人，他出本画册也算郑重其事，干吗让我写序。甘庭俭笑言我身在北京，单位也算赫赫有名，可以把自己弄得很神秘，故作权威。我哈哈大笑，再次被他的幽默和超然折服。

放下电话，我看着窗外黄昏的天空，想起万里之外的成都。通常是阴天，在我值班的那个下午，黄昏的时候，我会在楼梯哪儿碰到甘庭俭。结束了一天的绘画作业，他显得特别轻松，正要回家。我们边下楼边聊天，然后在单位门口分手。夜色吞没了城市。艺术，劳作，朋友……我陷入了回忆，往事在一瞬间又回来了……

2

我最初称他甘老师，后来简称"甘师"。他美院的同学听罢，抗议道："甘师，让人联想起耳朵上夹着圆珠笔的木匠。"他说："我是刻木刻的，说是木匠也可以。他一贯如此，从我认识他起，20多年了，他从青年到中年，从美术编辑到艺术学院院长，没有什么本质的变化，自然、幽默、执着、淡定，是个最像普通人的艺术家，也是最像艺术家的普通人。

锦官月明海上花
——成都上海双城记

1991年我从上海戏剧学院毕业,分到由四川作家协会主办的《星星》诗刊做编辑,有幸和甘庭俭成为同事。他是《星星》诗刊的资深美术编辑,也是编辑部承前启后的老编辑(却很年轻),经历和见识颇多。20世纪八九十年代的《星星》诗刊如日中天,其装帧设计在全国文艺类杂志中独树一帜,声誉卓著。我每次碰到文学艺术界的人,只要说自己是《星星》诗刊的编辑,别人都会赞赏《星星》的装帧设计。在20世纪80年代,书籍杂志的装帧设计很难进入艺术家视野,似乎认为那不是艺术。但在甘庭俭那里,情况完全不是如此。作为他的同事,我当然为之骄傲。

虽然已经工作,但那时我还满是生涩的学生气,对四川美术学院1978级的学生很是崇拜。甘庭俭正是1978级版画系的学生。我们一见如故,他不像单位很多人动辄"教育"我,也不像好多作家诗人或画家那样爱好吹嘘自己。相反,他喜欢拿自己和自己的同学打趣,将自己那些我认为辉煌的业绩揶揄过去。有次,我给无锡轻工业学院(现为江南大学)美术系的一位朋友讲起甘庭俭,和我年龄相仿的朋友说:"甘庭俭,大师嘛,他的素描在成都很出名,被我们美院考生传看,是我们的示范习作。"我把朋友的话转达给他,他笑着说:"哪个说的,是不是哦,我咋个不晓得呢,没有哦,我没有那么出名……"每次我转述别人对他绘画的赞誉,他都是这态度。我听得乐不可支,倒更觉察出他随性而恒久的自信。他对待名誉的态度像老派的知识分子,不大像现代人。

3

我每天都盼着他来编辑部(他的办公室不在我们这层楼)。他一般中午十一点半从楼上下来取报纸信件。他来就意味着上午的工作结束,同事们开始海阔天空地聊天。他诙谐极了,生活层面宽,爱好又广泛,肚子里的龙门阵很多。他松弛、讥诮,从不故作深沉。四川人将多姿多彩又聪明绝顶的人喻为"烂脑壳",他的脑壳就很"烂"。有些艺术家艺术做得不错,人却沉闷无趣。他不是,他有声有色,饶有趣味,大概算我见过的最幽默的人之一。他颇有个性,但不着痕迹,天然低调,他是那种知识分子型的艺术家。我认为艺术家大致有两种类型:

一种活泼感性，放浪不羁，激情肆意；一种温文尔雅，理性内敛，感情含蓄。甘庭俭身上则是两类禀赋兼而有之。

　　深刻的友谊来自坦诚的交流。甘庭俭没有从年龄和资历上俯视我，不，他不俯视任何人，他从不在比自己弱势的人面前拿捏，也绝不谄媚强势之人。他和来自农村的临时工嬉笑打闹，互相挤对，好玩得很。我也随便开他这个老师的玩笑。有他在，编辑部总是充满笑声，轻松愉快的氛围把作协其他部门的人都吸引来凑热闹了。

　　20世纪90年代初的成都艺术家延续了80年代喜欢聚会的习惯。甘庭俭人缘特别好，他在作协宿舍的小家常常是高朋满座，艺术家云集。我也很喜欢去玩。尽管房间狭小，吃喝简单，但大家喝酒谈艺术、谈生活，兴致颇高，久久不愿离开。

4

　　第一次去他家，偶然见到他挂在家里的版画，很是惊异，但非常喜欢。我一直对版画情有独钟，读大学时结交了一帮浙江美院（中国美术学院）版画系的朋友，曾在浙美的版画工作室看见过各种风格的版画制作：石板、铜板、雕版、木刻、水印……我常常开玩笑地叫那些朋友是"版画师傅"。版画的制作技巧非常关键，版画家的动手能力也都比较强。但是版画系的毕业生，除了留在美院当老师，其他人囿于条件，很少继续画版画。失去轰动可能性的版画，只有真正热爱它的人才能坚持画下去。我也没有想到甘庭俭仍在画版画。

　　挂在家里的几幅作品刻的是藏族人和彝族人的生活、劳动场景。其时我已经在油画中看过太多同类题材的作品，题材本身也许没什么独特和新鲜的地方，但木刻效果和油画很不相同，黑与白的简单色彩有种纯粹的丰富性，其洗练的风格反而更贴近偏僻地域纯朴而原始的乡民的情态。画面粗犷、拙朴、沉厚，画中人物羞怯而纯洁的眼神深深打动了我。那些画既不渲染也不精致，没有那个时期绘画中常见的刻意传达的民族风情，仿佛是对日常生活的照拂，寥寥几笔，形神兼备。我在偶然的情况下重又看到版画，而且是这么好的东西，抑制不住喜悦，惊讶地对甘庭俭说:"你还有这些画啊。"他的朋友们纷纷大笑起来,说:"你以为甘老师就是个美编吗?他还是个版画家。"他倒有些不好意思,笑着说:"做美编太简单嘛,刻点木刻耍嘛!"

渐渐地,他的版画看得多了,我也能讲出个一二来。他的木刻版画风格突出,主要是几大块内容:中外艺术家人物肖像(这可能和工作有关),有阵子他系统地为《星星》诗刊的诗人群体刻木刻肖像,那些诗人看到后爱不释手;西南少数民族生活题材;中外文学插图;等等。少数民族的版画就不用说了,这类作品他已获得过多个奖项。人物肖像木刻大多是凭借照片来创作,仅依据照片就得刻画出艺术家的精神实质很难,然而他做到了。

5

那时候,《星星》诗刊总能收到很多作者和读者的反馈意见。大家特别认同他的人物肖像木刻,认为他将文学艺术家特有的气质勾勒得淋漓尽致。甘庭俭的文学修养在画家中也是一流的,语言文字功力不输我们这些专业人员。对文学的读解能力使他在创作木刻小说插图时切入角度与众不同,画面意味深长。欣赏他的木刻插图简直是一种享受。

在甘庭俭的油画和装帧设计里,足见他对色彩处理和呈现技艺的高超把握。色彩处理既是画家的技巧,也带着天生的审美痕迹。起初,他主要热衷于木刻的创作,黑与白的世界似乎已经让他满足,他并不急于在版画中展示他的色彩功夫。直到近几年,他在石版画创作中开始表现他高雅精准的色彩触角。那组以古典器皿为主题的石版画,构思简切,绘画元素稀少,却给人的视觉印象强烈,令人有耳目一新的感觉。

他曾不止一次给我说起过,不管是油画、版画还是其他创作,画到一定阶段,过于得心应手,他反倒会很不安,觉得出现了停滞。这期间他会用很长时间来思考下一步该怎么走、如何做。这是最痛苦的阶段,他不免会怀疑起自己的方方面面来,直到寻觅出新的表达形式,重获自信。他最新的版画确实和从前的画风大相径庭,大概也是徘徊很久后找到的新路。

6

甘庭俭也有很骄傲的时候。有次他对我说,"文革"中父母受冲击后,他们家住在一个大杂院里,生活清贫,孤立落魄。院子里其他人都是出身好的群众。按常理他们是被人瞧不起的倒霉分子,但院子里的人反倒羡慕他们,觉得他们与众不同,甚至"高人一等",仅仅因为他们家有很多书,一家人彬彬有礼……

我知道甘庭俭出身于高级知识分子家庭,家庭氛围良好,父母待孩子民主,家庭关系和谐。其实,从他的思想和做派上很容易看到家庭对他的深远影响。他的骄傲是内在的,即所谓的"有傲骨没傲气"。这和很多艺术家恰恰相反。他为人不势利,不焦躁,做事不功利。和他做同事的好多年里,看到过太多趋炎附势、媚上欺下的人,有些甚至是自己曾要好和认同的艺术家,平时议论起别人来都很清高,一旦形势变化,立马变了嘴脸。虽然我理解一些人的动机和无奈,也知道自己看人看事太书生气,却仍然免不了深深的失望和难过。

甘庭俭却不同,他的清高是骨子里的清高,他的自尊是非功利意义上的自尊。他从不为先锋或边缘姿态而拒绝政府行为,也不因上级指令做违背自己原则的事情。他表里如一,从容勤奋,凭自己出色的专业才智和真诚人格赢得大家的尊重。

7

那真是一段飞扬的日子,我们都那么年轻,对生活和艺术满怀热情。通过他,我认识了四川美院1978级一批优秀的画家。他们比我年长一轮,大家却性情相投。在甘庭俭等人的倡议和组织下,他们成立了78艺术工作室,还推举我为艺术总监。我才25岁,对美术和美术理论都是一知半解。画家们全不在乎,他们觉得和我谈得来,在一起愉快,并不指望我能带给他们什么好处!我也觉得做艺术总监不过是找个名头能和他们玩。那阵子,看画,布展,谈论宣传细节……与他们的合作充实而兴奋,我每天都处在跃跃欲试的激情中,从他们身上学到不少东西。他们个个才华横溢、魅力十足。

性情温和的甘庭俭被他们十几条好汉信任,好像出任了什么主任还是理事(忘了,反正就是带头的人),他也兴冲冲地和他们一起画了一批油画。虽然我更喜欢甘庭俭的版画(好像这期间他还得了全国美展的版画金奖,他少有提及此事,我也弄不清具体在哪一年),但对他多种艺术形式的尝试非常理解和认同。艺术原本相通,在合作中我发现他的连环画、摄影甚至舞台美术都出类拔萃。我开玩笑说他简直埋没了自己的很多才能。

1994年、1996年,我连续和78艺术工作室合作,在四川美术馆举办了工作室的油画展。甘庭俭让我为画展撰写前言,工作室的画家也都同意了。我推辞再三,忐忑不安。他们都是些名声在外的画家,认识太多有名的美术理论家,而我还几乎是个稚嫩的学生。画家们以各种幽默的方式给我以鼓励,我知道那也是他们对甘庭俭艺术眼光的一种信任。最终我的前言得到了大家的好评。直到今天,想起来仍是那么温暖。开幕当天,甘庭俭的同学们让他代表大家讲话。他的发言很精彩,一如既往的幽默生动,一番夸张的白描,将78艺术工作室的画家群体介绍给了观众们(大多也是艺术家)。大家笑得前仰后合,其乐融融。艺术是多么让人开心的美好的事情,它不高深,不遥远,它就是生活的一部分,它蕴含在点点滴滴的细节中,它能提升生活的精神品质。这是甘庭俭让我感受到的。

8

随和从容的外表下,甘庭俭其实是个极度敏感的人。我还记得我拉他和画家张晓红给电视台做舞美设计的往事。有天,我们大家干了一通宵的活儿。第二天,他对我说,回家路上,晨曦微露,薄雾依稀,少有人迹。偶然碰着个熟人,打声招呼,那种朦胧的感觉也仿佛彼此恍若隔世。那一刻,他感觉到刻骨的孤独,觉得人生是虚幻的、隔膜的。那是他唯一一次对我表现出脆弱,尽管在他的绘画里,在他的照片上,他沉郁的时刻往往更多。

1996年5月,我即将调到北京工作。那天,和编辑部诸同人告别后,在作协门口碰到了甘庭俭。我告诉他,明天就不来上班了。他当时有急事,推着自行车准备去办事。他说:"这么快就要走了啊……"我们在作协门口顺便聊了起来。聊呀,聊呀,笑了又笑。过路的同事笑话我们:都一个部门的人,干吗不在办公室聊,非要站在大门口,累不累呀。他说"我还有事,马上得走"。结果,推着自行车聊了一个多小时。最后,他说要走了,不然都走不掉了,然后骑上自行车走了……凭着对他的了解,这种方式与他的告别,正合我们的意。

  1996年不仅是我个人生活的转折,从此以后,与甘庭俭和他那帮朋友们的来往也相对少了。20世纪90年代中后期的中国艺术界,发生了巨大的变化,商业影响无孔不入。艺术家的心态变了,生活和工作的节奏变了。聚会交流时话题越来越窄,越来越有所顾忌,似乎大家都成熟了,不愿把时光抛洒在无谓的厮混中。我愈加怀念曾经在甘庭俭家的筒子楼和平房里的聚会:那些为所欲为的作品展示,面红耳赤的争论,显露性情的表白……这些应是维持文化生态所需要的养料。挂在家里墙上或画架上的绘画作品,其价值丝毫不亚于挂在美术馆展览厅中的作品。家里的绘画才可能被反复欣赏、探讨、阐释,而在美术馆,通常也就是匆匆一瞥。可惜膨胀的欲望常常使我们本末倒置了。我不知道甘庭俭思考过这个问题没有,我想他可能更早便意识到了。现在他是艺术学院的院长,他有责任去培养学生的艺术人格,让审美的行为贯穿他们的一生。

9

  我熟悉甘庭俭作品深处的背景,我明白静静流淌在木刻刀上的日子。我感念他以及他的艺术带给我的诗意和快乐,我相信还有很多人与我的感受相似。虽然回顾他的艺术足迹反倒让我忧伤,让我很想重回旧时光,但这就是时间和艺术的关系、艺术和永恒的关系,在艺术面前,大概不得不认命吧……

画布前的独行者：荷译

1

十几年来（现在有二十多年了），我都是荷译绘画作品的看客。十几年下来，在成都的展厅、北京的展厅、他的画室，我看到过非常多他的画。由于我们生活在不同的城市，我只能一年或几年看一次他的画，这正好保持了我在旧的记忆和眼前新作品之间的平衡与感受。我对荷译非常了解，因而在观赏他的绘画作品时，很容易联想到2004年诺贝尔文学奖得主、奥地利女作家埃尔夫丽德·耶利内克在其代表作《钢琴教师》中对我们这个时代的总结——人们几乎不能单独站立或行走，总是成群结队，仿佛他们不是独立的，这对地面来说已经成为一种沉重的负担……

从事艺术创作的人更多了，艺术家和他们的作品却都越来越圈子化，很有点自娱自乐的空洞无聊。荷译，他总是单独行走，不喜欢成群结队。因而，在他的生活和他的画中，我都看到他绝对庞大的孤独、冷傲和倔强。他的个性让我意识到，他从未为时代、主义或潮流背离过自己的艺术理想，始终保持他作为艺术家的纯粹。也许是太过纯粹了，虽然触目，总有些暗含的危险。

2

四川美术学院1977、1978级学生在20世纪80年代初、中期曾有过乡土绘画和伤痕绘画的辉煌，那名声延续至今。荷译作为油画系1978级的学生，上学时兴趣点就和其他人不大相同。他对具象写实油画（社会主义现实主义）的兴趣不大，这种内心审美的趋向一开始并不确定，他也曾在各个方面怀疑过自己。毕竟，和自己身处背景的剥离，对于一个年轻人，与其说是艰难，不如说是困惑。在美院后期以及毕业创作中，他仍然是以写实、淳朴、厚重的画法来表现乡土情调，和他的同学们并无二致。

很快，20 世纪 80 年代中期，他便开始创作较为抽象的油画，作品有点现代主义的元素。那批画没有通俗易懂、打动人心的画面故事，不抒情，也不浪漫，似乎有种提前而到的冷漠气质，很难以当时流行的美学观念去解释，其完全不同于既定的"四川印象"的绘画风格，让人耳目一新，也在小范围内引起一些争议。他的系列作品《影》《梦魇》《红门》《对话》等等，以一种意象来表现人体，早于 1989 年现代艺术展作品和 1990 年北京轰动不已的人体艺术展作品。有段时间，他甚至被人当作先锋画家而被关注。不过，荷译不是个理论先行的艺术家，他也不善于塑造自己，他习惯听命于内心的调动。在整个 20 世纪 80 年代，他的画构图和色彩变化很大，技术水准也是起伏不定，能让人感到他在不断地摸索和尝试，寻找既到位又有个性的绘画语言。虽然不是刻意而为，事实上，从那时起，他已经开始游离于主流绘画圈之外，外界对他绘画的评价也变得莫衷一是。

20 世纪 90 年代中后期，当绘画越来越变成商业链条中的一个环节，荷译却不合时宜地远离了更有商业价值的绘画风格。一贯单纯简朴的日常生活，使他有能力最大程度地忠于自己。于是，他在又一个点上背离了大众。

我曾听一位先锋人士说过，"大众审美是臭狗屎"！但包括说话人在内的很多艺术精英，却格外重视"臭狗屎"带来的巨大商业利润。20 世纪 90 年代现代艺术兴起，装置、行为艺术、多媒体……它们的热闹，都冲击着似乎属于古典方式的架上绘画，架上绘画遭遇到了广泛的质疑。架上绘画的形式和技巧已被穷尽了吗？没有穷尽的只是拍卖行中的价格？没有商业成果的刺激，画家还能长期沉醉于孤寂而老派的架上绘画中？荷译对属于绘画附加值的东西不在行，他也很少去想这些时髦的观念，就是一直坚持着架上绘画。

我看到过在一群画家中，大家津津乐道于绘画的商业价值和如何运作等话题时，他出神和落寞的样子。他并非生就不食人间烟火，他喜欢和好友把酒畅谈生活和艺术，喜欢雪后长街的空阔，喜欢星光洒在地面的树影，喜欢旅行中收集的回忆……更多的时候，荷译确实遗忘了外面的世界，他在画室辛苦劳作。画架上面的天窗，有阳光或阴霾的色泽流进，有雨水或露水的声音滚过，自然和内心常常都是那么静谧，适宜创造。在音乐的陪伴下，他静静地画画，可以很多天都足不出户。

从20世纪90年代初开始探索的人体绘画，在1996年达到了一个新水准。1996年和1997年，荷译的系列油画《红格》，分别在中国美术馆和上海美术馆展出，受到了部分画家和评论家的强烈关注。网格缝隙中的红色女人人体，多姿多态地隐现，人体周遭漂浮着灰色、蓝色、黄色、绿色的小气球。红色人体系列，延续了荷译绘画惯常具备的视觉张力，只是色彩更为大胆，冲击力更强，画面意象更加内在化。被悬置在地平线、天空、海洋或者荒野上的女人，她们既迷茫失重，又陶醉自得。她们在渴望五彩缤纷的世界，似乎又冲不出周遭密密编织的网。她们既被引领又如此无助，迎接和推拒似乎都暧昧难言。她们不再只是美的承载者，或者说，美并不是目标，而只是手段……我作为一个女性观众，在1996年的中国美术馆看到这组画时，想到了很多。

3

接下来的几年，社会以摧枯拉朽之势，改变着整个艺术界。荷译与外界的隔膜感更强烈了，他更快地逃回到自己的内心。从1997年的《形态》系列，直到2000年的《空间》系列，他的画色彩更加冷峻、清寂。依旧是人体，却已是残肢败体。残缺的人体和自己的影子，以各种挣扎的姿态，孤独地板结在大地上，无所归依。显然，荷译的伤感和孤独感与日俱增。但是，即便现实的挤迫令他极度不适，在绘画中也从不怀旧，更拒绝简单地在作品中图解现实。荷译是个唯美的画家，他对美的理解是诗意的，坦然的，淡泊的。除非内心的感受已经水到渠成，他不会轻易改变自己的画风。他的固执使得他的画突出于广大潮流中的画家的作品，难被关注，却也难被淹没。

进入21世纪,中产阶级作为社会的中坚阶层出现,绘画进一步退去了它的精英色彩,中产阶级审美成为主导大众文化的主流趣味。荷译认为,架上绘画从学术层面来看,其窘况依然没有好转,但表面上和民众的联系更广泛更紧密了。各种展览和拍卖会层出不穷,热闹非凡。荷译对各种规格的展览都很随意淡然,在国家美术馆抑或朋友的酒吧,受到邀请,只要有新作品,他都参加,如果没有新想法呈现出来,他也不会去凑数。参加展览,他会认真地和别人探讨绘画的问题,绝少牵扯到绘画外的是非。他的这种自我尊重和尊重别人的修养,既有他内在自信的成分,也属于艺术家的天真本性。

2001年和2002年,荷译继续着他的人体创作探索。他再次改变了构图和切入方式,画面空间中的人体被挤压到墙、门的角落。还是有彩色气球飘荡,但它们在画幅中的体积却大为缩小,不仔细观察,很容易被忽略掉。鸽灰、乳白、雪青、靛蓝的色彩组合,干净清丽,沉着冷静。那些下半身人体,既参与在空间中,又似在旁观,抽象不明。为何要在画面中添加似乎毫无关联性的气球,荷译说只是为了更加好看。这组画引起的联想是多义的,远超出画家创作时的直觉。被束缚的人、含蓄的交媾的人体、压抑的飞扬的意愿……对此,荷译解释道:"都是,也都不是。"

4

2003年,荷译的绘画第一次和时代精神有了某种或预谋或巧合的联系。同样是表现人体,这一组粉红色的女人人体绝无1996年那组的彷徨。这组人体丰腴、香艳,周身缠绕着若有若无的小花,暗合了那几年大行其道的情色文化。有的画面是变形而虬结在一起的粉色气球,它们在漏气过程中被形塑成各种姿态,颇像人体的躯干,鼓胀的部分也有,萎缩的部分也有,局部异常饱满,局部又尤为干瘪……艳粉的颜色,有种不忍多看的心惊。

我不了解荷译在怎样的心境下画了这批画,它们给我以异样的疑惑和触动。在消费文化铺天盖地充斥社会的境况下,艺术应该追求永恒还是快捷?已有的思想和技巧还是否够用?很明显,荷译受到了波普艺术和电影等现代艺术的启发,面对审美对象,不再只追求纯粹的干净。他在画幅上涂抹出来的那种过于饱满的氛围,突破了从前的画作给人的清逸扎实的视觉印象。然而,这是一种脆弱的饱满感,其过度的膨胀、怪异的扭曲、肉感的形态,仿佛都是我们欲望的注脚。

2004年,荷译题为《蜜》的系列作品在上海展出,他亲手布置了展览现场。我看过现场的照片,隔着黑色的纱帘,这组粉红色的画作浪漫、诗意,甚至有些神秘。后来我在他的画室再看这组画,感觉却全变了。画面上是些柔软、丰满的粉红色手指,涂抹着绿色的指甲油,手指间布满了粉色和嫩绿色的花蕾。除了延续上组画中粉红色人体与小气球渲染出的那种香艳、情色的内在精神气质,《蜜》在意象上更加暧昧。

"蜜"这个名字本身很媚俗,画面呼之欲出的是感官的妖媚和享受,欲念的躁动和诱惑。画作乍看的确给人以新鲜感,然而,从展览地的艺术环境回到画室中的日常环境之后,"蜜"仿佛变了质,散发出某种怪诞和虚茫的味道。它似乎只是人工酿造的"蜜",不自然,很甜腻,属于精神的假面。我把这组画看作是荷译对当前文化潜意识的呼应和讽喻。他重新定义了他的浪漫概念。他急于找到新语境,急于尝试更多的绘画表达方式。不知为何,看到这组画后,我有点担心他和许多画家一样,把注意力放在制造自己的绘画标牌和符号上,反倒漠视真正的创新。

正当我揣测荷译在《蜜》中还要沉溺多久时,2005年,在名叫《状态》的系列作品中,他再次改变了绘画风格。内容还是人体,看来他对人体的表现力持久地着迷。他也说过,无声的肢体语言所能达到的情绪意境是难以被穷尽的。这一年,他回到他使用过多次、表达非常老道的雪青色和灰黑色营造的画面节律中。这一组人体画油彩稀薄透明,用笔自然、轻松、灵动。人体的关节处着墨较深,色彩沿着肢体洇浸出去,形成立体的解剖效果,画面因而十分洗练,色彩澄净清雅。这组画给人以幻影般空灵和静谧之感,是他真实的内心表露。它们契合了他散漫、自由、沉郁的生命状态,也是迄今为止,他人体绘画中最有灵性的一组作品。

5

我记得有一年春节，是在大年初三，成都出了轻薄的太阳。在荷译家宽阔的露台上，几个朋友聚在一起惬意地闲聊。席间，荷译抽身离座，进到他的画室去了，好久都没有出来。一会儿，我进去他的画室，看到他在画画。我问他怎么突然离开了。他说，就是想画画了……那个时候，我和他还不太熟悉，觉得这人有点奇怪。和他熟悉之后，还是感觉到，二十几年来，他完全没有变，他还是认为画画这件平常的事令他感觉最自在、最有意思，是他的最爱。

锦官月明海上花
——成都上海双城记

在时间的激流外：冯大庆

1

我从来没有如现在这般踌躇去写冯大庆。我不想延用1999年描述她的笔墨。我越是渴望深入了解她，越是容易带着固有的评价去看待她。这样也许容易，却难以揭示她最真实的变化。大庆给人表面的印象太过强烈，她从来都是人群中触目的那个，漂亮、热情、聪慧、善解人意、顾全大局……我不再满足于这样去写一个经历丰富的艺术家。我知道她们那代女性——20世纪50年代出生的人——少有一路光鲜的轨迹，只是，有些人善于遗忘，有些人热衷掩饰罢了。

1949年以前出生的中国人，很难有比"50后"更丰富的人生阅历。冯大庆，她以女性艺术家的眼光观测人性的浮动，她看到了什么？她企图表达什么？她是更乐观稳健还是更悲观疑虑？她的作品前期和后期风格差异如此之大，她又经历了怎样的思想变化？

2

我17岁在成都认识大庆时，28岁的她结束了知识青年插队的农民生活、护士学校的学习、短暂的公务员岁月，已经是上海戏剧学院戏剧文学系最值得骄傲的毕业生之一。她漂亮、清纯、活泼的姿态看不出一点岁月的痕迹。在成都那座温润、潮湿、富庶、慵懒的城市，她得心应手，应付自如。她写《轻轻一阵风》《白围墙》《太阳升起的时候》一类感时伤怀的剧本，写散文，写剧评，写电视剧；组织中学生戏剧节，戏曲调演；放风筝，打乒乓球、篮球，跳交谊舞；朋友众多也助人为乐……她欢欣跳脱，生气勃勃。只有在作品中，命运的瑕疵被放大，尽管她从不对生活撒娇，那些纯情、清甜、伤感的作品却流露出高悬易碎的精神特质。那是高级知识分子人家女儿的骄傲，生活在生活之外，天真地以为世界属于自己。

大庆33岁那年，从四川省文化厅调到中国青年艺术剧院，我也刚从大学毕业，分到四川省作家协会工作。我们开始了较为密集的通信。在信中，我们畅谈艺术、书籍、城市变迁以及各自的心境。信中的她无论欢乐还是痛苦，字句一律激情四射，情绪就像她的字体一样，遒劲爽朗。

"长安米贵，居大不易。"如果变化仅仅是容颜的突然憔悴、两地奔波的疲惫（幼小的女儿在成都）、婚姻磨合的艰难，她在信中的沮丧和失望不至于如此锐利。"这里没有艺术，只有借艺术名义的伎俩。"她告诉我。信中的直率坦白与她在公众场合总是顾及他人感受、克制自己言行的形象很是不符。

那个时期，作为中国青年艺术剧院文学编辑的她写作剧评，写作后来获得国家奖的电视剧剧本，编辑戏剧杂志。我还处于仰望她的阶段，偶尔在成都和北京见面，她总是漂亮与疲乏兼备，行色匆匆。她的片约稿约乃至朋友间的约会多到排不过来。我们毕业于同一所大学，看到她，我经常有点恍惚，为何她在哪里都显得游刃有余，我却老是与周遭环境格格不入，忧郁压抑？

不管境遇如何，她为人的真诚从未变过。我们的忘年友谊（她说我是她的小朋友）给我带来的鼓励是巨大的。当然，我还不太会识人，不清楚哪个她最接近于真实的她。

3

大庆生长在成都，祖籍陕西省米脂县。中国人都知道"米脂的婆姨绥德的汉"。她的五官柔媚，口、眼、鼻上翘的幅度俏皮，是中国人划分的"洋气"那一类长相，不过，她的漂亮大概真跟米脂有关，不妖艳，透着陕西人的憨厚质朴。她严肃的模样不好看，因为她的美悲天悯人、温恬、暖茸茸的，就像那样的美不光是用于观望，也可以就手使用。拂尘、暖水袋、手杖或是雨伞……都是一些平俗的东西，正是平俗，倒还没有人离得了。我常觉得，她的命运会不同于通常意义上的美人，她对于自己的美心中有数，却不雕琢、不利用，听之任之，满不在乎。这样的美人定会有劳累的人生，有时甚至比普通人更甚。她不大自恋，即便从她的作品中也能看出来。初始阶段，她的作品尽管幼稚，但也清朗，从不哼哼唧唧。

有许多知识女性会在丰富细腻的内心生活和令人不快的现实对撞中变得尖刻，大庆不会如此。不是说她没有苦闷，这主要还是得益于成都人依恋日常生活的本性。她把家里布置得舒适、安逸、雅致，花儿旺、狗儿跑、孩子跳，朋友们在此流连忘返。有人说到谁谁大学者，家徒四壁，只有书，谁谁大作家，家里脏乱不堪，她都替别人遗憾，觉得他们没有学以致用。她颇会安排生活，绝少凌乱颓废的气质。我私下想，也许她在北京时常是孤独的，她喜欢精神交流，人际温暖，又希望它是有质量的那种，这近乎田园诗的理想在巨无霸似的北京简直像一个笑话。北京的天空下，没有白吃的筵席。赤裸裸的人际关系，有热闹有花头，填补得了虚空，底色也许还是粗俗的，常常是连高级的刺激都谈不上，不如在家种花养草、喝茶读书来得自在。

4

1996 年，38 岁的大庆应美国新闻总署邀请，参加国际访问者计划，出访美国。她在美国观看了大量世界一流的话剧和音乐剧，参观了许多博物馆、艺术馆，拜访了各界精英人士。美国人文艺术的丰富、辉煌，几乎击垮了她小布尔乔亚的内心。作为一个中国的剧作家，她找不到中国的声音。20 世纪 80 年代的艺术家，都曾经有过热烈的人文理想。90 年代中期以后，艺术渐渐成为逐利的手段，跟跟跄跄地尾随着轰然巨变的时代，找不到独立存在的意义。传统价值观已被摈弃，却并没有令人信服的新的价值观确立起来。个人在高空秋千上飘荡，内心纷乱。

1996 年，我婚后移居北京，调入中央戏剧学院工作，成为大庆真正意义上的同行。我还没有孩子，成天赖在她们剧院和她家，似乎在渐渐接近真实的大庆。在东单的青艺文学部，在北京的各个剧场，在红领巾桥附近的家，做编辑之余，大庆辛劳地写稿、看戏、出席艺术活动、做家务……她身边始终存在着某种无形的场，她是场的中心。各种上进的机会也对她频摇橄榄枝。生活似乎空前充实开敞，她却很有些迷茫，找不到自我。偶尔，我会在她责备女儿、埋怨丈夫的瞬间看出她的焦躁。

不惑之年的大感，至少说明她其实相当晚熟。

5

在我不甚了解她时，我很担心她沉溺在唯美中，主动规避生活中真实、隐秘的部分，通常也是丑陋甚至不堪入目的那部分。对于艺术家来说，这部分生活迫使你真正去做些思考。事实上我的担心是多余的，大庆面对社会人心特别敏感脆弱。有时恰恰是那份脆弱，让她保持敏感。进入21世纪，人性吊诡堕落的速度惊人，除非你闭上眼睛，生活几乎每天在你身边上演大戏。大庆内心的跌宕和挣扎何其剧烈。

出乎周围大多数人的意料，她不是与时俱进的人。相反，她产生了那样深的不安全感、疏离感、无力感，似乎只有旧日时光，才能让她安稳踏实，让她怀恋。她放弃了很多唾手可得的好处，想要抵达更为本质纯粹的生活。可是，纯粹必然要包含某种程度的虚无，她的神经又太过结实。矛盾因此而起。我亲见太多她在幕后的黯淡时刻：隐忍的委屈，极度的失望，强撑的平衡，艰苦的包容，痛心疾首的妥协……

笑容依旧恬美，皱纹爬进了内心，她的笔开始有了力道。

话剧《失明的城市》（香港话剧团版本《盲流感》）、《肖邦》《惊蛰》《赵一曼》，以及大型诗歌朗诵《聆听·青春》《聆听·爱》……她的作品越来越大气、厚重、诗意、深沉。她天生的布局能力和偏好的叙事方式似乎最适应剧本创作。这是极大的幸运，虽然它受制于天时地利，来得晚了一些。哪个戏剧学院毕业生，不曾怀抱过舞台剧的梦想？又有几人既有天赋又能坚持到底？我们对于舞台剧的眼光都是挑剔残忍的，结果似乎就是它几乎扼杀了我们的舞台剧创作。大庆其实也一样，她的坚韧在于她咬牙挺住了创作过程中内因外因带来的各种崩溃。

面对声名，她似乎越发淡然了。她甚至都没告诉我《失明的城市》和《肖邦》均得到了国家级奖项，我还是偶然看报道才知晓的。我明白这绝不仅仅是因为谦逊，事实上她相当看重荣誉。我想起大作家索尔·贝娄的那句话：这一类事情，你或许会终生难忘，或许会不当一回事。这全看你所处的世界是怎样的一个世界了。她的心境，变化非常之大。她的视线，已经变焦。我如果再用多年前的印象去解释她，只能是误读。

6

《失明的城市》和《肖邦》都算是命题作文，是应邀而作。但恰恰是这两部看似没有自我的剧作，让大庆在话剧写作的成熟阶段迈过了仅仅围绕女性经验来布局的局限性。她必须在重大主题的架构中进行自我探索——超越社会意识形态、回归人物内心的自我。当然，由此而来的精神疲惫也很明显。

2006年8月，《盲流感》在香港首演的那个晚上，已经过了午夜，大庆和我坐在酒店21层的飘窗上聊天。窗外高楼林立，近在咫尺，宛如水泥森林，明亮如白昼，逼仄而压抑。我问大庆是否还沉浸在首演轰动的兴奋中。剧终后，观众掌声雷动，演员们多次返场谢幕。她一袭红衣光彩照人地出现在舞台上。起初观众错把她当作了演员，知道她是编剧后，索要签名的人排起长队……对于一个剧作家来说，这也算是职业生涯的高潮了。大庆平静地说："我没有丝毫兴奋，只是觉得一件事情总算结束了。"

我明白大庆内心深处的沧桑，"却道天凉好个秋"适于表达她此时的心境。《失明的城市》孕育过程一波三折，淘空了她最初单纯的创作激情。但这却是一部对她而言意义非凡的作品，她借此看清自己。

如果说艺术都是双重指涉的创造，艺术家和她的成功作品之间必然有着神秘难解的精神契合。根据诺贝尔文学奖获奖者、葡萄牙作家萨拉马戈小说《失明症漫记》改编的话剧《失明的城市》，让大庆调动起了完全不同的人生经验和情感体验：预言人类的灾难，警示人类的愚顽盲从，高屋建瓴地开辟救赎之路……并不仅仅是这部作品让她沉重，40岁过后，她对生命的领悟更加复杂难言。只有像我这样和她相伴、厮混了几十年的朋友，才明白这部起初她并不喜欢的剧作与她内心的吻合。恰逢其时，这样的创作，既不能出现在她生命的前期，也不能来得更晚。此时，她正有力量去承受生命之重。她的剧作最大程度地贴近了萨拉马戈小说的精神要旨。

和在香港一样，《失明的城市》经由中国国家话剧院的艺术家搬上内地舞台后，好评如潮，反响巨大，很快就有多家剧院和艺术院校移植搬演了大庆的剧本。当初在香港，萨拉马戈先生听闻演出效果后，本想亲临现场观看，无奈机票已经售罄。不多久，传来先生离世的消息。

7

毕竟是写音乐家，《肖邦》当然是抒情的，大庆也擅长抒情。但其实这是出悲剧。大庆把天才与他命运艰难博弈的故事描写得很有张力。肖邦得到音乐的盛名，失去亲人，失去庇护他的老师，失去爱情，失去健康，最终失去自己。大庆根据部分史料，想象和杜撰了比真事更为悲怆的故事。肖邦的启蒙老师规划了肖邦的成名之路。他亲手把肖邦推离自己，推向辉煌。老师的梦想看似通过天才学生而得以实现，但他留给自己的，却是凄清孤独，注定被历史遗忘。这是栖身艺术的代价，真实人生的况味？

世俗的人往往以短浅功利的计算揣测艺术和艺术家。艺术在懂得它的人那里，却自有无可替代的精神慰藉和回报。在对所谓失败人生的展示中，大庆敏锐地抓住了人的尊严和神圣。牺牲在所不辞，献祭艺术，只为托举天才。肖邦的老师的凄惨命运，恰恰是整出戏最动人的地方。大庆的变化让我吃惊。世事洞明皆学问，人情练达即文章。除去在戏剧形式上的不懈摸索，她所投射和关注的戏剧对象有意味多了。

也有永恒不变的。对大庆这个人，对她的艺术观念来说，缺少了爱与美的牵绊，创作还有什么动力？生活还有什么企盼？！

没有人能置身时间之外。入世也好，出世也罢，时间自有它铁铮铮的公正性。大庆曾因才情出众，过早被抛入主流意识中心。不知为何，我反倒认为她需要漫长的成长。我特别喜欢的英国女作家多丽丝·莱辛活了94岁，88岁才获得诺贝尔文学奖，直到去世前还在创作。朴素如邻家老婆婆的莱辛，她最有分量的小说大都出自中年以后。莱辛曾借小说人物之口宣示：艺术和生活是有可能面对枯燥的两种冒险。大庆正处于艺术家心智最为活跃的中年，而舞台是适合她的冒险方式。

8

我清楚地记得，1987年秋天，我还是个18岁的高中生，在去上海读大学之前，我到她成都家中去找她告别。她就要结婚了，扎着马尾卷发。我随口说："大庆姐姐，你烫头发了？"她的脸突然变得通红，她喃喃地说："怎么样，有点傻吧……"我当时想，这个漂亮得炫目的姐姐，怎么会如此不自信！
…………
当时间之水悄然漫过，许多往事沁入心脾，30年过去了。
冯大庆，她无须面孔朝外也知道自己手握什么，逝去了什么……

戏剧人生：罗大军

1

现在，基本上每年一半的时间，罗大军都待在家乡成都。他几年前在成都送走了父亲，母亲也到了耄耋之年。母亲腿脚不灵便，要坐轮椅才能出行。大军对父母的孝心在朋友中赫赫有名，他舍得花时间花精力去安抚老人。这不过是他善良的一个方面。在很多方面，大军都显现出现代人少有的正直和善良。

他毕竟是在成都长大，在成都读书、工作、从事艺术，成都有他的发小、同学、朋友。因而，他在成都的日子，各种活动也不少。照顾母亲、吃饭、喝茶、看展、考察古镇、策划戏剧、锻炼……忙得不亦乐乎，一副"乐不思京"的样子。其实，大军在哪儿都过得兴致勃勃，东走西走，东看西看，和这人聊聊，与那人说说，如有新发现，就像孩子一样高兴。单就这点来说，他有点像咱们四川老乡苏东坡。同样像苏东坡的，是他无论官大官小，走运还是背时，都一个样儿，既没傲骄之态，也没落魄之相。以四川话说：该咋样就咋样，随性自如。

1957年，大军出生在成都一个知识分子家庭。他的父亲是报社记者，母亲在医院检验科工作。父亲喜欢川剧、相声、四川曲艺等生活味道醇厚的艺术，好奇心重得像个孩子。父亲的这点痴气也遗传到大军身上，回忆过往的日子，贫穷的、苦辣的、淘气的、快乐的，他讲起来都是活灵活现、趣味横生的。

"跨圮墙、跳断垣、涉府河"之淘气雀跃的童年少年时期眨眼间就过去了，大军与其他同龄青年并无二致，挥手作别"晓看红湿处，花重锦官城"的成都，下乡插队，当了知青。黄土屋的油灯下，孤独迷茫的青春年岁，下田之余、农闲之际，翻翻书籍，大抵就是他和周围农民唯一的区别了。

1977年，在四川蒲江县的乡下，兴许是想摆脱无望的前景，兴许是那代男孩子本来就有的集体性质的梦想，大军报名参了军。他如愿以偿，远行北京，终点是山西祁县的原北京军区某集团军。那个年代，知识分子人家的孩子，总是自觉而谦卑地在工农兵身上寻找生活的原义。然而，理想犹在，现实的搓磨却让大军猝不及防。来自温柔富贵乡的他，既要承受军事训练中伤筋动骨的皮肉痛楚，还要目睹战友近在咫尺的牺牲所带来的致命的刺激。

死亡，它近在眼前时，迫使你去思考的，恰恰是生之意义。死亡没有道德优越感，更不浪漫。多年以后，已经在中国青年艺术剧院工作的大军，根据苏联作家奥斯特洛夫斯基的小说《钢铁是怎样炼成的》创作了话剧《保尔·柯察金》。保尔也是军人，他的事迹曾在中国家喻户晓，影响了整整一代年轻人。大军以军人的感同身受，在舞台上还原了一位布尔什维克士兵的情怀，有保尔艰辛的成长经历，有他对真理和正义的追求，有他的柔情和爱……保尔历尽艰辛，最终百炼成钢。当过兵的大军明白，"百炼成钢"这四个字后面那沉重辛劳的内容。

当然，每段经历都能给天性敏感的人带来精神的顿悟，都是必不可少的修炼。对艺术家来说，或许更是如此。

2

1979年，罗大军从部队回来，到成都物资局工作。爱文学、喜读书、好幻想的青年，无法接受日日重复的公务员生活。读大学，出夔门，去远方，憧憬未来，这是20世纪80年代青年的主调。热爱学习却生性散淡的大军不急不躁地积蓄着能量。

经过连续3次高考的失利，大军终于在1983年考取了中央戏剧学院戏剧文学系。在北京东棉花胡同39号那个爬满常春藤的小院中，戏剧大师欧阳予倩、曹禺、金山、张光年、周贻白等人的氤氲还在，孙家琇、廖可兑、祝肇年、李畅等戏剧大家仍在教学，新一代戏剧领军人物徐晓钟、谭霈生、晏学、张孚琛、罗锦鳞、鲍黔明、张仁里、梁伯龙、刘元声等人也正年富力强，肖复兴、陆星儿、张辛欣、乔雪竹、何冀平、李保田、姜文、巩俐、丛珊等戏文系、导演系、表演系学生也已闻名全国……其时的中戏，健朗纯朴，华光璀璨。

那是戏剧的黄金时代，世界各国的经典戏剧被源源不断地翻译出版，让从业者眼界大开；无所不在的艺术氛围，浓烈得甚至到了做作的程度；艺术家们天马行空地进行着各种尝试……大军比绝大多数同学的年龄都大，阅历也更复杂。他没有年少者的轻狂，也少有过来人的陈腐，但显而易见，北京，给了他别样的视野，中戏，开启了他的艺术天性。

1985年，大军和同班同学、成都人范元回到家乡，他们联合创作了以成都为背景的电视剧《在夏天，在雨中》。《在夏天，在雨中》一如它的剧名，细腻深情，婉转诗意，情感深入肌理，细节颇有意味。成都特有的温润气息，扑面而来的生活质感，被两位成都艺术家挥洒到了夏天的雨中。这两位中戏高才生没有陶醉在思维格局狭窄的市民文化里，他们形象化地揭示出了小人物的坚守和困境、都市文明的悖论。放到今天来看，《在夏天，在雨中》都不失为描写成都寻常百姓生活的优秀作品。

3

1987年，罗大军被分配到中国青年艺术剧院文学部工作。当时妻子还在成都，他便在北京和成都之间来回穿梭。在北京东单那个毗邻天安门的院子里，留着络腮胡子的大军过着艺术家丰富不羁的日子。他和妻子在青艺宿舍筒子楼的家，曾是北京各路艺术家的聚集点。他做的成都风味的面条更是吸引了天南海北的一众艺术家，他们中有声名鹊起的作家、编剧、导演、画家、演员、主持人、制片人……真不知道是美味的成都芽菜臊子面，还是海阔天空的龙门阵，更让艺术家们在他家流连忘返。

那些年里，他从成都出发，和一班志同道合的朋友一起漂流长江；被文化部（现为文化和旅游部）委派，出海南太平洋；同时担任青艺文学部主任、《青艺》杂志主编；写作电视剧《神奇长江源》《西出阳关》和话剧《几尔加美休》的剧本……大军与许多"术业有专攻"的艺术家不一样,他的爱好很杂,文学、历史、绘画、电影、音乐……他都爱琢磨,常有评点性的连珠妙语。成都人把他这类人叫作脑壳烂的杂家,成都的文化人李劼人、车辐、魏明伦等等,都有这种特点。各类人文艺术的长期滋养,潜移默化地在大军身上形成一种气场,让他避免了落入实用主义的巢穴中,难能可贵地保有一颗赤子之心。

　　国家话剧院成立后,大军担任院长助理,负责艺术室的剧目工作。长期从事话剧、影视剧的策划、编剧工作,让他对戏剧艺术整体性的把控得心应手、游刃有余。他是文本和舞台之间的构建者。文本长久永恒的内在生命力,舞台瞬息而变的时空自由,静与动、恒常与变幻,组合成万花筒般的虚拟世界,让他着迷,他作为戏剧策划人的潜质也逐渐迸发出来。

　　《社会形象》(墨西哥)、《死神与少女》(美国)、《居里夫妇》(法国)、《萨勒姆的女巫》(美国)、《犀牛》(法国)、《怀疑》(美国)、《安魂曲》(以色列)……这些世界级优秀剧作,都是由他策划、介绍和引进演出的。主演这些戏剧的好几个演员,因此获得了中国戏剧梅花奖等戏剧大奖,赢得了广泛的声誉。

　　我记得这些戏剧上演时那些沸腾的夜晚,仿佛北京最浪漫的灵魂都汇聚到了剧场里。观众们目光炯炯,面容兴奋,议论不绝。我甚至觉得这是这个城市最有魅力的一面。我没有问过成都口音浓重的大军,他是否为此而感到骄傲和幸福。

　　大军对剧作选择、甄别、喜好的眼光之精准,得益于他文学素养的深厚,他对于舞台形象的非凡的敏感,他对世界戏剧发展方向的了解把握。这之上,更为关键的是,他拥有纯粹的人文情怀和高度审美的眼光。从事戏剧工作的30多年来,世道沧桑,人事多舛,大军心质的变化始终很小。真正的艺术家都有一颗最老道也最天真的心,他越是忠于艺术、陶醉在这个相对自足的世界,外界的变化越是奈何不了他。

4

2007年,罗大军受邀改编张爱玲的著名小说《红玫瑰与白玫瑰》。《红玫瑰与白玫瑰》可说是为数众多的"张迷"的最爱,佟振保和两个玫瑰的纠缠已经被谈论得太多,这部小说也被喻为男人情感心理的教科书。罗大军喜欢张爱玲笔下的世俗生活,这让他联想起老成都的人情世故,那种升腾在日常生活中的烟火气,是都市文化特有的魅力。《红玫瑰与白玫瑰》几度盛放于舞台,受到年轻人的追捧。观众没想到这个男编剧这么懂得张爱玲,对城市生活的书写也相当到位。

大军喜欢幕起幕落间的诗意,戏剧无限丰富的假定性诱惑着他释放想象力,尽情尝试各种风格样式的戏剧。2010年,大军与美国斯坦福大学卡森教授合作创作了文献剧《马丁·路德金》。马丁·路德金是美国历史上最为伟大的革命者之一,他开辟的平权道路,他闪耀的人格光芒,至今鼓舞着全世界受压迫受歧视的广大民众。大军他们的剧本选取了马丁·路德金人生中最关键最重要的几个片段,其舞台呈现大气、充满力道。中美两国演员配合默契,剧场氛围强烈肃穆、激情浩荡。该剧还荣获了斯坦福大学颁发的人文精神成果奖,也算是实至名归。

近些年来,大军大展才华,他策划促成的不少剧目,上演过后,反响异常强烈。《失明的城市》、《切·格瓦拉》(2005年版)、《暗恋桃花源》(中国台湾)、《这是最后的斗争》、《霸王歌行》、《红色》(英国)、《肖邦》、《理查三世》(英国)、《罗刹国》、《比萨斜塔》……这些戏剧在思想意旨和艺术品相上均属一流,其中一些剧目更成为新的经典保留话剧。像《理查三世》等剧目还曾代表中国,参加各类国际戏剧节,并在演出中受到了广泛关注。

立足本民族文化传统,发展本民族戏剧,就更需要将外部世界作为参照,需要在学习中进行反思。这些年来,大军克服各种困难,策划并推动了一系列国家话剧院国际戏剧季的演出——"永远的契诃夫"(2004年)、"永远的易卜生"(2006年)、"永远的莎士比亚"(2008年)、"华彩亚细亚"(2010年)、"华彩欧罗巴"(2012年)、2014年国际戏剧节……在每一季的演出中,总有几出戏会成为话题性剧目,让中外同行长久地议论着。为此,大军和同事们很是欣慰。

5

　　艺术家都是一些很有个性、自我发育得比较充分的人。罗大军常提醒自己，经验丰富了，更不能刚愎自用、故步自封，必须在保持自我的同时敞开心胸，接纳新人新事。创作之外，他热情地参与各种艺术活动，寻觅和发现有才华的戏剧人才。他去清华大学、中国人民大学、香港中文大学担任"才能拓展计划""双城通识教育计划"戏剧专业指导导师；在伦敦参加"生与死"主题写作计划，写作剧本《云》；为成都文旅集团的非遗文化项目出谋划策；在成都导演古希腊悲剧《美狄亚》的剧本诵读……借由这些活动，他最大限度地去贴近现实，贴近年轻人，从而贴近最活跃的那部分生活。

　　俄国著名演员史迁普金曾多次说过，全部的艺术就在于捕捉思想，并以思想为本……一个艺术家是否具有现代意识，是和他的文化视野是否开阔，他是否有能力预测并理解当代社会与人最休戚相关的东西相关的。

　　大军总是孜孜不倦地挖掘着戏剧和这个时代的关系、戏剧和人们心灵的关系。这是他和舞台的缘分，也是他的宿命。

　　他为之乐此不疲。

德艺双馨艺术家：周轶芳

1

"德艺双馨老艺术家"既是我对芳芳戏谑的称呼，除去"老"字，也是芳芳的真实写照，她确实被评上过四川省德艺双馨艺术家。其实，何种头衔，以及是否德艺双馨，芳芳都不大在乎，她最怕"老"这个字。她留给人的印象从来都是风风火火，精力过人的。多数时候确实如此，偶尔也算打肿脸充胖子，自己给自己扎起（四川方言，意思是撑腰），绝不能先就在状态上认输。只要能远离"老"，她不怕苦，不怕累。

我已经习惯了被人拿她和我对比。我们在很多方面都太相像：我们都是四川人，几乎一样大（我大她4个月）；几乎一样高，都是傻大个；我们都狂热地喜欢艺术；我们是大学同班同学……当然，我们更多的还是不一致：她永远活蹦乱跳，我老是焉死朗当；她喜欢影像，我更中意于文字；她容易被鲜亮的颜色吸引，我则喜欢黯淡的色彩；她挖空心思要标新立异，我则比较墨守成规……

我翻看了一下1987—1991年大学时期的日记，日记中隔天就会有芳芳的身影。芳芳从小在文工团长大，妈妈是歌唱演员，爸爸搞戏剧创作，她算是艺术家庭走出的子弟。我爱听芳芳给我讲述那些发生在文工团的故事，文工团是她童年少年成长的地方，或许给了她丰富而早熟的人文环境。15岁那年，我曾在某个地区文工团度过暑假。我很喜欢文工团的生活，那里就是个小世界，人与人的关系错综复杂，却又不是机关单位那种错综复杂。文工团的故事，很多都可以入戏。

早年间，搞文艺的人聚集在一起，尤为活色生香。

我承认，在很多场合，特别是面对陌生人时，我需要芳芳来给我壮胆。通常情况下，只要她愿意，她都能迅速捕获陌生人的好感。她大方开朗、热情有趣，个性也喜纳人。年轻时，我信奉"生活在别处"，越是和我个性不同的人，越是能吸引我。芳芳冲动直接的行动力，活灵活现、带着表演性质的说话方式，和外在反差极大的细腻脆弱的内心，都很吸引我。当然，在她面前，我也最敢大肆表达我对文学艺术的狂野见地，转述一些貌似高深、似是而非的思想观点。每每她夸赞我很有深度和内涵，我特别不自信的内心，便能得到相当的满足和鼓舞。

2

她一直为不能转专业而苦恼，进大学不久，她就想要改专业，结果当然是不可能。相对于做编剧，她更喜欢做导演。她不是不能写剧本，只是没有足够的耐性面对一遍又一遍的剧本结构调整、剧本文字修改。她耐不住写作过程中的单调寂寞。或许，这一切还是因为对编剧专业不够热爱。她的个性从根上就不适合写作这项工作。她热爱新生事物，活泼好动，"喜新厌旧"，写作对她来说是太过古典安静的行为。

那时候，我俩的男朋友都在上海附近城市的艺术院校读书。我通过她间接认识了我的男朋友，她的男朋友则是我好友的好友。我俩时常结伴外出探亲访友，进而认识了好多艺术院校的人，发生了相当多有意思的事。

我的情绪一直比她稳定得多。在整个青春期，她情绪的大起大落练就了我一整套冒充老练、循循善诱宽慰人的本领。总的来说，她低落的时间短，情绪来去快。低潮期一过，她就想不起为啥不高兴了，直到下次再跌进低潮。她很少沉溺于一种忧伤或抑郁状态，这点与我正相反。

大学时期，上戏美女才女如云。尽管我默默无闻，却也没有学会嫉妒。因为不会嫉妒，我基本上也看不到别人的嫉妒。表演系有个漂亮女生和我关系特别好，她已经是小有名气的明星了。有次我们俩随意聊天，她给我一一评论起她班上的同学，话语中尖酸刻薄的语气，让我很不舒服。我反驳她说，她的同学或许并不如她所说的那样不堪。她冷笑道："你看人这么单纯，还怎么写作？！"她的话让我一哆嗦，晚上躺在床上一阵反思：就连她这么漂亮有名的女生，也会妒忌别的女生吗？我写作缺乏深度，或许真是与看人太表浅有关系……

我把这个女生的话转述给芳芳，记得她说："你被保护得太好了，当然不懂嫉妒！我在7岁前也不懂。直到7岁时有了弟弟，好像一切都全变了……"芳芳或许在许多方面比我早熟，比我更能感受人与人之间微妙的东西，当时的我过于"理念先行"，反倒对身边活生生的人情世故缺乏深刻的洞察力。

30年后，我改编创作了以妒忌为主题的话剧《莫扎特》。这个年龄的我，不仅深深懂得了何为妒忌，也看到过太多妒忌带来的或大或小的悲剧。妒忌可说是人性最基本的特质，我敢说自己就没有？

3

我善于纸上谈兵，她远比我更有行动力。大学毕业分到四川人艺之后不久，她便毅然辞职，报考新成立的成都经济电视台。她不怕从零学起，做了电视综艺节目导演。那是在1992年，辞去公职对于本来拥有所谓好单位的女孩子来说，压力和阻力可以想见。她父母绝对是不同意她辞职的，可我完全在她身上感受不到任何犹豫和忧虑。并不是她承受力有多强，相反，她的承受力比一般人更小。面对没兴趣的事，她从来都是浑浑噩噩的。她的敏感和不管不顾，都扑在了喜欢的事情上。对此，她好像不懂得啥叫退路。

其实，我们都不太擅长人际关系，逃避的路径却正好相反。她热情地认真地去敷衍，不过是希望那些不得不有的过场尽快能搞定和结束。为此，她会表现得特别热情，偶尔到了夸张的地步。她越是显得热情活泼，人家就越要拿热情活泼来要求她，她反倒是常常被她的"热"所连累。因此，在我面前，放松下来的时候，丢盔卸甲的瞬间，她的眼神有时会显得特别冷。

工作之后，各个时期，我基本待在相对单纯的环境里，结果是心理承受力越来越弱。她一直冲在生活的第一线，领受过太多人事的巨变沧桑。我们一般是在寒暑假，我回到成都时见面。见面主要是听她说。她有好多的事，好多的感慨，好多的话题，我们可以说上一整天。一年又一年，好多事让我听得揪心，感慨万千。她其实是个心累的人，她不会迂回，不肯绕着路走。除了率直又固执的天性，也还有些暗暗的骄傲，不信自己搞不定很多纠结的事情。她要的东西太多，她对自己和自己的潜力还有很多期待。当然，期待的绝非都是显而易见的东西。对中年人来说，有些欲望说出来就变了味，但它就是梗在某个地方，让你从未得到过，却会无端地痛楚。

4

年轻时，我把友谊看作人生最大的事，朋友则是生命中最珍贵的人。我为了朋友，甚至不惜伤害亲人。当然，我也不断地提醒自己，朋友总是各种性格的人，一定要包容他们。在某个时期，我或许真的有很多朋友。我的时间，也主要抛掷在与朋友的各种结识交往上。我的幼稚在于，越是把友谊当作人生的目的，越容易失去友谊，也难以真正做到对朋友包容和宽容。

我和芳芳产生了巨大的嫌隙，那是在1993年夏天。我认为她的某个言行伤害了另外一个好朋友。每次和朋友发生分歧、产生矛盾，我都不懂得与他们有效地沟通，下意识想到的，就是逃避。一方面，在我成长过程中，有许多方面的因素促使我容易产生那种等待和退缩的念头。另一方面，自我的固执和偏狭，并不为我深知，或许即便知道，也不愿意承认。另外，维护朋友的冲动时常让我走极端，把自己的精神逼入绝境。当然，得罪或伤害了朋友，再是后悔，也于事无补。

我们都异常敏感，对发生的事心知肚明。有那么几年，我们真的疏远了，这让我特别痛心。芳芳在我面前以各种方式为自己辩解，真诚地向我剖白她的内心，可我根本不愿听，直至害怕单独面对她。

1994年初春，我在华西医科大学做手术。手术很顺利，比医生预估的时间短一些。我被推出手术室后，护士高喊着让家属来给我举输液瓶。当时父母去医院另一处取我的活检报告，还未赶回来，多亏提前赶来探视我的芳芳冲了过来，帮我举着输液瓶回到病房。

当天晚上,芳芳非要让准备守夜的妈妈回去休息,她说自己毕竟年轻,体力精力都很好,妈妈也就放心地回家了。妈妈知道芳芳特别能干,我大学时患有严重的胃炎,每次胃病发作,都是芳芳去给我买适合我吃的食物,或是用电炉给我做些软烂的东西。有几次,我半夜胃痛发作得特别厉害,也是她陪我到医院去打阿托品缓解疼痛。

她比她弟弟大7岁,很有做姐姐的样儿,很会照顾人。

来自她的温暖我领受过太多,几乎成了习惯。从前,在我身体和精神处于困境时,她总会尽最大可能伸出援手。可是,这一回,我们并没有因此而彻底消除芥蒂。我错过了她人生中的重要时刻,她没有邀请我参加她的婚宴。几年后,她表示过遗憾,并开玩笑说,在我这里,她并没有结过婚……记得当时我好像如释重负,却也很有点失落。

1995年春天,芳芳刚生完儿子两天,还住在医院里,我和另一个同学就去医院探望她。她26岁就有了孩子,在那时的我看来,算是对生活的巨大妥协。在医院里,我感觉和她基本无话可说。除了详细地对我们讲述生产过程的痛苦,她还说,她心情很差。她觉得母亲这个角色被以各种方式来歌颂,显然是一种夸大和矫情,母爱没啥了不起,它只是一种本能罢了……其时,我刚有男朋友,听了她的话,不免觉得惊心动魄。

那之后,她有了稳定的感情和忙碌的家庭生活,工作却很不稳定。她频频跳槽,从电视台到报社,再从报社回到电视台。虽说工作不稳定,但她积累了很多电视导演方面的经验。这些经验,为她后来担纲大型综艺节目导演起了关键性作用。在各个新环境中,她结识了很多朋友,其中有几人成为她的至交。

我彻底淡出了她的生活。

5

1995年年底,我结婚了,婚后很快调离了成都。芳芳和我成了联系很少的朋友。时间和空间的遥遥相距,进入中年以后的心态变化,让我们都能冷静地看待过去的风风雨雨。在某个时刻,我会豁然开朗,原来的那些纠结,即便重若千斤，哪怕谁有过错，也是可以沟通解决的。年少时，不懂得怎么面对复杂的事，不懂得怎样去理解和纠正自己和别人的过错。大家缠绕在各自个性的死角，没有智慧和心胸让板结的矛盾松动一点，反而是心高气傲，让它越缠越紧。当然，如若没有时间做铺垫，没有岁月带来的心态的变化，即便有打开死结的意愿，似乎也没有直面它的勇气和方法。

性格即命运。我生活比较平顺，芳芳的变化却相对要多。每过一段时期，她会跃升到一个相对的人生高峰，然后，她会跌进情绪的低谷。多年高强度的工作，让她成为成都数得着的电视综艺导演。几年前的某个春节前夕，我在成都电视台的演播厅观看她担任总导演的成都春节联欢晚会。我看到她在直播现场的大将风度。热情，有感染力，"精神上的精力和体力上的精力"，这些都和从前一样饱满。面对上百人的演职人员，她的笃定和从容，却让我有点眼生。我早已厌倦了观看各种综艺晚会，不过是想去现场看看她。那台晚会倒让我和几个朋友赞不绝口，在预算相当紧巴的条件下，新颖的内容、流畅的节奏、雅致的舞美……整体风格相当大气。她多年坚持不懈地学习新观念新事物，到底给派上了用场。可惜的是，她很快离开了成都电视台，她的综艺才干并没有得到淋漓尽致的发挥。

在很多场合，工作时，休闲时，我看到她身边追随着许多年轻人。他们喜欢她，她和他们相处起来没有丝毫距离感，她好像被年轻人的作风迷住了。那几年，每到春节前，她就把爸妈、丈夫、儿子通通支派到外地去，她带着一干年轻人，连续鏖战2个月，进行春节晚会的准备工作……有一年，她的甲状腺长了乒乓球大小的肿块，把她自己和家人吓坏了。她那么拼命，是单纯的热爱，还是想证明什么？我总感觉，她像是一个依然有很多应得的东西没法得到的女人。

她儿子26了，也是学习艺术的高大帅气的青年。个性不像她，他特别理性冷静，酷爱读书，善于思考。如今，儿子是她精神上最好的朋友。他鼓励她，也敢于批评她。大概只有儿子的话，她接受起来丝毫无碍。她感情的容积很大，需要不断被注入新鲜血液。儿子满足了她部分的情感需求，较为及时地填补着缺口，是她巨大的安慰。

每次回成都，她总会告诉我许多年轻人的新鲜时尚的信息。新人新事，各种最新的资讯，文化的，科技的，思想领域的……或许来不及深入领会，但以她的个性，她必须要知道这些新东西。她是非得要跟上时代的，她未必没有批判性，但她更惧怕各种形式的老态，因而几乎从不怀旧。

她看起来依然精力充沛，活力四射：每天游泳，努力保持着最佳状态；头发已经斑白了，她把它剃成男士的飞机头样式，漂染过紫色、蓝色、红色、灰色、金黄色、白金色……她告诉我，成都某些路口的警察都认识她。"那个染蓝紫色头发的小伙子。"她转述警察的话。她的心中有一团火，有怒放的激情，它们似乎一直在燃烧，她不能允许它熄灭。在没有合适的出口时，她甚至可以靠头发的颜色来释放那团焰火的激情。

6

我们都是不容易满足的人，无论是对身处的地域，还是主流的东西，都不愿意匍匐在它下面。心智的激情是一方面，无法作伪和欺骗自己是另一方面。因此，除了艺术，好像难以表现出对某些东西的迷信和痴情。阅读或者观看对方的作品时，我们也是理解多于赞美。几十年来都这样。我们有时是方向不明确的，有时也未见得看重正在干的事情。谋生一直是缺乏安全感的我们首先需要考虑的，还不仅仅是因为需要独立。在那之上，谋生又显然是不够的，心之驿动势所必然。

30多年很快就过去了，快得来不及实现很多曾经的理想。我们并没有完全地实现自我，多少又有点精神的成长。我始终觉得，我们就是一些半成品。有时代的因素，也有自己的原因。好在，总归意识遭遇某些局限，总想要去够冥冥之中的什么东西，尽管这让我们经常都不够快乐。

芳芳的焦虑和烦躁还不容易落幕。她的表情有时看起来是直接的烦躁，有时也是自嘲的烦躁。保持敏感和激情的代价或许就是情绪永远在波动。我也一样，烦躁起来的时候，需要不停地说服自己适应某种生活，同时，多少克服一点强大的惰性。

我们从来都是互为镜子的，能一直看到对方的背景深处。这种感觉有时让人安心，有时，它也让人特别孤独。

第六辑　风诗教泽长

我在春天回到成都

1

我已经有15年没有看到过成都春天的模样了。2011年4月，当我匆忙赶回成都，我想，的确如此，只有在爸爸妈妈身体有恙的境况下，我才会在春天返回故乡。我没心思感受成都的春天，没心思感伤。伤感属于1996年5月，那时，我依依惜别成都和一种生活方式。因为年轻，伤感如此浓重，我至今记得双流机场那遍地的野花和朋友们不舍的眼神。真正的悲伤不会发声。悲伤让你浑身不适，却难以言表。

没有通知任何成都的朋友，也没有告诉家人航班到达的具体时间，家人们似乎也顾不上追问我航班的信息、要不要回家吃晚饭啥的。16年来，这种忽略算是唯一的一次。

如果妈妈在电话里说："我告诉你一件事……"那准是坏事，好事她就直接说出原委，坏事她习惯用这个句式。那天，在赶写电视剧剧本的间隙，我给家里打了个电话，说完一些琐碎的事情后，妈妈告诉我她得了乳腺癌，已经基本确诊。某天睡觉时，她摸到左乳有硬块，然后到华西医院去看病。医生非常有经验，做了穿刺检查，果然是乳腺癌。我并没有像上次听到她动甲状腺手术那般慌乱，很平静地说："是吗，这个癌不要紧，治愈率很高的。"妈妈说就是，用不着太担心，她尽快手术就是了……

放下电话，我脑袋里一片空白，从去年开始，妈妈接二连三生大病，它是否也预示着我的人生进入了另外一个阶段：父母老了，不再只是我的倚靠，我需要负担起上有老下有小的责任。噩运降临时，或许能侥幸躲过的心理不再管用。

灰黄色的阴天。出租车司机很有经验，在拥堵的车流中东穿西穿，从成都双流机场到家，居然还不到一小时。我跨进家门，他们都蛮惊讶我如此神速就回来了。爸爸、妈妈、节雨（我哥，尽管他一直很有哥哥的派头——喜欢教训我，我就是不肯称呼只比我大19个月的节雨为"哥哥"）和十孃，他们看上去状态都不错。妈妈瘦了一点，穿着天蓝色毛衣的她是一位漂亮的老太太。每次和她一起出去，人家都对我说："你妈妈真漂亮！年轻时一定是大美人吧……"

妈妈从来不觉得自己长得美，我没有见过比她更对自己不精心的女性了。年轻时，她中等个头，浓眉方脸，大眼睛水汪汪的，粗胳膊粗腿，精力旺盛。她大大咧咧，走路风快，一直骑着男式二八自行车。她是一家医学进修学院的老师。不少人给我讲起过，他们是如何得益于妈妈的诊断、看护和照顾的，他们的感激之情溢于言表。妈妈一直像是左邻右舍和亲朋好友的保健医生，我们家随时都有来找妈妈看病的人。妈妈还是个严厉的老师，学生们喜欢她，也很有点怕她。据说，只要学生迟到超过3分钟，她就会关上教室的门，怎么着都不让再进来。她在3楼讲课，我去找她，刚上3楼的楼梯，就能听见她讲课的声音。下班回家，她扔下提包就奔厨房，很快就能做出饭菜来……这几年，因为糖尿病的缘故，她变得瘦小了，满头白发也不再染黑。她的话越来越少，变成了文静秀气的老太太，浑身是病。她的性情和年轻时有了很大的不同。

妈妈看到我，显得特别高兴，似乎也有些歉疚的样子。爸爸一个劲儿问我，突然回到成都，把女儿安顿好没有。节雨冷笑说："你们这（样）不等于在说人家周书言她老汉（四川方言，意为爸爸）不靠谱吗？"听罢儿子的话，爸妈微微笑着，都有点羞涩。为了让我休息得好些，爸妈决定当晚住到医院去。爸妈走后，节雨把妈妈在华西医院的检查结果详细告诉了我。

我睡在爸爸妈妈的硬床上，盖着妈妈很薄的被褥，4月的夜晚，只是觉得冷，久久无法入睡。什么也没想，就是睡不着，起来翻看妈妈的影集，它们放在写字台的柜子里，一小本一小本，乱七八糟，居然有一大堆。我抽出其中的一本，那是 2000 年，她 60 岁生日前后的照片。当时她还有点胖，比现在年轻很多，眼睛很有神。63 岁的爸爸就更加年轻了，像是 50 岁出头的样子。现在，他们俩都非常像老人了。爸爸看起来依然比实际年龄年轻 10 岁不止，走路的姿势却很老态。妈妈的眼神变了，常常显得忧伤。

凌晨 3 点钟，我听着雨声，晕沉沉地睡过去。

2

妈妈的手术定在下午最后一台。上午，我走进永远人潮涌动的四川大学华西医院，一股扑鼻的花香袭来，好像是槐花，香中带甜。左右看了看，回廊上的紫藤开得真美。如果不是花下密集而坐的人们满脸的愁绪，真以为是到了某个公园。华西医院，多奇怪的称谓，老成都人都习惯叫它"川医"。走在这所亚洲数一数二的医院，我心里的滋味真是一言难尽。

童年时，我就跟在妈妈后面，熟练地穿梭在川医门诊部的各个科室。我是川医儿科、牙科、皮肤科、耳鼻喉科、内科的常客。中学过后，节雨和我也会领着外地来的亲戚朋友去找妈妈那些川医的同学，让他们给我家亲戚朋友看病。节雨还带过他的老师去找这些医生叔叔孃孃帮忙。我家需要看病的亲戚朋友总是特别多。20 世纪 80 年代，妈妈频繁地带各届学生在川医实习。只要妈妈在川医上班，那就意味着那个学期她特别忙，家里的吃喝洗涮就粗疏得多。临时有急事的话，节雨和我就直接到川医去找妈妈商量。我了解川医的点滴变化，也熟悉妈妈和她同学们疲倦的面容。

年轻时，妈妈和她的大学同学定期会携带孩子一起聚会。她在川医的同学比较多，我们常去各个家属院做客。有时吃完饭，大家就一起逛川医校园。川医校园和多个家属院，我都很熟悉。节雨淘气得不得了，他最爱去川医停尸房附近拣骷髅头骨，提到女孩子面前吓人。如果谁被吓跑了，他就抓着头盖骨跟着她跑，然后把头盖骨朝她甩过去……

1978 年，9 岁的海燕脑血管破裂那晚，刘孃孃还在川医的耳鼻喉科上夜班。我跟着妈妈去川医，看到悲痛欲绝的柯叔叔和刘孃孃夫妇，简直不敢相信，女孩中最漂亮最聪明的海燕,已经成了植物人。

1983年,妈妈在川医做胆囊摘除手术。1994年春天,我住进了川医的老住院部,妈妈的同学赵阳冰教授,为我做了乳腺纤维瘤手术。1995年,在我的长篇小说《蚀城》中,我虚拟了一位川医的医生作为小说的男主人公。1998年,节雨在川医做胆囊摘除手术。2001年夏天,我怀孕7个月,因急性胃肠炎,在急诊室输了一整晚的液。怀孕8个月时,我再次来到川医口腔医院,赵阳冰教授的丈夫史中峻教授,为我做了唇部溃疡瘤手术。2008年,妈妈前后两次在川医做白内障手术。2010年,妈妈在川医做甲状腺瘤手术。

3

我走进妈妈的病房,节雨也到了。妈妈说她一点也不紧张,只是后悔去年单位体检时,她恰巧没有检查乳腺。如果发现得再早些,就有可能是原位癌,那就不用做放疗化疗了。我说如果今天手术中发现真是原位癌呢。妈妈摇头:"绝对不可能,穿刺也能发现有转移。"节雨安慰妈妈,他单位那些大姐们都讲,如果患癌,宁愿是乳腺癌,乳腺癌治愈率最高。妈妈纠正节雨的说法,说甲状腺癌才是治愈率最高的,她去年曾被怀疑是甲状腺癌。

我们母子三人的对话,气氛还算轻松。偶尔,我会忍不住瞄一眼妈妈的胸部。今天之后,她就会没有了左乳房。尽管她已经是个老年妇女,身体的残缺还是让人有种本能的恐怖。

下午4点半,妈妈躺到了移动担架床上,被护士推出病房,准备送到手术室去。爸爸的反应有点慢,他也许太紧张了,没有跟上担架床。我赶紧拉住妈妈的手,跟着担架床来到直通手术室的电梯前。我说:"妈,放松点哈。"她在电梯里说:"好。"爸爸已经紧张得说不出话了。

电梯门关上了。数字一层层变化,最终停在了14层。那是手术室所在的楼层。此刻,再是至亲,再是万般放心不下,彼此似乎也隔着万水千山的距离。我觉得浑身虚弱无力。妈妈也会害怕吧,不到半年,两次大手术,她有冠心病和"三高"(高血压、高血糖、高血脂),平时都靠药物控制住。即便如此,她也只能独自去面对该来的一切。

爸爸让我先回家去吃饭和休息,他可以在医院等待。下午5点多,我走出华西医院,在报亭买了份《成都日报》。当天的《成都日报》文娱版上,大篇幅刊登着晚上7点半电影《情遇成都》将在CCTV电影频道播出的消息。我是这部电影的编剧。昨天,妈妈告诉我,她很遗憾不能在电视上看到该剧的首播了。

我从小体弱多病,且在生活技能上惊人地笨拙,妈妈总要替我做很多琐事,帮助我克服情绪的焦躁和成长过程中无休无止的精神困惑。从怀孕到生孩子的几乎一整年,她刚退休,便来北京全心全意地照顾我。也就是从那两年开始,她年轻时被过度消耗的身体开始急剧地走下坡路。哪怕她身体正不舒服,只要我说需要她帮忙,她还是会不管不顾地到我身边来。

我和爸妈两地生活已经20多年了,无论在哪方面,我对他们都没有过世俗意义上的养育之恩的回报。从小到大,爸爸都希望我是一位作家。可是,我并没有成为真正意义上的作家。我懒散又任性,没啥作为,却依然被父母理解和关爱。

黄昏的大街上,人来人往,这世界少了谁都运转如常……妈妈在手术室昏睡……我宁愿自己一无所有,只要妈妈的身体和精神仍如从前。她从不在乎自己,一心关爱和怜惜爸爸、节雨和我。

黄昏的大街上,我是如此孤独……

4

十孃在她的表堂兄弟姐妹中排行第十,我们就叫她十孃。十孃是妈妈同母异父的妹妹,年龄要比妈妈小9岁。十孃是我们家的总后勤,她从早到晚很少有空坐下来,总在忙着为妈妈和我做好吃的。2001年,我坐月子的时候,从自贡来照顾我的十孃,也是这样忙碌。每天,只有在给我送吃送喝进房间时,她才得空和我说说话,看看小婴儿。爸妈和十孃永远嫌我吃得不够多,人还不够胖。节雨则说他从3岁起就让着我,他都是蹭我的吃喝,终于吃成了个胖子。节雨只比我大1岁半,但我从小就感觉他比我大很多。和从前我在成都生活时一个样,节雨的幽默感总是能极大地缓解大家的焦虑情绪。

晚上6点半，我和节雨返回医院，开始漫长的等待。其间，爸爸接到武汉舅妈的电话。舅舅的胃癌已经全面转移，他吃不下任何东西了。爸爸没有告诉舅妈我们正在医院，只是说妈妈有事外出，不在家。晚上，我的短信和电话多了起来，《情遇成都》播放完了，朋友们开始发表对这部电影的看法。我焦急地等待着手术结果，却也能平静地回复朋友们的电话和短信。我没有告诉他们，我正在医院守候母亲，还未看到过完整版本的《情遇成都》。

已经过了晚间9点，手术还未做完。4个小时过去了，我们有点着急了，妈妈的基础病实在太多，不能完全排除手术中出现意外的情况。我们想到14楼手术室外面去等，但护士说根本上不去，楼梯早就封闭了。很多事都是不能联想的，我也不想自己吓唬自己，便不断说服自己要乐观些，这毕竟是在华西医院，手术医生也是乳腺科首屈一指的专家，应该没啥大事……

晚上9点40分，我正在电梯门口接朋友的电话，妈妈被推出来了。我看见几个男护士和助理医生推着担架床往病房走去。巨大的恐惧感突然而至，我不敢凑上前去看妈妈。我紧跟着担架床到了病房，害怕地站在爸爸和节雨的身后，看着裹在棉被里的妈妈。妈妈的眼睛慢慢睁开了，我永远忘不了那一刻她的眼神：她仿佛弃绝了我们所有人，她的眼神比万念俱灰更加空茫，更加遥远。她的视点越过了我们，落在虚空里……

我的眼泪奔涌出来，不是难过，是害怕，是怕被她抛弃的惶恐无措。就像我们小时候，有那么一次，我忘了节雨和我因为何事惹得妈妈生气，无论我们怎样向她认错，她就是那么出神地坐着，既不看我们，也不责骂我们，只是发呆……那个时刻，我觉得妈妈一定是不想要我们兄妹了，我的恐惧像一块巨石压在心头，似乎幼小的体格根本承受不起。

那天在病房，我害怕得心一直在狂跳。手术室里到底发生了什么，让妈妈有了让我如此陌生的眼神？除了没有了左乳房，妈妈她失去了什么？节雨将妈妈从担架床抱到病床上，我还是不敢上前去。我跑出病房，大口喘着气。看到助理医生出现在护士站，我过去问她手术情况如何。年轻的医生平静地说他们为妈妈大面积扫清了左乳和腋下淋巴。妈妈属于浸润型导管癌,转移了两个淋巴组织,属于癌症中期病灶。由于术前术后妈妈的血压都偏高,手术结束之后,还留观了一会儿。我稍微松了一口气,怪不得时间被拖得那么长。

爸爸在手术单上签了字。我对爸爸说:"还好。"爸爸点了点头。

我回到病房,妈妈突然低声对我说:"咋还没手术?"刹那间,我的恐惧感完全消失了。我上前抚摸着妈妈的额头,伏在她脸前,说:"妈妈,手术已经做完了。医生说做得很好,你的病不严重。"妈妈的舌头仿佛被什么东西给缠绕住了,说话含含混混,嗓音很粗。"做完了?我都不晓得。想睡……"我摸着她的脸,说:"麻药还没过。你的血压很正常。"她点了点头。爸爸问她要不要吃降压药,她说要,还说出了降压药的名字。爸爸赶紧将药拿出来,笨手笨脚地塞进妈妈的嘴里。妈妈说:"压在舌下。不要水。"她简单确切的要求,还真像医生的表达方式。

护士给她做完了口腔清理。她看着我,昏昏沉沉地低声说:"你和哥哥走吧。爸爸在这儿。"我点点头。爸爸说妈妈还得输6个小时的液,他不放心我和节雨看护妈妈,让我们回家睡觉,白天再来替换他。

节雨把我送回了爸妈家。十孃在家焦急地等着我报告手术的消息。十孃一直抱着侥幸心理,希望妈妈和去年做的甲状腺手术一样,在手术中才发现并不是癌症。得知妈妈属于癌症的中期,十孃哭了。十孃向我转述了妈妈刚得知自己患癌后对她说的话,里外都是对我和我女儿的不舍……

我让十孃早点休息,然后躲到爸妈的房间,大哭起来。丈夫的电话打进来,我根本没有心情接听。丈夫发短信给我说,我的心情他感同身受,可是,如果我情绪不稳定,妈妈的心情势必会受到影响,这对妈妈很不好……

窗外下起了小雨,成都春天的夜雨,一层浮凉。过去,我总是特别喜欢成都春夜的雨。今天听起来,滴滴答答的雨声,和心一样,乱麻麻的。

我在椅子上几乎坐到天明。

5

第二天早晨，十孃红肿着眼睛，问同样红肿着眼睛的我睡好没有。我说还行，十孃说她也睡得还行。她平时失眠很严重，估计昨晚更是如此。

我和十孃去医院给妈妈送饭。大概是手术后惯常会出现的低烧所致，妈妈的脸色反倒显得很红润，比她平时的脸色好多了。护士让我协助她，给妈妈的伤口换纱布，我吓得手直抖，也不敢直视妈妈的胸部。

十孃笑着对妈妈说："你看你好幸福，又是儿子女儿，又是丈夫妹妹围着你转。"妈妈点头笑道："就是嘛，你们都辛苦了……"十孃走后，妈妈说："你哭鼻子了吧，眼睛肿的。不要紧，吕青早晨来查房了，她给我做得很干净。"我点点头，告诉她我没有哭，只是连续两晚没有睡好。妈妈说我是睡惯了懒觉的，上午有节雨在，我就不必来医院了。我说在家里，十孃也是啥都不让我做，还不如待在医院的好。节雨在一边夸张地说，妈妈明明被拿掉了一块肉，咋身体还是那么重，昨晚他把妈妈从担架床抱到病床上，搞得他腰椎间盘突出都发作了……我们全都大笑起来，妈妈笑得尤其开心。

爸爸很不客气地让妈妈的朋友们手术后的第二天别来看妈妈，那些朋友们才不听爸爸的劝告，还是来了。先是来了好几个她川医的同学，都是我再熟悉不过的医生孃孃们，她们如今都老了。她们抓住妈妈的手，笑容满面地告诉妈妈，她们对她很有信心，她们了解她，知道她一向特别坚强。我送那些孃孃们出病房，她们如今变得和妈妈一般矮小，我把着她们的肩，几乎像是在搂着她们走路。岁月不饶人，30多年前，是我坐在她们各自科室的椅子上，胆战心惊地央求她们："轻点哈，孃孃，手轻点哈！"她们都知道我是个胆小如鼠的小病秧子。如今，我需要不断地叮嘱她们下楼要走慢点，她们大都患有严重的骨质疏松症，很容易跌倒骨折。

每天都有好多妈妈的同学、同事、学生来看望她。其实，我们没有告诉什么人她生病的事，大家都是口口相传，知道她做了癌症手术。妈妈的几个好朋友都说，得知妈妈罹患癌症，她们一夜都没睡好，心里好难过。老人都经不起反复的折腾，从去年开始，妈妈的病就实在太多，似乎是集中一块儿爆发了。这些孃孃在妈妈面前抹起了眼泪，妈妈的眼圈也红了。不过，她让她们放心，她的病不算严重，都挺得过去。

孃孃们走后，妈妈故作轻松地说，她们就是爱煽情。我说她们是真心为她难过，几个人在走廊里还拉着我嘀咕半天，说是要重视妈妈的病。妈妈点头说，她知道她们的心意，但这些孃孃自家也有大堆的难事，妈妈不愿她们再为她担心难过。

88岁的张阿姨是妈妈的老同事和好朋友，她多次往家里打电话，想找妈妈谈谈她看过《情遇成都》之后的感受。电话里找不到妈妈，张阿姨急得让她女儿带信到我家院子的收发室，信中询问爸爸妈妈是不是生病了，为何老找不到人。张阿姨说她已经走不动路了，即便爸妈生病，她也不会到医院来看他们，但一定要让她知道他们好不好。

妈妈看完张阿姨的信，感动得不得了。她在病房用手机给张阿姨打了个电话，骗她说家里来了亲戚，这几天都带着亲戚在医院看病呢。张阿姨这才放了心。这是妈妈和同事、朋友、同学半个多世纪的友情，我好羡慕她。真诚而善良的人总是有福气的，她从不计较付出，她的收获，也是满满当当。

那些天，为爸妈做点事，在我都是一种真正的享受。洗脸、喂饭、喂药、举输液瓶、接引流管……都是享受。照顾你所爱的人，原来是这么饱满的幸福，那种付出一点让她舒服一点的充实，让我在接下来的几个晚上，睡得特别踏实。

成都春天的气息终于能被我嗅到！在来往于家和华西医院的路上，我的知觉恢复了。河边玫红和粉白的海棠花，紫色的泡桐花，真好看！我已经16年没有在成都度过春天了。成都的春天总有独特的青草和树叶的味道，春雨洗涤了尘霾，万物焕发出蓬勃的生机。能在春天里舒缓自由地环视成都，好幸福啊！

6

爸爸说："你不要穿这么细腿的裤子，鲁迅笔下的豆腐西施杨二嫂，圆规，就是这样子。"我回敬爸爸："你懂啥子，这叫铅笔裤，时尚哈。"爸爸说："啥子铅笔裤、毛笔裤，活像那个豆腐西施。你看我穿的衣服，鳄鱼牌，名牌。"我挤对他说鳄鱼牌也是我丈夫多年前淘汰给他的，早过时了……家人们慢慢都放松下来了。

每天下午，妈妈睡着了，我和节雨就到病房外面去聊天。肿瘤科的走廊外面，能俯瞰整个华西医院。多座楼房合围成"口"字，各楼的周边，以及院子中心的花园，花木扶疏，满目绿意。节雨指着院子左边的一座坟茔告诉我，那是三国时蜀国大将黄忠的墓地，他的高中学校就在那座坟地边上。他和几位男生最爱逃课，跑去躺在黄忠的坟上抽烟聊天……30多年过去了，当时四周还都是农田的华西医院，已经身处闹市的一角。这里每天人流如织，几乎是成都人流密度最大的地方之一，时时刻刻都在上演生离死别的活报剧……

节雨走到哪儿，身边都能很快聚集起不少烟友。那些病人家属或护工告诉了节雨很多医院的"内幕"。节雨从小就天不怕地不怕，小时候，我们大院里死了老人，他专门钻进人群，挤到前排，甚至趴在棺材上去看死人。前两天，妈妈相邻病房一个20岁的小伙子，也是乳腺癌晚期患者，在弥留中挣扎。听到家属呼天抢地的叫喊，节雨走去小伙子的病房门口，看着他大口喘气，家人悲痛欲绝地给他按摩胸口。很快，他就停止了呼吸……我不敢走近去看，只远远瞧见护士将蒙着白布的尸体推出了病房。

节雨爱给我们绘声绘色地描绘某些外科和骨科病人千奇百怪的身体形状。我听着就害怕，常常央求他别再讲了。妈妈却大笑起来，评价节雨简直就是在胡扯。节雨揶揄妈妈道："你是不是医生嘛，这些都懂不起嗦。"

妈妈住院期间，每天都很晚了节雨才离开医院。白天他要上班，爸妈总是催他早些回家。他听归听，却不走。

在医院来来往往，对生命的短暂和脆弱，不免有了更多的体会。各种社会现实，会以各种形式，集中地在医院里显现出来。妈妈住的是6人大病房，病友的子女如是"位高权重利大"类型，他们就少有出现在病房，一般指派护工来照顾父母。前来探视亲人时，他们也是埋怨嗔怪多过细致地照料病人。反而是那些"不才（财）"的儿女，在病房陪伴父母的时间更长，也更精心和体贴。

我们这代人也在渐渐老去。传统的家庭养老模式已经无法适应现代生活，人性化的现代模式建立起来却困难重重。经济的、伦理的、文化传统的、生活习惯的……各种因素相互缠绕制约，老年人的被弃感只会越来越强烈。妈妈在住院时有爸爸、十孃、节雨和我围绕，已经算是有福之人。

7

手术5天过后，妈妈即将开始化疗，我也就要返回北京。妈妈的病房里，那些年轻的病友因化疗剧烈地呕吐，她们的家属备受煎熬。与放疗化疗所要经受的折磨相比，手术倒还是轻松的。

我到病理科去给妈妈取活检报告，华西医院各楼层病人之多，堪比菜市场和火车站，自动扶梯拥挤到不得不让医护人员在一旁维持秩序的程度。人群中那一张张疲惫焦虑又无奈的脸，真是不能细看。

妈妈的两次活检报告都由我取回，一次没有看懂，以为情况不好，吓得我立马喘不过气来；还有一次看懂了，结果是转移了一个淋巴组织。两次取报告都让我汗湿了衣服。还没让妈妈看结果，我就赶紧去找主管医生分析报告中的情况。主管医生告诉我，妈妈的癌症本身不算严重，只是她的基础疾病实在太多，仍需要精心治疗和休养。

取活检报告出来，我看见一个20多岁的姑娘，正蹲在院子里花园的一角痛哭。姑娘手里拽着一张很大的X光片，估计片子上有着不是她就是她家人的坏消息。我的心一阵抽缩，心怦怦跳，腿脚有点发软。妈妈并无大碍，我还比较轻松，但我明白，所有在医院出入的人，都有各种形式、程度不一的心理关口需要迈过。人总是退而求其次的，最初总会祈求别是癌症；确诊是癌，希望癌症别转移；如果癌症已经转移，就期望转移得不厉害……可是，老天偏爱捉弄人，事与愿违是常情，否则，那姑娘不会在此痛哭失声。

前来看望妈妈的亲朋好友比较多，我和妈妈都没时间好好聊些私房话。妈妈什么话都愿意和我讲。我在家人面前一向性急，我常劝慰妈妈，也激烈地批评她。我不希望她过于克己，不希望她多愁善感，不希望她隐藏心事。可是，人的性格调整起来却这么难。节雨曾对我说:"汪老师作为毕业于川医的美女,简直可惜,不懂社会,不懂男人,不懂运作。"我听罢揶揄节雨:"要不然咋生了个你,懂完了呢?"节雨大笑着反击我:"要不咋生了个你,这么瓜呢?"

妈妈有她的观念,或许这也是她的命运。除了最大可能地对她表示理解,还能怎样?

妈妈的命运还包括任何一次疾病,无论大小,都是她自己发现并独自默默忍受,即便疼痛厉害,也绝少抱怨。想到这些,我钻心地难过。可是,我的任何疾病,生理和心理的,为何却总要妈妈替我分担?也许,妈妈有能力照料我,虽然辛苦,在她却是种享受,就像我这次照料她一样。然而,从18岁起,我到底和她聚少离多。这也是属于我的命运,别无他法。

8

某天夜深人静的时候,我和高大的节雨从医院出来。尽管我一直不肯叫他"哥哥",对他直呼其名,或是叫绰号。他给我取了一个排的绰号,他也只叫我那些绰号。我们三天两头吵架打架,一路长大,各自有了自己的家。偶尔通个电话,绝少共同行动。我们并不清楚对方天天都在做些啥,有哪些情绪的起落,我们有过很多分歧、埋怨、气恼……这一次,我强烈地感觉到节雨是我的哥哥,他还是比我更大一些。

我离开成都回北京的那天上午,妈妈在输化疗的液体,她有些嗜睡。医生来查房的当口,我趁机走了,免得妈妈情绪激动。爸爸把我送到院子门口,再次提醒我,不要对10岁的女儿太过严格,最好啥都不要让她学,只要她高兴,随便她要干啥。我点点头,爸爸知道我在敷衍他,我也知道他在电话里还要反复提醒我这些事。

"妈妈你不要担心,有我哈。"爸爸说。爸爸脸色红润,精神矍铄。看到74岁的他显得那么年轻,我好开心,比任何一次离开他都安心。

在飞机上,我心想,妈妈此时一定在想我起飞了没有,有没有晚点,如果晚点,又是谁来接我……果然,晚上,我从北京打电话回去,妈妈第一句话就问:

"你没晚点吧？哪个来接的你呢？"

她永远把自己放在家人的后面。这是我的妈妈。

…………

每个妈妈对于每个女儿都特别重要。

不只是我，更何况我。

锦官月明海上花
——成都上海双城记

华西医科大学

1

华西医科大学是一座庞然大物，我既无力把握它的过往，也无法描述它的日常。我只不过是它的忠实观众而已。我妈妈20世纪60年代毕业于这所学校，我多少算是和它有点缘分。另外，我作为曾经的资深病患，打小在其附属医院进进出出，也就对它的医疗情况略知一二。

华西医科大学包含两大部分：学校和4家附属医院。成都市民对学校这部分缺乏了解，只晓得它的一些学科在国内名列前茅，它因此成为这个城市中为数不多的国内一流大学之一。尤其是它的口腔医学，闻名遐迩，传奇故事很多。华西医科大学的附属医院更为大家所熟知，毕竟，没有在此看过病的成都人，微乎其微。

如果你以理想化的状态去要求中国医生，无疑会挨当头一棒。希波克拉底誓言所代表的医生的精神，早已被一地鸡毛的现实击碎。我妈妈是典型的新中国培养起来的医生，善良单纯，认真敬业。可是，人文素养较为匮乏，方式方法稍显简单。当然了，她也很不"社会"。成长于改革开放年代的医生，视野开阔，聪明练达，更能与国际医学接轨。不过，他们的压力更大，面对的诱惑更多，冷漠势利的人也不少。

2

1905年，在成都的西方基督教传教士决定在四川创办一所规模宏大、科学完备的大学。1906年，英国的圣公会和公谊会、美国的浸礼会和美以美会、加拿大的循道会等教会，在成都联合创办了教会大学。由于是由5个教会联合创办，便取名为华西协合大学，成都人习惯称之为"五洋学堂"。

1910年3月11日，华西协合大学举行了开学典礼，初设文、理、教育三科。1913年，美国人毕启出任校长。1914年开设医科，1917年开设牙科，1924年开始招收女学生，率先在西部实现了男女合校。

华西协合大学在英国、美国和加拿大公开招标并举办了设计竞赛，英国人弗雷德·荣杜易中标。他来中国后，先去参观了故宫，对中式房屋有了大体上的了解。然后他一路南下到成都，在四川地区的所见所闻让他很有感慨。在对成都周边环境、民风民俗进行了详尽的考察之后，他还专门去了日本考察建筑，以期对东方建筑有更多感性认识。从日本回到成都后，荣杜易将四川本地建筑风格与西方现代设计相结合的想法越加成熟了。他设计的华西建筑群，中西合璧、错落有致、雍容大度，它们和华西协合大学一起，给当时的成都带来了现代性冲击。

1949年，私立华西协合大学已是一所包括文、理、医、牙4个学院的综合性大学，设有26个系和2个专修科、7所附属医院。其中创刊于1946年的《华大牙医学杂志》已发展成具有国际一流水准的口腔医学杂志。

3

妈妈老爱回忆她华西老师们昔日的风采，男先生西装笔挺，皮鞋锃亮；女先生西装裙掐出腰身，仪容雅洁。男女先生们风度翩翩，精通至少一门外语，能弹奏至少一种乐器……这些先生们生长于民国年间，他们在私塾或新式学堂接受过较为完整的传统文化教育。进入华西协合大学后，他们又接受了整套西方大学教育。虽为医科学生，他们的人文教育也很完整。

说实话，妈妈讲述的这一切，与我从小在华西进进出出看到的情景，距离遥远到让人怀疑它是否真实可信。1953 年，它更名为四川医学院。不只是名字的更迭，它采取的完全是另一套行政运行机制。1985 年，它再次更名为华西医科大学。2000 年，华西医科大学和四川大学合并，更名为四川大学华西医学中心。

4

作为华西的病人，我们几乎都有"背水一战"的看病经历。我们在门庭若市的门诊大厅挥汗如雨地排队挂号、缴费，忍受着恶劣空气下的喧嚣；我们在一座楼做检查，奔到另一座楼去取结果；我们精疲力竭地等电梯，看着各个电梯口前面涌动的人群，恨不能昏死过去，我们在医院里得到亲朋罹患重病的消息，送走亲爱的家人，留下最为沮丧和灰暗的心绪……

当然，我们也在这里舒缓过焦虑，中止过剧痛，治好过百病，诞生过生命，留下过巨大的安慰、欣喜与希望……我们对它，也还有点家人般的任性、卫护和碎碎念，有着诸多不切实际的"恨铁不成钢"的念想。我们和华西的爱恨痴缠真的是一言难尽！无论如何，我们这个城市的市民都无法想象没有它生病了怎么办。我们高度依赖它，无论去不去看病，想着成都毕竟还有几家全国一流的医院，我们也就多了几分安全感。

5

我小时候，妈妈大学的几个同学节假日会轮流张罗聚会。轮到在川医工作的某位阿姨做东，大人们便拖儿带女，赶到近郊华西坝的川医家属院打牙祭。住在那里的叔叔阿姨们，住房都特别拥挤。

席间，我最喜欢听叔叔阿姨们议论川医的八卦，有关于教授们的，有医生之间的，还有各种匪夷所思的关于病人的事。我宁愿不和哥哥他们几个小孩去川医校园逛荡，也要兴致勃勃地听妈妈他们聊天。在川医工作的叔叔阿姨们最爱感叹"上班实在太累了"，工资都一个样，还是那些分在各个单位医务室工作的同学最安逸……

妈妈有位要好的同事是儿科医生，她丈夫是川医内分泌科的权威专家。我读小学高年级和初中时，妈妈常带我去她家，请她给我看病。这对夫妇没有亲生孩子，收养了一个女孩。每次去他们家，阿姨和伯伯对我都很热情。阿姨会拿出各种好吃的（居然有酒心巧克力）来招待我。伯伯特别喜欢音乐，会拉小提琴，个性大大咧咧，不修边幅。每次笑眯眯地出现在我面前时，伯伯的老花镜总是半吊在眼睛下方，手上则永远都捧着厚厚大大的书。

他们住在当时川医级别最高的教授小院，院子外墙被几排茂密的竹林掩映，特别清幽。院子里有几栋3层的楼房，草木葳蕤，四季常青。我特别喜欢这个紧邻川医校园的小院，有事没事就让妈妈带我去耍。妈妈曾批评我说："你才笑人，哪有天天想到人家屋头去耍的。滕孃孃要备课，邓伯伯要上课、带研究生，要看专家门诊、查房，忙得团团转。我们去（玩）好打搅人家嘛。"

十几年后，我以他们夫妇和这所幽静的院子为原型，在长篇小说《蚀城》中杜撰了两代医生的形象。如今，邓伯伯已经九十几岁高龄，几年前便罹患阿尔茨海默病。滕孃孃也都88岁了，听说新近也和丈夫患上了同样的病。前两年，我本来有意对他们进行有关华西医科大学个人历史的口述实录，邓伯伯的父亲是第一代华西医科大学的毕业生，后来是成都一家医院的院长。滕孃孃的舅舅，也是华西医科大学毕业的儿科专家。这一大家人，简直是华西医科大学活的历史。我还是动手晚了，好生追悔！

6

读高中的时候，我们几个要好的女生热衷去大学旅游，首选当然是华西医科大学了。它那些中西合璧的建筑，诸如钟楼、图书馆、校长楼、医学大楼、生物楼等，无不古朴雅致。我们徜徉其间，大家都不是学理工科的料，就很羡慕这儿的学生，在此学习和耍朋友肯定都会特别浪漫吧……

1993年，我的一位大学同学借住在华西医科大学的单身教师宿舍。同学约我出去玩时，我都说算了，外面的环境还没华西安逸，我们干脆就在荷塘边见面。就在等待同学出现的间隙，我看着身边来来往往的大学生，开始构思我的长篇小说。那个斯文忧郁的男主人公，就是成长于这所大学校园的医生。

我很小就在川医的第一、第二附院进进出出。除去自己不间断地生病外，妈妈时常要带学生在川医实习，我家也不断有亲戚们要来看病。

川医时期的附属医院，曾经朴素到有些简陋的地步。它的古建筑和后来新修的大板楼堆挤在一起，谁也没觉得多不和谐。来这儿的人都是一身病痛，谁还顾得上关注其他。在设置分诊台之前，川医的好多医生在办公室被病人团团围住，几乎是在众目睽睽之下看病。有时候，他们会不耐烦地对四周的病人说："让开点，出去等哈。"更多时候，他们没精神和空闲来搭理周围的人。顾不上去厕所的医生多的是，他们渐渐也就养成不爱喝水的习惯。我妈妈就是如此。

妈妈在川医工作的几个女同学，经常忙得无法照顾自家孩子，引得孩子们很多抱怨。有一位阿姨对我们说，有时病人多到令她想哭！这种情况下，也别想他们对病人能有多和气。

2011年，给我妈妈做手术的女医生，也是乳腺外科年轻的权威专家。她医术很好，我向她咨询妈妈术前术后的情况时，她都爱答不理的，就像根本没听到我的问话。我虽然对她不满，却也想到这种情况很可能是太过疲累所致。她每周有三天需要做手术，每天一做就是三台。人不是机器，哪能如此超负荷运转！果然，两年后，听说她也得了乳腺癌。

医生和护士在心理和体能上承受的重压，外人真是难以想象。

7

1994年早春，我在华西医科大学附属医院做乳腺手术。手术之前的初检，妈妈的同届同学、乳腺科最权威的专家给我的肿瘤所下的结论不大好，引得爸爸妈妈异常紧张。这位严厉的女专家决定亲自给我做手术。

华西旧外科大楼也是英国建筑大师弗列特·荣杜易设计的华西坝建筑群中的一栋。大楼外墙四季爬满常春藤，古雅秀美。进入内室，却让人有点失望。它年久失修，地板龟裂起皮，窗框歪斜残破，看上去脏兮兮的。

我躺在硕大的手术间等待麻醉师过来，相邻几间房间过去就是停尸房。高敞斑驳的木窗外，3月稀薄的太阳衬得屋里更加阴沉。我格外平静。不为别的，潜意识中，我对自己年轻的身体有信心；明确的意识中，我对华西有绝对的信心，对掌刀的医生更是无比信赖。

手术的活检报告出来，果然是良性纤维瘤。主刀医生朗声说："放心吧，小毛病，我自己还动过两次纤维瘤手术呢。"

8

2001年夏天，某天深夜，怀孕7个月的我吃坏了肚子，又拉又吐，被丈夫和哥哥送到华西医院看急诊。那时候，附一院巨大的环形楼群正在修建，门诊部简陋到近似一个大工棚。值班医生是个外地来的进修生，我挺着大肚子在一旁不住地呻吟，他却漫不经心，颇不耐烦。哥哥生气地差点对他动手。

我自个儿举着输液瓶上厕所拉肚子。厕所蹲位很窄，我的肚子巨大，几乎无法下蹲。厕所之脏，我都不敢低头去看，看到就得呕吐。我焦躁地想：这就是所谓最好的医院？！干吗非要来这儿？哥哥的看法却不同，他说"别看这儿条件不好，你还必须来。拉肚子呕吐并不致命，但如果你早产了，或是在治病过程中出现其他意外情况，只有华西的综合医疗水平能救你和胎儿的命"。

我同学的儿子做阑尾炎手术，也是想尽办法在华西住院做手术。似乎只有在这儿手术，当妈妈的才放心。

我发小的妈妈年轻时便患上了严重的心脏病，她一直在华西医院看病。已经故去的石应康院长发现她妈妈的疾病类型相当特殊，便参与到给她妈妈治病的医疗小组中。"石院长和他带的团队确实水平很高。"我的发小告诉我，虽然她妈妈已经去世，但华西医院的医疗水平，起码让她妈妈多活了5年。

如今，四川大学华西医学中心的4家附属医院，其总量已经成为世界最大的综合性单点医院。从华西医院住院部的高层楼上望出去，眼前是壮观的一大片华西建筑群。即便已有这么大的体量，这4家医院还是常年超负荷运转。

我们对华西的依赖有多强，是否已经到了病态的程度？

9

  四川大学华西校区和四川大学华西医学中心的3家附属医院（华西口腔医院、华西妇产儿童医院、华西第四医院），分别位于人民南路三段的主干道两侧。每年冬夏，只要是去机场，我都要从学校以及这几家医院的门口经过。四川大学华西校区的大门一侧，打开了很长一段院墙。临街的操场上，绿草如茵，总有师生在那儿跑步。我看不够各个季节校园的景致。夏天，它沐浴在阳光中的身影显得年轻又活泼。即便是枯索的冬天，它的肃穆威严中也自有端庄大气的品相。它在晨雾中朦胧的轮廓浪漫而又神秘；黄昏来临，温煦的氛围是它的主调……只要看到它百年来历尽沧桑却淡定从容的身影，成都立刻显露出无尽的魅力！

  华西协合大学—华西大学—四川医学院—华西医科大学—四川大学华西医学中心，从始至终，它都带给成都无上的荣光。

忧 伤

1

从小到大，我在成都总是感到莫名的忧伤，确切的原因却无从知道。我以为在我和成都之间，或许有着某种场域的神秘的联系，它能直接导致我的身体变得虚弱，神经却异常敏感和锐利。

在潮湿的成都，我特别爱生病。夏天会闹肠炎、犯胃病、生湿疹，严重时需要住院输液；冬天则牙齿发炎，感冒发烧，咳嗽起来就是个把月……待在干爽的北京，这些毛病通常很少出现。在时间和空间合围而成的某段生活中，有太多因素构成了你的境遇，那些偶然的、必然的、物质的、观念的，空气、水、风、植物、动物、气味、邻居、爱人、同事……其实，你并不如你想象的能控制太多事物。

有个陌生的自我在成都与我之间。它有时似乎是透明的，我甚至忘记了我太长时间并没有在此定居，我和这个城市亲密无间，融为一体。有时，它却格外清晰，它提醒我，我已经生活在别处。这个自我在远处召唤我贴近乡土，无限贴近，脚踏实地地感知一种真正称为生活的东西。在北京，人会经常恍惚，生活去了哪里？什么才叫生活？当然，这个自我也会在近处嘲笑我对成都一厢情愿的恋旧、自以为是的了解和貌似权威的解读。

毕竟，没有对它历史和现状高屋建瓴的了解和把握，没有与之朝云暮楚的厮混，没有你来我往的深层交道，凭什么言说一座城市。旁观者清，虽说能致"清澈，清明，清醒"，毕竟也还"清淡，清浅"……我的记忆隐藏着嗫嚅、犹豫、结结巴巴、前后矛盾、畏首畏尾……它有可能只是我脸上皱纹的一道出处，我梦中某段靠不住的潜行。

2

我看见这个城市佩戴着荒诞的假面，它有时被遗忘在时间之外，山撞不破，云划不开，千年的呐喊如过眼云烟。长江滚滚流入它的地界，宛如被驯服、被同化而卸下了锋利鳞甲的巨龙，虽然汨汨滔滔、蜿蜒如带，却再不是为了昂扬的喧腾……它是找到了归宿，还是耽于一路折腾的疲累，被迫与它巨大的生命力和破坏力告别？江水滋润了这块与世隔绝的土地，浇灌出它的沃野千里、富庶慵懒，似乎就是为了让它抚慰和治愈更多鸠形鹄面的灵魂。

我在这个城市的朦胧雾气和连绵阴雨中长大，未能出落得欢泼跳脱、理直气壮。

眼睛近视严重，焦距无法聚拢。我看到红色招牌流出黑色的汁水，随意地涂抹在阴暗的角落；无数高楼妄图霸占天空的轮廓，囚禁过于喧嚣的畅想；天桥在白日里唉声叹气，夜晚则舒畅地起伏摇荡；一只狗目光炯炯，暗藏着想变成人的野心；一群人八方站位，疯狂扭摆，姿态近似于妖……

浑浊的氤氲稀释了尖锐的棱角，黑暗中妖娆的狂欢倾吐出最深浓的寂寞；穷街陋巷的地壳，开裂下沉的警钟打扰睡梦；华屋张开血盆大口，骰子旋转着纸醉金迷的念头；凄迷的信众争相烧香拜佛……

我，凄惶地站在街头，无法在暗夜逃脱。

3

一百种忧伤有一百个出处。

飞机降落在成都双流机场开满鹅黄色小花的土地上。机场外不停转动的熊猫模型，在巨型酒瓶边晃荡。油菜花地被楼群蚕食得所剩无几。雾霾浓重的空气中，火锅味长久无法消散……忧伤油然而起，它匍匐在高速路、大酒店、汽车场、路灯架、行道树、小河沟、街心花园的缝隙中。忧伤让我在熟悉的城市浮泛起了倦意。

帕慕克在其随笔集《伊斯坦布尔》中罗列了不少伊斯坦布尔的"呼愁"藏身的地方。我每每翻到"呼愁"这些章节，不免就会急速心动。同样是历史悠久的城市，虽然成都并未做过帝国的首都，但是"呼愁"盘旋的方式，它散发的气息，在冥冥之中暗合了我在成都感受到的"忧伤"。我的忧伤时常突如其来：独自漫步的时候，春天的黄昏或夏日的午后，冬季某个雨雪交织的夜晚，淡青色的秋日清晨……忧伤爆发在莫名其妙的地方，爆发在倏忽之间，其混乱程度可以想见。

是的，它也许就在那儿：

冬天绿色植物上厚积的灰尘；鹅黄色蜡梅树下随地大小便的男人；波澜不惊或略有腥臭味的锦江水；行驶得过于缓慢的公共汽车；车身稀脏的出租车；冷硬的糖油果子，卖糖油果子的大姐在冬日哈出的白气；穿梭在鹤鸣茶馆变魔术的骗子；"未来号"过街天桥上仰躺的乞丐；黄昏的红星路亮起的第一盏街灯；雨雪中飘过来的羊肉的膻腥味，阳光下合江亭搔首弄姿的婚纱摄影；太升路上吆喝贩卖二手手机的路边摊；送仙桥的假古董；猛追湾游泳池早已经拆除的跳水台；七月半墙角边的香烛和堆得厚厚的纸钱；红得就快出事的三角梅；一片狼藉的演唱会现场；吉普车里缠绵的亲吻；朋友家过于丰盛的饕餮大餐；阔大书店里的一行字；走街串巷卖黄桷兰花串的老妇；泥水塘里打滚的狗；华西医院紫藤树下愁眉苦脸的汉子；新南门汽车站候车厅背包拿伞的老乡；商业场边卖睡衣边打毛线的中年女人；大石路桥头架势削荸荠的小伙子；省博物馆表演蜀绣的聋哑人；小酒馆里睡眼惺忪的画家；东城根街排队买瓜子的队伍；黄瓦街斜挎着塑料书包等待被领走的保姆；省展览馆的浙江丝绸展销会；青石桥海鲜市场扔在玻璃缸中的生蚝；人民南路四川剧场的废墟；沙河堡马路边蹬三轮车的大爷；学道街上艳丽夸张的戏服商店；衣冠庙路口无人问津的书摊；音乐学院食堂楼上脏旧的音乐厅；九眼桥深夜缭绕的烧烤烟尘；巨树低垂夹道的丝竹路；陕西街派出所门口的警车；梁家巷城乡接合部的糖酒大厦；政府街坏在半路的豪华轿车；四川大剧院建筑工地在水泥麻袋上午睡的工人；苍蝇纷飞的肉架子后面打牌的肉贩子；落地玻璃门前整理头发的快递员；端着饭盒走街串巷的按摩女；吃完火锅大声打嗝的诗人；肖家河大榕树下相对无言的夫妻……

忧伤有着灰蓝色的翅膀，暗淡，茫然，不知所措，似一抹幻想。它忽而高，忽而低地掠过内心最敏感的区域。忧伤是我潜在的精神特质，它最容易在成都发作。年轻的时候，目光清亮，黑白分明，每一处城市的纹理都看在眼里，忧伤会延宕很长时间，直到把我完全吞没。如今，随着年华老去、生命力衰退，明白了有限与无限的诸多况味，我的忧伤不再犀利。

4

那么，你是为了你的过去而梳理记忆，还是为了你的未来而梳理记忆？"回忆或是怀旧，正是出于生的热望还有对丰饶未来的期许，当未来不再许诺时，回忆便成为板结的土地。"

"说吧，记忆。"你所了解的是何等的少，未曾了解的和永远不会了解的是何等的多。每个人心里都有一座与别人的体认完全不同的城市。你的记忆扩展了它的细节。无数细节勾勒出关于城市的总的记忆。我们每天都在印证别人的记忆，累积自己的记忆。城市因此丰满，因此充盈，因此鲜活，因此大相径庭……

卡尔维诺在《看不见的城市》里借虚拟中的城市珍诺比亚说过，划归幸福还是不幸福的城市没有意义，如果要区分，则另有两类城市：一类是经历岁月沧桑，而继续让欲望决定自己形态的城市；另一类是要么被欲望抹杀掉，要么将欲望抹杀掉的城市。

成都，是哪一类城市？

5

晴空万里的北京的秋天，在阳光斑驳的胡同中散步，某栋老式不起眼的红砖楼房会让我在刹那间回忆起成都的某个场景。从10岁那年起，有6年时间，我每星期从成都的东面乘公共汽车，横穿半个城市，到西头的医院去矫正牙齿。

公共汽车常常经过一片三层的红砖楼房。这些楼房大多是 20 世纪 50 年代修建的单位宿舍楼，它们不是典型的川西建筑，带着强烈的时代烙印。这些楼房铺排在街边，与马路相隔不过两三米，它将住户们的隐私完全暴露出来，房间里的家具摆设能看得清清楚楚。

夏天矫正完牙齿回家，正是夕阳落幕时分。街边最常见的行道树就是梧桐树。梧桐茂密的枝叶，在红色的楼面上投射出朦胧纷乱的影子。红色的砖墙沐浴在夕阳中，颜色浓烈得像要燃烧起来。橘黄色的阳光被半开半闭的窗户切割成一绺狭长的光柱，那坐在屋子中的人，漂浮在光流里，似乎就要飞离地面。然而，就在下一秒，太阳挪动了位置，楼面紧跟着暗淡下去，艳红变成了逆光中近似于黑的绛紫色。房间里的人，顿时就委顿了……

每当此时，我就会怅惘若失：窗户后面，那坐在屋子里的人，仿佛只是偶然间仓促地路过这里，马上就要出走。同时，他又像被囚禁在这里，被迫过着过不完的日子。

那时候，我不会知道，这个场景，仿佛就是我与成都的宿命。

水月相去八万里

——我与上海

第一辑　依依向物华

水月相去八万里——我与上海

上海！上海

2021年正好是我大学毕业的第30年。1987—1991在上海读大学的那4年，我的观念和思维方式发生了很大改变，历经的生活琐事也不少，总感觉那4年要比之前、之后人生中的其他4年漫长许多。年轻时的日子，总归是精力旺盛，有意义的事情又像是没有那么多，时常感觉是在过不完地过着，钟表的转速仿佛也要缓慢一些。"30岁就老了，40岁还可能活着吗？"我们那个年龄段的人，谁小时候不曾这么想过呢？

苟活到现今52岁的年龄，时间带来了另外一种不堪：30年也不过就是弹指一挥间。在人生的后半场，倒像是谁也无法拽住钟表的转速，只得任凭它飞快地旋转。

张爱玲的小说《红玫瑰与白玫瑰》中，男主人公佟振保曾在英国留过学。20世纪30年代的日不落帝国，属于全世界的首善之区，有着彼时世界最先进时髦的华物。然而，振保终究是个穷学生，见识、体验不免有限。英国不仅没有使振保眼见大开，反倒教会了他堕落的方式。

上海的丰富复杂（如果不含偏见，善于发现，我们也可以说，任何地方其实都是丰富复杂的），需要很长时间来认识和体验。我也只是个学生，囿于校园之内，个性保守，囊中羞涩，不仅对上海的了解相当肤浅，而且无论何种性质的堕落，也都不曾体会过。我谈论上海，似乎就没有什么发言权。可是，我无法否认上海对我产生的影响。时日漫漫,随着我定居北京多年,随着上海自身独特性的逐渐稀释,从前那些蛰伏在我身体和大脑深处的上海印迹,反倒一点点地凸现出来了。

我从未写过关于上海的散文,还未落笔,先已打起退堂鼓。我对上海的印象零零散散,有刺激新奇的部分,更多却是平平淡淡的日常,属于片段性质、完全隶属于自我的东西。上海从一开始就像是我生命中的偶然所得。在18—22岁的年龄段,初来乍到的所见或许特别真实而鲜明,稚嫩偏激却也是常态。1987—1991年的上海,殖民地时期的遗痕满目皆是,新世纪前后的怀旧风潮还没拉开帷幕。我有幸看到过上海素朴甚而旧败的一面。

每隔几年,我会去上海一趟,不多也不少。上海当然没有纽约繁华,没有伦敦丰富,可它对我不一样,它存着我的青春记忆,我很容易被它触动。我的青春并不灿烂,无非是平常的喜与忧,却有着不可预料的可塑性。我觉得那个时期的上海也是如此,它有点委屈,有点不甘,也有破茧而出之前的落寞。

上海的正面侧身,她的低吟浅笑、辉煌没落,都曾被上海作家的各种妙笔书写过。我也看过不少非上海人创作的以上海为背景的小说、散文、随笔、电影、电视剧、话剧、戏曲,常常是边看边感叹,"原来上海还有这些人和事""对的,上海就是这样的"……上海毕竟是上海,中国最早实现现代化的城市之一,曾经亚洲第一等的繁华之地。上海有太多跌宕起伏精彩绝伦的故事,隐含着数不清的人生细节,是座挖掘不尽的富矿。

同为作家和画家的木心,在其精彩之极的随笔《上海赋》中,对上海的历史做过大刀阔斧又酣畅淋漓的梳理——

"上海"!一望而知这块地方与海有着特殊因缘,叫起来响亮爽脆,感觉上又摩登别致,其实是宋代人不加推敲地取了这个毫无吉庆寓意的乏名。宋代的上海起先是一个小镇,到后来才升为县,清季把上海归属松江府。道光三十三年中英《江宁条约》的订立①,不论厄运好运,上海是转运了,从

---

① 原文有误,《江宁条约》订立于道光二十二年。

兹风起云涌蔚为商埠，前程一天比一天更未可限量。此丕变，以出现英、法等国的租界为征候为标帜。西方远来的冒险家并不冒多少险，以经营地产为发财捷径这是明的白的，那暗的黑的致富之道便是私贩"洋药"鸦片。反正"鸦片战争"的结果是开"不平等条约"之端，所谓"五口通商"的其他四口，自然不及上海的得地理之优越。市境处于黄浦江与吴淞江的合流点，扼长江门户；东向出驶，近可达沿海诸埠，远通东洋南洋西洋各国；西入长江，沿江省会襟带衣连；是故当初京沪、沪杭甬、淞沪等铁路之兴建，皆以上海为起点。现下健在于海内外的"老上海"们，大抵记得租界浪向灯红酒绿纸醉金迷邪气好白相，也许忘了一九二七年的上海还只算是特别市，到一九三〇年才直辖当时的行政院，重新勘定市界，把原有的十七个市乡概名为区。其中的特别区，便是英美合称的公共租界及法租界。从黄浦江外滩起，由公共租界的大马路和法租界的法大马路，下去下去卒达静安寺区长约十里，就是口口声声的十里洋场，或十里夷场十里彝场——翻翻这点乏味的老账，无非说，上海与巴黎、伦敦这些承担历史渊源的大都会是不同类的。老账如果索性翻到战国时代，楚相黄歇请封江东是献了淮北十二县作交换，当然算得有头脑、识时务，而江东的政治中心却定在苏州。春秋后期，东南沿海已借水路发展商业，上海北面有水道叫沪渎。渎是通海的意思。黄歇浚了一条黄歇浦（黄浦江），又修了一条通阊间的内河（苏州河），可奈三千食履中的珠履份子没有造外洋轮船的工程师，春申君到底未能出国访问对外贸易。

两汉、魏晋南北朝，上海平平过，曾泛称为海盐县、娄县，唐代改称华亭县，虽设置船舶堤岸司、榷货场，但还只是"上海镇"。宋熙宁年间，此镇尚属华亭县，南宋的瞿忠、王世迪辈之所以在上海占籍生根，着眼于上海物价比杭州便宜，本人还是去临安做官的。元朝短，铁骑踩蹦，上海反见萧条。明嘉靖之重视上海，那是为了筑城御倭寇。清初因郑成功、张煌言的沿海活动，上海"海禁"了。康熙解禁，上海复苏；康熙崩，雍正又把上海封闭——翻翻这点更寒酸的"流年不佳"的老账，意思是"上海"从来没有出过大事物大人物，就算明朝万历年间的徐光启还像样吧——总之近世的这番半殖民地的罗曼蒂克，是暴发的、病态的、魔性的。西方强权主义在亚洲的节外生枝，枝大于叶。从前的上海哟，东方一枝直径十里的恶之华，招展三十年也还是历史的昙花。

文采斐然！木心勾画的上海的历史清晰又活络，见字如见历史的蠕动。我读大学前，却是通过板正的地图册上的文字去了解上海。换在今天，就是下面这种百度体文字。

  上海，简称"沪"或"申"，是中华人民共和国省级行政区、直辖市、国家中心城市、超大城市、上海大都市圈核心城市，国务院批复确定的中国国际经济、金融、贸易、航运、科技创新中心。截至2019年，全市下辖16个区，总面积6340.5平方千米，建成区面积1237.85平方千米。2020年11月1日零时，常住人口2487.09万人。战国时，上海是春申君的封邑，故别称"申"。晋朝时，因渔民创造捕鱼工具"扈"，江流入海处称"渎"，因此松江下游一带称为"扈渎"，后又改"沪"，故上海简称"沪"。

上海是既理性又现实的城市。张爱玲总结得好，"上海是传统的中国人加上近代高压生活的磨炼"。传统的中国人部分，衣食住行人情来往等方面，它比中国其他任何地方都更善于掩护，更含蓄而内在化。后来，我们才明白，或许这就叫维护个人隐私。近代高压生活，那是在黑白两道鱼龙混杂人精聚集的境地下，艰险辛苦地求生存和发展。长时间置身于此，为了与之相适应，与之相周旋，人或许会生出奇异的智慧和才能来，或许也教人变得奸猾世故、猥琐投机。事情总是有两面性的。

上海善于以数字来管理城市和人。数字化大行其道的地方，总是要求清晰理性、目的明确的。数字容不得大而化之的出错，它追求的是精准和效率的最大化。上海人与人的关系也沾染了数字的气息，它也是要求清清楚楚、利益均沾的。以数字代人情，自然就有点冷肃之气，过于见棱见角。

其实，上海不过是在很多方面预演了20世纪末期中国蓬勃兴起的城市化过程中的一些现实图景。工业文明所要求的尊律法、守规矩、讲克制、拼实力……

确实显得离现代文明更近。上海人整体素质之高，也是毋庸置疑的事实。当然，城市化携带的疾荷，它也未能幸免：物质至上，拜金；冷漠空洞，势利；恶性竞争，倾轧……现代城市总是一只大熔炉。

…………

大学毕业前夕，几乎每个同学都要买本纪念册，然后让好友们在上面写满临别赠言。我也不例外，甚至还向同学借了一只日产饭盒样式的录音机，买了一盘磁带，录下老师和同学们的临别赠言。事实上，那本纪念册在毕业几年后便少有翻看，磁带更是一次都没有听过。我以为会永生难忘的许多人与事，在时间的淘洗之下，悄然折旧，缓慢褪色，甚至逐渐消失……

我曾无比害怕和难以适应生活的变化，或许这也是金牛座A型血人特有的胆怯和固执。当我身体力行地体味到变化才是永恒不变的规律时，对过去的记忆却点点遗忘在时间深处。为了书写上海，我重又翻阅起上锁的抽屉里落满了灰尘的日记本——此前和此后都没写过比大学时更详尽的日记。在当时，写日记是比完成写作业更起劲的书写。翻完几大本日记，我真是很有点失望，日记中涉及上海城市的文字非常之少，多是一些青春期虚幻的感觉和情绪……可见，当时的我缺乏对上海进行深入观察和理性认识的自觉。

2014年，我出版了以上海为背景的长篇小说《幸福还未到来》。书中对上海的描写获得了我那些上海籍同班同学的普遍认可，这使我长吐一口气，同时倍感欣慰。记录在这里的部分文字，也参考了我小说中对上海的描写。

今天是情人节，北京刮着7级大风，天空一片灰黄色。尘土的味道即便隔着窗户窗帘，闻起来也还是有点呛鼻。漫无目的、纯粹惯性地坐在书桌前，我怎么回忆开了上海？想要写写上海和上海的那几个人。或许，"情人节"这个概念让我生出浪漫又虚无、高级又陌生的强烈感觉，就是从在上海读书的那个时候开始的吧……

锦官月明海上花
——成都上海双城记

灰褐色的上海

　　1987年盛夏，我被上海戏剧学院戏剧文学系录取。在大学升学率不足5%的年代，能考上大学本就困难重重，何况是极为少见的艺术院校，更何况还是在上海。我不是优秀的高中生，在众人面前也没显露多少艺术天分。于是，尽管大家并不知道何谓戏剧，在就读的中学和我家院子里，我的升学还是造成了某种程度的轰动。父母和我都收获到许多情绪复杂的赞美，也因此失去了局部的友谊。

　　我的喜悦更多出自对中学功课的解脱。数理化对我而言一直是场噩梦，终于摆脱镣铐般的束缚，我简直身轻如燕。虽然上海并非我梦寐以求的地方，上戏也不是我高考的第一志愿。在语文考砸的情况下，我已无缘北京和中央戏剧学院。初秋的9月，我满怀惆怅地去了上海。

　　对18岁的我来说，上海远在天边，它由瑰丽的想象和顽固的偏见构成。我家院子里上海移民不少，爸妈的亲密朋友中就有几人是大学毕业从上海分来的知识分子。从小学到高中，我的同班同学中也有不少上海人家的子弟。这让我在提到上海人时，总有些自作老练的类比和决定性的评价，结论来自我对身边上海人熟悉程度的自信。反倒是文学作品中的上海人形象，难以与我共情（我已看过很多上海作家的小说了）。同样地谈论北京人时，因为并不认识任何道地的北京人，谈资的依据不过是看过的文学作品中的北京人。我在情感上认同那些北京人，也就顺便把他们当成了"自己人"。

爸爸在20世纪80年代初中期，经常会到一些大城市出差。北京多一些，上海则偶尔去过两次。每次爸爸去外地出差，左邻右舍的孩子们会和我一起计算爸爸归来的日期，就像他们的父母亲去上海广州出差，我也和他们一起暗暗等待大人满载而归一样。如果爸爸去的是北京，意味着将会听到更多的信息和见闻；而爸爸从上海归来，我则可以拥有时髦新奇的"好东西"。

爸爸打开了他劣质的硬邦邦的塑胶旅行袋。灰色的旅行袋上印有"上海"两个黑体字。我的心跳开始加速，表现得比平时更加乖巧。爸爸依次拿出他购买的稀罕货，妈妈则在一旁嗔怪他：这个好贵哦；那样完全没必要，和成都卖的也差不多……哥哥和我对每件物品都表示惊叹，长久地细致地把它们拿来摩挲把玩。妈妈的衣服假领、衣料、羊毛绒线、铺盖被面……我和哥哥的文具盒、20根泡泡糖、高级奶油糖、听装饼干、花裙子、毛线手套……简直可说是应有尽有，看得我眼花缭乱。

哥哥和我会把泡泡糖发给小伙伴们分享。一时间，后院所有的孩子都在又蹦又跳地吹泡泡、戳泡泡……物质的快乐是这样具体，让我瞬间收获了很多艳羡的目光，在孩子们中间有了莫名的优越感。这种优越感是上海带来的，是大家对上海的想象和盼望落到了实处。

随着物质渐渐消耗完毕，对上海的赞叹也就告一段落，那些听来的成见又占了上风。"上海人之（含）啬，饭桌子上都是些小盘盘""上海人之小气，东西分得之清楚""上海人之傲，看不起人，不可能真心和你交朋友""上海人之会算，只有你吃亏，没得他吃亏的"……固定的印象登堂入室，掩盖了下面更加复杂暧昧的心理："上海人还硬是（四川方言，意为确实是）会打扮呢""那家人屋头好洋盘哦，是上海人嗦，怪不得""这个水龙头还能接这种管子，你娃太聪明了！哦，你们家是上海人"……我们对上海和上海人几乎有着爱恨交织的情感，谁让上海突出于国内所有地方呢，它简直像块飞地，全国人民有权对它加以各种议论，它也并不在乎外地人的看法，反倒是在羡慕和非议中洋洋自得。

1987年9月，乘坐T183次绿皮火车，历经48小时翻山越岭，穿越无数个隧道，我终于站在了上海火车站外广场上。映入眼帘的景象，和成都火车站没啥分别。站前有个小广场，主要分布着公共汽车和电车站。不远处几栋灰扑扑（四川方言，表示颜色灰暗或灰尘多）的楼房，也是不高不矮、随处可见的造型。大概头天下过雨，到处是肮脏的小水洼。穿梭其间的人们脚步匆匆，表情呆滞。仿佛台风过后城市遭到了不同程度的摧毁，此时正在大喘气，对啥都有些懒心无肠（四川方言，形容不热心，提不起精神）。广场上唯一的亮点是各个高校的新生接待点。接待处是一张张年轻、兴奋、朝气蓬勃的脸，把各校校旗都照亮了。

乘坐113路公交车到乌鲁木齐北路，再步行一段路，就可以到达上戏。火车站是公交车起点站，每个人都有座位。我特意选了靠车窗的位置，为了"使劲"地观察上海。公交车沿线一闪而过的建筑，大都是米黄和灰褐色系，造型古朴雅致，面目却带沧桑。哥特式建筑、罗马式建筑、新古典主义建筑、巴洛克式建筑、苏式风格和中西结合的楼房，并行不悖，毫不违和。这些石头建筑有着非常结实的外表，门楣上刻着启用的年份，很多都有半个多世纪的年龄。我尤其喜欢拐角处连接着两条街的圆弧形洋房，造型独特别致，圆融可爱。这样的楼房，成都没有一座。成都暑袜街的邮电局大楼也有百多年的历史，西式造型，大气硬朗，我常去那儿发信和买杂志，但它的转角也还是直角平面形。

上海的街道比想象中还要狭窄。电车网线霸占了大面积的天际线，天空被划分得七零八落。从公交车上看到的弄堂，有的长，有的短，有的房子重重叠叠，阁楼偏房歪七扭八，堆积物多且杂。车上本地人的方言根本听不懂，只感觉语速很快，音调细碎杂乱，透着莫名的急切和躁动。他们的表情淡漠疏离，和他们的语言风格正相反。

阻挡视线的还有临街的窗口伸出的密密麻麻的竹竿，上面挂满衣裤、床单之类五颜六色的东西，像是某类晒场，也似衣服的丛林。行人在下面从容地穿行，有的穿着睡衣裤，有的顶着卷发器，也有人抓着苍蝇拍子……真让人纳罕，这是上海吗？这当然是上海了，早前在电影电视里不也多次看到过这类场景的上海吗？只是，18岁的我不愿意把此类毫不罗曼蒂克的烟火气的上海和"十里洋场"的那个上海混杂在一起。这个上海给人的第一印象过于平凡，太不"上海"。

上戏很小，也是早就听说过。看到真迹比想象中还要更小时，校园里风格各异的小洋楼也安抚不了我的失落。从大门径直穿越校园到学校的后门，只需要5分钟。全院学生不到300人，还没有我高中时一个年级的学生数量多。

中秋节前后，下了很多场雨。尽管有班主任买来的鲜肉月饼打底，还是有几个女生因想家在校园的角落哭泣。我没有哭，或许是某种先入为主的东西得到了印证，或许深深的失望也是一种反向的激情。我急于向成都的好友们描述初见上海后潮涌而来的失望。在发往成都的信件中，我像是在发泄一场没有对手的私愤。

夏末初秋，上海下了很多场雨。一场秋雨一场寒，异乡的感觉是如此强烈……

华山路

1

再是怎么怅惘，我也很快被学院内外的环境所折服。

黑色镂空的铁质校门不高不矮，校牌不过是一块普通木板，第二任院长熊佛西先生题写的校名。校门和校牌简单素净，随性不刻意，透着骨子里的低调和自信。学生们喜欢在此留影。1987年，我们中的多数人也有着朴素清纯的气质。

校园比我的中学还要小，却是错落有致，设计师兴许是将西洋建筑和中国江南园林的布局进行了充分结合。几栋灰褐色的洋楼小巧风雅；作为主教学楼的红砖楼房仿效的是北大红楼，也叫红楼，它是由熊佛西院长提议修建的。红楼面对着开阔的绿草坪和操场。校园里还有一大一小两个功能齐全的剧场。四季缤纷的花树飘散着若有若无的香气。尤其春天，粉白色的樱花盛开之时，华山路630号这座小小的院落就完全浸在幽雅的氛围中。

校门外的小街干干净净，车辆和行人都少，没有超市，没有咖啡馆，没有可能带来热闹的一切，安安静静，清清朗朗。在这条路上来来往往的人，行色匆匆的少，悠悠缓缓的多，他们似乎也在配合这条路的气韵。我喜欢华山路上的一切：街、树、路人……

马路两侧分段便有一截围墙，越过围墙，洋房露出它神秘的一角。木质或铁质的院门油漆斑驳，极少能见到人员进出，只有院墙上探出头来的花草提醒着路人：有活人在此居住，勿有非分之想！偶然撞见过一位老太太，从院中蹙眉而出。老人家打扮清爽，仪态翩然，气定神闲，面容清秀，眼光锐利。

春夏秋三季，华山路茂密挺拔的悬铃木枝干在空中交合，遮天蔽日，增添了这条马路的幽静。深秋时节，悬铃木树叶变得金黄，整条街华光璀璨，恍若舞台布景。可惜，好景总归不长，你正要更多地感受翠蓝的天色搭配金黄树叶的迷醉之色，一场大风，一夜之间，薄脆的树叶就落了大半。剩下的那些，也是耷拉着脑袋，晦暗了身姿。到了冬至日，老迈的悬铃木几经挣扎，终于还是掉光了树叶，华山路也跟着变了模样。白日天光大亮，清寂萧索；夜晚路灯裸露，毫无余味。

阴寒天色，寥寥枯枝，漫步在冬天的华山路，我会格外想家。

2

华山路东头有家杂货店，店面至多也就10平方米，卖些针头线脑、火柴邮票等小东西。店堂里堆着货，放着不少日用家具，像是过着日子，随带卖点零碎物品的人家。一来二去地，我和小店主人熟悉了。店主人或许是那个在工厂上班的男人，不过我自封天天在家的女人为店主。她40多岁，细眉细眼，皮肤白中泛黄，戴副式样老气的眼镜，是那种和气的职员气质。她习惯坐在柜台外靠近门边的角落做毛活。她家在华山路居住已经20多年了。

大学期间，我是个不折不扣的写信迷，给各种人写信，给各种人回信，每周至少要写一到两封信，要收到一封信。我频频光顾那家小店买邮票，店主也曾开玩笑问我是干啥的，为啥要寄这么多信。我大概是她见过的戏剧学院写信最多的人了。

每次先将邮票贴在信封上划定的区域，然后是认真地核对收信人地址（比邮局的人还认真）。检查妥当之后，将信将疑、特别不舍地把信投入了小店门口的邮筒。投完信件的前几秒钟，我总有点失落，有点投稿被某个编辑部退回的心情。随即，巨大的愉快感阵阵袭来，我开始默诵那些信件的内容，或是猜测对方在读到我的信后的反应。我自信他们一定都会被我的信所打动。

这是每周固定的隐秘的仪式。

有一次，我对店主说华山路齐整好看，闹中取静，她住在这里好有福气。他们一家人正围坐在一起吃晚饭，听罢就都笑了。她说有啥福气，住在这里并没有多赚钞票啊。我讲方便呀，离南京路、淮海路这么近。她挥了挥筷子，笑道，住在华山路倒是漂亮的人看过不少，这么多年，一拨拨的学生过来又过去，不知看了多少好看的面孔，"就是和大街上的人不一样，真个长得老好看"。我笑说戏剧学院也有像我这样并不好看的学生，她讲那也不一样，到底是不一样的。

3

华山路西口与镇宁路接壤。拐进镇宁路，街道的风格陡然大变，像是突然从上海滩空降到了江浙某个边远小镇。镇宁路上有不少违章自建的棚户，东一块、西一块，不管不顾，构置成了城中村的模样。我常去镇宁路买便宜的早点，油条、葱油饼、小笼汤包什么的，那些店铺简陋到你根本不相信它是在上海。不过，这里卖的食物和五金百货都相对便宜，对我这样的穷学生来说，它是美食和日用品的集散地。20世纪80年代，这样的店铺在上海市区多的是。

镇宁路上有家街道工厂，半关着门，看不清厂房里面生产啥产品。厂房门口一摊污水，污水中放着铁桶、铲子等工具。常常有工人蹲在厂房门口抽烟。他们低着头，也不看行人，像是笃定地在休息，也像是在想着心事。早点铺的人也一样，木讷愁闷，不苟言笑地站在炉灶后面忙碌。没顾客的时候，他们就发呆，或是长时间盯着某个路人看，眼睛似乎都不转动一下。时间和空间在此容易发生错乱，让人迷糊该是哪年哪月……

每次看到他们，我好像都有些吃惊，他们落寞的表情说明他们的心思根本不在上海，不在这个最繁华、大异于中国其他地方的大都市，他们是背井离乡者。而他们卖的吃食，早已经是上海人习惯和喜爱的东西，他们并没有执拗地以家乡的饭食来抵抗上海的习俗。他们明白，落地生根，才能赚到钱。他们有艰辛委屈，有寂寞无聊，也有接受改造和自我更新的企图心。他们成群结队地在这条路上人造一个既在上海又不在上海的家，也是生存力强的表现。假以时日，他们或许渐渐地融入本地人群，或许卷铺盖走了人。

或许，我是在他们脸上看到了部分的自己，因而格外心惊。

4

许多弄堂连接街面的转角处都有一家布店。这种紧贴着里弄板壁房的小店狭长精巧，尽量不去占道。说是布店，但不光卖布匹，也卖手绢、毛巾、布鞋、袜子之类便宜、式样老甚至过时的家纺产品。小店的售货员通常是两个老阿姨（其实在北方该叫大妈，成都该叫太婆），她们和蔼客气，不停地忙活着，扯布，算账，归置物件，歇不下来。弄堂里的熟人和路人在此经过，买不买东西都要停下脚步来，看看有无新货，摸一摸棉织品的厚薄。这些是附带的动作，很多熟人不过是要和老阿姨闲聊两句。这里也是各种八卦新闻、里弄时事的集散地。天气变化啦，小菜价格涨啦，东家媳妇欢喜摸麻将，西家儿子出国回来啦……老阿姨们的上海话含蓄婉转，透着老辈人的礼数，也有些阿姨的话又快又脆，听起来不免有点聒噪。

1990年放暑假前，我给妈妈买了一件咖啡色纯棉汗衫，只要6块钱。老阿姨听说是要带给成都的妈妈，说"四川，老远嘞"，包得那叫一个仔细。薄型牛皮纸的小包裹方方正正，见棱见角，相当规整好看。卖者并不因为东西菲薄而对买者敷衍应付，似乎这是上海才有的讲究和对人的体贴。

上海的秋天几乎能蔓延至12月。天高云淡的下午，轻柔的海风袭来，坐在桌前看书的我，怔怔地坐着，简直不知如何是好。离开多人同居的学生宿舍，我会到街上胡乱转悠。弄堂口的布店是我停留最多的地方。买只手绢，或是啥都不买，只为听听老阿姨们拉家常。只有老阿姨们布满皱纹的脸，轻柔的微笑和嘴里念叨的市井琐事，可以缓解我莫名的空虚感。或许，从她们身上，映照出的是外婆和妈妈的影子。她们成为一个坐标，让我看到自己身在何时何地，在做些啥，该如何安放心情。

5

华山医院隔壁的静安宾馆原名海格公寓，是20世纪20年代建造的具有浓郁西班牙风格的建筑。静安宾馆在一座小院深处，静安面包房就在宾馆的隔壁，面向华山路。静安面包房的外立面是咖啡色落地玻璃，很长一溜华丽的玻璃，不是那种20世纪90年代马路边随处可见的材质轻薄的咖啡色玻璃，而是质地厚实、哑光、具有防弹玻璃坚挺效果的钢化玻璃。从面包店外面往里瞧，一团漆黑啥也看不见；从店里看出去，则是一片咖啡色街景，刻意染色制作的老照片的效果，甚至比老照片的颜色更沉郁。这种装饰玻璃在当时的中国非常少见，特别"上海"，也特别"欧洲"。我们从淮海路回学校时经过这里，静安面包房是一种强烈的地域性提示：别忘了，只有上海才有如此洋气的面包店。

在距离面包房很远的位置，巨大的奶油香味就会飘然而至。烘焙食物的香气有着粮食蒸腾后饱满纯净的味道，不像饭菜香，虽然诱人，却混合着油腻味。每次路过静安面包房，明明受到面包香气的巨大诱惑，却又知道囊中羞涩，我和同学总是没出息地议论：什么叫幸福？幸福就是能遍尝这儿所有品种的面包。

静安面包房面包的品种特别多，最为有名的是法式长棍。长长的法棍插在牛皮纸口袋中，上面裸露出来一截，像是专门用来让人眼馋的。抱着法棍回学校的路上，不时有行人扫它一眼，转而对我们面露微笑，我们也回以微笑，彼此很有默契的样子。他们似乎在对我们说："带回去好好享受，它确实是好东西……"他们根本不了解，也许一个学期，我们只舍得买几次法棍打下牙祭。这种发生在陌生人之间，对某样好东西心领神会的微笑对视，多年以后，我在英国旅居时，再次频频地领受到。

时隔几年回上海，我总要从静安面包房经过。它渐渐变得普通平凡，从店面装潢到面包品种，都和其他面包店相差无几，甚至显得更不起眼。现在，我买得起里面所有品种的面包，却连品尝它们的兴趣也消失了。普遍的富裕带来商品的趋同，大伙儿的味蕾也逐渐麻木。视觉和味觉方面缺乏强烈刺激的东西，不再能吸引我们，面对它的附加值，我们更是熟视无睹。我们都是粗糙忙碌的现代人，吞进去很多杂物，来不及反刍，就被替代或遗忘了。米兰·昆德拉有部小说叫《慢》，它讲述的是快和慢在心理逻辑上的辩证关系："快"即多，遗忘也多；"慢"是少，却是体验和记忆的延展（多）……

6

成都人把店面很小的饭馆叫苍蝇馆子,北京直接称其为小饭馆。小饭馆除了店堂小、饭桌座椅等设备简单粗陋,往往用餐环境也比较脏。成都的苍蝇馆子只要饭菜的味道巴适,店堂再简陋也不乏吃客,不少人要的就是这股子随意劲儿。而在北京,由于流动人口数量庞大,食客数量的多少从来不取决于饭菜的味道和饭馆的环境。

上海不是这样,尤其在全民贫困的年代,上海在全国的城市中可谓一枝独秀,特立独行,"螺蛳壳里做道场"的本事高超。上海的路边小店,即便只是卖点生煎、馄饨、面条啥的,店面普遍也捯饬得整洁清爽,餐桌上最考验卫生功夫的餐具、酱油瓶、醋瓶、辣酱碗等等,摸上去也不黏手。

上海的空间很少被糜费。那些只有几张桌子的饭馆,腾挪闪动似乎都费劲,店主也会在装饰上费点心思:雪白墙面上挂幅油画或摄影图片;玻璃台面下压着刻花塑料布、绿色格子桌布;细颈白瓷瓶插上一两朵小花,至于是绢花、塑料花还是鲜花,那要看店家的品位和经济实力……饭菜的味道或许有高有低,店面的温馨雅洁却是普遍追求。有些热情的店主喜欢和客人随意聊天,话题的深浅和搭话时间的长短,他们也都拿捏得当。

我不是上海菜的拥趸,但在上海的私人小饭馆吃饭,常能享受到素质良好的店家带来的安心和愉快。

7

华山路和乌鲁木齐路交界处有家面积很小的面包房,它售卖的面包品种不少,多数种类的面包我从来没见过。只有在豁出去打牙祭的日子,我才能任性地买几个来吃。比如那个糯米椰糕,直到大学毕业,我也还没吃够。

秋天的某个晚上,我和同学在面包店买最便宜的白面包,看到李媛媛走了进来。大概是演出刚结束(我记得她是在长江剧场演出话剧《自烹》),李媛媛头上的白发妆还没完全洗干净。其时,她主演的电视剧《上海的早晨》已在各家电视台热播；著名导演黄蜀芹执导的电视剧《围城》更是引起了不小的轰动。在《围城》的经典人物群像中，李媛媛塑造的尖酸刻薄的海归鼻祖苏文纨神形毕肖，李媛媛完全演活了人物，让人过目难忘……面包店里的李媛媛，打扮大方随意，淡绿色宽松棒针毛衣，蓝色宽松牛仔裤，显得很有气质。她和售货员热聊着，一看就是老主顾。

我们只是低年级的学生，李媛媛已经是表演系的老师了。虽然特别喜欢看她演的话剧，我们还是怯生生地，没敢上前去招呼她。

回学校的路上，李媛媛骑着自行车在我们面前一晃而过。她住在戏剧学院池边宿舍，一栋木结构的老楼，楼面围墙爬满常春藤，典雅有意味。偶尔会看见她在楼下的草坪上晾晒衣服，拧、甩、晾、扯、拍等一系列动作，熟练麻利，她还边做边和路过的老师或同学聊天。

李媛媛是非常少见的集容貌、才华、性情于一身的极有创造力的演员。她16岁从山东济南考到上戏表演系就读。到上海的前几年，她和我们想象中山东妞的模样完全吻合：脸颊饱满，有点婴儿肥，形象健康甜美，开朗活泼。漂亮归漂亮，只是缺点韵味。上海重新塑造和丰富了她，在她本就大气憨厚的底色中增添了女性的柔媚和都市的时髦，她果然变得风情万种，光彩夺目。

观众在屏幕上看到的李媛媛，就像她饰演的"东方阿信"董竹君，几乎可以为上海女性代言：风姿卓雅、千娇百媚是其表，目光长远、果决爽朗、精明勤劳是其质——真可谓绝代风华！

李媛媛盛年早逝，令人扼腕可惜。去世前，她已经从上戏调到中央实验话剧院工作，成为职业演员。我在北京看过她演的历史剧《伐子都》。从舞台形象、台词、形体功底到表现力，她都堪称中国话剧演员的顶流。凭她出色的个人条件，无论舞台剧还是影视剧，她都能从青壮之年演到耄耋之年。

真是天妒红颜！

紫　衣

　　恋爱之前，我们已在书本里熟悉了爱情，是纸上谈兵的高手，也在心里预演过无数次浪漫的情形。当爱情来临，激情的冲击比想象中更加强烈，它似乎不受本人控制，却又硬生生挤压出最刁钻精怪的习性。爱情并不是个人的幻想，而是两个人的习题。于是，慌乱超过了甜蜜，试探远多于享受，猜疑环绕在表白的间隙……我的初恋，它是一场短命的相遇，是第一次与人在心灵上的短兵相接，是羞于面对自我和欲望的结果。它不同于任何一本书里的描写，不同于任何道听途说，无法借鉴别人的经历。事实上，它把我扯出了星空下的幻觉，让我明白，孤独，是我注定的命运。

1

　　你知道那条清洁幽静的华山路，两排高大的杨树裂开巨大的眼睛，孩子们在洞缝里藏满了自己的梦想，有风吹拂，树叶纷纷飘落，车辆无声地碾过，像行驶在深秋的湖面……你知道我喜欢坐在路边，赤裸双脚，听灯火辉煌处隐约传来的锣鼓声，编造在舞台上演绎的悲欢离合的故事，看无数女孩挽着情人的手走过来走过去，想我的心情无处诉说。这样的日子持续了很长一段时间，这样属于女儿家寂寞幻想的日子过了很久，直到有天，你也在黄昏徜徉，直到你居然出现十分惊诧的神情……

如果我一千遍一万遍地于黑夜深处弥散记忆，如果我没穿那件紫色的衣服，如果你没有因它而回头……

犹如生命的激昂瞬间幻灭，长长的竟都是落寞。谁让那支歌、那首诗、那小小的秘密在我幼年时就规划好蓝图，我情不自禁地陷入你的情绪，眼光荡漾开你的身影，一波一波地温柔。许是平凡成长的自卑，总不敢奢望沐浴你灿烂的目光。我感谢上帝博大的照拂，你如期而至，小女孩的幸福啜泣在多年后的今天仍然抽打我空洞的惆怅。你在圣乐声中和我会面，使满室熠熠生辉，我顿时怀疑真实的不存在，我也担心自己将不存在。

2

其实，清清楚楚，明明白白，我知道自己在欺骗你，我只是不愿从中醒来，不愿没有你魅惑人的微笑和厚实的臂膀。的确，那是一场辛苦而拙劣的扮演，渴望永远挽留你的脚步，渴望停驻在你的凝视里，一个男人燃烧身心的眸子啊！我并不是故意的，就像那件已不存在的紫衣，我只是凑巧穿着，我在你的要求和我的现实间奔走。

我不是那丛紫荷，不是你最赞赏的那自湖边采摘的紫荷，它洗净了你的眼睛；不是你泡在杯里的新茶，冲泡出一股股甜香，越喝越清纯；不是你用铅笔涂抹的童话，不是你童话中紫色的花……

你一定以为是我亲手抹杀了自己，我把忧伤无限制地扩大成歇斯底里、喜怒无常。我的眼泪不分场合地流，我柔软的舌头也会咬你。我祈望你盛怒之下的反省，企盼你由此更深入我、接纳我，平复我狂流的血液，粉碎阴影笼罩的预感，给我卸装后彻底的轻松。

你终不堪目睹明显伪饰的粗陋，你立马抹掉了温柔的失落。男人也有梦吗？与飘逸的紫衣相拥的虚构的梦境。你凶狠地回击我本质的脆弱，当女人已敞开自己，她必不设防，你感到被愚弄的自尊迫使你疯狂地摧毁我的自尊……

3

  结局早被我拟定，它不过是一次彩排后完整的上演。我在奇痛中感到快意，淋漓尽致地宣泄，仿佛被鞭打后再冲凉水。像一个世纪般漫长的冬季，一月人烟稀少的车站，穷途末路的心境，我把自己变成了回忆。

  如果，如果我没有在黄昏穿着紫衣，如果你没有回头……

  拿起剪刀，膝头摊着一片紫色。难道，小心翼翼地护卫着，生怕摔破撞倒的爱情还是没有了？因了紫衣，心慢慢结冰，在不被注目不能伤害的角落，任哪双手抚摸它，都被寒冷蚀痛；因了紫衣，林荫道间再不会坐着穿紫衣的姑娘了。我把它剪成一丝一丝的碎片，像你一刀一刀剪碎我，难再愈合。

  偶尔的，你还会想起吗，有条多么美丽的华山路，情人们偏爱在此散步，有个穿紫衣的女子，她是你的一段遥远记忆……

锦官月明海上花
——成都上海双城记

剧场的孩子

1

华兴街是一条小街，锦江剧场坐落在这条街的东头。锦江剧场的前身——悦来茶园建于清光绪年间，它是清末四川戏曲改良的大本营。成都著名的川剧班社三庆堂，自悦来茶园建成起，就在此驻场演出。锦江剧场在下午和晚上，分别有两场川戏连轴上演。悦来茶园永远座无虚席，茶客都是些老戏迷。剧场隔壁是以腌制卤菜闻名的餐馆盘飧市，对面则是成都最著名的苍蝇馆子雨田。老牌商业中心商业场开在街中心的位置。华兴街可谓老成都吃喝玩乐配套齐全的一条街。

近十几年来，商业场日渐衰颓，盘飧市、雨田只在勉力维持，锦江剧场和悦来茶园还是兴旺得很。

我对于剧场的记忆，远没有吃喝、逛商场那么受用。

2

锦江剧场素朴古雅。豁亮的场灯下，一桌二椅的舞台简明空阔。喧天的锣鼓和高亢的帮腔声嘶力竭。台上的长声吆吆或咿咿呀呀常让我烦躁不宁。大人严令我不得动弹："都7岁了，懂事哈，不然下次不带你来了……"只得赶紧懂事。被钉在座位上实在无聊，我就编造或更改戏里的情节打发时间：书生翻墙时摔断了腿，根本没见到小姐；调皮的红娘才是老爷亲生的女儿；势利的店家，被巧舌如簧的骗子卷走了全部家财……

散场。余兴不浅的父母一路议论,快到家了,我才发现不是手绢就是钥匙被遗忘在座位上。又是被数落。次次从剧场梦醒,大人孩子都不大爽利,需要找点茬子来间离一下情绪。

《凤仪亭》《拾玉镯》《迎贤店》《情探》《秋江》《燕燕》……那些年,我只不过看到些戏剧的边角余料。

3

剧场外,《于无声处》的海报高悬。画面上的人物愁眉紧锁,高大严正。戏之外,13岁的我被剧中人物崇高的痛苦所震慑。对比之下,我周边的亲朋不过是些庸众。《救救她》《报春花》《血,总是热的》……这些戏有着泾渭分明的道德观念,似乎总有一类女性天生需要被拯救。那么,我们街上被称为"操妹儿"(四川方言,表示女阿飞)的姑娘又该由谁来管?

这些话剧,其时正在中国各地大规模上演,报纸上也在展开广泛的讨论。讨论的话题与舞台艺术无关,基本是对错之争的铮铮直言,也不乏对落后青年苦口婆心的规劝。我暗自庆幸不曾失足,又略有些不明就里的失望。

1977—1983年,《大风歌》《保路风云》《霓虹灯下的哨兵》《西安事变》《赵钱孙李》《我们仰望星空》……传统的叙述手段和舞台调度,不管剧作背景是古代还是现代,立意台词也都充分迎合当下的思想观念,"正面人物"斩钉截铁地论述,"反面人物"灰溜溜地哀叹。某种莫名的焦虑正在漫延,然而,质疑现实其本身就是一种罪孽。"长相守,不相疑。"话剧《王昭君》里的民族观适用于一切方面。

4

相对于锦江剧场里的才子佳人和劝善戏文,四川剧场和成都剧场里的现实主义更为我所迷恋。我家附近的工人文化宫和我家楼下的西城区文化馆剧场,也都经常上演业余文艺爱好者们排演的话剧。高度煽情的浪子回头故事,线条粗浅的人物性格,演员们吼叫着背诵台词……我盘桓在这些剧场,思忖着,是否只有台上这些人的生活才值得一过？即便面对死亡，傲慢的气魄也丝毫不减！

　　1984年夏天，我在四川某个县级市的文工团过暑假。酷暑，排练演出如火如荼，剧场日夜不得闲。出身草根的导演和演员们，斗志昂扬，道听途说了很多新观念。他们急迫地抛弃半生不熟的传统文化，将西方哲学和艺术观念当作饕餮盛宴，囫囵吞下。转手的外来文化让他们普遍消化不良，故弄玄虚应付观众倒还显得绰绰有余。他们是那个时期中国戏剧人的缩影。我被舞台的博大精深迷住了，恨不能一夜长大参与其中。令人沮丧的15岁，我却只配做一名观众。

5

　　1987年，我进入上海戏剧学院，成为一名专业的观众。我拿着学校发的戏票，开始了与各个剧场的"耳鬓厮磨"。上戏实验剧场、上戏小剧场、上海艺术剧场、长江剧场（卡尔登大戏院）、人民大舞台、天蟾逸夫舞台、美琪大戏院、长宁剧场、上海电影制片厂演员剧团……各个剧场新旧不一，有的历史悠长，出身来历大有讲头，如1867年建立、1931年开演话剧的兰心大剧院（上海艺术剧场），还有以"远东第一大舞台"之称闻名的天蟾逸夫舞台。1930年以来，历代菊坛大师竞相在天蝉舞台粉墨登台。那些建于近代的剧场，也把传统的温雅气质和现代的摩登趣味结合得妥帖到位，如美琪大戏院、长江剧场。上戏的实验剧场，则是设施先进、最适合话剧演出的剧场……

　　我们在每个剧场来去自如，欢喜流连。那是属于戏剧的黄金时代，一切思想的探索，一切人性的伸展，都在舞台上摇曳生姿。舞台就像魔法师，风格流派尽情绽放，实验先锋奋勇向前。舞台也可以是百花园，各类观念在此碰撞，在此纷争，在此融合，在此竞艳。爱恨情仇，朝飞暮卷，雨丝风片……舞台绚烂斑斓到令我们消化不良，身在福中也知是福。

　　学习戏剧的学生，素来都有几分疯魔。校园的各个角落，时常有人蹿出来吓你一跳。"生存还是死亡，这是个问题。"走下舞台，换了场景，三年级表演系的"哈姆雷特"，比莎士比亚更为癫狂。或是萧翁笔下的"卖花女"，永远无法正确地发音，无法读出"西班牙的雨，主要下在平原上"之类的长句。她边走边读，漫步在教学楼到小花园、小花园到图书馆的小径上，一遍又一遍，以各种腔调来读《窈窕淑女》里的这句台词。一天又一天，学校里，差不多一半的人接纳了"西班牙的雨"；另外一半，则痛恨"主要下在平原上"。学生宿舍的窗台下，总有人在激情满怀地吹拉弹唱，背诵经典戏剧名篇。从黄昏唱到出现下弦月，从各个窗口传出欢呼声到呵斥声连连。最终一桶凉水浇下去，结束了当晚的演出……

6

有一阵子，我和几个狂妄之徒出入于京沪两地的各个剧场，从来不买票。我们找熟人、画戏票、翻围墙、爬厕所、跃花台、吊钢窗……用尽各种方法，总能混进剧场。我们或坐或站，荷包空空，傲视着舞台，有的是荷尔蒙和力比多。荷尔蒙和力比多爆棚的不只是正值青春妙龄的我们，台上台下的氛围，竟也是如出一辙。

《伽利略》《野人》《WM·我们》《中国梦》《挂在墙上的老B》《山祭》《屋里的猫头鹰》《虎踞钟山》《桑树坪纪事》《狗儿爷涅槃》《黑骏马》《培尔·金特》《哈姆雷特》《麦克白》《悲悼》《欲望号街车》《热铁皮屋顶上的猫》《死水微澜》《芸香》《推销员之死》……看过的戏剧，那是长串的名字。那些剧场，熟悉如自家后院，来去自如。

戏，看得多了，看出了门道，懂得了品味，悟到了真相。我们渐渐看不起那些业余演出，我们逐渐给自己树立起高大而不切实际的标杆，这让我们即便在毕业多年以后，也难以触碰戏剧创作。

7

场灯渐渐暗下来，我的喜悦会瞬间转为狂喜。我那软弱羞怯的灵魂，自由地在剧场的各个角落游荡。自由对我来说，在很多时刻等同于想象。不过，剧场集体主义形式下各不相干的处境也让我安之若素；偷偷抹眼泪的观众；不时嚼点零食的中年妇女；轻浮的笑声或深沉的喟叹在不恰当的时候响起；打鼾的人被同伴的胳膊捅醒，睁眼就问"演到哪儿了"；拉紧双手的热恋的年轻人恍惚的眼神；受到惊吓的孩子，四下张望寻找同类；首次进剧场的人，兴奋或是上了当的表情……

芸芸众生中的一员，窥探别人家的命运，既不能分幸运一杯羹，也无须为落难负责。台上的人生兴许比自己的更丰富跌宕，却不见得有自己的自然真切。进出剧场的人通常晓得：不像不是戏，太像不是艺。

酷爱剧场的人大抵是幻象的俘虏，他参与到唱念做打和动作台词构置的虚拟生活中，实打实的日子和就手的情感满足不了他，他有着更为隐秘的渴望和念想。被游戏填满的空间让他着迷，让他在一段时间内遗忘了自我，放下了生计和操持。遗忘真实和虚无的界限也不免危险，个别人会因此沉陷，难以自拔。不过，时代到底是不同了，台上台下都流于粗疏鄙陋、一时兴起，更多的人步出剧场，不过是慨叹一番"假作真时真亦假，无为有处有还无"罢了。

8

有许多剧名会在深夜钻进大脑，它们是失眠时浮现得最多的词组。我在黑夜中搜索记忆，希望在没有默数完这份名单时就已经睡着：《伐子都》《爱情蚂蚁》《思凡·双下山》《坏话一条街》《生死场》《一个无政府主义者的意外死亡》《青春的觉醒》《鱼人》《盗版浮士德》《人鱼传说》《三姐妹·等待戈多》《屋外有花园》《切·格瓦拉》《青春禁忌游戏》《三毛钱歌剧》《安魂曲》《失明的城市》《暗恋桃花源》《理查三世》《怀疑》《哥本哈根》《萨勒姆的女巫》《白鹿原》《建筑大师》《肖邦》《小市民》《孔雀东南飞》《被缚的普罗米修斯》《第二次世界大战中的帅克》《红色》《宝岛一村》《大师与玛格丽特》《丽南山的美人》《乡村》《手提箱包装工》《唐璜》……

几十年来都是这样：散戏后的夜晚，经常会碰见着急回家的演员，戏妆还没有彻底洗净，残留着角色的痕迹。我看着他们渐渐老去，似乎他们扮演的那些角色也都跟着他们慢慢老了。时光在他们的脸上有迹可循，尽管不如舞台上来得迅猛酷烈。

全部的戏剧多于全部的生活。我只需调整呼吸，等待大幕开启。

第二辑 疑误有新知

交谊舞

1

我再也没有跳过比在大学时更多的交谊舞。

说是交谊舞,重在交谊,舞的好坏完全在其次。舞场里没几人舞步标准,也没有配合舞蹈的DJ,两步舞像在走路,三步可以当作四步跳,快三步只要跟得上节奏,随你怎么跳……这是在大学的舞厅,跳舞只需要热情和参与。而热情和参与,对于20岁上下的我们,仿佛是与生俱来的。

开学后的第一个周末,我们在学院的大舞蹈教室参加迎新生舞会。舞会热闹非凡,舞蹈教室足有200平方米左右,球状水晶大吊灯下,木地板、落地玻璃和把杆闪闪发亮。墙上每隔十几米便有一盏米色的考究的壁灯。几朵淡雅的粉色彩纸叠的椰子花悬垂在房间的4个顶角上。听高年级同学说,这间练功房曾在当时很轰动的电影《最后的贵族》中出现过,男女主人公相识的那场舞会就是在这里拍摄。《最后的贵族》我看过,怪不得一走进这间教室便觉得有些眼熟。

学生会的主持人让每位新生先做自我介绍,随后,他以夸张的白描把我们再次隆重推出。他是导演系学生,快速地抓住了我们的个人特征,大肆加以夸张,并模仿得惟妙惟肖,引得众人乐不可支,场内轻松热烈的气氛轰然而起——舞会开始了。场上混杂着很多别的学校的人,还有社会青年,人山人海,很快就热得喘不过气来。有人买来了汽水和冰糕发给大家。所有人都在傻笑,都在高声喧哗,都在流汗,都在忙着认识人和被介绍……我大大地开了眼,和班里几个女生站在一边，内心既羞涩胆怯，又兴奋得不得了。

接下来的几年间，我和同学在舞场中越来越老练，我们结伴去复旦大学、同济大学、上海交通大学、华东纺织工学院（东华大学）、空军政治学院、浙江美术学院（中国美术学院）、无锡轻工业学院（江南大学）等学校跳舞。其中，上海交大的某个舞厅与我们学院的大舞蹈教室近似，只是比我们那个更大。这个大舞厅也在一座洋楼的底层，似乎是学校的小会堂。它属于巴洛克风格建筑，复古典雅：褐色的木地板完全失去了光泽，水晶吊灯也陈旧得泛黄了，墨绿丝绒的靠背椅倒还簇新……舞厅的摆设虽随意，但透着历史感，在里面跳舞，有点像是在拍电影。

我们光顾的其他学校的舞厅，大多就是食堂。周末晚上舞会开始之前，学生会来人把食堂的桌子和座椅挪到房间的边角，或是堆在过道里。日光灯的灯管裹上各色彩纸，音乐提前播放起来，只等学生们在7点半之后进场开跳。

在食堂跳舞的好处还是有的，场地宽敞不说，还可以直接在小卖部买汽水喝，买冰棍吃。我们的跳舞活动纯粹是为了交友和玩乐，既没条件追求小资情调，也不是为了吃喝。

跳来跳去，如果还不忍散场，我们就到新认识的朋友的宿舍去聊天，或者坐在大学的草坪上畅谈，经常是谈到月亮隐去，天边发亮，还不忍分手。我们心头欢喜，或许，一个好朋友、一个未来的知己就这么认识了。也有时候，同去的女生没等舞会结束就不见人影，那肯定是跟着某位男生走了，我们对此心领神会。不过，这样的事情很少发生。作为艺术院校的女生，我们在各个高校都比较受欢迎，认识好多高校学生，真正能与之产生激情的男生，却非常少。

2

初冬的某天，我被人请到锦江饭店附近的一个舞场去跳舞。其实也是陪同，有个上海小开在追我一位表演系同学。那女孩非要拉我去当电灯泡。我无法拒绝好友的求助，另外，我明白，配角并不需要跳舞，反而能见识一番上海正宗舞厅的模子，也就答应下来。

锦江饭店附近来去的一些人，好像和街上普通人的气质很不同。他们打扮时髦精致，表情矜持冷傲。

上海国际俱乐部门口也是类似的情景，只不过站在那儿的多是年轻的女孩。大冬天，我们穿着棉服还冻得不行，这些女孩子只在一步裙下穿黑丝袜，脚踩鞋跟纤细的高跟鞋，挺括的毛呢大衣披在肩头。她们若无其事地说笑着，似乎感觉不到寒冷。上海同学告诉过我，那些女孩多是在等待外国人请她们进去跳舞。我们对她们的行为很有点蔑视，暗地里却不得不承认她们的摩登娇媚。

锦江饭店那一带的都市氛围，在其他城市基本见不到。

上海小开领我们去的舞厅很老派，在一座英式花园洋房的底层。天黑云暗，花园里的地灯只照出暗淡的小径。进了洋房，首先看见的是鸽灰色大理石地面的门厅，右侧是宽大的衣帽间，正对的是像会客厅一样的大房间。房间带有壁炉，不过并没有生火。客厅紧靠宽大的落地窗放一张长餐桌，桌上一溜银质和玻璃托盘的碗碟，盛着零食和水果。进到里间，这才是做舞厅的房间，并不大，地板打过蜡，灯光柔和。丝绒布面的高靠背椅上面，沿墙几只蜡烛形状的壁灯。椅子上已经坐了不少人，他们小声却热烈地攀谈着。中老年人居多，很少年轻人。难以看出舞客的身份背景，但年龄越大的女士先生气质越加超拔。他们穿着讲究，头发像是新做过的，个个都很有型。我都穿秋裤了，那些女士还是羊毛衫、薄呢裙和高跟鞋。先生们则是不变的衬衣、西装背心、西装毛衣加西服的装扮……

整个晚间，我没跳一支舞，我不会跳标准的快三、慢三和狐步舞。舞场中的那些老人，已经让我目不暇接，浮想联翩。他们个个精气神十足，腰板挺直，风度翩翩。我有些轻微的恍惚，似乎瞬间穿越到了另外一个上海。这个上海，背景停驻在电影《一江春水向东流》《太太万岁》，抑或是《保密局的枪声》那个时期。这部分上海或许被外地人误认为是"正宗的上海"，它其实只是上海浮华甚至浮夸的一部分，是曾被批判的部分，它充满纸醉金迷的奢靡气，被称为冒险家的乐园。

3

　　光临豪华或正规舞厅的机会毕竟是少之又少,可谓学生时代的惊鸿一瞥。属于我们的,当然是食堂舞厅的活力和宣泄。最难忘的一次,是某个周末去江湾五角场附近的一个学院玩耍。我同学有位老乡在学院的食堂当大厨。下午5点,天刚开始黑,这位大厨把我们4个学生引进后厨边上的仓库间,那儿摆放着一张大圆桌。有位厨师陆续给我们端上来大盘的红烧鸡块、糖醋排骨、十几只鸡蛋摊的蛋饼、疙瘩汤、包子、炒面和米饭。我们受宠若惊,惊喜交加,自然是吃得人仰马翻。饭后饮茶时,我的两位同学讲起了笑话。她们连叙述带比画,模仿各类滑稽的人和事,吸引了好几个大厨的厨师朋友们来听。大家听得流出了眼泪,笑弯了腰,快乐的气氛一直持续到了晚上7点半。然后,我们暂别这些朋友,去附近的同济大学找熟人跳舞。

　　我们和那位热情豪迈的大厨约好,晚上10点半在同济大学门口见面。到时,他会让与他关系特别好的一位司机开车送我们回学校。

　　在同济大学门口,我们挨个去握那位大厨的手,学着浙江美术学院版画系几位朋友对我们"表演过"的场面,假装挥泪道:"再见!亲爱的同志,感情很真挚,不用再来第二遍了!"那位大厨乐不可支,一个劲儿要我们改天再来。他觉得我们实在是太好玩了,给他和朋友们带去好多欢乐!

　　从江湾五角场出发,途经南京路,我们几个人站在敞篷吉普车的车斗里,频频对路边的行人摇动手臂,惊呼呐喊着。

　　10月夜晚的街头,我们仿佛都不认识自己了。我此生也不会再有如此拉风的事迹。

水月相去八万里——我与上海

片 段

1

市民气息浓重的上海,我的精神气质与它如此不搭,现实到连粮票都以"半两"计数的地方,人均住房面积只有五六平方米;弄堂里顶着卷发器、穿着睡衣裤走来走去的女人,嗓门"大来西"(上海话,意思是非常大);菜场里的爷叔,啰里啰唆地和小贩讲价;穿过弄堂,一不小心,晾晒的衣服就可能扫着脸面……我拿着父母给的钱,理所当然做着艺术的学徒,崇拜的是凡·高。上海,似乎是产生不了更容不下凡·高的地方。容不下凡·高的地方,该有多庸俗多寂寞啊!

无知就是无畏,年轻就是胆雄。我也有过看不起上海的时候。

上海的地气浸润在城市曲里拐弯的结构中。在此地,再是搞艺术的人,小菜价格的涨跌也不会忽视。上海的毛细血管天生没有北京的粗放,如果没有生活里零零碎碎的细节托底,依傍其上的艺术也就空洞失色,甚至无所适从。上海不可能凌空蹈虚地追求声势,它是靠百千万市民的各种计算、审时度势而成长起来的地方。从华亭县的渔村起,一砖一瓦,上海的哪样东西不是胼手胝足搭建起来的?!因而,这城市偶尔想审时度势地来一番宏大叙事时,总是显得既吃力又不伦不类。

市民气又如何?20世纪40年代的上海电影,《小城之春》《万家灯火》《八千里路云和月》《一江春水向东流》《乌鸦与麻雀》……哪部不是充满市民气?哪部又不是经典,经得起反复咀嚼?上海的艺术家在处理这座亚洲大城市市民气的精道时，其技艺的高超细腻，还真就让人服膺。

缺乏阅历和情趣的人，难以体会到上海才有的舒服和熨帖。感受它需要不带偏见，别在乎被打击到脆弱的自尊。风从海上来，有时它是潮湿温润的，有时又寒冷彻骨……

2

从小我就惧怕与陌生人打交道，被妈妈教育的次数多了，也知道"有啥子可怕嘛，要克服这种心理"。爸爸的朋友得知我在上海读大学，让我帮忙带一件厚重的器物到上海。我只需将器物送到某著名作家在上海的父母家，他父母自会转交给已经落户外省的作家。尽管妈妈的话言犹在耳，我还是一拖再拖。某天，突然发现那件东西似有生锈的迹象，我担心起来，赶紧照着地址条去送货。

初冬的下午，才4点多钟，天已经黑了大半，路上行人脚步匆匆。我上完最后一节课，找到了作家父母家。那栋洋房在离戏剧学院不远的一条弄堂深处。弄堂口有家便民小旅馆。昏暗的灯光下，负责来客登记的中年女服务员在织毛线。

作家父母住的独栋洋房1949年之前是其祖辈的私产，后被充公。公家把洋房分配给了6户人家居住，多年以后，产权便说不大清楚了。洋房米色的楼面毁坏得很厉害，黄一块、黑一块，显得有点脏。住户一多，洋房的内部格局也极逼仄，作家父母只占据其中两个大房间和一间阁楼。

神色警觉的保姆把我领到二楼，我站在门口，作家父母都出来了。两位老人70多岁，个子都不高。老太太羸弱秀雅，老先生硬朗斯文。我说明来意之后，老太太显得矜持而冷淡，老先生则非常和蔼。老先生用上海味浓重的普通话问我住得远吗，这么冷的天，麻烦我跑路。我讲我是戏剧学院的学生，到这里很方便。

老太太听说我是戏剧学院学生，态度陡变，非要请我进屋小坐。我颇有些为难，但对人说"不"一直是我的心理负担，尤其是在长辈面前。

老夫妇请我喝下午茶。客厅里，我们三人各坐圆桌一侧，面对着有雕花铁栏杆的大阳台，说些闲话。虽说下午茶在当时颇不普及，我却并不陌生。不管是在一天中的哪个时间段，成都人都能坐下来，悠闲地喝茶吃东西。当然，到了上海我才知道，下午茶是一个来自英国的特指概念，是英国上流社会在晚餐之前，下午4点左右吃点心、喝红茶的习俗。它和成都那种随时喝茶吃零食的习惯异曲同工，却并不完全是一回事。

这户人家的下午茶之讲究，让我眼界大开：精致的英式茶具，茶壶手感沉厚，4只小茶杯都是质地细腻的骨瓷，执若无物。茶壶茶杯一律白底红色小花的图案，边口镏金。红茶滚烫，茶点是保姆从国际饭店排队买来的巧克力蛋糕。为了招待客人，老太太又让保姆装了一小盘丹麦黄油曲奇。这是我第一次吃曲奇饼干，一股子浓郁的奶油芳香，细腻酥脆，口感醇厚。很想全盘吞下，顾及面子，只不过心欠欠（四川方言，形容心里没有得到满足）地吃了两块。

老先生亲切地看着太太，眼神有些轻微的恍惚。老太太坦率健谈，表情丰富。面对我这个"学习写剧本的小孩"，她不禁牢骚满腹，抱怨家道中落、日子单调乏味。我安慰她不必悲观，她儿子已经是很有名气的作家，在某省担任作家协会副主席，他们也算没有白白吃苦一场。老太太瘪了瘪嘴角，不屑地说："作家有什么？他那样年轻就去北方插队，万般无奈留在北方，娶妻生子，做了北方人，上海是再也回不来了，很可怜啊！还不如他的弟弟妹妹，什么家也不是，到底可以留在上海，将上海人做到底……"

我笑着问老太太去过儿子的家没有，她说去过，住了两天就赶紧回了上海，真是无法过下去。儿子真可怜，在那种地方，吃穿简陋，生活单调，只得写，成天写，写成了有名的作家。老太太大概觉得我也很可怜吧，临走时，一个劲儿让我再来，哪怕来吃点好东西，补充点营养也好。老先生依然绅士派头地微笑着与我握手道别。

在当天的日记中，我记录了老太太怨怼背后的狭隘心理，我把这种对上海的热爱看作是可笑的偏执和短视。换作现在，我就丝毫不会觉得老太太可笑。

我没有再去过那户人家，好像是羞于承认我胃肠空空，好像是对上海人优越感的莫名反感，也好像是对那类犀利尖锐的老年人的畏惧。想来真是遗憾，我那么轻易地放过了与乐于交流的上海人（早期宁波移民）产生交集的机会。作家父母的家道虽已中落，那座洋房隐藏的沧桑往事却必定精彩！

听过不少人说上海人冷漠。我在上海时，碰到的倒大多是热心人，甚至比别的地方的人更加热心。

3

家人总是讽刺我脑子不够用，常常是哪壶不开提哪壶，关键时刻总要冒出点不该说的话。妈妈笑话我，说在我身上应了四川人的老话："矮子心多，高长子的话多。"

班里的写作课学生分成几个小组，每组四至五人，分别由不同的老师指导，每年一换。那年，带我这组写作课的老师很喜欢我，大概觉得我还有点小聪明，我的作业时常被老师冠以"很有灵气"的评价。我既受宠若惊，也有点小得意，于是，自行其是不过脑的毛病又发作了……

有天谈完作业，老师随口说："星期天到我家吃饭吧。"老师说吃饭前一天他会再与我联系，告诉我他家的地址。我一阵暗喜，出门就迫不及待地告诉本小组其他同学，老师要请客吃饭，而且是上他家。其他几个饿鬼也比较激动，马上商量着该给老师和师母买些啥礼物。便宜是首选，又还不能太寒酸。讨论进行得如火如荼。在我读书的那个年代，畅想物质远远多过得到物质，畅想本身就很快乐。

两天之后，有位组员找到我，悻悻然说他们碰到老师，对老师一阵感谢，老师不明就里，他们就转述了我讲的请客吃饭的事。老师听罢很生气，说他没打算请客，就快期末考试了，时间紧迫，大老远让学生上他家吃饭，这不符合常理……同学们对我一阵讪笑。我也百思不得其解，难道是我太嘴馋而出现了幻听？万一老师说的是上他家去坐坐，他要介绍些书给我读呢，这也完全有可能啊。

得承认，读大学时，我和同学们在吃喝方面经常是非常没有志气的，就手而得的蹭饭从来不会拒绝。后来才听说老师非常惧内，我更是惴惴不安。

老师毕竟是老师，再见依然如故，吃喝之类的小事何足挂齿。他始终对我亲切关怀、循循善诱。我为此事自责了好一阵子。

4

高年级的师哥师姐们依依不舍地离开了学校。分在上海的那些人，很快成为各个话剧团、电影厂、电视台等艺术团体的业务骨干。他们时常回学校，我们也热衷于去找他们玩，谓之取经。于是，我也算认识了几个上海搞艺术的人。20世纪八九十年代，搞艺术的人特别触目，从打扮到气质，他们都特别像搞艺术的，全然有别于一般的市民。我一向缩头缩脑不自信，不大像搞艺术的，因而对他们特别敬畏。

上海这批搞艺术的人，并不全是上海本地人，江浙一带的人多，北方人也有。在上海工作生活时间长了，他们也就慢慢地本地化了。想到他们，并不需要多费思量，他们的言行举止便能跃然纸上。不知何故，他们长相打扮千差万别，艺术水准也分高下，但在志趣上，相互之间却又深具共性，特色非常鲜明。他们并不因搞艺术而迥然有别于上海的芸芸众生，他们大约是相当接地气的一拨人。在20世纪80年代，外地搞艺术的人，大多不屑于接地气，这点和他们还是很不一样的。上海这座城市毕竟以物质打底，很容易就把它的精明务实、"重利轻别离"的个性输送给他们。反倒是艺术院校几年的熏染，以及艺术所特有的非功利的本性，并未给他们中的绝大多数人带来根本性变化。

这批搞艺术的人爱谈北京方面如何，北京新近都有哪些戏在上演，北京风头最劲的艺术家都在干什么、想什么，他们对上海文化界怎么看待。本来嘛，北京才是公认的文化中心。虽说他们频频嘲笑北方和北京很土气，但既然搞了艺术，就得承认北京的绝对优势，承认它自带的正宗体质。当然，这种正宗并非艺术本体意义上的优秀，更不表示他们的艺术作品就具有让人心悦诚服的高质量。只是，谁也无法忽略北京天然拥有的艺术附加值，它的传播力和影响力。要想在创作中获得全国性的声誉，就得有来自北京方面的肯定，哪怕你非常不服气。

他们也热衷于谈论有什么法子能出国（西欧、北美、澳洲的国家和地区，以及东亚的日本），最关心最近又有哪些熟人朋友出了国，他们的经验得失是什么。一旦出了国，艺术是肯定不会再搞的了，又有哪些生存之道……他们有很多关于出国的消息来源，出国资讯远远多于全国其他地方。他们主要的欢乐和烦恼都围绕出国展开，艺术不过像是随便搞一搞，谁也没有把它看得有多重。

还有一类话题也是交流的重点。"侬库有啥模子生意好做""有啥路子"，也就是做哪样生意比较容易赚钱。搞艺术的同时，做兼职的行外之事，对他们来说，那是自然而然，绝对应该的，否则工资无法维持生存。如果挣外快需要专职做，因为涉及改行，就必须慎重，得看回报率如何了。那些年，改行的师哥师姐也是特别多。

他们的话题基本就是这些，几乎不谈艺术，更没有交流思想的习惯。人际关系、政治新闻也少有议论，这点与北京搞艺术的（人）真是大相径庭。轮到单位要求做事，排戏、拍戏或参与别的演出，他们倒是普遍都比较敬业。

对他们，我曾相当困惑。或许只是在我年轻时，我们太好夸夸其谈所谓文学艺术这些虚幻的东西，面对关乎个人利益的实际事物，反倒表现得既不屑，又不耐烦。其实，几年之后，进入20世纪90年代，猛烈的经济浪潮席卷了全国每个行业，又有几个搞艺术的人能够完全置身事外？

申江潮涌掀白浪，上海的城市化嗅觉，总是敏感、超前的。

夜会陌生人

1991年6月,毕业后的工作单位基本敲定了,我已经在为离开上海回到成都做准备。下面这段往事,发生在我离开上海前一个月。事情发生的第二天,我在日记中详细记录下当时的情景,包括彼此的对话。或许在那晚,我受到了某种程度的刺激,包括对爱情伦理观念的挑战。不过,日记中并未流露出多少情绪波动。30年前,我可不愿意承认自己还很幼稚,哪怕是面对着日记本。

某个星期六晚上,在学校小剧场外面,我驻足观看着橱窗里的剧照。那是表演系演出的日本著名剧作家桥田寿贺子女士创作的话剧《结婚》。身边有人在大声议论:"这些小孩干啥化妆成这样子,难看死了。"我侧头一看,说话的是个头发齐肩的男人,戴副眼镜,小伙子不似小伙子,中年人不似中年人,看不出多大年龄。他骑跨在自行车上,双脚点地,直视着《结婚》的剧照。我有点不服气地说:"哪儿不好看了,挺好看的。"那男人并不看我,却接话说:"长得蛮好看的小孩,偏要化那么浓的妆。"我马上说:"舞台妆当然得浓点,这是常识。"那人扫视了我一眼,回头重又看着剧照:"你懂舞台吗?"他的话似乎有点激怒了我,我说:"当然懂了,我是戏文系学生。"

那人扭头盯着我,语速很快地说:"我是舞美系学生,我比你懂。这个学校的大剧场和小剧场多大面积?舞台多宽、多高?纵深是多少?台口、台唇、侧幕、二道幕的构成比例是多少?你晓得吗?"

锦官月明海上花
——成都上海双城记

我傻眼了。舞台的结构我自然是学过，此时已忘了个一干二净。出于自卫，我说："你是舞美系的，是老师吗？我咋从没见过你。"那人有点不屑地说："我早毕业了，1982年，你刚出生没多久吧。"我笑道："你别装老人家，1982年，我都小学毕业了。"那人说："原来我们都是1982届毕业生，不错。我叫某某某。"我也给他报了姓名。他邀请我去酒吧喝一杯，他说他来找留校的同学聊天，那人不在，他正准备离开，路过这排橱窗，便想看看学校最近都在演些什么戏。他今晚话痨病发作，非得找人侃点艺术不可，否则肯定失眠。我爽快地答应跟他走。

我们在学校附近一家装潢朴实粗犷的酒吧坐下来。我想要茶水，他说茶水天天喝时时喝，干吗要跑到酒吧来喝，聊天就得喝点酒。他给我点了绿薄荷酒，自己要了金酒，兑汤力水喝。他问了我是哪里人，听到回答后连连说很像。我有点好奇，便问他为何感觉我很像四川人。他讲他认识的四川女孩都有点我这劲儿，只是我个子太高了。我不依不饶地追问那是什么劲儿，他笑道，就是有点神乎乎的，特别相信人，没啥城府，容易上当受骗。

他说自己是上海人，在一家剧院做舞美设计工作。我这才知道，我看过的几出著名的戏剧，原来就是他做的舞美设计。我趁机问他刚才提到的舞台纵深呀尺寸之类的问题。他笑道："你还真对那些长宽高上心啊，戏剧值得这么认真吗？"

他问我有无男朋友，我说有过，已经吹了。他讲这就很麻烦，女生出了学校就不好找对象，眼光已经练得蛮高了，一般男人不能入她法眼。而且，像我这类人，一般都在艺术院校养成了一些毛病，没几人能做到踏踏实实地生活。我笑他太尖刻，问他结婚了没。他晃了晃酒杯，点头说他这个年龄还没结婚，不是有毛病吗，他已经结婚多年。我讲他妻子一定很漂亮，肯定是表演系的人。他略有点惊讶地问我怎么猜到的。我笑说爱挑刺的人一般都是得了便宜又卖乖！他马上和我碰杯。"聪明！"他讲，随即又补充："不过女人太聪明也不是啥好事。"

我问他妻子是哪位明星，他讲她拍过一些破烂电影和电视剧，叫某某某。我恰好知道那位演员，她漂亮知性，落落大方，有点名气。我说怪不得他口气狂妄，原来是有好老婆在家。他点头说他老婆是不错，可惜结婚时间长了，母猪变貂蝉，貂蝉自然也可以变母猪。他们志不同道不合，老婆热衷做明星，他热衷出国。原来他也在准备出国，像那个时期大多数有"追求"的上海人一样。他说留在上海还有多大意思呢，单位和家庭都无聊死了，让他感觉疲惫。

我略有点不解地望着他，他说他和老婆认识十几年了，他们是同级同学，刚进大学就恋爱，毕业后她被分回了北方老家的话剧团。上海人最看不起外地人，无论是哪儿的外地人。为了能让她快点调到上海，他顶着巨大的家庭压力和她结了婚。费了很多周折，4年过后，她终于调到了上海。他们当时很开心，家里天天高朋满座，挤满了上戏同学。其实，家庭生活对艺术家来说并不是什么好事，他们俩都不大会过日子，家里一切都乱七八糟的，有钱就大手大脚地花，没钱就节衣缩食。当然，这些还不是最致命的。

"什么才是最致命的？"我急切地渴望听到下文。我承认，此前，没有任何一个成年人坦诚地和我交流过婚姻中的诸多琐事。"当然是慢慢没了激情，彼此熟悉到赤身露体在对方面前走来走去也引不起性冲动。"他端起了酒杯。

我不晓得该如何接话，我既无婚姻经验，也觉得十几年过于漫长，遥遥无期。于是，我傻乎乎地问他，他们怎么解决难题的，难道要离婚？"哈哈，你眉头都皱起来了……你当然不懂这些事了，你才多大。你晓得萨特和波伏娃的故事吧？"我说当然知道了。"我们两个和他俩一样。当然，人家是自觉选择，我们是被迫走这条路。"

我很吃惊，冒失地说："你们各自有情人？"他摇头说他没有，他的精力都花在了出国上，办理各种出国手续已经让他烦躁头大。老婆有无情人他不清楚，但他看到过人家写给她的情书，估计老婆有情人。我一时语塞，喝了一大口薄荷酒，问他："真能容忍老婆有情人？"他笑起来："眉头又皱起来了，你小小年纪为啥爱皱眉头？给你来份巧克力蛋糕，好不好？"我笑起来，连连推辞，虽说是师兄，也是陌生人，怎么好意思吃人家的东西？

"不要推了，没有哪个女孩子不喜欢吃上海的奶油蛋糕的。不用和我客气，是我拉你出来玩的呀。"我点了点头，说："那好吧。""戏剧学院的规矩是，导表演（系）的人喜欢混在一起玩，我们舞美系和戏文系的（人）比较要好。到底我们比他们更有文化,是不是?"说罢,他大笑起来,又道:"哈哈……哪里有什么文化?都没文化……"我说确实,通常就是这样的交朋友规律,不过,他还没回答我关于情人的问题。

他点上一支烟,又递给我一支。见我会抽烟,他蛮高兴。他说老婆当然可以有情人了,不过,最好别让他知道。他将来也会有情人,他也尽量不让老婆知道。我说,如果都这样了,为啥不离婚?反正他们没孩子。他开玩笑说这么说话的人,肯定没结过婚,或是结婚时间短,灵魂还没有深度。婚姻包含的内容多了去了,问题也多了去了,哪能有状况就离婚?何况,他和他老婆的婚姻得来不易,值得珍惜。

我们从酒吧出来时,已经是夜里12点半了,他用自行车把我带到学校门口,说:"再见吧。回四川不比留上海差,其实哪里都差不多,到国外也差不多。在一个地方待久了,貂蝉变母猪。"我笑道:"嗯,希望是母猪变貂蝉。"

他大笑起来,挥了挥手,骑上车,走了。

他

1

她偶然认识了一个上海男人。"他都30岁了,这么老,不过看不出!"我们议论到他时,都很惊叹。我们只有20岁,衡量30岁的人似乎应该完全使用另一套标准。他瘦高、清秀、温文尔雅,很会打扮。身着灰褐色西装便服、黑色高领毛衣和黑色西裤的他,身旁站着穿白底大红条毛衣的她。她骨架粗大,肤色红润,浓眉深眼,笑起来脸颊上一个大大的酒窝。如果不是站在他身边,我们大概不会觉得她其实是有点乡气的。

他非常关心她,体贴备至。他们一起跳舞、吃西餐、逛街、看电影看戏、参观博物馆……他们上了床。她对他越来越痴迷,有时看着他,她有点想哭。

我们曾对她颇有微词,那样轻易就和男人上了床,不是好女孩,何况,他还是个无业人员。虽然她解释说,两年前,他辞职是为了办理出国事宜,毕竟也还是无业人员。无业人员和不良人员,常常是可以画等号的。我们那个时代,有许多关联在一起的荒诞的概念。判断一个人,你只需要动用这些联动词组,不需要擦亮眼睛或是开动大脑。当然了,我们毕竟是学艺术的学生,那种简单粗暴的概念对我们的影响还是很有限,打破常规和逆流而动才更为我们所推崇。因而,明里暗里,做个好女孩从来不是我们的理想。

锦官月明海上花
——成都上海双城记

2

我们都对那个男人非常好奇。她在认识他后，毅然抛弃了她当时的艺术家男友。他和我们认识的男人是如此不一样，你不知道他是什么样的人。他是神秘的，却从不故作神秘，问他什么他都坦率回答。奇怪的是，尽管如此，你似乎对他还是一无所知。

渐渐地，我们就都和他熟悉起来，有时会到他家开舞会。他家只有一间房，是石库门弄堂房子，面对着天井。门开在后弄，与别人家出入不在一起。房间面积不小，装饰风格就是我们从小说中读到过的那种"欧范儿"。我第一次看见如此整洁舒适的单身男人房间。混乱的、肮脏的、发出异味的，这种状况的房间，才是我们惯常对男生宿舍或单身男人房间的印象。

他常邀请我们去他那里跳舞，他话少，笑容多，备着多种小零食。我们全被他迷住了。她很担心我们中谁会抢走他。不是没有可能，青春期荷尔蒙爆棚的女孩们，爱上好朋友的男友是常有的事。她是个结结实实的女子，急脾气，做事大刀阔斧。那阵子，她变得空前小心眼，为此还发生了几件无伤大雅的吃醋事件。20岁的女孩子们，彼此之间常常是莫名其妙地要好，莫名其妙又冷若冰霜的。

他从不打听任何有关她个人的事情，也不谈论自己。他们就那么热衷于美食、跳舞、逛街、做爱……他带她去过上海不少的舞厅，老房子里的，电影院边上的，文化馆的，高级俱乐部里的……她很有悟性，跳舞算是无师自通。华尔兹、狐步、伦巴、吉特巴，即便从未跳过的交谊舞，他带着她，她也很快就能学会，并跳得精彩。他们配合默契，是舞场上闪耀的一对，引来无数喝彩。"格小囡跳得老好！花头多来……"

3

迷恋越深，她越加不踏实。她不知道他们是否有未来，还得维持着强烈的自尊。她虽然只是个学生，但内心也很骄傲，提醒自己绝不能变成某类早期泼妇，想尽办法控制男人,去跟踪他们,八方打探与他们交往过的女人的情况……

那年冬天,临近圣诞节,他的签证下来了。他在小饭店请客,告诉我们这个大好消息。他给每个人准备了圣诞礼物,当着我们的面亲吻她。她就势号啕大哭,他不发一言地搂住她,轻柔地按拍着她的背。那天晚上,我们好像都很失落,回学校的路上,大家都反常地沉默着。

后来,她告诉我,当晚,除了柔情蜜意地做爱,他并没有更多的话,更别提某种承诺。那段日子,她仿佛沉入了荒原,心里布满水汪汪的蒿草,眼看着自己慢慢下陷,无法自救。强悍的女子又怎样?这个上海男人,你无法用卡门或高龙巴(卡门和高龙巴均为法国作家梅里美小说中的人物)那样酷烈的做派去对付他。他眼中的柔情难道不像孩子般清澈,包含着说不清的无辜吗?她的心又痛又柔软……

他走了。音信全无。并无悬念。

她在我们面前跺着脚,绝望地哭着:"怎么办呢?我再也不会爱上其他人了,怎么办呢?"我们也都替她绝望,仿佛大难临头的样子。在20岁上下的年龄,对再也不会爱上其他人的忧心和恐惧,发生率特别高,那种感觉也特别致命。它可以让你完全无视眼前拥有的一切:含辛茹苦抚养你长大的父母,超越绝大多数竞争者而考上的大学,个人爱好和学业,不可限量的未来……这些仿佛都变得不再重要。失去真爱,你可能会精神崩溃、颓废堕落、自杀,或者变成一具行尸走肉。

我听到一个不算可靠的消息,那年从上海去往某国的那批人,因为签证中偶然出现的某项技术性错误,全都未能成行。他,正在其中。

他再也没有出现在我们面前。

她还是爱上了其他人。20多年过后,那个上海男人的形象已然模糊。当然,无论是对新的男友,还是后来的丈夫,她再也不会凝视着他们,老是想哭。

第三辑 欲去惜芳菲

郭阿姨一家人

1

小时候对上海人的印象，自然来自我的邻居们。院子里的上海人，多数是20世纪60年代大学毕业来四川支援三线建设的老大学生。这些上海人与全国其他地方的人性情大不同，这是院子里公认的。佩服他们做事聪颖到位时，人们会说："到底是上海人！"讨厌他们过于算计时，人们会带点愠怒："上海人嘛，就是这个样子的！"

上海人，总是要从人群中被单独划出来，他们被类型化、格式化得厉害。那个时候，就连北京人，也少有被单独拎出来谈论的。

爸爸妈妈和不少上海人有往来。其中，陈伯伯郭阿姨夫妇与爸爸妈妈性情最相投。

陈伯伯郭阿姨也是20世纪60年代的大学生，他们都学纺织。郭阿姨家是个纺织之家。她的父亲是上海的老产业工人，后来成了江浙一带非常抢手的技术能人。她的姐姐、姐夫、弟弟、妹妹全都是江浙一带纺织行业的技术员。

费孝通在《江村经济》一书中写道，20世纪二三十年代，中国江苏、浙江纺织工业之发达，不输于世界上任何其他地区。

陈伯伯和郭阿姨老实本分，朴实善良，兢兢业业。陈伯伯中年时长得很像周恩来总理，就连一口上海味四川话，听着都和周恩来江苏味普通话有些像。也就是说，陈伯伯其实是个英俊的男人，郭阿姨的样貌却普普通通。郭阿姨皮肤雪白,身材微胖,永远都在微笑,像是对生活很满意的样子。除了自身的好性情,这也和她家庭幸福有关。陈伯伯对郭阿姨的深情和体贴,在我们院子里有口皆碑。陈伯伯温和儒雅,即便他淘气的小儿子小梁(我同班同学)不断惹"祸",他也是循循善诱,从未发过脾气。两个儿子憨厚单纯,学习轻松,成绩优异。"上海人,就是聪明!"院子里的大人老是这么议论他们。

陈伯伯郭阿姨在大院里人缘很好,他们频频被人称扬:"真不像上海人!"这算是四川人对上海人的最高评价了。

2

1986年,陈家大儿子刚从上海的名牌大学毕业回到成都工作,小儿子还未高考,郭阿姨便患上了白血病。陈伯伯郭阿姨期望上海的医院能有治疗绝症的好办法。郭阿姨办了病退,陈伯伯为了照顾郭阿姨,也办理了提前退休。20世纪80年代末90年代初,纺织业遭遇寒冬,产业严重衰退,产能过剩,纺织厂纷纷倒闭,工人们大量下岗,陈伯伯的公司也巴不得职工早点走人。于是,他们夫妇俩回到了老家上海。

1987年9月,我到上海读大学时,陈伯伯到火车站来接我,并把我送到学校。我到了学校,才发现来早了两天,学生宿舍暂时还不让入住。我打算住在学校的招待所,陈伯伯不答应。他对我说:"花那个钱干啥?何况你一个人住,我们也不放心。"陈伯伯临时决定把我带回郭阿姨娘家去住。

我知道,上海人家的住房条件普遍不好,其时有几部电影和热播电视剧描写的就是上海人的住房纠纷。我架不住陈伯伯的关心,加之对郭阿姨生长在什么样的家庭也很好奇,就跟着陈伯伯走了。

1987年,我已经18岁了,才第一次走出四川。

3

陈伯伯带着我在外滩十六铺码头坐轮渡。看见浑浊的黄浦江和外滩林立的外国建筑,我发现自己并不激动。文艺青年的心性常常就是如此,那些耳熟能详、画片上看过无数次的著名景物终于呈现在眼前时，除了失望，还能有什么？

我们在浦东下船，而后转电车。上海的电车比成都的开得快很多，有种"来电"的快感。这是杨浦区的工人新村，不远处有灰黑的高烟囱吐着浓重的白烟，围墙内的水泥管道横在半空中，陪着我们走了好长一段路。市区少见的工业设施使这里显出几分粗犷之气，倒不像是在上海了。

郭阿姨娘家所在的住宅小区面积很大，整齐地排列着几十栋4层高的红砖楼房。陈旧的西瓜红色，映衬在淡蓝的天色下，那些旧楼，有种过日子的踏实厚朴感，煞是好看。小区里的房子间隔都很近，地面干干净净的，几个老人和幼儿在晒太阳。

这个小区曾经是棚户区，1949年前就已存在，住着中国最早的产业工人。20世纪50年代，上海在工业化过程中，工人们有了当家作主的主人翁心态，爆发出前所未有的工作干劲。这些房子是国家拆掉棚户，给他们盖的新宿舍。亮堂的楼房和棚户不可混为一谈，新中国的工人们别提有多自豪了。每户人家住宅面积虽然小，却附带卫生间和小阳台，卫生间里还有抽水马桶。而在成都，直到20世纪80年代，也几乎只有高干家庭的卫生间才配备抽水马桶。

郭阿姨家住在一楼。那天正巧是星期天，郭阿姨的姐姐、弟弟、妹妹都回娘家来了。四代同堂，十几口人。郭阿姨让我像她的孩子们一样称呼她的家人——"外公""外婆""姨妈""舅舅""大哥哥"……郭阿姨的家人早就知道我们一家人了，他们纷纷向我表达对爸妈（尤其是妈妈，她是医生）的感谢，说我爸妈多年来对陈伯伯郭阿姨很是关照。远离上海的上海人，在家人眼里，多少有些像在流放。那些未曾离开过上海的善良的亲人，不免羞愧自责，觉得他们是在代自己遭罪，因而对"流放地"来的好朋友，存有感激之心。

外婆满了84岁，外公81岁，他比妻子小3岁。外公外婆眼清目明，利利索索。外公和大姨父时常要去江苏的纺织厂指导工作。大姨父是高级工程师，在纺织企业非常抢手，很多工厂都争相出高薪聘请他。陈伯伯平时主要陪着郭阿姨去医院治疗，外婆则照顾他们的饮食起居。

在这个两室一厅的小居室里，现在有了三家人，很是拥挤。大哥哥（大姨的儿子）就在天井里盖了一间小房子。贸然回来打扰家人，陈伯伯郭阿姨觉得很内疚，抢着去住小偏房。外公外婆心疼生病的女儿，自然不同意。商量来商量去，最后还是大哥哥夫妇年纪最轻，让他们住了小偏房。

大哥哥刚结婚，他的新娘子，我们唤作大姐姐的，也是上海姑娘。大姐姐个头高大，方脸大眼睛。她清丽文静，行事很大方，是工厂子弟幼儿园的老师。全家人都喜欢她。

到上海的第一天，我在这户其乐融融的人家吃到了百叶结烧肉、糖醋小排、烤麸、鸡毛菜、豆腐羹等标准的上海家常菜。这也是普通上海人家待客的最高规格，道道菜都特别美味，我简直大快朵颐。

晚上，我和郭阿姨同睡在一张老旧的大床上。我们分睡床的一头，她不断把被子往我身上扯。想着她或许将不久于人世（陈伯伯在路上已经把郭阿姨严重的病情告诉了我），我悄悄流了眼泪，久久不能安睡。

4

我渐渐成了杨树浦这户人家的常客，目睹了这个家庭遭遇的大变故。短短两年后，50岁出头的郭阿姨走了。接下来，83岁的外公和刚过60岁的大姨父也走了。陈伯伯回到成都定居。大姨和舅舅应聘到江苏的一家工厂工作，两三个月才回家一次。饭桌上的热闹慢慢变成了冷寂。

每次我去家里，开门的肯定是外婆。见到我，她立马就拉起我的手，把我迎进屋。外婆个子不高，皮肤白皙，模样清秀，发髻低挽，纹丝不乱。外婆的话很少，只要我"意外"出现，她就催促大哥哥去买肉菜，大姐姐留下来陪我聊天，她则赶紧下厨房。外婆会亲自烧菜给我吃，她做的油面筋烧肉香气扑鼻、雪菜豆瓣爽口开胃、小油菜炒年糕百吃不厌……这些都是我学生时代的美味佳肴。

吃饭时，大姐姐给我聊起亲人们离开时的细节，她有时会哽咽着无法说下去。外婆认真地听大姐姐说话，仿佛在听别人家的事情。大哥哥说，86岁的外婆最坚强了，这些年，她挨个送别了相依相伴近70载的丈夫、还算年轻的二女儿、她看着长大的大女婿。外婆为他们操持后事，没日没夜地忙碌，她没有过抱怨，没在亲人们面前流过眼泪……大哥哥讲话时,外婆慈爱地看着他,也像在听别人家的事。

每次离开他们家,外婆总是不要大哥哥大姐姐相陪,她要亲自送我出门。她迈开小脚,牵着我的手,一言不发地把我送到小区门口。我感觉不忍,路上频频请她回去。她才不听,一定要把我送出小区,然后站在大门口,摆一下手,对我说:"当心,小村,当心哦!……"

外婆生于1903年,晚清末期。少女时代,她裹了小脚,大约也是上海最后一批小脚女人了。她念过初小,曾经也是纱厂女工。特别遗憾的是,在我有意识地去了解她的身世时,她的听力已经基本丧失。

5

1998年春天,我短暂路过上海,特意绕到浦东去看望外婆。我突然敲开家门,大姐姐好一阵惊喜。我走进小屋,看到外婆坐在床沿。她刚午睡起来,模样简直没有多大变化,皮肤还是光滑白净得很。我走到她面前,拉起她的手。大姐姐指着我,凑在外婆耳朵边,问她是否还记得。95岁的外婆平静地对孙媳妇点点头,说:"记得,小村呀,伊多长辰光未来了(她多长时间没来了)。"她侧头端详我,低声问道,"小村,侬有30(岁)了?"

一别7年,大哥哥大姐姐的女儿都4岁了。小姑娘长得很像大哥哥,粗眉毛大眼睛,活泼可爱。平日里,家里就只有外婆和大哥哥一家三口住在这儿。

外婆还是清清爽爽,永远纹丝不乱的发髻,脸上没有一块老年斑,眼睛清亮。大姐姐和我聊天,她就专注地看着大姐姐,好像明白大姐姐在说什么。大姐姐说,外婆行动慢是慢,生活基本能自理,每天还会提前给他们淘好米洗好菜,大哥哥大姐姐下班回来就焖饭炒菜。大姐姐说,别看外婆耳朵不好,话很少,她脑子清楚得很,家里物件放在哪里,他们不记得了,去问外婆,她一准马上给你找到。

我们在一起吃饭,外婆的饭量还和从前差不多,量不大,啥都能吃。她还是不停地给我夹菜,说"多吃一点,小村"。大哥哥和大姐姐他们把我的情况告诉外婆：什么时候结婚的，如何从成都调到北京工作了……外婆看着我，频频点头。

　　临别时，外婆依然牵着我的手，把我送出门去。她的重孙女在前面跑跳。跑得远了，小姑娘又回来扯扯曾祖母的衣襟……这该是今生最后一次和外婆同行了吧，我们走得格外缓慢。下午4点，院子里还有残阳斜照，暖融融的。邻居在一旁和外婆搭腔："客人来了？"外婆一定是听不见的，但她笃定地点点头，应答道："格小囡老长辰光未来了（这个小孩好长时间没来了）……"

　　我们终于挪到了小区大门口。我弯腰在外婆耳边，大声说道："外婆，多保重！您回吧。"不知道她是否听清楚了，她没啥表情，径自喃喃地说："小村，慢些走，当心哦，当心！"

　　我边走边回头，外婆稳稳地站在阳光下，重孙女在她身边又蹦又跳。小姑娘冲我频频摆手，学着曾祖母的上海话："当心，当心……"

　　我再没见过外婆。有次和小梁在成都喝茶，问起外婆。小梁略有些诧异，却也非常欣慰地呵呵笑着："你还记得我外婆啊，她都100岁了，还硬朗得很呢……"

几个上海女人

1

上海女人那么多，难以写尽。我不是个爱给人贴标签的人，虽说一方水土养一方人，但我也深信人性之深邃复杂，地域只是构成复杂人格的一个因素而已。上海女人并非风花雪月、小资情调、软玉温香和时尚文化堆砌出来的模型，穿着花睡衣、顶着卷发器，在弄堂里走来走去的是她们，电车和地铁上挎着购物袋低头刷手机的是她们，菜场里挑肥拣瘦的是她们，讲台和剧院里神采飞扬、广场上舞姿蹁跹或滑稽露怯的也是她们……某个给我指路的上海女人，轻言细语又温文尔雅；外出旅游时，碰到过的高声喧哗、打扮艳俗的上海女人，也不在少数……

如今的上海在渐渐流失它最为独特的韵味。上海人既不像几十年前，容易成为众矢之的，也缺乏突出的个性气质，不再具有特别的辨识度。全国各地的年轻人都有点像同一流水线上生成的产品，他们被高度同质化了。

2

有一天，在武汉长江大桥桥头的公交车站，我向一位胖小伙打听如何去地铁站。小伙子用武汉口音很重的普通话告诉我可以乘哪趟车，之后，他向身边的同伴们求证。她们是一高一矮两个年轻女孩。高个子女孩平平常常。矮的那个，黑棕色透亮的长直发落在半腰，黑色毛衣，浅灰色西裤，匡威低帮球鞋，手腕上搭件灰色西装。这样打扮的城市女孩,何止千万。这个女孩却强烈地吸引了我,她有一张面部轮廓极度分明的巴掌大的小脸。这张脸与她娇小的身形不太吻合,显得硬相。白中带点黄色的细腻皮肤,那倒是南方姑娘常有的脸色。鳖黑的眼眸,透亮、冷峻,眼距稍宽,神情有点傲慢。她的两个同伴与她的气质如此不搭,但很明显,他们是好朋友,言谈之间透着熟络和亲热。

先后来了两辆公交车,都不是小伙子告诉我的那一路车。三位年轻人跑向后面那辆车。矮个子姑娘突然回头,冲我勾了勾手。我忙跟着她跑过去,有些疑惑地问:"是去地铁的车吗?"姑娘点了点头……

车很空,我们并坐在后门口的第一排,我和姑娘之间隔着过道。她和同伴高声聊天,大概是开心的话题,那两人呵呵直乐,她却没有一丝笑容。我仗着是长辈,仔细地打量她。她真好看,那种素面朝天恣肆散发的青春神韵,放出光来。不是满打满算精致实用的青春,是清简的青春,是满不在乎的青春,是不打算与生活和解继而妥协的青春。她的眼神,干干净净,清澈透明;那还没有被世事消磨的唯我独尊中自带青春的气势;就连那抹淡淡的忧郁,或许还未被俗物真正占领,也是异常动人!

公交车开得飞快,突然咣当停了车,我们都有些东倒西歪的。三个年轻人冲向车门。我正在犹豫要不要问他们我该在哪儿下车,那姑娘对我说:"地铁吗?下!"我提起包,慌忙跟着他们下了车。

我一直跟在他们身后,好像一瞬间,我和那姑娘有了默契,我并不知道他们要去哪儿,但她会把我带到地铁站。姑娘背脊挺直,身材纤瘦,走路却不轻盈,反倒觉着很有力道,很踏实。很长的一段路,偶尔,她会微微侧转头,看我是否还跟在后面。她故作不经意,似乎不愿意让她的伙伴和我觉察到她在给我带路。

从踏上地铁入口的台阶起,她就不再转过头来。我跟在他们后面下了扶梯,我去买票,看到她和同伴进了闸口,走得远了。

我在地铁上想着这个姑娘,想她为何如此触动我。或许,在我已经有点偏离真实的印象里,她分明就是30年前我经常在上海街头看到的女孩子的样子。可是,我近几年去上海,已经很少看到这种面目的女孩。

3

20世纪80年代,那些打扮平常,但猛然看到她们的面容,却会感觉被惊到的女子,通常都是肤若凝脂,大眼高鼻,面颊轮廓分明,宛若大理石雕像的类型。她们出现在第九百货商店洗涤用品柜台,出现在21路公交车的售票台,出现在福州路的书店里。淮海路的钟表店和杨树浦某家棉纺厂也有她们,瑞金医院的护士站和绿杨大馄饨的饮食店也能看到她们……她们有着横扫一切的眉眼,冷淡地望着你,同样冷淡地做着事,既像心事重重,又似没心没肺。她们的美和周围的人隔着万水千山,她们像是落难的贵族。然而,她们又无比自如地混迹在最庸常的场所,似乎美也有它的盲目性和日常性。

她们大多穿着寒素的衣服,最多在衣领或是辫梢上有点花头:各种颜色的衣服假领、国营理发店烫的卷发。青春期的清简打扮和素面朝天的面容,反倒最充分地衬托出美的质地。她们无论做着什么职业,都有一点楚楚可怜或楚楚动人的脱俗感。

那个时候,上海之外,普通劳动者中,较少能看到这样的面目。她们的美带给我深刻的刺激和怅惘,像是不敢相信,美会给人迎头一击的力量,美也会被如此随意地安放!

4

1987年,我投考上海戏剧学院,面试是在清幽古朴的成都话剧团院子里进行的。面试老师是一男一女两个中年人,两人的普通话都有浓重的上海口音。男老师高大魁梧,戴着眼镜,模样像北方人,神情威严,举手投足却又很斯文。女老师身形苗条,烫着卷发,漂亮洋气的外表颇似当时电影里国民党方面的谍报人员或机要秘书,但绝不飞扬跋扈。面对我们这些紧张焦虑的考生,她很是温柔沉静。我在男老师的提问中被吓得悬吊吊的心,又在女老师的温和提示下得到了极大的安抚。这两位老师强烈地吸引了我,他们正符合我对上海和艺术院校的双重想象。

女老师算是我接触到的第一个上海本地人。她教了我们班好几年的课，有外国戏剧史、作家作品分析等课程。她不是我们的主课——写作课老师，因而我们没上过她的小课。在学校，我们之间并不亲密，却有着无言的亲切。每次下课，她都会和我们聊几句天，校园里碰到，会点头问好。也就这样了。她漂亮优雅，温柔舒缓，是我们敬慕的女性，而不是和我们勾肩搭背的那种老师。她和学生之间有距离。这个距离不是冷漠寡淡，也不是故作矜持，就是礼貌和分寸，就是平淡如水却也细水长流的东西。

30年过去了，女老师也要从中年步入老年了。每隔几年，在北京的剧场，我会碰到老师。碰到也不过是匆匆寒暄几句，彼此问候一下，了解大致的近况。她依旧是漂亮优雅，勤奋温婉，著述颇丰，为人却一贯低调。她讲起吴侬软语来格外好听（我们常常在私下学她讲话），仿佛她从未有过生气失态的时刻。这肯定是不真实的状态，任何人都不可能如此不真实。老师一定有我不了解的痛苦哀伤，可她从未出现过龇牙咧嘴的面目。她的形象和涵养是高度一致的。

2014年年底，女老师来北京开会，在中戏校园偶然碰到我。老师穿着长到膝盖的卡其色风衣，佩戴精致的丝巾，优雅极了。又是两年不见，我们依旧是先嘘寒问暖。老师突然谈起了我的工作调动，我没有想到老师知道这事，有点尴尬。老师强调我的为人和业务水平，很为我鸣不平。我从未见过老师如此激愤的样子，温暖感动之下，很有点羞惭。我不是优秀的毕业生，也疏于与母校和老师们联系。原来老师是了解我的，不仅了解，而且如此理解和关爱我。

站在风度翩翩的老师面前，我好像又回到了30年前成都话剧团的排练厅，我只是一个前来报考戏剧学院的普通女孩，羞涩而惴惴不安地仰望着老师。那个时候，我就做着白日梦：如果可以做这么美丽的老师的学生，该何其幸运！

5

2005年春天，我在新加坡一家豪华商厦的底层，满怀期待又有些忐忑不安地等待和我大学时的辅导员见面。我们已经15年没有见过了。我的辅导员一直是我写作上的偶像，她是上海人，年轻时到安徽的茶场插队多年，1978年考进上戏戏文系。我刚进学校时，她创作的先锋话剧在上海引起了很大反响，她属于当时的新锐剧作家。给我上写作小课时，她总是不疾不徐，信手拈来好些欧美现代派小说和戏剧中的内容，作为某个艺术观点或戏剧技巧的佐证。她提到的书我大部分都没有看过，甚至都没有听说过，常常惊出一身冷汗。

她不是个会讲课的老师，似乎对教书也没有太大热情。全班上大课时，我们有时都听不清她中气不足的声音。她生得纤弱清秀，灵性十足；盈盈一握的腰身，好像比我们学生的还细。她为人随和，寡言少语，看上去总有点落寞。读书那几年，她太把我看作小孩子，我们彼此喜欢，却拘囿于师生之间的距离，无法深入交往。我毕业之后，她也紧跟着移居新加坡了。我们之间一度失去联系。

听到她在招呼我。一眼望过去，已经年过半百的老师，甚至比我读书的时候显得更加年轻！她身着灰色短袖T恤、酒红色碎花图案半裙，衣裙看上去都是半旧品，却很雅致。脚上的夹脚拖鞋正好和我穿的一样。她苗条白皙，亭亭玉立，书卷气十足，一如当年。那瞬间，我一定在心里叫喊过：到底是上海女人啊！

我们不再只是师生关系，做朋友的感觉自然更加好。如今见多识广的她，更加坦率随性，艺术思维敏捷得不得了。我们短短相会的一天，她带我参观了好几处新加坡最有历史和人文气息的场所，其中几个地方连许多新加坡本地人都不知晓。她饶有兴致地给我细述这些地标背后曾经风云际会的故事。看她讲起来如数家珍的样子，我觉得她已经反把他乡作故乡了。

她和我分享了很多别后轶事，有发生在异域的他人的传奇，也有她自己多年以来的经历。看到她从我入校起就一直平平淡淡、波澜不惊的面容，有点难以想象她曾有过那么多艰苦熬人的日子。如此羸弱的肩膀，也挑起过很多重担。她从不标榜自己，即便是在做老师时，为保护学生而背负了巨大的不公，她也从不提及。她才华横溢，出名很早，也敢洒脱地"浪费"才华。

她俨然已经是国际人了，足迹遍布世界各地，让我艳羡不已。她看人看事越加视野宏阔，豁达超脱。和她相聚的那天，我真是过足了精神的瘾！

我喜欢听她讲五洲四海的奇闻逸事，也不断"引诱"她回忆从前在上海的生活。非常遗憾的是我们相聚的时间太短，她在上海的那段生活，无法完全铺展开来讲述。

她见识太多，阅历丰富，神情依然恬淡纯净，气质清雅，像个女学生。

和她告别在新加坡溽热的夜晚。回酒店的夜车上，我突然好想念上海……

6

读大学时，她的床在我对面，我们都住上铺。我们是同一年出生的，不知道谁更大一些，从心理上，我以为自己比她大很多。从小到大，我从未有过天真活泼的时期，总是老气横秋，一副心事重重的样子。

她很漂亮，一头长发，大眼睛特别有神。我们班的上海女生个个聪明伶俐，写得一手好字，英文都比较好。外系的同学说她们中几个人的容貌比表演系的还美，估计也包括她。那个时期，她有点婴儿肥，嗲得不得了，娇而不嗔，美得不做作，这就让人喜欢。

在班里，我和上海女同学关系都比较好。毕业过后，我回到成都工作，还和其中分在上影厂的两位同学通过一段时间的信。我们在信里相互鼓励打气，彼此分担刚踏入社会的种种不适。

她有个英俊的、大她很多的哥哥。报到那天，她哥哥把她送来，还替她挂蚊帐。我好羡慕她，也许就是如此，有家人的精心呵护，她才那么嗲，一副不谙世事的天真模样。那个时候，我可不欣赏天真的女生，我崇拜老练、野性、深刻、叛逆且漂亮的女生。我觉得她太甜蜜幼稚了，无法与之进行深刻的精神交流。

模糊地感觉她恋爱过。记得有一次，只有我们两人在宿舍，她情绪低落。她请我吃糖，她说："我心情不好就要吃糖，特别容易发胖！"

她是班里的生活委员，负责发一些生活用品啥的。这些，我都不大记得了。只知道，她去男生宿舍发东西时，男生特别爱对她起哄，故意为难她。这帮家伙，就喜欢看她嗲里嗲气地生气，甚至嗔怪他们几句。她越尴尬，他们越得意，然后哈哈大笑着恭顺地送她出门。

毕业后，她去了一家文化类报社工作。几年后，她便成为沪上小有名气的文化记者。有上海同学对我说，她变化有点大，特别能干，能写能操持活动！我略有点吃惊，想象不出娇柔的她如何能脱胎成风风火火的名记者。很快，听说她结了婚，然后就出国去了。我们彻底失去了联系。

几年前，微信的使用再次把大学同学们团聚到了一起。这下子，即便身在天涯海角，也真的不容易失散了。2014年，我把我的长篇小说《幸福还未到来》送给几个大学同学，大概是书里的内容涉及我们的大学生活，同学们纷纷在微信群里发出各种感慨。其中，她似乎被小说中上海的氛围撩拨得最厉害，她说她是在一个阴郁的冬日的下午看的这本书，边看边流泪。她夸我这个外地人较为准确地传达了某个时期上海的面貌。

2014年秋天，我们终于见面了。离别23年，在商厦的走道里，她冲过来抱住我，泪水滂沱。我们真的有了很大的改变，变得时髦，变得厚重，也变老了……站在一旁的我女儿有点看傻了眼。她对我女儿说："你无法理解23年是个什么长度，22岁到45岁，那是一个女人一生中最美好的年华……"然后，她又说，她感谢我记录了上海，记录下属于我们青春的日日夜夜。

最近的十几年，她主要定居在国外。几年前回国创业，曾在北京待过不短的日子，可惜我们彼此懵然不知。她的上海味道还在，白皙的皮肤一个斑点都没有，大眼睛异常明亮，神情温柔娇媚，姿态优雅得体。当然，岁月带来的痕迹也更清晰了，眼角有了皱纹，经历跌宕起伏，见识不凡。无论是政治经济还是社会文化，她都侃侃而谈，颇有一番真知灼见，让我大跌眼镜。我原以为，再见面我们也不过是风轻云淡地叙说友情，聊聊时尚和家庭。

她大约是商界还算成功的女强人吧，我们争相抢话，却绕不到场面上的事务去。夜深时，送她打车回宾馆，我们自然地勾肩搭背，依依不舍。在大学时代，这样亲热的举动，我们之间一次也没有过。我们老了，更需要精神上的姐妹。

她住在上海，我们无法频繁往来。她来北京出差时，我们一起去国话先锋剧场看戏。散场之后，我们走在王府井的马路上，交握在一起的手甩来荡去，那样的欢跃，像重拾起了单纯的青春。有了微信，和更多过去的同学联系上，我看到很多她的言，听到很多她的事。她成熟了，几乎有一些蜕变的性质。我好喜欢如今的她，她可不仅精通几门外语（语言天才），更精通人事。精通人事没有让她变得世故,她天真依旧,更添了宽厚。我看着照片上时髦漂亮的那个女子,不免感叹流逝的时光终将宠幸少数人,给她智慧,给她在人格上持续更新的力道。

那次在北京,我们议论起了上海女人。她讲到她的母亲,就是去医院看病,甚至是动手术之前,老太太也必须要先精心化好妆,将头发梳理得整整齐齐,然后才肯出门……我笑说:"这才是上海人嘛!"她说倒也是,今天的上海,似乎是难以见到这样正宗的上海人了。

7

我想讲个巧遇的故事。

丈夫在英国留学时有位忘年交,是他同级的同学,小伙子当时才23岁。小伙子的父母都是上海人,他们一家从上海移民法国已经30多年了。小伙子学习特别优秀,人也长得高大清俊。他比我们夫妇小很多,但彼此特别合得来,成了我们家的常客。在他平素的言谈中,出现频率最高的亲人是他妈妈,妈妈如何聪明、如何有决断力,妈妈在异国他乡辛苦打拼、严格有方地教育他……其实,从小伙子的言谈举止中,我们也能推测到他父母的素质。

有年冬天,丈夫去德国出差,路过卢森堡,见到了小伙子的妈妈。丈夫回来后,就把他们在卢森堡的合影拿给我看。之前想象过他妈妈的模样,漂亮的,温柔的,坚毅的,精明的,就是没想到他妈妈的气质如此摩登高冷。小伙子的妈妈高挑清瘦,穿件黑色修身大衣,面容柔和,却没有笑容。她像是年轻时做模特的那种女性,应该年过50岁,看上去却非常年轻。她留着很短的偏分发,发梢挑染成暗红色。她属于那类老派的上海女人,丝绒哑光质地的那种,低调,略有些神秘,暗自发光,似乎再艰苦的日子也磨灭不了那份优雅。

2011年国庆,我们带孩子去上海参观世博会博物馆。有天黄昏,我和丈夫外出,途经南京路第一百货商场边的步行街。那年国庆,上海的游客特别多,南京路下穿过道里人群熙熙攘攘。远远地,我就注意到一对身材高挑的中年男女,看样子是一对夫妇。他们的身材、姿态、打扮实在太摩登亮眼,在人群中显眼得不得了,其气韵神采较为少见。我有点近视,看不清楚他们的五官,但一直冒失地盯着他俩看，简直是大过眼瘾。大概是对路人的观望打量早就习以为常了，或者夫妇俩正在说话，他们并未察觉到有人在无礼地欣赏他们。我们擦身而过之后，我才把他们的背影指给丈夫看。突然间，灵光一闪，我对丈夫说，那个女的，会不会是他同学的妈妈……

丈夫见过同学妈妈，并未见过他爸爸。丈夫犹疑地说，那女人身材倒有点像他妈妈。丈夫给那小伙子发了信息，确证一下刚才那对夫妇是不是他爸妈。过了一会儿，他回了信息，果不其然，那对夫妇，正是他的父母！我完全没有料到我们是以如此方式与他们相遇。他们的形象既在我的意料中，似乎又大大出乎我的意料！

之后，基本上每隔两年，我们就会见到他们一家人。在北京多一些，也在上海见过。每次他爸妈出现，总是让人眼前一亮！现在的上海，真的很难再见到这样集时髦雍容、斯文优雅于一身的中年人。后来才了解到，这对夫妇年轻时就是上海滩令人瞩目的一对。

1979年，他们辗转移居去了法国。在法国，他们夫妇先后从事了很多职业，从给人家打工，到拥有属于自己的店铺。他们在上海很有优越感地长大，到了国外，却比常人还能吃苦。尤其是小伙子的妈妈，无论她在何处打工，总是干得又快又好，很快便能从同事中脱颖而出，频频被提拔。后来，她自己开了饭店，也因为勤劳精明、大气豪爽，生意非常兴隆，赢得了一众法国回头客。

他们移居法国超过40年了，已经远远超过在上海生活的时间。不晓得他们的风姿中除了天生丽质的上海范儿，是不是还揉进了法兰西的风土精髓？

这对夫妻给我讲述了很多他们父母和祖父母那几代人在上海的轶事。他们的祖上是上海开埠以来的第一代民族资本家，分别从浙江宁波和广东到上海做生意。小伙子的外祖这辈人，出资修建了第一条沪宁铁路。他们家族的命运颇具传奇性，如今，后代子孙散落在世界各地。这家人的经历算是百年移民漂流史中具有代表性的一笔，他们家族的坎坷兴荣，极其精彩，耐人回味。它将是一本大书的内容。

姐　姐

1

姐姐说话和动作都有点大大咧咧，一点没有上海女人惯常的矜持。姐姐喜欢拉着我在她的亲戚朋友面前亮相，全不管我尴不尴尬。我没啥特点，但比我大11岁的姐姐硬是找得出东西来夸耀。

"她是上戏的哦。"20世纪80年代，姐姐这么向别人介绍我。

"她在成都生活老适宜。"20世纪90年代初，姐姐念叨这个。

"刘晓村老会享受，天天看戏。"我移居北京后，姐姐就对她北京的亲戚这么感慨。

"幸福幸福，女儿这么乖。"我有了孩子，姐姐满心羡慕，一个"幸福"还不够幸福，必须两个连着说才足够幸福。

"她气质好吧，我老早告诉你了。"我去华山医院看望姐姐90岁的妈妈，姐姐非要她妈妈的病友同意她对我的评价。见她这样，人家即便看法不同，也只好点头。姐姐可不管人家的反应，她只是盯着我微笑。

……………

一个人喜欢你，会有各种各样的表达方式。姐姐对我的评价，当然是偏心的、名不符实的。

2

姐姐的身材和性格都不大像她那个年代的上海姑娘,她有1米7高呢,直率爽朗,幽默得不得了。她穿着打扮不时髦不土气,身材不苗条不丰满,戴副眼镜,像个书卷气浓重、斯文而不谙世事的学者。姐姐可不是不谙世事,她才8岁,她爸爸就进了监狱,妈妈去了干校,3个哥哥分赴外地插队,她跟着高龄的奶奶生活。姐姐8岁就学会了做毛活,她给狱中的爸爸织毛裤,做家务,照顾奶奶。姐姐做过泥瓦匠,当过工人,直到恢复高考,她才考进大学正经念书。大学中文系毕业之后,她在上海多家科研和文化单位工作过。

姐姐的爸爸妈妈是新中国成立前的大学生地下党员,新中国成立后做了不大不小的干部。他们既不大懂照顾自己,也不懂照顾子女,解放鞋穿了一辈子。姐姐的爸爸,高大舒朗,不苟言笑,我很敬畏他,又特别喜欢他。姐姐的爸爸妈妈都是河北人,操一口标准的普通话,姐姐却生长在上海,上海话讲得很好听。

姐姐十八般武艺都会,做得一手好菜。我读大学时,只要是姐姐骑着她的破自行车来我们学校,我就又有好吃的东西了。粽子、月饼、年糕、包子、枣糕、酒酿、烤麸……姐姐给我送来她变着法儿做的食物,就连我宿舍的同学也经常一起分吃。姐姐给我织的棒针毛衣和杂志上的样板一模一样,我穿了10年都舍不得淘汰。我的好多物件坏了,拿去交给姐姐,她准会给我修好。

3

姐姐哪里来的幽默细胞?我听她说话,常会笑出眼泪来。姐姐可不承认她特别有趣,她的口头禅是"差得远差得远",仿佛一个"差得远"还不够,永远是两个连着说。我也琢磨过,姐姐的幽默来自哪里。可能吧,姐姐把自己的身段放得特别低,把人生的冷暖看得特别透。来自父母言传身教的质朴,艰苦的成长过程历练出的豁达,学识见识累积起来的大气,让她能返璞归真,俯瞰人生。

从年轻时,她就开始照顾一大家人,她为他们做出了真正意义上的牺牲。对此,她觉得都是应该的,不抱怨,不自夸,但也不压抑自己。她在我面前频频揶揶家人，模仿之形象，点评之到位，我在大笑的同时，感受到她的善良宽厚，她与生俱来的悲悯之心。

姐姐告诉我，最近两年，她新添一个爱好，就是买下午场的戏曲票看戏，下午场的票一般都比较便宜。我问她如何喜欢起戏曲来了，话剧她倒是看得相当多的，定期会去购票。她笑笑说，戏曲她不大懂，在慢慢学习观赏。不过无所谓，看得懂就看，看不懂，就当在剧场里睡一觉。她发现在剧场里睡觉，睡得尤其香甜。我听了，又是笑个不停。我对她说："就是，我早就发现，在剧场里打瞌睡，睡和醒之间切换无障碍，特别惬意……"

接近中年时，姐姐远嫁美国，定居在纽约。异国的日子，照顾夫婿，开阔眼界，她颇能自得其乐。她去图书馆借中国作家的书来看，一个一个作家的专集，仔细看过来，像是在做专题研究。她买最便宜的演出票，一袭布衣，自如地出入于林肯艺术中心等各种艺术殿堂，经常都是站着欣赏艺术。她在纽约看过数不过来的歌剧、音乐剧、话剧、音乐会……她实实在在是为了艺术享受，并不想有丝毫的炫耀。她在美国为我买来各种礼物，我只要表示不甚合意，她马上就收回去自用，她怜惜那不起眼的物件。

我和姐姐很少能见面。父母先后离世之后，她每年多半时间在纽约，小半时间在上海。偶尔来北京，也是为了看望高龄的姑姑和叔叔，行色匆匆。只要和姐姐见上面，她准能让我笑个开怀。即便在她爸爸瘫痪 7 年，她妈妈痴呆 5 年，她在中美两地各尽女儿、妻子的本分，忙得分身乏术之时，她也照常幽默自嘲不误。

其实，姐姐最怕麻烦我，最不愿意让我照顾她。她待在哪里，都笑呵呵地把自己放在所有人的最后面。

4

姐姐的最新玩法是和过去工厂的姐妹们一起住宾馆。大家在酒店淡季期间，任选一家宾馆的套房住进去，两人睡一张床。大家从各自家里做好饭菜，带到宾馆，一起享用。她们在套房里面吃饭、喝茶、聊天、打牌、唱歌……这样一来，相当于节约了茶坊、酒肆、棋牌馆等多个场所的费用，一举多得。

姐姐不是我的亲姐姐。1987年冬天，我替爸爸的同事去给他的老师——姐姐的爸爸——送封信。那天恰遇降温，天气阴寒，姐姐家里有客人。她爸爸妈妈正在和客人谈事，没空接待我。他们见我脸色不好，便让我先到小妹的小屋去暖和暖和，待他们送走客人，再来认识我。

小妹就是姐姐。姐姐把我领到她的小房间，得知我来了月经，就让我把脚伸进她被子里去暖和一下。她给我装了热水袋，做了一大碗桂花酒酿小汤圆。她对我很好奇，除了嘘寒问暖，还微笑着不停地问我：是怎么从成都来的上海？为啥会考艺术院校？我家人的情况？我的兴趣爱好？我看过哪些书？为啥这么聪明（咋看出来的？）？我的艺术气质是怎么养成的（有吗？）？……这个戴眼镜、个头和我一般高、说话轻言细语的大姐姐对我的好奇，倒显现出与她年龄不符的天真和单纯可爱（她可都快30岁了）。我坐在她的椅子上，脚在她的被子里捂着。我感觉很温暖，也有点想笑。这个姐姐憨憨的，不很像上海姑娘，我喜欢她。我有点惊喜。惊喜是因为我能预感到，我和这个姐姐，今后的联系断不了。

真的，就在那天，素昧平生的姐姐就成了我的姐姐。现在，就连我女儿，都叫她"姐姐阿姨"。

第三辑　欲去惜芳菲

经过上海

那是怀旧还没有"热"的年代,没人提起张爱玲,也不知道"上海的风花雪月"。上海的大众标签是飞鸽自行车、回力球鞋、大白兔奶糖、蝴蝶牌缝纫机、上海牌手表……文化标签是上海电影制片厂、上海电影译制厂、上海美术电影制片厂、巴金、周而复、茹志鹃、叶辛、陈村、程乃珊、陆星儿、王安忆……我们并不是特别关注日后大红大紫的民国遗迹,我们身在上海,却从不致力于挖掘上海的历史。当然,20岁上下的我们,或许从根上就对历史不感兴趣。

对于我们那个年代的青年人来说,生活永远在别处。我们既没有"老三届"青年的丰富阅历,也没有后代人的务实精明。我们的精神信念是虚无的,童年时它指向对亚、非、拉国家的同情,援助他们的热情。少年时既没有掌握中国传统文化,对大量涌入的西方哲学、文学、音乐、美术也是囫囵吞枣,半懂不懂。去远方、在路上成为半瓶子醋的我们的最高理想。在我们的观念里,北京,是精神生活永远的向往。而对充满世俗意味的上海,则带着专横无知的轻蔑。

锦官月明海上花
——成都上海双城记

评论家

1

1988年9月,我读大学二年级。有天,我到火车站去接一位从北京来的客人。读大学那几年,上海火车站可以说是我去得最多的地方。买火车票在哪个窗口,站台票又在哪个窗口买,卖小食品的杂货店以及厕所的位置,等等,我熟悉得无须过脑就能找到。北京来的、杭州来的、南京来的、成都来的、无锡来的特快列车停在第几站台,我也搞得清清楚楚。

火车以及火车站,在我心里边,是个浪漫的地方。火车站意味着去远方。同理,远方的亲人朋友也是经由这里抵达上海。来来去去的那些人,他们关乎我全部的情感,是我情绪高潮的主要来源。

我在北京至上海的T21次列车停靠的站台接到了北京来的朋友L,他是彼时一位较为有名的青年文学评论家。通过爸爸,我在中学时就认识了他。虽然他只比我的年龄大上一轮,但我把他看作父辈那代人,或许因为他是父亲的朋友,或许因为他学识渊博,年纪轻轻已经成名,我自觉相去甚远。

L出生在中国西南部的贫困山区,也是天资过人,不到16岁就考取了某重点大学中文系,19岁就被保送读本系硕士。硕士毕业分配到北京某大报社工作时,他只有22岁,相当于一般人本科毕业的年龄。他说他本科班级年龄最大的同学几乎可以当他的父亲。在读大学前,L从未见过火车,更别提电视机了。当年去省城读大学,他是先从村里搭顺路的拖拉机到镇上,镇里有车去县城,在县城坐长途汽车到地区（地级市的口语化称谓），从地区去省城当然是赶的火车，那是他首次见到火车。

在我成长的年代，L这样的人就像小说《人生》里的高加林一样，颇让我们这些城市家庭的孩子心生敬重，并为自己从未吃过苦而惭愧。更何况，他最终还获得了社会广泛的认同，并被文化精英们尊重。

L可说是个天才，闭塞的家乡并未使他内心封闭。相反，他的文学评论主要引证的是西方理论家的观点，思想相当前卫。对于20世纪80年代风行一时的伤痕文学作品、农村题材小说和寻根文学作品等，或许是有亲身体验打底，他的评论既新颖独特、符合生活逻辑，又超拔高明、哲思深邃。看得出他的理论素养比较扎实，文字也极其漂亮，令人信服。那几年，他的文章转载率很高。

2

L来过上海两次，每次都直奔某个作品研讨会现场，来去匆匆。他在信中告诉我，此次应上海某著名文学杂志邀请，他来开一个重要的关于20世纪80年代文学发展回顾的会议。本来不想来，他对上海印象不佳，但我在这里，他也就欣然答应邀请。看完信，我自然受宠若惊，异常兴奋。

每次从外地来了亲朋好友，我就自觉充当向导，报酬就是那几天会吃得非常好。陪客程序大致如此：先在我们学校食堂吃一到两顿饭，其间，必定收获对校园环境以及食堂饭菜的赞美或羡慕；接下来，客人和我在静安寺和淮海路一带打牙祭。客人铆足劲要花一笔钱在上海开眼，我也铆足劲要改善伙食。从鲜肉月饼、小笼汤包、生煎、咸甜豆浆、萝卜丝饼、嘉兴肉粽、葱油拌面、荠菜馄饨等美食到桂花酒酿、光明冰砖、奶油圆筒、拿破仑蛋糕、法棍等点心零食，我都统统介绍给来宾。往往男性客人对上海的食物毁誉参半，女性客人则都赞不绝口。我则在回校后的几日之内，面对着食堂饭菜难以下咽。

陪同程序照旧。L对我的学校环境根本熟视无睹，似乎它完全可以忽略不计。他讲起他的中学，那是一所依山而建的乡村学校，由废弃的古庙改造而成。学校后面有巨大的林地，林间各种小动物出没。动物们偶尔也会冲到教室里来拜访他们。他们甚至见到过熊猫。他每天上学放学要在乡村的机耕道间步行10余千米，家里的土狗常常会护送他一程。辽阔的天与地早已经融进他的血脉。他和一切小的东西都格格不入。

外地人眼中上海的小资情调和先进事物只让L感觉不屑。他认为此地的文化格局太小，市民们斤斤计较，洋洋自得，自诩高等华人，其实充斥着的尽是各种小趣味、小算计、小得意。钱不称钱，要说是"几镝"；粮票精确到"半两"；只要听见外地口音，服务员就对你爱理不理。就连名声很大的名胜古迹豫园、城隍庙，也不过就像是北京故宫、天坛、颐和园这些地方的边角余料。

L听我父亲说过我落榜中戏的事，他鼓励我大学毕业一定要分到北京去，决不能在上海这么糟糕的城市工作。我很是羞愧，一则毕竟没有考取北京的大学，另外，上海有很多我喜欢，也与我个人性情合拍的城市元素：丰富细腻的食品，四季的花花草草，小情小调的城市氛围……我大约就是L口中小家子气的人。但是，我绝不愿意承认我和上海相一致的地方，不停地附和他的议论，还特意强调我对那些厚重的农村题材文学作品的喜爱（确实也看得不少）。

3

L花钱大手大脚。只要我提出啥东西好吃，他马上拿钱让我买。他说他在报社收入不错，每月还有不少稿费。稿费全部寄到老家，工资通通花光。他抽烟十分厉害，对美食没有兴趣，吃啥都一个味，只要能果腹就行。于是，那两天，完全是我在享受饕餮大餐，他则半皱眉头，抽着烟看我吃那些奇奇怪怪的不算正经的饭菜。末了，他要碗榨菜肉丝面，几分钟搞定一餐饭。

L佐餐的，是他滔滔不绝的话题，永不枯竭的文学圈八卦、文学理论、作家作品、电影现象……他的脑子就像一部永动机，塞满了各种别人看来高深莫测的东西。他一面勾起了我对知识才华的钦佩，一面也让我有点困惑。他模样普通，不算斯文，也不粗犷，个子比我矮一点，一口黑黄的烂牙，一身烟味。他对我非常亲近，叫我小妹妹。我虽然才19岁，但个子高，戴副老气的眼镜，便对这种称谓略有点心理不适。他给我拍了不少照片，自己却几乎一张不照。每每我被他渊博的知识和谈吐所折服，想要靠近他一时点，他满口的黄牙和烟臭味就把我推开了。我反复说服和批评自己，不该对他表现得较有距离感，结果弄得自己神经紧张，行为比平时更加笨拙。

第二天，他带我去了巨鹿路某文学杂志社举办的研讨会。那天，上海几乎所有的著名作家都在场。我还看到了喜欢的青年作家王安忆。以我当时较为浅薄的看人标准，那些作家都过于普通，没啥气质，与我熟悉的艺术界人士相去甚远，我对他们非常失望。王安忆倒是气质不错，她个头较高，大眼、高鼻、厚唇，皮肤粗糙，头发扎成高马尾，穿件深蓝打底撒红色小花的连衣裙，亭亭玉立。我瞅王安忆的模样不大像上海人，后来看到介绍，她祖籍是福建，怪不得。她语速很快，为人直爽，眼神犀利，显得非常自信。那天，王安忆的母亲——著名作家茹志鹃也在场。但是，对我来说，她母亲太老了，我只对35岁的王安忆感兴趣。

L待了两天就回北京去了。我在站台上看着渐渐远去的列车，松了一口大气。

十多年后，我早已和L失去了联系。他已不再写文学评论，在婚后和妻子一起写起了电视剧剧本。他创作的一部历史题材电视剧在当年引起了轰动。那几年，我也写了一些电视剧剧本，于是，偶然间看过一篇对他的访谈。他还是那么自信，口气很大，高屋建瓴地抨击电视圈的各种乱象。末了，他对采访者说，他预备写一部描写民国时期上海滩黑社会大佬的电视剧，也算是对上海昔日繁华景象的凭吊。

记　者

1

　　L走后不久，真是巧得很，我又迎来了另一位北京某行业大报的记者。

　　他找到我宿舍时，我去学校澡堂排队洗澡了。待洗澡回来，同寝室一个女孩神秘地告诉我，有个特别帅的男的来找我，说是我的老乡，叫某某某。他留下所住的宾馆的房间号，让我去找他。这个女孩笑嘻嘻地说："你还认识这么帅的人啊！"

　　我完全没想到这个人能来找我，十分吃惊。这位记者是成都人，他姐姐是我的师姐。姐弟俩在年轻时均是才貌双全，走到哪儿都异常触目。我特别喜欢这位师姐，她弟弟我倒是非常陌生，只在成都匆匆见过一面，没有同他讲过话。从不少共同的朋友那里，我听说过这位帅哥不少奇闻轶事。他的放浪不羁、恃才傲物、叛逆难搞，在熟人朋友中很出名。他突然到学校来找我，且明显不是受人之托给我捎带东西（他啥也没留下），这让我很有点吃惊。

　　洗完澡后，有点饿，也到了吃饭时间，我赶紧去食堂吃了饭。饭后，换了一身当时觉得好看的衣裙，就到他留下地址的上海宾馆去了。

　　上海宾馆刚开业不久，是与学校相邻的这一带最豪华的宾馆。他所在的报社很显赫很大牌，加之他平素的习性，外出绝对是要住豪华宾馆的。

　　他打开门，微笑着让我进了房间。我们并不熟，我略有点尴尬，他倒是热情又大大咧咧，做派完全与第一次在成都见面时不同。当时的他相当冷傲，不用正眼看人。他问我吃过晚饭没有,我说吃过了。他讲他中午吃多了,刚才又睡了一觉,不想吃饭,我们可以去南京路走走,看到啥就吃啥。他还想买件短袖,我可以帮他参谋。我完全没想到他竟然是这么随和亲切的人,瞬间就调动起了热情。那个时候,面对英俊的男人,我其实很有点胆怯和自卑。尽管我的哥哥,也是高大而英俊的。

2

就快到国庆节了,南京路上的好多楼房和行道树上都亮起了五颜六色的彩灯。秋天的上海,海风轻拂,特别舒适。这位记者说上海确实是一个相当有格调的大都市,成都与之相比,起码落后了20年。我说就是,不讲别的,上海的公交车,凌晨1点还在马路上跑。假期在成都,刚过10点,就半天都找不到一辆公交车。他不断点头,声情并茂地给我讲起成都如何土,四川人如何"盆地意识"严重。尽管他是四川大学毕业的高才生,可他丝毫不留恋成都。

他对我们学校所在的区域和校园环境都赞不绝口。他完全理解他姐姐对这儿的留恋。中戏他也相当熟悉,离他报社也不远,平时老去玩。他说上戏比中戏漂亮得多,从这里毕业的人,若是有点小资情调,实属应当。

我还没来得及骄傲一下,他又立即说,他姐姐当初不肯留校完全正确。上海地方是好地方,上海人接触起来却不舒服。上海人自以为除去上海,全国其他地方的人都是乡下人。其实,这正好佐证出他们是缺乏见识的小市民。在中国,除了北京和深圳,其他城市都只是地方性城市,充满了地方性偏见。然而深圳又缺少文化底蕴,只有北京,知识分子和文化人特别愿意在此聚集。北京既有几百年叶茂根深的皇家文化聚敛起的鸿鹄大气,也有五湖四海精英碰撞而出的鲜活思想。让外地人居住起来舒服又有意思的地方,只有北京。

我完全赞同他的话。我们被北京在文学、戏剧、音乐、美术等方面显现出来的深刻厚重感完全折服。上海则既没传统(当时民国热还未兴起)可追溯,将它与香港、新加坡这些城市相比,又不够现代。在上海,时髦而有追求的人争先恐后地想要出国。

3

在临近外滩的路上，有个女人身着丝绸旗袍在我们俩前面袅袅而行。我第一次在上海看到女人穿旗袍，很有点欣喜。这个女人婀娜的背影和夜晚的南京路非常吻合，她让我想起那些老上海电影。我们俩一直跟在那个女人后面走着，直到她拐进了侧面一条小街。旗袍女人的出现，确实意味着上海很快将兴起怀旧热、复古风。到了20世纪90年代中期，上海挖掘出了张爱玲，掀起了"风花雪月"的民国往事风潮。当时的我们，还丝毫没有察觉。

他给我讲了很多家事，非常详尽地介绍了他父母家的历史。我和他姐姐这么熟，都完全不知道这些事。他父母的祖辈分别是陕西和成都的大户人家，有许多跌宕起伏、令人唏嘘的过去。他的记忆和口才都非常好，引经据典，幽默生动。我暗想，或许他就是典型的才子加浪子吧。和他相比，戏剧学院的浪子不够有才，综合大学的才子不够浪（帅）。

这位记者说刚才去找我，我宿舍那个女孩似乎很想和他搭讪。他觉得她有点油，不比我单纯。他本来要在宿舍等等我的，也借故走了。我笑了笑，就如他所述，那个女孩说有位帅哥来找我时，确实神秘又兴奋。同时，我也觉察到他的自恋。自恋仿佛是长得好看的人的特权，他们在生活中受了太多优待，自然容易高看自己。在我年轻时，自恋可不是一个好词。

走得太久了，商店都关了门，他也没有买到短袖。我们坐公交车回到了静安寺。在上海宾馆门口告别时，他说谢谢我陪了他一晚上，很是愉快。我也特别高兴，好像是无形中纠正了对一个人的某种偏见，了解到一个傲慢的人的内心。同时，我还认为，他也并不比我成熟多少。天哪，他不过25岁，在当时20岁的我看来，是不是应该有50岁那么成熟才算牛气？

回学校的路上，我暗自思忖：他如此厌烦成都，我这么喜欢成都，到底是怎么回事？我该怎么去克服"盆地意识"，当然了，一定得克服。

几个画家

1

1988年初春,同班好友芳芳在宿舍接待了一位浙江美院油画系的女孩。不久,那女孩便回请芳芳去杭州玩。于是,4月底的某天,芳芳和我便坐火车去了杭州。青春时期的我们,能很快结识陌生人,并迅速和他们成为好朋友。当然,我们也一路走,一路不停地丢失朋友。漫漫人生中最终同行的,不过寥寥几人。

那正是江南最美的季节,春暖花开,田野一片葱绿。粉白的桃花树栽种在白墙黑瓦的农舍边,说不出的明丽雅洁。江南的春天,抑或还有秋天,与我们年轻的心性最为相衬。总有那么多的故事,发生在这两个季节里。

杭州的绮丽风光令人陶醉。不过,对我俩来说,不虚此行的还是认识了几个浙江美院的画家。虽然他们彼时还是学生,但他们在学生时代都画了不少作品,也都参加过画展啥的,我们便把他们当成画家来看待。

接待我们的那个油画系女孩为人热情,她来自新疆,家里好几个人都搞艺术。听说她哥哥20世纪80年代初毕业于中戏舞美系,我们便感觉和她更加贴近。我们看过她的油画,她内心狂野,敢于创新,她的画我们很喜欢。熟悉起来之后,她一个劲儿对我们抱怨杭州的气候。初夏的梅雨季节,她的衣服都是潮乎乎的,连头发闻起来都有一股子氤氲之气。冬天则阴冷得不行,关键是没有暖气。在她乌鲁木齐的老家,冬天在室内,她都穿短袖衫和裙子。而杭州的冬天,她睡觉要盖两床被子,脚上还得再套双袜子。武装成这样,她也常常睡不暖和。

与新疆女孩同寝室的研究生是上海人,她本是上海油画雕塑院的雕塑家,31岁又来读研继续深造。上海雕塑家戴副眼镜,样子灵性十足,性格率直大气。她迅速和我们打成一片,还在画室煮东西给我们吃。她的个性非常独立,即便在聚会的热闹场合,她也会尽快抽身,忙活自己的事去。她喜欢独来独往,已经独自去过中国绝大部分地区。

2

那4位版画系男生(他们住在同一间宿舍)特别喜欢说笑,幽默开朗,没个正经。他们是我们顺路"捞来"的朋友。我们刚到杭州那天,在西湖边向他们中的两人问询到浙江美院怎么走,恰好他们要回学校,便嚷嚷说我们问对了人,他们可以给我们带路。听说我们来自上海,他们哭着喊着要送给我们几盒当时断货的板蓝根(当时上海大面积流行甲肝,说是板蓝根可以预防肝炎),让我们把板蓝根带回上海换取高档香烟……就这样认识了,也真是那个时代大学生的特色。

此后的3年中,版画系这几位高才生不间断地来上海造访我们。他们是我和芳芳在招待所通宵聊天的艺术同行,是我们在外滩和各个公园流连忘返时的摄影师,是一起品尝廉价小吃的同学,也是我们数次在火车站伤感地送别的挚友……每次专程来或是路过上海,他们必定要来学校找我们。他们出现在上海的日子,都是我和芳芳的节日。

他们比我和芳芳大上六七岁,读大学前基本都在基层单位工作过。在当年全国数以千计的美术考生中,能被大名鼎鼎的浙江美院版画系录取,可以想见他们的才情。不仅浙江美术学院的学习打开了他们的艺术视野,而且从国立杭州艺术专科学校开始,代代相传的那些为人做艺的准则,就像一所学校的标识,让他们4个人拥有较为一致的品行,他们都正直平和、豁达诙谐、谦逊勤奋。

无论身在哪儿,这几个画家有空便拿出速写本速写。他们都能挣些钱,通过画画赚取稿费,或是替人家干装修一类的活儿获得报酬。常常是他们出钱,我和芳芳去菜场采购,然后,大家挤在上戏地下招待所吃吃喝喝。吃完喝完,大家开始跳舞，或是抄写罗大佑的歌词，纵论中外电影，鞭挞中外大师……他们是戏剧的外行，我们是美术的外行，酒过三巡，将醉不醉之时，彼此都高度赞美和肯定对方的艺术观念和艺术素质，不停地为上戏和浙美的友谊干杯。

他们中2个北京人，1个佳木斯人，1个广州人。3个北方人一致地喜欢南方，4个人都非常喜欢上海。

3

1988年，临近圣诞节，学校贴出了漂亮的海报，宣示平安夜要举办大型舞会。接下来的元旦，还有聚餐加舞会。女同学们都兴奋起来，纷纷设计着那天要穿的衣服。在此之前，我根本不了解何为圣诞节，耶稣诞生跟我们又有什么关系。到了上海，眼见圣诞气氛越来越浓，暗暗地期待着能好好见识一番上海到底有多洋盘。

平安夜那天，我和芳芳从上午就开始激动，不止是因为圣诞，还因为那天中午，浙江美院那几个版画家要来看我们。也许我们都暗暗期待着发生点什么故事。我顶着寒风到街上去买水果，发现街上的气氛和平时很有点不同。人们满面笑容却有点魂不守舍，大包小包地拎着东西，似乎都肯挥金如土。空气中流动着节日的气息，那是外地过年才会有的喜庆场面。饭店和酒吧的霓虹在白天就开始闪烁，不少场所的广告牌上，商家挖空心思地用好看或怪诞的字体写着"狂欢""通宵打折"等字样。不时看到有人在整理已经很漂亮的橱窗。那些圣诞橱窗，实在是让人眼花缭乱，包括北京在内的外地，根本看不到这么温馨时尚的橱窗布置。

20世纪80年代，上海已经很少浮华香艳的表征。平安夜这天的景象，让我很有点吃惊，作为曾经的远东第一大城市，上海的摩登刹那间闪现出来了。

芳芳和我在学校备受煎熬地等来了那伙人。我们都兴奋得目光炯炯，拥抱时喉头哽咽，圣诞节使我们的见面变得情绪夸张而戏剧化。夜色降临，我们在街上游荡，我们进不起任何一家饭店和酒吧，但我们内心依旧非常骄傲。我们几个都是高大、年轻、超凡脱俗的学艺术的大学生，前途不可限量。我们长时间打量和议论街头那些漂亮的圣诞树,长时间打量和议论豪华大饭店门前如云的美女……

圣诞大餐时间到了,我们在学校地下招待所他们的房间,开始享受盛宴。就着芳芳用电炉做的几道可口的川菜,还有喷香的甜点、新鲜的水果、齁甜的果酒以及节日才肯买的外国品牌香烟,我们激情澎湃地聊了整个通宵。我们跳了贴面舞,抄写了姜育恒的歌词,点评了各自学校的神人,解构了当时艺术界的牛人,比较了各自家乡的特色,表达了对喜欢的人含蓄暧昧的情感……不管北京人、四川人、广东人还是黑龙江人,无不对平安夜上海的繁华感叹万分:"瘦死的骆驼比马大,到底是上海,到底曾是远东第一大城市啊!"

那个圣诞节,什么故事也没发生。那样凌空蹈虚却激情澎湃的友谊,现在想想都觉得不可思议。他们都长得很帅,才华横溢,既多情也轻狂,但仿佛受到我和芳芳戏剧艺术范儿的感染,不由自主地变"纯洁"了。大家只在那儿梦想着一起拍电影,拍一部超过《红高粱》的电影。他们有使命为我们编创的电影出谋划策,而有了他们的加入,我们创作的电影必然要比《红高粱》更加轰动。所有人都说得情真意切,信心满满,仿佛明天,芳芳和我就要奔赴电影拍摄现场。

两天之后,芳芳和我把他们三个送到火车站。他们中有人回杭州,有人去西北采风。送走他们,我们顿时变得无精打采,黯然神伤,闷闷不乐。那种失落,就像过完圣诞节的上海,脱去了华丽的皮毛,内里一片荒凉。

年轻时,在青春的荷尔蒙和节日的氛围中,你总会陷入一种迷乱的情感,不能自已。即便那样的时刻与你无关,你也总能牵强地赋予它特别的意义。那个圣诞节,对于我和芳芳,就是这样。

我的第一份圣诞礼物,是一把木梳和几张手绘卡片。它也是迄今为止,我收到过的最宝贵的圣诞礼物。

4

有太多属于大学时期的故事,多得感觉从来没有上过学,光顾着玩了。在激情绽放的时刻,在感物伤怀的瞬间,青春饱满流光,会以为当下就是永远。当然,伴随而来的,也有人生中第一次真正的创痛。夹杂着悔恨的痛不欲生,感觉活不下去的日日夜夜，以自戕缓解疼痛的举动……30多年过去了，时间洗刷掉了最深最浓的痕迹，那些曾铭心刻骨的欢乐和痛苦，变成了抽象的记忆，我有时甚至会疑惑，它真的存在过吗？那个场景中的人，她真的是我？或许，只有遗忘才是最大的悲剧。

多年以后，我看到他们中一位成绩斐然的版画家的系列作品，名为《上海风情——春风沉醉的晚上》。记忆一下子回到了20多年前的那个夜晚，我们5个人——晓林、有良、老蔡、芳芳和我乘公交车去外滩。在外白渡桥附近，电车坏了，我们一起下车走到外滩去。那个5月，黄浦江上的风很大，夹杂着苏州河刺鼻的臭气。他们开玩笑地对电车司机嚷嚷着要赔偿。司机果然"上当"，认真而啰唆地说不是自己的责任，让他们找电车公司理论去。他们也佯装认真地对司机说："你们公司赔得起咱们的青春损失费吗？还是算了吧。"电车司机一脸蒙的表情，让我和芳芳笑了又笑……

真是春风沉醉的晚上啊，那样快乐的沉醉，连河水的臭气都被稀释掉了。

工 人

1

他们夫妻俩都是四川某县人。她有特别好听的名字，取自一种冰清玉洁的花朵；他的名字则普通平凡，带着20世纪六七十年代出生的人的命名特点，如"勇""兵""钢"一类字词。我差不多快忘记他们的面容了，只记得她十足秀气，秀气到羸弱的地步；他则是典型四川男人的样子，中等个头，身形颀长。

我们是在火车上认识的。1989年9月，我从成都返回上海，我和他们住在硬卧的相向铺位上。我称呼他们"谢哥""童姐"。48小时的车程实在太长，难免无聊，总要和邻座的人说上几句话来打发时间的。那些年，往返于成都、上海的火车上，我见识过各种各样身份的人：工人、军人、农民、职员、教师、运动员、学生……这对夫妇在上海郊区金山的石化某厂工作，男人是技术员，女人是普通工人。此时，女人刚休完产假不久，孩子放在老家，他们则要返回工厂上班。

这对夫妻都不到30岁，他们是高中同学，高考落榜之后，双双考到金山石化的技校读书。男人后来读了电大，从工人升为技术员。他们俩都很开朗健谈，带了几大包吃的东西回上海。他们说这些东西都是亲戚送的，亲戚们担心上海没啥好吃的东西，还是从四川带点回去踏实。他们把其中部分熟食拿出来，热情地与相邻的旅客们分享，塞给我的食物最多。

2

童姐和我爱把四川的一草一木与上海的做比较，在这方面我们有聊不完的话题。其他旅客多是到上海出差的人，只有我和谢哥、童姐有些居住经验，似乎对上海就很有话语权。他们夫妇俩在上海定居快10年了，我才不到3年。我们之间说不上有多少共识，成长经历也很不同。我们的共同点在于有太多对故乡的留恋，对上海的不满。

童姐说她17岁那会儿啥都不懂，一心就想离开家乡，离开父母。能到上海读书，曾让她激动不已。到了金山之后，却一直难以适应。金山距离上海还有近两小时的车程，农村面积也不小，并不洋盘。他们把上海市区叫作上海，他们那儿，则都称作"金山"。金山冬天的海风大得呀，裹着棉衣都像是只穿了一件衬衣；夏天呢，温度经常会窜到39摄氏度，电风扇里的风是温热的，半夜得起来冲两次澡。石化厂大得就像一个城市，甚至比她老家的县城还大。这么大的地方，他们除了彼此而外，举目无亲。

在偌大的异乡，满耳是陌生的语言，他们好不习惯。他俩很快就谈起了恋爱，虽然被人人夸很般配，也总是有点相依为命的意味。与他们常来常往的，是几个四川老乡。那些上海同学，周末会回市区或别的乡镇的家；做了同事，也是上海人多与上海人来往，对他们这些外地人则理性地保持着距离："四川，老远嘞，有火车吧？"

逢着节假日，寂寞冷清的感觉免不了的。他俩都来自多子女的大家庭，家人们平时走动频繁，逢年过节更是热闹得很。

每年，回老家过春节时，他们后悔离家的阴影便会加深加重。当然，也会有些情节能安抚和平衡人心。回老家之前一个月，童姐就要专程赶到"上海"去，把南京路和淮海路的商店逛个遍。她精心挑选赠送亲戚或帮朋友代购的东西，上海的种种潮货丰富多彩，衣服、绒线、文具、食品、小家电……得装上两大口袋。拿到"先进"的东西之后，亲戚、朋友、同学反馈给她的那些艳羡的眼光、真心的感激、嫉妒的言谈，都让她有说不出的满足。显然，她在见识上是胜利了，超越了囿于本土的乡里乡亲。

她本来模样清秀，江南的水土似乎给她的清秀镶嵌上了一道金边，她的气质慢慢也起了变化。相比那些移居成都而洋洋自得的女同学，她被中学同学公认为要洋气得多。她收获了这些赞美，独在异乡为异客的疼痛就会瞬间平复，进而庆幸自己走出了封闭落后的老家。探亲结束回到金山石化厂，阴暗的心情重又浮泛而起。这么着周而复始，也有9个年头了。

妻子充满激情地念叨种种不适时，谢哥总是微笑着点头表示同意，偶尔补充一两句话来佐证妻子观点的正确性。他大约是个好脾气的男人，非常爱，也非常满意自己的妻子。妻子这次在老家生孩子，他原本有些担忧，因为他请不了多长时间的假来照顾妻子。结果呢，基本上啥都不需要他动手，有这么多亲戚朋友、同学邻居主动来帮忙，让他感动到了不习惯的地步。这些热情无私的援助，要搁在上海，根本不能想象。在上海，人情是债，接受了，也得还。老家人就是这么纯朴，当然了，大家的时间也有富余。金山的上海同事，有空就学英语学日语，他们渴望出国去，学习或者打工都行。老家的人是安居乐业的，老婆孩子热炕头，再能打点麻将，就很满足了。

这对小夫妻讲话声音不高，举止得体，热情，也很有分寸。我对他们印象极好。他们给我留下地址，热情地邀请我周末去做客。厂里给他们分了两室一厅的住宅，离他们家不太远的地方，还能看到大海。我听罢，几乎要欢呼起来。对四川人来说，海在"天边外"，是异乎寻常的象征，大海比天空还要辽阔……

3

我很快就去了金山的石化厂。他们那个两居室的家不算小，窗明几净，花草生机盎然。这对小夫妻有着四川人热爱生活、喜欢并善于打理家务的禀赋。房间里家具什物挺少，厨房里的装备却齐全得很，光泡菜坛子就有大、中、小三个。老家带来的香肠、腊肉、腊鸡鸭、各种粑粑吊在阳台上，竹箩筐里晾晒有干笋子、菌菇等山货……自然，我每次去他们家，都要吃好几顿，走的时候，还得带走一些现成的吃食。

那还是每周只休息一天的年月，夫妻俩工作生活非常忙碌。周五黄昏，我乘长途汽车到了他们家，周六，他们照旧要去上班。他们走后，我就看书。周六晚间，大家吃喝畅谈，会持续到很晚。周天睡个懒觉，吃完早饭，我们去厂里的公园逛一圈，然后骑自行车去海边。

事实上，我第一眼看到那片海就大失所望。那是在11月中旬，是个阴天，海水是灰黄色的，海边也没有几个人。海风一起，寒冷刺骨。1988年，我随父母去北戴河和山海关旅游过，一片碧澄的大海给了我关于海的固定印象。金山的这片海带来的只有失望，丝毫不吸引我。

1990年5月的一天，我和当时的男朋友住在童姐家。第二天，男朋友骑车带着我来到海边。不是周末，海边空无一人。大海是灰绿色的，并不干净，却在枯寂中显得异常开敞，有一种寂寥的美感。我非常兴奋，男朋友给我拍了很多照片。我想那些照片或许会很美，但它们全都没有被洗出来。到底因为什么没洗照片，我全忘记了。

4

大学毕业之前，我又去谢哥童姐家玩。他们的小女儿已经被带到了金山，谢哥的母亲跟来照顾小姑娘。那女孩1岁多了，漂亮淘气！他们夫妇更忙了，谢哥被提拔为科长，童姐也在兼读大专。他们根本没有空闲和我说话，更别提像原来一样，我们伫在周六的夜晚彻夜长谈。虽然他们待我如初，我也实在不忍心让他们再多照顾我。于是，周五才去他们家，周六下午，我就向他们告辞了。

大概觉得我来去匆忙，童姐有些歉疚，给我装了好多吃的东西带走。她让谢哥用自行车送我到车站。谢哥把我的大包夹在他自行车的后座上，我俩走着去汽车站。

我告诉谢哥，他女儿遗传了他们夫妇俩的五官优点，漂亮可爱极了！谢哥苦笑了一下，并不接我的话。沉默半响，我都感觉有点尴尬了，他才开了口。他说他们两口子工作特别忙，女儿来了之后，事情更多了。他母亲对上海的生活不习惯，闷在家里带孩子，天天向他抱怨。而且，谢妈妈和童姐生活习惯不同，童姐的生活已经上海化了,处处看不惯婆婆的做派。童姐嫌谢妈妈不注重卫生,喂孩子吃饭前不洗手;他们家每顿饭的菜量都很小,喜吃鱼虾不喜肉;谢妈妈招几个老乡上门来打麻将,童姐也给脸色……

谢妈妈已经告诉儿子,她准备回四川,他们要不在金山找保姆带孩子,要不孩子跟着谢妈妈回四川。童姐下班要补课,很晚才回家。星期天,童姐经常去上海培训英语,一走就是一整天。夫妇俩好几天才说上几句话,互相都指责对方变了……

我侧头看了看几乎和我一般身高的谢哥,不知该对他说些啥,心里也是堵得慌。我才刚满22岁,婚姻中的一地鸡毛,只让我感觉恐惧!

谢哥叹气道:"活倒起(四川方言,同方言"倒",此处相当于"着"),好没意思哦。"我心里一惊,简直不敢直视他。

…………

我再也没有去过金山,我们彼此也没有通过信,没有通过电话。这两个对我而言曾如此亲密的人,仿佛从来没有存在过。

插　曲

1

我不记得是怎么认识陈君的了。同学的同学？朋友的朋友？反正是有好几个上海男青年都到我们宿舍来玩。星期六中午，宿舍的4个上海姑娘回家了，我和另一个四川女生接待了这三个上海男人。他们仨，一位姓陈，一位姓王，一位姓俞。

这三个男青年都已经参加工作了，年龄也就是二十六七岁，比我们大那么几岁。因为工作了，他们自己和我们，就都认为他们很老。那个年代的人，大家都不屑于扮小装嫩，反而喜欢装大装老。他们互相之间讲上海话，和我们讲普通话。我们老练地称呼他们小陈、小王、小俞，他们反而叫我们全名。大家经常凑在一起说说笑笑，非常开心。

小俞中等个子，圆脸大眼睛，面相很是祥和。他做外贸工作，做得非常好，赚了不少钱。小陈在国旅（中国国际旅行社）工作，小俞形容他："伊蛮老实格，依伊爸爸的关系，老早做经理了，还用自己做的？"小陈赶紧阻止小俞，让他别再说下去。至于小陈爸爸到底是做啥的，我们也没兴趣追问。小王在师范大学教美术，明显比前两位博学，也更落魄一些。

青春期发生的那些事，免不了都有点程式化的发展走向。一来二去地，大家就会不满足老是一团一伙地玩。小俞正在追我的一位老乡，她不是戏剧学院的学生，在另一所高校就读。这女孩大概对小俞半理不理，小俞就让我去疏通一下关系，向她指明他的种种好处。我们平时吃喝小俞的不少，尤其是西餐啥的，价格颇为不菲。吃人到底嘴软，我就去找那女生疏通。那女生有个热恋中的男友在无锡，是位著名的才子。女生对我的话置若罔闻，她讽刺挖苦了小俞半天，并让我一定多"吃"多"喝"小俞。她说他有的是钱，就是没事儿干。

我十分婉转地对小俞表达了他梦中情人的意思。不料，小俞毫不介意，反说她有性格，很可爱，他是追定了！有一段时间，只要那女生出现，身后必定有小俞。小俞甚至送她去火车站，送她去看她男友。小俞说她答不答应他的感情无所谓，只要和她在一起，他就很开心满足。那女生是个非常豪爽逗乐的人，好讲笑话。小俞听她说话，常常笑得前仰后合，并告诉我说："你们四川女孩真可爱啊！"其实那女孩经常训斥小俞，我们都看不下去了，小俞却根本无所谓，把那些话当作是她在对他撒娇。

那女孩早我们一年毕业，离开了上海。小俞也跟着从我们生活中消失了。

2

小王的故事比较短暂，也许他追过我，也许是我的错觉。他让我去他家，他要以我为模特来画画，被我一口拒绝。他自尊心很强，再没来和我们玩过。有才的人总是这样吧。

3

小陈很高，他是小俞带来的朋友，个子大概有1米9。我个子也高，找男朋友不易，小俞就有点给我介绍对象的意思。小陈在武汉的爷爷奶奶家长大，会说一口湖北话，因而也可以说点不甚标准的四川话。小陈在旅游公司当导游，早期在全国到处跑，哪儿的事都知道一点，眼界很开阔。他长得清秀周正，特别安静、文雅。不知怎的，我就是对他不动心。

有一阵子，我们几个女生常去小陈家玩。他家住在华东师大附近的一个新小区，那个时期，那里属于上海比较偏远的地方。他独居，房子是三室一厅的套间，非常宽大，也没几件家具，显得空空荡荡。他家的布置和陈设像是刚搬进来住的样子,也像是马上准备要搬走。

每次我们去他家玩,小陈就提前把各种蔬果菜肉饮料买好,让我们自己来做饭。我们像过家家一样兴致勃勃地忙活着,把他推出厨房去等待吃饭。吃完饭,我们就喝茶,吃水果点心,打扑克,又笑又闹。小陈吃得很少,在一边微笑着,看着我们叽叽喳喳地淘气,很享受的样子,就像是我们的长辈。开心够了,我们就告辞,留下一大堆脏脏的杯盘碗盏,并对他说些虚伪的客气话。他让我们别客气,然后把我们送到回学校的汽车站,看着我们上车,他才肯离开。我们一直说笑,似乎把站在一边的他给忘记了。

因为有小陈,我们几个人每个假期回家乡的时候,都能买到火车卧铺票。为了感谢他帮忙买票,我们会从老家带点土特产来送给他。他总是高高兴兴地收下东西,过几天,让我们在他家玩的时候吃掉,或是又分别转送回我们。

4

1990年夏天,上海持续高温不下,我要利用暑假到北京的中国青年报社实习。那个时候,上海和北京之间刚开通直达特快火车"特13"和"特14",车票非常不好买。自然,小陈还是给我买到了票。临走那天中午,小陈提着可乐和水果来火车站送我。他出现在我面前时,满头大汗,衬衣后背湿了一大片。我有点不安,之前都是在自欺欺人地想,反正我们一帮人都是他的朋友,他又不是光在和我玩。那天在宿舍,我告诉小陈,我有男朋友。他微笑着点点头,说早就知道,小俞告诉过他,我的男朋友在北京工作。我红了脸,很是尴尬。我说"我们还是朋友吗",他说"当然是了,一直都是嘛"。

火车站很挤,候车室里的几台电扇完全不够用,小陈和我都大汗淋漓。他头发全湿了,人还是很安静,就像置身于空旷的环境中。我有些密集恐惧症,在人多的地方就有点头晕,加之热浪袭击,很想呕吐。我低下头,正在强忍身体的不适,头上突然感觉一阵凉风。抬头一看,是小陈用报纸在给我扇风(年轻人嫌扇子土,从来不带扇子)。我好感动!不过,心里更多的还是愧疚和自责。我让他别再扇了,他也不说话,仍旧扇着……

5

临近毕业的初夏,是个六月天,我已经和男友分手,并因此几乎患上了抑郁症。小陈打电话给我,说我就快离开上海了,他打算请我去周庄玩。我说:"好啊,叫上小俞和女孩子们,大家一起吧。"小陈说:"这次就我们俩,行吗?"我愣了一下,还是同意了。

时隔30年,我真的已经遗忘了大多数细节。只记得在周庄的一家旅游纪念品商店,小陈带我进去买冷饮。小陈说这家店的人他都特别熟,他做导游时常来买东西。我开玩笑说:"是你拿回扣的商店吗?"他认真地说不是,公司对指定消费的商店都有一些规定,他从不逾矩。他个子无比高大,眼神却像孩子般纯净,我不敢相信他居然做过6年导游。那个时候,谁对导游没有几分成见呢?

走进商店,我才明白为何他带我来了。这家商店的售货员都是些看上去50岁左右的阿姨,她们异常热情地招呼小陈,还不住地看我。其中两个年纪大些的阿姨直接就说:"小陈,你女朋友蛮漂亮嘛!怪不得我们给你介绍对象你老看不上。小姑娘哪里的?"小陈微笑着说:"瞎讲八讲,人家是戏剧学院学生。"那些阿姨听完我的学校,大概把我当成了演员(他们以为这种地方只有演员),更嚷嚷开了,恨不得扯着我来打量。我明白小陈的心思,任由阿姨们评说,只是看着小陈微笑。她们纷纷向我夸赞小陈为人有多好,她们说不知接触过多少导游,只有小陈人最正点,长得又好看。

那些阿姨非常热情,非要留我们吃饭。小陈说时间不够了,下午还要赶回去。她们就拿塑料袋给我装了好些吃的东西,有话梅糖、蚕豆、果珍粉、饼干……我真是收获颇丰。

回市区的长途公交车上,夕阳如血,田野如画。上海的初夏,真是美得不可方物。小陈问我,他能不能握住我的手。我立刻拉起他的手,紧紧拽着。他羞涩地将头转向窗外那边,轻轻地用上海话说(他在我面前从来不说上海话的):"今朝阿拉老开心。谢谢侬!"

我鼻头发酸,眼泪差点流出来……

6

　　离开上海前,我没有和小陈告别。尽管他一再叮嘱我,要告知他我具体的离校时间。我明白自己今后也不会再与他联系。

　　有个人,在记忆里,他永远年轻、清秀、干净。在他的记忆里,也许,你也一样。

家在武康路

1

至少我是这样,对某个城市记忆的深浅,往往源于对那个城市中人的情感记忆的深浅。上海,一直以来,我总感觉有个隐形相伴的家在那里。武康路×××弄×号,它原本是个带花园洋房的院子,在我求学的20世纪80年代,它早已成为一处大杂院。大杂院中那栋多户人家杂居的洋房,洋房底层面朝院门的朴素的房间,曾经是我随时推门而进的家。如今,家的主人——赵伯伯和刘阿姨,已经先后离世。他们的女儿,我称为姐姐的那一位,也都嫁到美国多年了。2011年,我带着丈夫和女儿重回武康路,刘阿姨在这间小屋里为我们包着饺子。在团聚的欢乐瞬间,我就伤感地想:或许,这就是最后一次享受这种温馨了吧。毕竟,赵伯伯已经瘫痪在床7年,刘阿姨也有86岁高龄。

果然,两年之后,2013年,我再到上海去看望刘阿姨时,她罹患了阿尔茨海默病。拉着我的手,她认真地看着我,却不认得我了。

2

1987年冬天,我刚到上海两个多月,爸爸曾经的同事解治伯伯,让我去给他在上海的老师送封信。那时,我并不知道这封信的主人赵老师,是他曾就读的中学——河北治中的校长。20世纪40年代末,治中是一所被中共地下党领导的国民党陆军家属子弟校。1948年,这所中学的家长全部起义投诚共产党。

爸爸告诉我，解治伯伯之所以让我去送信，是因为他的老师是上海电视台的领导，认识他，或许对我有所帮助。

从小很怕见陌生人的我，犹豫再三去不去送这封信。我已经问过班里的上海同学，信的主人住的武康路×××弄×号，距离我们学校很近，走路过去也不过就是十几分钟。爸爸也来信催问我为啥老不去送信，辜负解伯伯的一片好心不合适。记得是在 11 月底的某一天，我终于鼓足勇气去武康路送信。

有个烫着卷发的中年女人狐疑地看着站在大门外的我。我说我找赵庆辉。她听到我的普通话，更加怀疑地让开身子，给我指了指一栋洋房一楼的某个地方。我向她指定的方向走去，她一直警惕地打量着我。

就这样，穿过一个公用厨房，我站到了铺着旧木地板的房间中。那个房间高挑陈旧，有着宽大的窗户。房间里的摆设平常拥挤，并没有什么上海特色。就像那个年代中国普通知识分子的家，写字台、布沙发和书架上到处堆放着书籍报刊。

房间里有好几个人。"我就是赵庆辉，你是谁呀？"写字台后面站起来一个高大的、戴着眼镜的中老年男人。他严肃地看着我，看得我心里直打鼓。我说明来意，递上解治伯伯的信件。边上一位面容和善的阿姨立刻笑了，她说："是解治的信啊，好久没有他的消息了。他好吗？"这位阿姨讲话竟然没有上海腔，操一口非常标准的普通话，我听着很亲切，立刻觉得放松多了。我说其实我也没见过解治伯伯，他是我爸爸曾经的同事。

赵庆辉伯伯已经看完了信，他将信递给那位阿姨看。他上上下下地打量我一番，便说："你是戏剧学院的学生。你的脸色不大好。我这里有客人，现在无法接待你。你可以到小妹的房间去坐一下。"我忙说不用了，我只是来送封信，送到我就可以回去了。赵伯伯脸上依然没有一丝笑容，他说："你别着急走，一会儿我还有话要问你。你先去小屋待会儿。"

那位阿姨已经出去了，我有点尴尬地站在那儿，听见赵伯伯对坐在沙发上的一对中年夫妇说："我学生在四川的同事的女儿，戏剧学院的学生。"那对夫妇含笑点头。

锦官月明海上花
——成都上海双城记

半晌，跟着那阿姨过来了一位个子很高的姐姐。赵伯伯对这个姐姐说："小妹，她是戏剧学院的学生，叫刘晓村。你先领她去你那儿坐一下。她脸色不好，你给她吃点热的东西。"高个子姐姐点点头，含笑说："刘晓村，跟我来吧。"

我跟着这个姐姐去了洋楼外搭建的一间小偏房。很快，我们俩就在这间小屋里热烈地攀谈起来。我了解到这个姐姐是赵庆辉伯伯和刘云（我现在知道那个阿姨叫刘云）阿姨的女儿，她比我大11岁，叫赵晓梅。晓梅姐姐问我为何脸色不好，她知道我正在生理期后，马上让我换上她的棉鞋。一会儿，她又让我把脚伸进她的被窝去暖和一下。毕竟是初次见面，我很有点不好意思，她说不要紧的，执意要我把脚放进被窝。

过了一会儿，刘阿姨来到小屋。她始终笑眯眯的，看见我坐在椅子上，脚却伸进姐姐的被窝。她说："这就对了，看来是暖和过来了，脸色也好了很多。"她问了一些我的学习情况，说是今天很不巧，家里来了很重要的客人，他们无法接待我。我连连说不要紧，我就是来交信的。正说着，姐姐进屋来，给我端了一碗桂花酒酿圆子，让我吃下去，暖暖身子。

我在大院长大，赵伯伯刘阿姨和晓梅姐姐的形象气质，与我从小认识和接触到的许多人非常相似，感觉很亲切。晓梅姐姐对我说："你有没有被我爸妈的话吓着？他们说话都非常正统。你是学艺术的？"我讲没有，他们的形象举止我很熟悉，尽管赵伯伯从始至终都那么严肃，不苟言笑。

那天，在我告别的时候，赵伯伯被刘阿姨叫到小屋来，他说："抱歉，我今天无法和你好好聊一聊，客人还没走。好在你的学校离这里很近，来日方长，你还有4年的书要在上海读。欢迎你常来！"

说罢，他伸出手来，我们居然握了握手。我当时心想：真是老干部，我才19岁，他居然一本正经地和我握手。

刘阿姨微笑着说："看来你和小妹很合得来，好！你就常来，按照四川话说，欢迎你来打牙祭。"

晓梅姐姐反驳她妈妈说："打什么牙祭，你们吃得又不怎么样。刘晓村，艺术家，真好！"

刘阿姨爽朗地说："吃得不怎么样，那也是家里，比食堂好一点。好了，以后常来。总之，欢迎你把这里当家！"

从此，我真的就把这里当成家了——这是人与人之间最神奇的缘分。那一年，赵伯伯和刘阿姨已经62岁了。

3

我喜欢武康路上那个清爽简朴的家，渐渐地，我成了那个家中的常客。他们家明明有电话，我却从来不懂提前打电话去问是否合适去家里。我是随时想去就去，他们也从来都是表示欢迎，显得高兴。唯一让我改天再来的那次，好像是1988年春日的某天，赵伯伯在台湾的弟弟一家来探亲。一别近半个世纪，可以想见他们彼此激动的心情，而武康路的家又太小，实在太过拥挤，我只好告辞了。

在20岁的我眼中，行人稀少的武康路幽静又浪漫，戏剧学院所在的华山路去往武康路×××弄×号的沿途，有爬满常春藤的老洋房、神秘莫测的小院子、生活味道浓郁的杂货店，还有巴金先生所住的宅院……我曾在9月的夜晚，凌晨1点骑车经过武康路，暗橘色的路灯下，两侧神秘的院落安全地沉睡着，一街桂花的香味。自行车上的我，陶醉得恨不能仰躺在街中央。

没过多久，我在进到院子之后，已经会熟练地穿过厨房直接去客厅了。天气热起来时，就直接从通向院子的侧门进客厅。如果姐姐的自行车停在窗台下面，那就表示姐姐在家。姐姐经常不在家，她是父母和在上海的两个哥哥之间的联络员。我每次去，总是暗暗期待姐姐在家。姐姐很会做饭，姐姐在的话，就比刘阿姨做的菜更丰富，更好吃。

姐姐给我烧过很多我从未吃过的饭菜：三明治、法式面包抹西瓜酱、扁豆焖饭、炒鱿鱼干、红菜汤、鲜肉汤团、香肠菜饭……我只要提及没吃过哪种上海的食物，姐姐就说下次买给我吃。

两位老人的写字台面对面并置，安放在明亮的木窗下。写字台上堆满了书籍和报刊，书籍和报刊上画着道道，写有不少批注。每次去家里，赵伯伯无一不是在看报或在批注什么。客厅里常有客人来拜访,客人坐在沙发上和他们聊天。客人往往正襟危坐,像是在请教什么。从他们严肃的表情来看,谈论的往往都是大事吧。碰到这种情形,我就赶紧往姐姐的小屋去。

有时候,赵伯伯抬起头,看见是我,便露出轻微的微笑说:"你来了。找小妹玩去吧。"或者说:"你来了,看看你阿姨给你做什么好吃的了。"

夫妇俩都把我当小孩子对待。吃饭的时候,都给我夹菜。他们先吃完饭——他们食量一向较小——就会停箸齐齐看着我吃。赵伯伯说:"多吃一点,味道不见得多好,总比学校的油水多一点。"刘阿姨微笑道:"这孩子最近瘦了。""这孩子最近胖一点了。"……真是像极了我爸妈守着我吃饭时的情景。姐姐那时还在中科院上海分院工作,姐姐总是笑话她爸妈:"你们这样看着她,刘晓村都不敢吃了……"

和每个家庭一样,吃饭的时候,家长就会问起孩子的学习生活情况:最近都看了什么书;学习进行到什么阶段了;同学们都在关注什么问题;老师们都有什么特点;在成都的爸爸妈妈有没有信来;冬天冷不冷,被子够不够厚;今年夏天特别热,要不要从家里带床凉席走……

在这个家里,我从一开始就非常放松。虽然知道伯伯阿姨是"老革命",还是敢乱说一气。姐姐告诉我,大概是我年纪小,她爸爸妈妈听我议论各种事情,哪怕有些出格的言论(其实是幼稚),都只是笑笑。但是,对她的哥哥们,如果是和我同样的观念,就不会这么轻松对之。

有好多个节假日,我也是作为这个大家庭的一员在此度过的。有刘光哥哥、刘峰哥哥、嫂子们、小侄子……我发现哥哥姐姐们聚在一起说话的时候,赵伯伯刘阿姨的话就很少。他们在一旁看着孩子们谈笑风生、嬉笑怒骂,有点落寞的样子。其实,这是他们最幸福的时刻。

两个哥哥和姐姐一样,语速极快,观点犀利,语气却很轻松幽默。他们和父母的讲话方式完全不一样。赵伯伯和刘阿姨是河北人,哥哥姐姐们却是在上海生长的上海人。哥哥姐姐们少年失学,插过队,当过工人,刘峰哥哥更是在东北插队近8年。他们什么苦都吃过。1977年恢复高考后,他们才考进大学,继续学习,继而参加工作。

他们兄妹几人在一起，话题自然更贴近现实和时代。赵伯伯刘阿姨和子女的观点有些分歧，这其中有年龄差异，也有思想方法、社会地位以及个人经历带来的对问题的不同认识。毕竟，赵伯伯刘阿姨既是革命者，也是知识分子，这两种身份都让他们不会仅仅满足于做普通人伦意义上的父母。

4

他们是理想主义者。在20世纪40年代，他们刚20岁出头，还是大学生，就积极参加革命，做了地下党员。在很多人看来，他们当初的行为似乎都有些不可理喻。他们放弃了很多常人最看重的世俗生活，只为了"解放全人类"。一代人有一代人的理想，也有他们的宿命。也许我没有资格去评判，我只是发现，人在年轻时如没有过理想，成熟之后，比较容易成为市侩。

赵伯伯和刘阿姨，他们从来不会躺在革命者的功劳簿上，为自己和家人捞取好处，占尽便宜。他们对人对己的高要求，也是自己和亲人始终无法轻松的一部分原因。

当然，他们也不是干瘪刻板、不通人情的电影里的"老干部"。赵伯伯细腻文雅，刘阿姨爽朗大气。1992年，他们夫妇来四川旅游，我们朝夕相处了多日，我对他们的了解深入多了。我越是贴近他们，就越是喜欢他们。

1949年之后，他们一直待在上海这座文明程度很高的城市，赵伯伯样貌属于典型的"北人南相"，他聪慧敏感，善于观察，看人对事都是如此。他到我家做客，短暂的时间内，居然给我家的水龙头来了个改造。他安装了一个简单的机件，那水龙头马上就好用多了，不再到处溅水。我陪他们去乐山峨眉山旅行，一路上，保管旅馆钥匙、风景点门票之类需要仔细的事情，都由赵伯伯来做。

刘阿姨反倒要粗犷随性一些。她穿着打扮朴素，仿佛还停留在20世纪五六十年代。但你要是以为她不懂美丑时尚，那就大错特错了。

到了乐山之后，我带二老去我爸爸的挚友家做客。这位叔叔是当地著名的诗人，赵伯伯和刘阿姨很想听诗人叔叔讲讲当地的风俗文化。我家和这位叔叔家一直来往密切，叔叔家的两个姐姐也和我年龄差不多大。小时候，我们彼此要好到互相交换衣服穿。那天，叔叔的妻子——周孃孃见到我，便打趣道："晓村，你还是艺术院校毕业的呢，怎么都不打扮打扮？"我穿了一条宽松的黑色萝卜裤和一件男款黑白相间的大T恤衫。我正尴尬地对周孃孃笑着，就听刘阿姨为我辩解道："您大概不了解她们艺术院校的学生，她这打扮看似朴素，其实是一种风格。他们艺术院校的学生就是要打扮得与众不同，才显得有个性。"

刘阿姨其实啥都明白着呢。她对我说："上海人有句俗话，'女要俏，一身孝'，打扮就得简洁素雅才好看。你这身黑白搭配，简简单单，很好看。我喜欢。"

我们之间从来没有交流过穿衣打扮的事，但刘阿姨和我，在很多方面都是有默契的。

5

或许当初是他们质朴良善的面相让我亲近，或许是多年来随着了解加深了敬爱，他们在我心里就是亲人般的存在。在上海时，每到寒暑假，我就把我的被套帐子、各种布娃娃毛绒玩具送到武康路的家，刘阿姨会把这些东西清洗得干干净净，装在一个大纸箱里，等待我开学时去取。她还帮我把衣服收拾一下：大衣扣子钉紧，毛衣线头剪掉……

他们一贯无私克己，把个人利益看得较淡。这既是人格和修为所致，或许也是年轻时为理想献身的革命者受到过训练的结果。生而为人，私欲实乃常情。但无论身处哪个社会，人们对那些顾念他人利益而牺牲部分小我的人，总是充满了敬意。

他们难得到成都，毕竟已是高龄，再来四川的可能性已经不大。我们一家人都希望能好好接待他们。他们考虑到妈妈在医院上班，需要上夜班，于是坚决不住在我们比较宽敞的家里，也坚决不让我们家人陪同他们参观。不过，他们夫妇都很喜欢和我们一家人聊天，特别喜欢我哥哥。哥哥在出版社做美编，他说话幽默直率，喜欢历史哲学，也喜欢吃喝玩乐。他和赵伯伯刘阿姨一见如故，在他们面前"大放厥词",纵论古今。

没想到的是,赵伯伯和刘阿姨认为25岁的哥哥是个很有思想的青年,也特别有趣味,他们很欣赏他。哥哥更是喜欢他们夫妇。告别的那天,哥哥和我把他们送到成都火车站,看着他们上了去重庆的火车。哥哥对我说,从他们夫妇身上,他好像有点明白共产党当初为何在如此艰苦卓绝的条件下取得了胜利!他们的思想素质、精神境界和行为方式,都是高尚素朴、严谨宽厚、表里如一的!他们让人肃然起敬。

和他们在一起的很多瞬间,我都能够感觉到他们的忧心忡忡。社会中出现的诸多现象,有些是快速发展中的必然,只不过快到超出了他们的理解范畴;也有一些是伴随发展出现的暗流、社会残渣和人性扭曲。从革命者的角度来看,困惑和忧虑是必然的。他们也不是全知全能者,他们也有他们的局限。不过,若以漫长的历史情境来论,只要社会在发展,弊端就永远存在,除非一潭死水。

他们心中始终有个彼岸的理想世界。单纯的信念生发的力量是巨大的,他们坚信光明正派本身的力量。

6

有那么多的故事,至今想起来历历在目。

1992年夏天,在峨眉山半山腰的某家旅馆,我因为发烧,未能与他们夫妇一同上山顶看日出。他们也都玩不踏实,中午就坐缆车提前下山,赶紧跑到旅馆来看我。看到我满脸通红正在昏睡,他们反倒放了心。那情景,就像他们不在我就会被山匪劫走一样。

我们3个人在峨眉山脚下某家旅馆的院子里喝茶聊天。赵伯伯难得地讲起了他在重庆读书时的日子。他是如何接受地下党安排的任务,甚至都没能和母亲正式告别,就从家里消失了的……刘阿姨回忆了她在香港和北京的几段工作经历,说起不得已把长子放在河北妈妈家抚养时的满腹无奈。两位老人难得在我面前说起家事,我很受感染,也非常感动。身为别人的儿女和父母,他们牺牲了很多亲情,他们的舐犊之情醇厚而又沉重。

我告诉赵伯伯和刘阿姨,哥哥姐姐们都成熟大气,朴实幽默,我非常喜欢他们。刘阿姨说,他们还差得远!赵伯伯嘴角露出一丝微笑,反问我说:"真的吗?你真这么认为?"我说当然了,我又不是没有接触过上海人,哥哥姐姐们很优秀,他们都是依靠自己在勤奋工作,努力生活,过得很充实。赵伯伯少有地明朗地笑着说:"他们本来就应该这样……"

夕阳下长时间的攀谈,温馨愉悦的氛围,阅历、经验甚至观念相距遥远的两代人,心,似乎贴得很近——无论何时回想起这个情境,我都会禁不住想要时光倒流……

7

2011年10月,我和丈夫、女儿到上海参观世博会博物馆。我迫不及待地想要看望已经卧床多年、昏迷不醒的赵伯伯。在华山医院的病房,我看到赵伯伯的模样没啥变化,面容沉静,就像是睡着了一样。姐姐俯身抚摸着赵伯伯的脸,让他睁开眼睛看看我。姐姐说:"晓村来看你了,爸爸。你记得吗?刘晓村,你们一起在四川旅游的,在峨眉山。爸爸,你睁开眼睛看看晓村……"随着姐姐的呼唤,简直就像是有奇迹,赵伯伯竟然慢慢睁开了眼睛,眼角还淌下了一滴眼泪……我相信他一定是认出我来了!我好高兴好感动,赶紧让姐姐拍下我和赵伯伯的合影。

从华山医院再回武康路×××弄×号,一路熟悉的街景让我心跳都加快了。进入小院,我才发现,每隔几年回来一次,这个院子似乎就变小一点。推开通到客厅的纱门,86岁的刘阿姨正在包饺子,我们有近15年没有见过面了。我叫了她,她抬头看见我,边流眼泪边说:"你怎么才来啊?他都那样了……"我走过去,紧紧抱着她。她变得如此赢弱瘦小,我就像搂抱着一个孩子。我们沉默着流了好长时间的眼泪,才强忍伤感互问近况。

她精神头还行,还在不懈地写着回忆录,每天也必去医院看望老伴。她变得脆弱,岁月不饶人。我们相聚的短暂的时间里,她一反常态,详详细细地告诉我当初去河北母亲家接长子回上海的情形。讲到长期离别的孩子对她的疏远,说孩子不愿意跟她回上海,却跟在她离开的长途汽车后面奔跑。她心如刀绞,泪流不止……讲述中,她多次哽咽。我安慰她,如今大哥哥也都有了孙子,她都做了曾祖母,应该心安了!她微笑着抹去眼泪,说自己真是老了,很容易难过。

已经如此高龄,她依然关心时事,忧心忡忡。她认为这个国家还在发生着不公不义的事,太多人忘记了社会主义互帮互助的真义……面对她的激愤,我又感觉她并未枯竭。

她告诉我,第二年(2012年),她要到北京来故地重游,我虽然担心,自然也很期待。当然,她确实未能成行,2012年,赵伯伯去世了,她也罹患了轻微的阿尔茨海默病,人陡然地虚弱下去了。

2013年冬天,我到上海出差,姐姐带我到刘阿姨住的医院去看望她。不管姐姐如何提示,她始终不知道我是谁。她豁达地承认自己脑袋有问题,啥都想不起来了。姐姐出去后,刘阿姨说,她不甘心就这样浪费时间,她每天依然有所进步。她会写几十到200字不等的日记(念给我听了几则),她去打扫病区的厕所(被护士阻拦),她给北京的杂志寄钱,表示对他们的支持……她在与大脑争夺时间。她很高兴,又有点焦灼地告诉我,过一会儿,某家照相馆要来人,给她和侄女一家合照留作纪念。她天真地问我:"你认识我侄女吗?听说你是从北京来的,你是谁?……"

她和姐姐把我送出医院,看着我上了车。她好瘦小,站在姐姐身边,对我挥手。姐姐告诉我,有一次,她指着姐姐对人说:"她是我妈……"她重新变成了孩子,或许,对于艰辛劳苦一生的她来说,做孩子的感觉很幸福。

2016年11月,我回母校开会,顺道去看望刘阿姨。她已经和赵伯伯在世时最后阶段一个样,长期处于昏迷之中。在华山医院的病房,她闭眼睡着,全靠姐姐贴身尽心地照顾。她看起来没有多大痛苦。我深感宽慰。

我也明白,这天晚上的告别,就是和她的永诀。

8

还是在上大三那年。有一天,学院的剧场被征用,是要召开上海文学艺术界的某个会议。我和几个同学被派去会议现场做志愿者。我站在座位的通道侧面，突然看见赵伯伯往前排走来。我有点害羞地叫了他，他微微颔首，严肃地对我说："你也在这儿。"我说我们是来服务的。他点点头，坐到了第二排正中的位置上。

身边的同学问我："他是谁啊？"我说他是我的伯伯。同学说："你伯伯好有气派，气质好好！比边上的人都有风度，坐在那儿好醒目啊！"那一刻，我心里别提多骄傲了！

9

两位老人都在高龄之年驾鹤西去。我清晰地记得 1991 年 7 月，我大学毕业离开上海前，去武康路的家，与赵伯伯和刘阿姨告别时的情景。

"我已经不在电视台工作了，我也无法帮助你在上海找一份工作。你的将来终归是要靠自己努力。回到四川，回到父母身边，很好。但是你要记住，这里也是你的家。"这是赵伯伯对我的临别赠言。

"我们永远像期待孩子回家一样，期待你常回来看看。"刘阿姨说。

他们把我送出院子，然后站在门口，目送我走出弄堂。我不敢回头，眼泪迷糊了我的眼睛。走到弄堂口，我才转过身。他们的身影远了，小了，依然还是站在那里，对我挥着手……

这是永恒的画面。无论他们夫妇如今在哪里，对他们的记忆如同武康路上曾经的那个家一样，镌刻在我的头脑里。

成为一个作家（跋）

1

诺贝尔文学奖获得者、土耳其著名作家奥尔罕·帕慕克在其随笔集《伊斯坦布尔》中，屡次提到父亲对他从事写作事业给予的决定性影响。帕慕克从私立中学毕业后，考入伊斯坦布尔科技大学主修建筑学。学习具体而实用的技艺，既是他那土耳其上层家族对他的希望，也是他从小就喜欢绘画的自然结果。上了大学之后，他却发现自己真正喜欢干的事是写作。这种错位曾让他特别困惑和迷茫。他知道，不管是把绘画还是写作当作职业，都会遭到母亲的强烈反对。他母亲认为，在土耳其，画家和作家都活得没有尊严，天资聪慧的帕慕克，何苦要去做这种最没有前途的工作！已经与母亲离婚的父亲，其时是一家跨国大公司的老板，他继承了帕慕克祖父的大笔遗产，相当阔绰富有。帕慕克眼中的父亲是天之骄子，他锦衣玉食，英俊潇洒，风流倜傥，万事顺遂。父亲对文学艺术非常喜爱，崇拜作家、艺术家，他在业余时间翻译诗歌，写作散文。父亲曾饶有兴味地对帕慕克细诉他在巴黎邂逅萨特的趣事。

父亲经常在周末开车带帕慕克到处兜风。路上，父子俩也会聊聊人生。有天，父亲似乎是随意，然而相当睿智地告诉帕慕克：听凭自己的直觉与热情做事十分重要。人生其实很短暂，如果知道自己这一生想做什么，那是再好不过的事情。事实上，一辈子写作、画画的人，能够享受更深刻、更丰富的人生……

听罢父亲的话，帕慕克有些意外，他一直艳羡父亲的生活，认为再没有比父亲的人生更惬意更成功的了。同时，父亲的这番话，对当时极度孤独彷徨的帕慕克，又是极重要的鼓舞。

2

成为一个作家，是否也是爸爸的理想？！我没有问过爸爸。毕竟，他是一位资深的编辑，发现、培养和造就了几个作家。

成为一个作家，对我来说，从小似乎就是天经地义的事情，只是因为酷爱读书。这爱好延续了40年，从来没有改变，也从来没有别的爱好超越这个爱好。

有许多年，爸爸总是提着一只黑色的人造革提包去上班。提包没有光泽，很破旧，就像如今老年人用的杂货袋。提包挂在爸爸二八自行车左边前杠上，跟着他上班下班。通常都到吃晚饭的时间了，爸爸才下班。爸爸的自行车一进院子，我就会满怀期待去迎接他，迫不及待地接过他的提包。不是我特别孝顺或比较懂事，我们这代人其实都是缺少人伦教育的，我和哥哥并不懂得要去迎接辛苦工作一天的父母回家。我盼着爸爸回家，只不过是觊觎他提包里的东西：书。

是的，爸爸的提包里隔三岔五总是有书。在我幼时的记忆中，他在地震局办公室工作。爸爸的提包里，就有不少地震科技方面的书，还有关于地震知识的连环画。对于文字的喜爱让我饥不择食，抓书就看，就是地震科普书籍，一样看得十分入迷。

20世纪70年代末期，一批西方文学名著解禁。爸爸妈妈省吃俭用，经常是连夜排队去新华书店购买书籍。爸爸的提包里，藏着更多的惊喜。我们一家人小心翼翼、爱不释手地捧着新书轮流翻看。为了让书的寿命尽可能延长，妈妈会找来报纸或挂历纸包书。当然，爸爸包的书更加齐整美观。爸爸扎实的书法功底也用在为书籍题写书名上面。而哥哥和我为抢看那些名著，吵架打架已是家常便饭。

很快，爸爸调到四川人民出版社文艺编辑室工作，我也已经12岁了。爸爸的提包里，更是永远不会缺少书籍。一本，两本，很多本，有时我打开爸爸的提包，简直都要欢呼起来了。

爸爸酷爱书籍。他买书，编书，读书。他的提包，从不叫我失望。

从爸爸的提包里拿到书，我就赶紧出门（家里住平房，总是比较阴暗）。家门前的竹椅子上，我已经沉迷在书里。天，就快黑了。黄昏的那段时间，字看起来费劲了，我还是不愿意放下书。妈妈马上就要出来收书，要斥责我"吃书"带来眼睛迅速地近视了，我要在此之前赶紧多翻几页！

在那个物质贫穷的年代，我是书的饕餮之徒。很早，我的阅读量就超过了爸爸。我不求甚解，狼吞虎咽，走哪儿都在看书。在少女最美的青春期，我把自己看成了一只鸵鸟，弯腰驼背，高度近视，不切实际，不求上进，呆头呆脑。

和很多人想象的不同，爸爸妈妈从来没有刻意鼓励我多读书。在妈妈看来，我的身体过于孱弱，只要是身体无恙，她已经阿弥陀佛。而爸爸，他更是从未要求过我做点什么、成为什么样的人，他希望我一生都能自由自在，无拘无束。

3

成为一个作家，曾经只是爸爸反抗学校教育的一个出口。在他发现我比大多数同龄孩子更敏感、更酷爱读书之时，他夸大了这种特质。妈妈还在焦虑我严重的文理偏科时，爸爸总是不以为然，甚至有些小小的得意。爸爸当然看不到，热爱读书使我自小就比同龄人更胆怯孤独，更沉溺幻想。他更不明白，正是比同龄人在某些方面的早熟和更多方面的笨拙，我在很小的时候就产生了强烈的自卑心，觉得对于我这样精神恍惚、热衷于做白日梦的人来说，除了成为一个作家，还能干什么？

成为一个作家，在爸爸的眼里，到底意味着什么？爸爸从未给我修改过一次作文，而我许多小学、中学同学甚至以为我的作文都是由爸爸代写的。大概那些早熟的文章不大像出自孩子的手笔。爸爸从未让我参加过作文比赛，也没有鼓励过我要早早出书、早日成名，获得"作文天才""少年作家"的头衔。在我从事写作一些年头后，爸爸也从未提醒过我要加入某个写作组织，尽管我当时就在作家协会工作。

写作，一直是爸爸最服膺的事。它好像既不是职业，也不是作家这个头衔。

它就是写作出来的文章,就是写作本身。如果说爸爸在潜意识中希望我能成为一个作家,也许只是想弥补他自己最终只是编辑的遗憾,也许他一直觉得我比他更能写,也许他也认为写作是我与生俱来、与缺陷紧密相连的天赋。写作是如此不需要刻意。作为编辑的爸爸明白,作家是那样一种自然生成的人,你只需发现他,只需鼓励他,只需说服他不要放弃,也就可以了。

4

13岁,我就偷偷写起中篇小说来;16岁时散文发表在《中国青年报》上;17岁写了独幕话剧,由我高中的同学们表演,在学校大出风头;18岁时写的散文被收入《千字文名篇导读》一书……我的散文、小说、剧本塞满抽屉,可是天生的致命的羞怯让其中大部分作品永无天日。我对自己的写作总是很不满意,经常想要放弃。就写作质量来说,我得首先经过自己这一关,它不是一件容易的事。

一个人成为什么样的人,除了跟他的禀赋有关,也与他的缺陷紧密相连。或者我们可以说,天才的另一面,就是缺陷。文学史上无数例证告诉我们,人与他影子的关系。

在某个瞬间,这些散文诞生了。在另一些瞬间,它偶然被人看到。就那么不多的几个人,我的读者。我为自己,同时也为他们写作。他们隐形散居在不知名的时空中。我有时会想象他们看到我文章后的反应,获得莫名的鼓励。更多的时候,我在写作中遗忘了他们。

我一直拒绝出版从前的散文,尽管爸爸一催再催,我都找各种借口搪塞过去。我不认为自己的散文值得结集成书,要求别人来看。现在我的想法变了,因为爸爸已经老到需要我去取悦他。爸爸一直说我的文章到处扔,有时自己都找不到了,出本散文集就都集中在一起,是一种总结。

在我人生的每一个转折点,我本能地想要选择轻松一些的路来走。既然我不是天才,放弃一些东西不是多么大不了的事。每次在我最心烦意乱的时候,爸爸总是会不经意地提及我的某篇文章带给他的感受,散文、随笔、评论、小说、剧本,他读的更多的还是散文和随笔。如同听到任何一位读者的反馈,我总是吃惊多过欣喜,然后说服自己,也许还是可以继续写下去的。

爸爸依然夸大我的写作水准,这也许是因为爱屋及乌,也许他就是那么认为的。不过我倒是一次次放弃了别的可能,乖乖回到书桌旁。

5

大学毕业以后,我最长的时间是在做编辑工作,诗歌文学编辑、戏剧理论编辑。职业生涯的最后阶段,做起了行政工作。成为一个作家,对我而言,意味着什么?

我想要成为一个作家。是的,我想成为像夏洛蒂·勃朗特、简·奥斯丁、考琳·麦卡洛、托尼·莫里森、多丽丝·莱辛、赫塔·米勒、埃尔弗里德·耶利内克、爱丽丝·门罗……虽然她们全都不可企及,但我就想成为那样的作家,那样的女作家。

成为一个作家,是一种看待人生和世界的眼光,是一种生活方式……也许它对我来说并不具体,它什么都可以不是,但必须就是写作本身。

成为一个作家,意味着痴迷读书,意味着忍受写作时单调枯燥的日子,意味着永无止境地对灵魂的好奇和发问,意味着接纳全部的生活。

如今我已经人过中年,严肃的写作没有让我获得过任何现实的好处,我反而更加痴迷于写作。只有写作,才能带给我日常生活中真正的激动。

30多年就这么过来了。太少的时间用于写作,更多的时间用于阅读。我一直敢于夸耀,多年坚持阅读,我算得上是个好读者。然而令人羞愧的是,我并不是好作者,写得太少,也都不满意。

没有人比我更感激文学大家们,他们是一长串名字。说是他们支撑了我全部的精神信念,毫不为过。文学是我的宗教。我天生的缺陷和后天的懒散使我成为什么也成不了的人。但是,他们让我明白:我,以及很多像我这样耽于幻想、逃避现实、在生活中节节败退的人,我们的通道指向哪里……

6

85岁的爸爸,提包升级换代了,全是哥哥淘汰给他的时髦货。隔三岔五,他就会从提包里拿出各种新买的书籍来,清晨5点就已经在灯下阅读。我当然不会再去翻捡爸爸的提包,我的藏书量,早已超过了爸爸。可是,我还依然没能成为自己心目中真正意义上的作家。这有时让我沮丧,有时给我希望。

成为一个作家,是我终生的梦想。

我走在路上。

7

《锦官月明海上花——成都上海双城记》这本书中的文章,最早的那篇《上海!上海》,写作于2011年,也是兴之所至的感想。大部分的文章是在这10年间断断续续写就的。今年以来,为了结集出版,我又对它们重新做了较大幅度的补充和修订。

既然26年来都没有在成都定居,远离上海更是已经30年了,书写这两座魅力十足、细节丰富的城市,我始终惴惴不安,只嫌笔力不逮。我的认知不免浅泛,无非是以某个时期的"眼见为实",为这两座特大城市增添一抹私人记忆。

…………

它也是送给爸爸的书。

2021年12月18日